ディスカヴァー文庫

オスロ警察殺人捜査課特別班
フクロウの囁き

サムエル・ビョルク
中谷友紀子 訳

Discover

UGLEN

by Samuel Bjork

オスロ警察殺人捜査課特別班
フクロウの囁き

登場人物紹介

ミア・クリューゲル　オスロ警察殺人捜査課特別班の捜査官
ホールゲル・ムンク　特別班の班長
カリー（ヨン・ラーセン）
キム・コールス
ルドヴィーク・グルンリエ
ガーブリエル・ムルク
アネッテ・ゴーリ
（以上）特別班のメンバー
リカール・ミッケルソン　オスロ警察本部長
マリアンネ・ムンク　ホールゲルの元妻
ミリアム・ムンク　ホールゲルの娘
マーリオン・ムンク　ミリアムの娘
シグリ・クリューゲル　ミアの双子の姉
ロルフ・リッケ　マリアンネの恋人。教師
ヨハネス　ミリアムの夫。医師

スンニヴァ・ロー　カリーの婚約者
カミラ・グレーン　遺体で発見された少女
ユーリエ・ヴィク　ミリアムの友人。動物保護連盟のメンバー
ヤコブ・マルストランデル　動物保護連盟のメンバー
ジギー（ヨン＝シグヴァール・シモンセン）　動物保護連盟のメンバー
ヘレーネ・エリクセン　フールムランネ養護院の院長
パウルス・モンセン　ヘレーネのアシスタント。元寮生
セシリエ・マルクセン
イサベラ・ユング
ベネディクテ・リース
　養護院の寮生
ジム・フーグレサング　元郵便局員
アンネシュ・フィンスタ　乗馬スクールの経営者
トールヴァル・スン　ホスピスの入所者。牧師
スカンク（クリスティアン・カールセン）　ハッカー
ヒューゴ・ラング　スイスの投資銀行家
ヘンリーク・エリクセン　食料品店の店主

プロローグ

一九七二年春のある金曜日、ヴェストフォル県サンネフィヨールの教会に予期せぬ来訪者があり、一日の務めを終えようとしていた牧師は、少しのあいだ執務室に残ることにした。

若い女に見覚えはなかったが、若い男のほうは町いちばんの有力者の長男だった。父親は海運王と呼ばれるノルウェー屈指の富豪で、教会の強力な後ろ盾でもあった。多額の寄付のおかげで、十年前には堂々たる祭壇画もしつらえることができた。キリストの生涯を十七の場面で表現したそのマホガニーのレリーフは、牧師のなによりの自慢だった。

ふたりは折り入って頼みがあると言った。結婚を望んでいるが、内密に式を挙げたいのだという。それ自体はめずらしい話ではないが、理由が思いがけないものであったため、はじめ牧師は冗談だろうかと思った。とはいえ、保守的で厳格な海運王の人となりは承知していたので、じきにふたりの話に納得した。海運王はこのところ体調がすぐれず、死期が近いと噂されていた。まもなく息子が莫大な遺産を継ぐことになる。ただし、相続にあたって父親はひとつ条件をつけていた。それは、血のつながりのない者を子孫に加えてはならない——つまり、相続人の妻となる女性が子連れであってはならないというものだった。問題はそこだった。海運王の息子が深く愛するその女には、最初の夫とのあいだに二歳の娘と四歳の息子がいた。そのため、父親に知られぬよう子供たちをどこかへ隠し、人目を避けて挙式することにしたという。

ふたりの計画は次のようなものだった。若者にはオーストラリアに遠い親戚の女性がいて、海運王が亡くなるまで子供たちを預かってくれることになっている。一年か二年もすればノルウェーに呼びもどせるはずだ。あるいは、もっと早く父親にお迎えが来るかもしれない。お願いです、牧師さん、力を貸してはいただけないでしょうか。ふたりはそう懇願した。

迷う素振りはしたものの、牧師の心はすでに決まっていた。若者が机の上にそっと置いた封筒のせいでもあったが、若い恋人たちを助けてやりたい気がしたのだ。海運王の言いつけはあまりに理不尽ではないか。牧師は願いを聞き入れ、翌週、扉を閉ざした教会の立派な祭壇画の前でささやかな式を執りおこない、若いふたりを結婚させた。

それから一年とたたない一九七三年の一月、牧師はまた訪問を受けた。今度やってきたのは妻ひとりだった。ひどく悩んでいるようで、ほかに頼れる人がいないのだと訴えた。海運王は亡くなったが、思わぬ事態になっているという。子供たちと連絡が取れないのだ。送られてくるはずの写真や手紙が届かず、そもそもオーストラリアに親戚がいるのかさえ疑わしくなってきた。そのうえ、夫も思っていたような人間ではなかった。いまでは口もきかず、寝室も別にしている。夫には秘密がある。口にするのはおろか、考えるのすらおぞましい後ろ暗い秘密が。助けてくださいと訴える妻を牧師は慰め、もちろん力になると約束した。そして、対応を考えるので数日したらまた来るようにと伝えた。

翌朝、妻の死体が発見された。サンネフィヨール郊外のヴェステルヤにある一家の豪邸の近くで、深い渓谷の底に車ごと転落していた。警察は不運な事故として処理し、新聞は飲酒運転だったと報じた。

牧師は葬儀を執りおこなったあと、跡を継いだ若き当主を訪ねた。そして、事故の前日に彼の妻の訪問を受けたことを率直に伝えた。子供たちを心配していて、なにか疑問を抱いている様子だったと。相手は話を聞いてうなずき、悲しげに答えた。妻はひどく情緒不安定でしてね。薬の助けが必要なほどに。酒も飲みすぎでした。あげくにこんな不幸を招いたというわけです。それから小切手に金額を書きこみ、牧師に渡した。この町はあなたに狭すぎはしませんか。別の場所、そう、もっと首都に近い場所で神に仕えるほうがよいのでは？　牧師は席を立ち、若き海運王のもとを去った。

数週間後、牧師はスーツケースに荷物を詰めた。

そして、二度とサンネフィヨールに足を踏み入れなかった。

＊

幼い少女はソファーの上で毛布をかぶり、ほかの子供たちが眠りこむのを息を潜めて待っていた。心はもう決まっている。今夜こそやるつもりだ。怖くなんかない。待つのなんてうんざり。もう七歳、すっかり大きくなった。暗くなったらこの部屋を抜けだすと決めたから、今夜の分の眠り薬は飲まなかった。舌の裏に隠しておいて、ジュリアおばさんにはいい子のふりをしてみせた。

「見せなさい」

舌を突きだす。

「いい子ね。はい次」

兄はいつもそうしていた。穴倉に閉じこめられてからずっと。毎晩、口に入れた薬を舌の裏に隠していた。

「見せなさい」

舌を突きだす。

「いい子ね、はい次」

兄はごめんなさいと言わなかったせいで、暗い穴倉に三週間も入れられた。子供たちは兄が悪いことなどしていないと知っていたけれど、大人たちは許さなかった。そのとき以来、兄は変わった。毎晩薬を飲みこまずに舌の裏に隠し、少女が薬のせいでうとうとしかけるころ、こっそり部屋を出ていくようになった。

ほかの子たちの寝息が聞こえるまで待ってから、少女は建物を抜けだした。木立は薄闇に包まれているが、冬にしてはまだ暖かい。裸足のままこっそりと庭を横切り、木立のなかへ入る。誰にもつけられていないのをたしかめてから、背の高い木々のあいだに伸びた道を駆けだした。その先には〈不法侵入者は告訴します〉と記された門がある。まずはそのあたりから調べることにした。

敷地のはずれのフェンスのそばに、使われていないおんぼろの小屋がある。兄とほかの少年が声を潜めてそう話しているのを聞いたことがあるが、実際に見たことはなかった。ここでは毎朝六時に起きて、夜九時にベッドに入る。一日の過ごし方も細かく決められている。十五分間の休憩が二回あるだけで、あとの時間は授業や宿題やヨガ、それに洗濯やらなにやらの雑用でぎっしり埋まっている。コオロギの鳴き声に笑みを浮かべながら、少女は道をそれてフェンス沿いに進み、小屋を探しはじめた。やわらかい草が足をくすぐる。なぜか怖くはなかった。わくわくしてさえいた。先に待ちうける恐怖を知りもせず、鳥みたいに自由な気分で、すがすがしい香りのする美しい森を歩きながら楽しい想像を巡らせた。お星様みたいな形の草をそっとなぞると、また笑みがこみあげた。薬が効きすぎていないときに見る夢のなかみたいだ。枝の下をくぐったとき、近くの草むらでカサコソと音がした。別に平気だ。もしかしたら、コアラが木から降りてきたのかもしれない。コアラをなでたらどんな感じだろう、そう考えるとくすっと笑えた。鋭い爪があるし、縫いぐるみとはちがうとわかっているけれど、想像するのは楽しい。指に触れる、温かくてふわふわな毛皮。首もとに押しつけられるやわらかい鼻。

外に出てきた理由をうっかり忘れていたが、いきなり目の前に小屋の壁が現れ、少女に足をとめた。そうだった。首をかしげて灰色の板壁をしげしげと眺める。やっぱりあった。森のなかの隠れ家。ひとりになれる場所。興奮でぞくぞくしながら小屋にしのび寄り、戸口に近づいた。そのあと目にする光景のせいですべてが変わってしまうとは思いもせずに。その後何年ものあいだ、少女は夜ごとうなされることになった。硬いソファーの上で毛布をかぶって寝ているときも。ほかの子たちと一緒に警察に発見されたあと、飛行機に乗せられて地球を半周しているときも。言葉の通じない異国のふかふかのベッドで上掛けにくるまっているときも。そんなこととは夢にも思わず、少女は木の取っ手を握ってきしむドアをゆっくりとあけた。

なかは暗かった。目が慣れるのに少しかかったが、やがてぼんやりした輪郭だけだったものがはっきりと見えてきた。やっぱりここにいた。

お兄ちゃん。

兄は服を着ていなかった。丸裸だ。裸だけど、身体はなにかに覆われている。あれは……羽根？　部屋の隅で身体を丸めている。なにかの鳥か、この世のものではない怪物みたいに見える。口にものをくわえている。小さな動物。ネズミ？　全身に羽根をまとって、ネズミをくわえている……。

その光景を見たとき、少女の人生は変わった。兄がゆっくりと振り返り、こちらに顔を向けた。知らない人でも見るような怪訝そうな目。羽根に覆われた手が、汚れた窓ガラスから差しこむ月明かりを浴びながらゆるゆると持ちあげられる。兄はくわえていたネズミをその手に持ち、白い歯を光らせてにっと笑った。そして瞬きもせずに少女を見据えたまま、こう言った。「ぼくはフクロウ」

第一部

1

二〇一二年

植物学者のトム・ペッテルソンは、車からカメラバッグを出し、穏やかな入り江をしばし眺めてから森へ入った。十月初旬の土曜日、冷え冷えとした空気のなか、明るくやわらかな日の光が赤や黄に染まった木々の葉に降りそそいでいる。じきに落葉がはじまり、冬が訪れる。

ペッテルソンは自分の仕事を気に入っていた。とくにフィールドワークを。現在はオスロ市とアーケシュフース県の依頼で、オスロフィヨルド一帯の森林に生育する絶滅危惧種のドラコケファルム、つまりムシャリンドウの分布調査を行っている。今日はブログに寄せられた情報をもとに、新たに確認されたこの希少種の株に番号を付け、正確な場所を記録するためにやってきたのだ。

ムシャリンドウは草丈が十数センチメートル、青や群青や紫の花を咲かせ、秋には穀物の粒のような褐色の種子を残す。希少種であるだけでなく、ノルウェーのみに生息する貴重な昆虫の棲み処でもある。ケシキスイの一種である瑠璃色の小さなその虫は、ムシャリンドウの蜜だけを吸って生きている。自然のなせる奇跡だ。ペッテルソンはわれ知らず笑みを浮かべながら踏みならされた小道をそれ、アマチュア植物研究家に教わったルートを進んだ。無神論者の家庭に育ったため口にすることはないが、それでもときおり創造の不思議に驚嘆せずにはいられない。細部から全体に至るまで、万物がいかに精緻に構成されていることか。鳥たちは秋になるとはるか南へ渡り、毎年同じ場所で越冬する。木々の葉は秋ごとに色づき、枝や地面に錦を織りなす。口に出すことはないにせよ、そんな思いに胸を打たれることがたびたびある。

ペッテルソンは背の高い二本のトウヒのところで右に曲がり、小川に沿って、ムシャリンドウがあるはずの場所を目指した。また笑みがこみあげる。

小川を渡ったとたん、目の前の草むらでガサガサと音がし、足をとめた。とっさにカメラを構える。アナグマだろうか。アナグマは身近な動物のようでいて、警戒心が強く、めったに人前に姿を見せない。いいショットが撮れれば、ブログのネタにおあつらえ向きだ。ムシャリンドウとアナグマに出会った週末の旅。申し分ない。音のするほうに向かうと、木々が途切れて小さな草地に出たが、残念ながらアナグマは見あたらなかった。

だが、草地の中央になにかがあった。

裸の死体だ。

若い女の。

まだ十代に見える。

驚きのあまり、ペッテルソンはカメラを取り落としたことにも気づかなかった。

草地に横たわる少女の死体。

それに、あれは羽根だろうか。

なんてことだ。

森で裸の少女が死んでいる。

敷きつめられた羽根の上で。

口には白いユリが一輪。

トム・ペッテルソンはまわれ右をすると、草むらをかき分けて車に駆けもどり、警察に通報した。

2

殺人捜査課特別班を率いるホールゲル・ムンクは、オスロ郊外の町ルーアに建つかつての自宅前にとめた車のなかで、来たことをしきりに後悔していた。元妻のマリアンネとこの白い家で暮らしていたのは十年もまえのことで、その後は一度も足を踏み入れていない。煙草に火をつけ、車の窓をあける。数日前に年一回の健康診断を受けた際、医師からはお決まりの注意を受けた――〝脂っこい食べ物を避け、煙草はやめなさい〟。だが、五十四歳の太っちょの捜査官には馬耳東風だった。後者に関してはとくに。煙草なしにはものを考えられない。そして考えることは何物にも代えがたい楽しみだ。

趣味はチェスとクロスワードパズルと数学のクイズ。脳細胞を刺激してくれるものばかりだ。ときどきネットで知りあった友人たちとチェスの話をしたり、クイズを出しあったりしている。いまもちょうど、数年前から交流のあるミンスク在住の大学教授ユーリからメールを受けとったところだった。

〝湖に金属の棒が立てられている。棒の半分は湖底に隠れ、三分の一は水中にある。湖面から突きでている部分は八メートル。棒の全長は何メートルか。ではまた、J〟

ムンクが問題を解き、返信しようとしたとき、携帯電話が鳴った。ミッケルソンの名前が表示される。グルンランにあるオスロ警察本部のトップだ。数秒間鳴るにまかせ、応答すべきか考えたが、無視することにした。赤の拒否ボタンを押し、ポケットに戻す。いまは家族との時間だ。十年前と同じ過ちは犯したくない。あのころは家族と過ごすことなどろくになかった。仕事にかまけ、家にいるときもうわの空だった。マリアンネがこの家で別の男と暮らすことになったのはそのせいだ。

顎を掻きながら、ムンクはバックミラー越しに後部座席の大きな箱に目をやった。ピンクの箱で、金色のリボンがかけてある。今日はマーリオンの誕生日だ。目に入れても痛くない孫娘が六歳になった。二度と足を踏み入れまいと誓った家に来ることにしたのはそのためだ。煙草をふかしながら、気づけば薬指の結婚指輪の跡を指でなぞっていた。別れてから十年もたつのに、未練がましく嵌めたままでいたのだ。マリアンネは最愛の女性だった。一生添いとげるつもりでいたし、離婚後もほかの相手とデートすらしていない。機会はあったものの、その気になれなかった。だが、ようやく覚悟を決めて指輪をはずした。いまは洗面所のキャビネットに置いてある。捨てることもできずに。

ムンクはため息をひとつつき、もう一度煙草に口をつけてから、ピンクの箱に目をやった。またやりすぎたかもしれない。娘のミリアムからは、マーリオンにほいほいとものを買いあたえるのはやめてとうるさく言われている。今回もミリアムが渋い顔をしそうなプレゼントを買ってしまった。マーリオンがひどく欲しがっているものを。バービー人形と、人形用の大きな家と車。早くも小言が聞こえてきそうだ。この子を甘やかさないで。体型とか女らしさとか、そういうお仕着せの理想を植えつけないで。だが、たかが人形だ。欲しいというのだから、買ってやっても悪くはあるまい？

また電話が鳴った。今度もミッケルソンだ。もう一度拒否ボタンを押す。三度目の電話には出ようか迷った。かけてきたのがミア・クリューゲルだったからだ。お気に入りの部下だが、それでもやはり出ずにおいた。いまは家族を優先したい。ミアにはあとでかけなおそう。今晩〈ユスティセン〉で一緒にお茶を飲んでもいい。家族の集まりのあとでミアと話ができれば、気が落ち着くかもしれない。ミアとはずいぶん会っていない。そう思うと、ひどく顔が見たくなってきた。

六カ月前、ムンクはソール・トロンデラーグ県の沖合の島にいるミアを迎えに行った。ミアは外界との接触を断ち、電話さえ持たずにいたため、ムンクは飛行機でヴァルネス空港へ飛び、レンタカーを運転し、地元警察に頼んでボートで島まで送ってもらい、ようやくミアのもとへたどり着いた。手土産はある事件のファイルだった。そのファイルを読んで、ミアはオスロに戻る気になったのだ。

特別班はムンクの誇りだが、なかでもミア・クリューゲルは唯一無二の存在だ。警察学校長をしている昔の同僚の推薦でチームに抜擢したとき、ミアはまだ二十歳を過ぎたばかりの学生だった。まずは警察本部でなくカフェで気軽に会うことにした。白のセーターに黒のスリムなパンツ、インディアンを思わせる黒髪、輝く青い瞳。理知的で、自信に満ち、落ち着いた物腰。ひと目で気に入った。採用のためのテストなのはお見通しだったらしく、礼儀正しく質問に答えながらも、ミアのきらりと光る目はこう言っていた。わたしのことをなんだと思っているの？ なにも気づいていないとでも？

ミアはかつて、双子の姉シグリを亡くした。トイエンのとある地下室で、死体となって発見されたのだ。ヘロインの過剰摂取だった。ミアはそれを姉の恋人のせいだと考えた。数年後、近隣住民からの苦情を受け、トゥリヴァンの森林公園にとめられたキャンピングカーを捜索した際、そこにその男が居合わせ、傍らには新たに男の手に堕ちた娘がいた。ミアは衝動的に男の胸を二発撃った。それを目撃したムンクは、発砲が正当防衛だったと主張してミアをかばい、左遷された。ミアは精神科の療養所に入院した。ムンクは片田舎の警察で二年を過ごしたのち、ようやくオスロのマリボー通りにある殺人捜査課特別班のリーダーに復帰した。ミアも復職させた。だが、前回の事件を解決したのちも、ミッケルソンはミアに対する懸念を捨てなかった。再度ミアを停職処分にし、臨床心理士のお墨つきが出るまで復帰を禁じたのだ。

警察本部長からの電話をもう一度切り、ムンクはバックミラーに映った自分を見つめた。なにをぐずぐずしてる？　もう十年もたつというのに。

おまえは大ばか者だ、ホールゲル・ムンク。セラピーが必要なのはミアだけじゃない。

ムンクはまたため息をつき、車を降りた。外は気温が下がってきた。夏は過ぎ去り、秋も終わろうとしている。十月初旬だというのに早くもそんな寒さだ。ダッフルコートを腹の前でかきあわせ、電話を取りだすとユーリに返信した。

〝四十八メートルだ。:）H・M〟

煙草を消し、後部座席からばかでかいプレゼントの箱を降ろすと、ムンクは深呼吸を二度してから、砂利敷きのアプローチを重い足取りで歩きだした。

口ひげを生やした男の唇が動いているが、ミア・クリューゲルにはなにも聞こえなかった。耳に入ってこないのだ。カモメが恋しかった。岩を打つ波や潮の香りが。あの静けさが。それにしても、なぜこんな目に遭わなければならないのか。なぜ臨床心理士に自分のことを語らなくてはならないのか。こんなことをしてなんの意味が？

ミアはポケットからミントタブレットを取りだして、セラピーを受けると決めたことをまた後悔した。もう何度目だろう。さっさと辞職すべきだった。

情緒不安定のため、職務に不適格。

ミッケルソンのやつ。現場のことなどまるで知らないくせに。捜査に加わったことさえないくせに。警察本部長の座にいるのは、たんに政治家にへつらうのが得意だからだ。

ミアはため息をついて、机の向こうにすわった心理士の言葉に集中しようとつとめた。なにか訊かれたらしいが、まるで聞いていなかった。

「なんでしょう」と訊き返した。そういえば、待合室に積んであった雑誌の見出しもピンとこなかった。〝マインドフルネスと幸福度〟、〝心の健康を保つ秘訣〟。

「薬は？」心理士は繰り返した。おそらく三度目だ。それから椅子にもたれ、眼鏡をはずした。

親しみを示す動作。ここでは安心していいと合図を送っているつもりだ。ミアはまたため息をつき、ミントを口に入れた。誰を相手にしているか、この心理士はまるでわかっていないらしい。ミアはごく幼いころから、ひと目で人の考えを見抜くことができた。だからカモメが恋しいのだ。邪心のないカモメが。あの自然が懐かしい。岩を打つ波。あたりに満ちる静寂。

「だいじょうぶです」問いの意味もわからないままそう答えた。

「つまり、薬はやめているんですね」心理士はそう言って、眼鏡をかけた。

「もう何週間も」

「お酒は？」

「このところ一滴も飲んでいません」真っ赤な嘘だ。

ミアは心理士の頭上にある時計に目をやった。針はほとんど進んでいない。まだしばらくは帰れない。心のなかでミッケルソンに毒づいた。目の前にいる相手にも。いや、心理士に罪はない。力になろうとしてくれているだけだ。かなり評判もいいらしい。マティアス・ヴァング。セラピーを受けることに同意したあと、自分でネットを検索して見つけた。そうできただけましだ。警察本部嘱託の心理士などとんでもない。患者のプライバシーは守秘義務で守られる？　あやしいものだ。とくに自分、ミア・クリューゲルの場合は。

「シグリのことを話してみませんか」

わずかにガードを下げていたミアは、とたんにまた鎧をまとった。相手がどれほど親身で感じがよかろうと、心を開くつもりはない。ここに来たのは復職するためだ。必要なセラピーを受け、紙切れ一枚を手に入れるため――〝精神状態は良好、セラピーも効を奏し、自らの問題に真摯に向きあう姿勢が見られる。ただちに復職可能と判断する〟。

ミアはうっすらと笑い、心のなかでミッケルソンに中指を突き立てた。

職務に不適格。

なら辞めてやる、と最初は思った。けれども、ビスレットに買ったアパートメントで封をしたままの段ボール箱に囲まれ、薬の禁断症状に悲鳴をあげる身体を持て余しながら五週間ひとりで過ごしたあと、考えを変えた。

愛する人たちはみな逝ってしまった。シグリ。両親。祖母。オースゴールストランの町はずれにある墓地で眠っていないのはミアだけだ。ヒトラ島にいたころの唯一の望みはこの世を去ること、みじめな世界に別れを告げることだった。だが、孤島での生活から仕事に復帰したあと、同僚たちとの日々を楽しんでいることに気づいた。生きることにも価値があるかもしれないと思えた。だから、がんばってみることにした。しばらくのあいだ。同僚はみな感じのいい、善良な人たちだ。心から大事に思っている。

ムンク。カリー。キム。アネッテ。ルドヴィーク・グルンリエ。ガーブリエル・ムルク。

「シグリのことですよ」向かいにすわったヴァングが促した。

「はい？」返事をしながら、待合室で待っているとき、先にセラピーを終えた少女と顔を合わせたことを思いだした。年の差は十五ほどもありそうだったが、気まずさはどちらも同じだった——そう、わたしもなの。まともじゃないのよ。

「話す必要があるでしょう？」

シグリ・クリューゲル

よき姉、よき友、よき娘
一九七九年十一月十一日生　二〇〇二年四月十八日没
深い愛と惜別の情をこめて

ヴァングはまた眼鏡をはずし、もう一度椅子に背中を預けた。

「お姉さんのことをできるだけ早く話したほうがいい。ちがいますか」

ミアは革ジャケットのファスナーを閉めながらうなずいた。

「そうですね」かすかに微笑み、壁の時計を指差す。「続きは次回でも？」

ヴァングは時計の針が終了時間を告げているのに気づき、軽い落胆の色を見せた。

「もちろんです」卓上のノートにペンが置かれる。「来週も同じ時間に？」

「はい」

「大事なのは……」続きは聞かず、ミアは部屋を出た。

4

かつての住まいに足を踏み入れたホールゲル・ムンクは、いらだちと安堵を同時に覚えた。いらだちは、マーリオンの誕生日をここで祝うことに同意した自分に対して。安堵は、室内が改装され、すっかり変わっていたことに対してだった。昔のままの家を見て取り乱すのが怖かったのだ。壁がいくつか取り払われ、ペンキも塗り替えられている。意外にも快適そうで、見まわしているうちに気持ちが落ち着いてきた。フールム出身の教師、ロルフの姿もない。ひょっとすると、今日は思っていたほどみじめな思いをせずにすむかもしれない。

戸口で出迎えたマリアンネは、堅信式や誕生日、葬式といった行事で会うたび見せる表情を浮かべた。丁寧な歓迎の言葉とともに。ハグや愛情の表現はないが、その目には離婚当初のような苦々しさや幻滅や憎しみの色は見て取れない。控えめだが感じのいい笑みが浮かんでいるだけだ。いらっしゃい、ホールゲル。居間でゆっくりしていてちょうだい。ちょうどマーリオンのケーキに蠟燭を立てていたところなのよ、六本。もう六歳だなんて、信じられる？

ムンクが玄関ホールにダッフルコートをかけ、プレゼントを居間に運ぼうとしたとき、甲高い声と階段を駆けおりる軽やかな足音が聞こえた。

「お祖父ちゃん！」

マーリオンが駆け寄ってきて、ぎゅっと抱きついた。

「これ、わたしの？」目を丸くしてプレゼントを見つめる。

「誕生日おめでとう」ムンクは微笑み、孫娘の髪をなでた。「六歳になった気分はどうだい」

「あんまり変わらないよ。五歳だった昨日とだいたい同じ」マーリオンはませた口調でそう言ってにっこりしたが、目はプレゼントに釘づけになっている。「ねえ、お祖父ちゃん、いまあけてもいい？　いますぐに。ねえお願い、いいでしょ？」

「お誕生日の歌を歌ってからよ」マーリオンと一緒に下りてきたミリアムがそう言った。

そばまで来て、ムンクを抱きしめる。

「来てくれてありがとう、父さん。元気にしてる？」

「ああ」ムンクは大きなプレゼントの箱をミリアムとふたりで居間のテーブルまで運

んだ。卓上にはすでにプレゼントがいくつも並んでいる。

「ねえ、これみんなわたしのなんでしょ。お願い、もうあけていい？」マーリオンがせがむ。すっかり待ちくたびれているのだ。

ミリアムを見ると、笑みが返ってきた。そのまなざしのやわらかさに心が和む。離婚後の親子関係は良好とはほど遠かったが、父親を恨む気持ちはようやく薄れつつあるようだ。

十年ものあいだ、娘の態度は氷のように冷たかった。離婚のせいだ。ムンクが仕事にかまけていたせいだ。それでも、おかしなもので、ふたりをふたたび結びつけたのも警察官という仕事だった。この世にも正義らしきものがあるということかもしれない。半年前、特別班発足以来の重大事件が発生し、ミリアムとマーリオンが巻きこまれた。マーリオンが誘拐されたのだ。その事件のせいで娘との溝がさらに広がるのではないかとムンクは恐れた。これまでの例に漏れず、誘拐も父親のせいにされるのではないかと。だが結果はちがった。ミリアムはムンクをひとことも責めず、チームが事件を解決したことに感謝した。初めて見せる尊敬のまなざしさえ浮かべた。事件を契機に、ようやくこの仕事の重要さを理解してくれたのだ。ミリアムとマーリオンはつらい経験を乗り越えるため、警察嘱託の有能な臨床心理士のセラピーを受けた。幸い、マーリオンの痛手は深くないようだった。まだ幼すぎ、ありえたかもしれない最悪の結果に思いが至らないせいかもしれない。悪夢を見てうなされ、安眠できない夜もあったが、じきにおさまった。当然と言うべきか、ミリアムのほうが苦しんだ。よくは知らないが、いまもセラピーに通っているかもしれない。なにもかも話してくれるほど距離は縮まっていないが、少なくともそちらに向かってはいる。一歩ずつ進むしかない。

「ヨハネスはどうした?」ふたりでソファーに腰を下ろしてから、ムンクは尋ねた。

「今日は宅直当番の日で、ウレヴォール病院から呼びだしがかかったの。終わりしだい帰るって。でも職場で頼りにされてると、なかなか帰りにくくて。でしょ?」ミリアムがそう言ってウィンクする。

ムンクは笑みを返した。

「さあ、ケーキが用意できたわよ」マリアンネがにこやかに居間に入ってきた。

ムンクはその姿を盗み見た。まじまじと見つめるわけにはいかないが、それでもつい目が行ってしまう。ふと視線が合い、そのとたんキッチンに引っぱりこみ、昔のように強く抱きしめたい衝動に駆られたが、どうにかこらえた。まったく別の理由で自分を抑えきれずにいるマーリオンが、うまい具合に気をそらしてくれた。

「ねえ、ひとつあけてもいい？　歌なんかよりプレゼントがいい」

「あら、まずはお誕生日の歌を歌って、ケーキの蠟燭を吹き消さなくちゃ」マリアンネが孫の頭をなでて言った。「それに、全員が揃うまで待たないと。そうしたら、もらったプレゼントをみんなに見てもらえるでしょ」

マリアンネがいて、ミリアムがいて、マーリオンがいて、自分がいる。こんなに楽しい午後になるとは思ってもいなかった。ただし、〝全員〟というマリアンネのひとことは余計だった。誰かの登場を暗示する芝居の台詞のようだ。そう思った瞬間、玄関のドアがあいてロルフが現れた。巨大な花束を抱え、満面の笑みを浮かべている。

「あ、ロルフだ」マーリオンは声をあげて玄関に走り、ロルフに抱きついた。

孫娘がほっそりした腕を大嫌いな男に巻きつけるのを見て、ムンクは激しい嫉妬に襲われた。誰よりも愛しく思うマーリオンだが、その無邪気さがときに現実を突きつける――お祖父ちゃんはひとり、お祖母ちゃんはロルフと一緒。

「見て！　いっぱいプレゼントもらったんだよ」

マーリオンはロルフを居間に引っぱってくると、プレゼントを見せびらかした。

「ほう、たくさんあるね」ロルフはそう言いながら、マーリオンの髪をなでた。

「それもくれるの？」マーリオンはうれしそうに大きな花束を指差す。

「いや、これはお祖母ちゃんのだ」ロルフはマリアンネを振り返った。マリアンネは戸口に立ち、頬を染めてふたりを見ている。

ロルフを見るその目。とたんにすべてが台無しになった。楽しい気分も、幸せな家族ごっこも。ムンクは立ちあがってロルフと握手を交わし、憎いその男がばかでかい花束をマリアンネに渡して頬にキスする様子を眺めた。

ありがたいことに、ふたたびマーリオンに救われた。

「ねえ、早く歌を歌っちゃってよ」マーリオンは甘えた声でそうせがんだ。もう一刻も待てないように、興奮で頬を真っ赤にしている。

一同は大急ぎで歌い終えた。どのみちマーリオンは聞いていなかった。ケーキの蠟燭を吹き消すと、プレゼントに駆け寄った。

三十分後、マーリオンは包みを開き終え、プレゼントの前で放心したようにすわっていた。バービー人形は大当たりだった。マーリオンはムンクにかじりついた。ミリアムに睨まれるだろうと思ったが――またしても言いつけを無視したのだから――娘は微笑んだだけだった。感謝しているようにさえ見えた。それで、すっかり気分がよくなった。

プレゼントを開いたあと、また気詰まりな時間がやってきた。コーヒーテーブルをはさんでマリアンネとロルフの向かいにすわったものの、会話がはずまない。と、運よく携帯電話が鳴った。ミッケルソンからだ。今回にかぎっては完璧なタイミングだ。ひとこと断って外に出、吸いたくてたまらなかった煙草に火をつけてから電話に出た。

「はい」

「なぜ電話に出ない？」いらだたしげなうなり声。

「家族と一緒なので」

「ほう、そりゃけっこうなことだな」声に皮肉が混じる。「水入らずのところ悪いが、すぐに来てくれ」

「なにごとです」好奇心が頭をもたげる。

「コードA‐233。十代の少女だ」ミッケルソンの声から棘が消えた。

「場所は？」

「フールムランネ半島の南端あたりだ。今日の昼ごろ、植物学者が発見した」

ムンクはふかぶかと煙草を吸った。ドアの向こうでマーリオンが笑っている。誰かがマーリオンと追いかけっこをしている。きっと、おれの座を奪ったあのにやけ野郎だろう。ムンクはいらいらと首を振った。マーリオンの誕生日だからって、元妻の家にのこのこやってくるなんてどうかしていたのだ。

「すぐ現場へ向かってくれ」

「わかりました。向かいます」ムンクはそう言って電話を切った。

煙草を捨て、家に入ろうとしたとき、ドアがあいてミリアムが出てきた。

「父さん、だいじょうぶ？」娘は心配そうに眉を寄せている。

「え？ ああ、だいじょうぶだ……ただちょっと……事件が起きた」

「そうだったの。あの、じつはね——」

「なんだ、ミリアム？」ムンクはさえぎろうとしたが、思いなおし、ミリアムの肩に触れた。

「大事な発表があるから、心の準備をしておいて」ミリアムは目を伏せた。

「なんの発表だ」

「結婚するのよ」下を向いたまま呟きこむようにそう言う。

「誰が？」

「母さんとロルフ。今日はタイミングが悪いと言ったんだけど……」

ミリアムがようやく目を合わせる。気遣わしげな顔だ。

「なかに入る？」

「呼び出しがかかった」言葉が浮かばず、ぶっきらぼうにそれだけ言った。

結婚だって？　いい雰囲気ではじまったから、つい……いや、いったいなにを期待していた？　自分に腹が立った。いったいなにを考えていたんだ。年寄りのばかほどばかな者はいない。だが、いまはほかに集中すべきことがある。

「じゃあ、もう行く？」

「ああ」

「待ってて。コートを取ってくる」ミリアムはダッフルコートを持ってすぐに戻ってきた。

「おめでとうと伝えておいてくれ」ムンクはぼそっと言って、車に急いだ。

「電話してくれる？　話したいことがあるの。大事なこと。時間があるときでいいから、お願い」ミリアムの声が追いかけてくる。

「わかった、電話するよ、ミリアム」ムンクは砂利敷きのアプローチを小走りに出ると、急いで黒のアウディに乗りこみ、エンジンをかけた。

5

午後五時、ムンクがブスケルー県フールムランネ半島の南端近くに張られた立ち入り禁止テープ前に到着したとき、すでに日は暮れていた。フロントガラスにＩＤカードを押しつけると、ムンクの車をとめてしまったことにまごついた若い警官に手振りで奥へ通された。

数百メートル入った草地に車をとめ、秋の冷気のなかへ出た。煙草に火をつけてダッフルコートの前をかきあわせる。

「ムンクさん？」

「そうだ」

「オルセンです。ここの現場の責任者です」

長身でがっしりとした体軀の中年警官だ。初めて見る顔だと思いながら、ムンクは手袋をした相手の手を握った。

「状況を教えてくれ——

「被害者は道路から約六百メートル離れた場所で発見されました。ここから北北西の方角です」オルセンは黒々とした森を指差した。

「いま来ているのは？」

「鑑識と法医学者のヴィク、それに特別班の方がひとり……コルスタとかいう」

「キム・コールスだ」

アウディのトランクをあけて、ゴム長靴を出し、足を突っこもうとしたときに携帯電話が鳴った。

「もしもし」

「キムです。着きましたか」

「ああ、道路沿いにいる。そっちは？」

「テントのそばです。ヴィクはもう仕事を終えて帰りたがっていますが、あなたが来るまでは死体を動かすなと言ってあります。これからそっちに向かいます」

「わかった。どんな様子だ？」

「しばらく夢でうなされそうです。こいつはいかれた野郎の仕業ですよ」

「どういうことだ」ムンクはにわかに落ち着かない気持ちに襲われた。

殺人事件の捜査にあたって三十年近く、そのあいだにたいていのものは目にしてきた。プロとして、どんな現場にも冷静に臨めるつもりでいる。いまの言葉がキム・コールス以外の者から発せられたのなら、たいして気にはしないはずだ。たとえば、被害者に気持ちを寄り添わせていくタイプのミアなら。あるいは、ヨーヨーさながらに気分が乱高下するカリーなら。彼らが言ったのなら、軽く聞き流すことができる。だが、言葉の主はキムだ。どうやら覚悟が必要らしい。

「いま報告したほうがいいですか。それとも、現場を見てからに？」

「簡単に教えてくれ」そばを通過するパトカーが突然サイレンを鳴らし、ムンクは空いているほうの耳に指を突っこんだ。

「もしもし？　聞こえますか」キムが呼びかける。

「ああ、聞こえる。もう一度言ってくれ」

「被害者は十代の少女。十六、七歳のようです。裸で、なんと言うか……なにかの儀式のように見えます。身体の下に羽根が敷きつめられていて、それから蠟燭が……」

ムンクはまた耳に指を突っこんだ。先ほどのパトカーに続き、さらにもう一台が青色灯を点滅させながら通りすぎる。

「……シンボルのような形に並べられて……」

キムの声がまたさえぎられる。オルセンを睨みつけたものの、携帯電話で話しながら、立ち入り禁止テープのほうへ向かってなにやら合図するのに忙しそうだ。

「なんて言った？」

「五芒星の形のようです」

「なんだって？」

「少女は十代。死体は裸で、妙なポーズを取らされています。目はあいたまま。羽根がそこらじゅうに……」

　雑音が混じる。

「聞こえないぞ！」ムンクはもう一度耳に指をつっこみ、声を張りあげた。

「……花が」

「なんだ」

「口に花が押しこまれています」

「なにがだって？」

「いったん切ります。もうそっちに着きますから」

「わかった。場所は――」大声で告げようとしたが、通話はすでに切れていた。

　ムンクは首を振って煙草をふかした。オルセンがまた近づいてくる。

「しつこい記者がふたりばかり入りこもうとしていましたが、ようやく現場一帯を封鎖し終えました」

「助かるよ」ムンクはうなずいた。「訊き込みははじめてるか。あのあたりに家が並んでるな」

「はい」オルセンがうなずき返す。

「目撃証言は？」

「いまのところありません」

「よし、道の先にあるキャンプ場にも訊き込みを頼む。冬季は閉鎖中かもしれんが、残っているキャンピングカーもいるはずだ。運がよければ、なにかわかるかもしれん」

オルセンはもう一度うなずき、歩み去った。

ムンクはゴム長靴を履き、コートのポケットからニット帽を出した。煙草の吸殻を投げ捨て、手袋をしていないかじかんだ指でどうにかライターを擦り、新しい煙草に火をつけた。まったく、どうなってる。ついこのあいだまで夏だったはずだ。まだ夕方だというのに、真冬の夜のように寒くて真っ暗だ。

キムが木立の奥から近づいてきた。大きな懐中電灯の光で顔が陰になっている。

「覚悟はいいですか」

なんの覚悟だ？

「離れずついてきてください。道が悪くてつまずきやすいですから」

ムンクはうなずくと、キムに続いて森の奥へ歩きだした。

6

ミリアム・ムンクはムーレル通りのアパートメントの一室を前に、呼び鈴を鳴らすべきかと迷っていた。

ユーリエのアパートメント。ユーリエは古い友達で、絶対来てねと何度もメールをくれていた。ずっと昔、反抗的なティーンエイジャーだったころ、ふたりは親友だった。反体制派の若者が集うブリッツハウスに入り浸り、アムネスティ・インターナショナルのボランティア活動にも参加した。抑圧に抵抗することに意味があると信じていた。いまでは遠い昔のことに思える。ちがう時代の出来事、別の人生のように思える。ミリアムはため息をつき、そろそろと呼び鈴に指を近づけたが、その手を引っこめ、さらに逡巡した。マーリオンは母とロルフの家に預けてある。泊まりがけで。誕生会のあと、週末はそのままお祖母ちゃんの家で過ごすと言い張ったからだ。ヨハネスはいつものとおり仕事なので、誰もいないアパートメントに帰りたいとも思えない。それでもなかなか呼び鈴を押せずにいた。マーリオンを産んでから初めてのパーティーというわけでもない。もちろん人付き合いはある。ためらっているのは別の理由があるからだ。靴に目を落とすと、自分の服装がふいに場ちがいに思えた。エレガントなワンピースにハイヒール。こんなふうにドレスアップしたのはいつ以来だろう。鏡の前で小一時間も着るものに悩み、お化粧をして、やっぱりだめだと思いなおして服を着替え、メイクも落とし、ソファーにすわってテレビをつけ、どうにか心を落ち着けようとしたものの、うまくいかなかった。それでまたテレビを消し、お化粧をしなおして、もう一度鏡の前であれこれ服を試し、ようやくここまでやってきた。こんなふうに落ち着きをなくし、胸を躍らせるのも十代のころ以来だ。

いったいどうしたっていうの。

ミリアムは自分にあきれて首を振った。わたしは幸せだ。ここ数週間、その言葉を何度頭で唱えたことか。あなたは幸せなはずよ、ミリアム。ヨハネスがいるし、マーリオンもいる。理想の生活を手に入れた。それでも考えずにはいられなかった。頭から追いやることができなかった。枕に頭を沈めて眠りに落ちる直前や、朝目覚めたとき。バスルームの鏡の前で歯を磨いているとき。マーリオンを学校に送り、大きな鉄の門扉の外から手を振っているとき。そんなふとした瞬間に、同じ思い、同じイメージが何度も頭をよぎるのだった。あの顔が。いつも同じ顔が。

こんなこともうやめよう。

そう、決めた。

これ以上はだめ。

大きく息をつき、急いで階段を下りはじめたとき、背後でドアが開いてユーリエが顔を覗かせた。

「ミリアム、どこに行く気よ」

ユーリエはかなり酔っているようだ。赤ワインがなみなみと注がれたグラスを振りながら、けらけらと笑った。

「窓から姿が見えたのになかなか来ないから、迷子になったのかと思ってたとこ。さあ、入って」

ユーリエは乾杯するようにグラスを掲げ、手招きした。

「階をまちがえちゃって」ミリアムはそうごまかしてゆっくりと階段をのぼり、友を抱きしめた。

「まったく、もう」ユーリエはくすくす笑い、ミリアムの頬にキスした。「さ、どうぞ」

ミリアムを室内に引っぱりこむと、ユーリエは足でドアを閉めた。

「靴は脱がなくていい。来て、みんなに紹介するから」

ミリアムはためらいながら混雑した居間に入った。窓台やソファー、椅子の肘掛け、そして床にも客がすわっている。どこもかしこも人だらけだ。あたりに立ちこめた煙草と違法薬物のにおい。形もサイズもさまざまな大量の酒瓶とグラス。緑のモヒカン頭の若者がかけたラモーンズがスピーカーから大音量で流れ、空気を震わせている。ユーリエは一同の注目を集めようと、声を張りあげた。やめて、とミリアムは思った。

「ねえ、ヒッレ」ユーリエが口笛を鳴らす。「ちょっと静かにして」

ミリアムは黙っていた。気取りすぎな服が急に気になりだし、友に手を取られて部屋の入り口に突っ立った自分がひどく無防備に思えた。

「みんな、聞いて！」ユーリエが叫ぶと、モヒカン頭の若者はしぶしぶ音量を下げた。「この子はミリアム、昔からの友達なの。いまはセレブの仲間入りをしちゃったから、みんな、今夜はなるだけお上品に振る舞ってよね、いい？」

ユーリエは自分の言葉に大笑いしながら、赤ワインのグラスを掲げた。

「おっと、まだ終わってない。ミリアムは警察官の娘なのよ。そう、聞きまちがいじゃない、お父さんはあの凄腕刑事、ホールゲル・ムンクなの。麻薬捜査班に突入されたくなかったら、ハッパは見えないところにしまっといて。ほらゲイル、あなたに言ってるのよ」

ユーリエは手にしたグラスを、アイスランドセーターを着たドレッドヘアの若者に向かって突きつけた。若者は窓台にだらしなくすわり、太いマリファナ煙草をくわえて、至福の笑みを浮かべている。

「さ、またボリュームを上げて」ユーリエはモヒカン頭の若者に笑みを向けた。「でも、パンクロックをかけるんなら、もっとましなのにしてよ」

足もとの床がぱっくり割れて自分を呑みこんでくれたら。ミリアムはひたすらそう願ったが、幸い誰ひとりユーリエの言ったことを気に留める様子はなかった。二秒後には音楽ががんがん流れだし、客たちはなにごともなかったかのようにグラスを口に運んだ。ユーリエはミリアムを引っぱって居間を突っ切り、キッチンに入ると、カウンターにあった紙箱の赤ワインをなみなみとグラスに注いでミリアムに手渡した。

「来てくれて、ほんとにうれしい」ユーリエはミリアムをぎゅっと抱きしめた。「ちよっと酔っててごめん」

「いいって」ミリアムはにっこりしてみせ、キッチンを注意深く見まわした。

彼は居間にもここにもいない。まったく、なにを期待していたのか。ちょっとパーティーに来ただけ。同年代の若者と、ティーンエイジャーみたいにばか騒ぎする、それだけだ。ヨハネスの医者仲間とのフォーマルな晩餐会へはさんざん行った。高級車や田舎の別荘、銀器や陶器のブランドの話に飽き飽きするくらいに。服選びこそ失敗したけれど、それを抜きにすれば、これは昔よく行ったパーティーと同じだ。ただのパーティー。なんの問題もない。

「さっきの話、本当?」

たったいままでユーリエが立っていたほうへ振りむくと、見知らぬ若者が立っていた。

「さっきの話、本当?」控えめな笑みを浮かべてそう繰り返す。

「なんのこと?」ミリアムはもう一度キッチンを見まわした。

「ホールゲル・ムンクが親父さんだってことさ。警察官の。殺人捜査課の刑事なんだって?」

お決まりのいらだちが胸をよぎる。子供のころからたびたびそう訊かれ、複雑な思いをしてきた——ミリアムのお父さんは刑事だから、あの子にはなにも言っちゃだめ。だが、いまそう訊いた若者の目には、悪意も魂胆らしきものも見て取れなかった。それに自分だって、ひとりぼっちで校庭にいる八歳の子供じゃない。若者は白いシャツを着て丸眼鏡をかけている。穏やかな目には好奇心だけが浮かんでいて、他意はなさそうだ。

「ええ、そう。わたしの父よ」気まずさを覚えずにそう答えられたのは久しぶりだった。

「すごいな」丸眼鏡の若者はそう言って、グラスを口に運んだ。話を続けたいが、話題が浮かばないようだ。

「まあね」ミリアムは赤ワインのグラスに顔を隠すようにして、もう一度あたりを見まわした。

「それで、きみはなにをしてるの」

「どういう意味？」ミリアムは少しつっけんどんに返したが、すぐにしまったと思った。

彼は内気で不器用なのだ。会話を続けようとしているだけ。もしかすると口説こうとしているのかもしれない。だが、その手の経験や才能が乏しいのは明らかだ。グラスを握りしめ、今夜はチャンスに恵まれるようにと願いながら突っ立っているのだと思うと、気の毒な気さえしてきた。自分と同じくらい場ちがいに見える。白いシャツの裾はプレスのきいたズボンにきちんとしまってあるし、靴もぴかぴかで高級なイタリア製のように見えるが、じつは模造の安物だ。そう考えたとたん、ミリアムは心のなかで小さく首を振り、自分を恥じた。昔なら、自分もマリファナをくわえて窓台にすわっていたはずだ。あのころは本物のスカロッソと模造品の区別などつかなかった。

「わたし、子供がいるの。以前はジャーナリズムの勉強をしていて、そのうちまたはじめるかもしれないけど、いまは子育てにかかりきり」ミリアムは穏やかに言った。

「へえ、そう」相手の顔にかすかな落胆が浮かぶ。

きれいな顔立ちのミリアムはパーティーでは注目の的で、言い寄られることも多かった。それでも、六歳の娘がいるのと言うと、たいていの男性はしっぽを巻いてこそこそ逃げだす。もちろん自分にも一緒に暮らす恋人がいるのだから、それでかまわない。

「あなたはなにをしてるの?」ミリアムはやさしく尋ねたが、若者の興味は一気にしぼんだらしく、すでにほかの相手を探しはじめている。

「こいつ、ポスターを描かせたらすごいんだ。なあ、ヤコブ」

と声がして、いきなり彼が現われた。

「ヤコブ、こちらはミリアム。ミリアム、こちらは友達のヤコブ。いや、自己紹介はすんだみたいだな、よかった」彼はにこやかに言い、ミリアムにウィンクした。

「ああ、じゃあ彼女が例の……」丸眼鏡の若者は少しきまり悪げな顔になり、急にそわそわしはじめた。「お代わりを取ってくるよ」グラスを指差してそう言い、そそくさと立ち去った。

「例のって?」ミリアムは微笑んだ。

「ああ、わかるだろ?」彼もやわらかい声で笑う。「ところで、素敵な服だね。趣味がいい」

「光栄だわ」ミリアムは大げさに腰をかがめてみせた。

「で、どう?」

「なにが?」

「ここ、ちょっと人が多すぎないかな」

「ちょっとどころじゃないわね」ミリアムはくすっと笑った。

「〈インテルナショナーレン〉は、わりとうまいマルガリータを出すって聞いたけど」

「こんなこと自分が言うなんて思いもしなかったけど」ミリアムは笑い声をあげた。

「いまならテキーラでも飲めそう」

「なら、行こう」彼はウィンクをしてキッチンカウンターにグラスを置き、騒がしい客たちのあいだを縫うようにしてミリアムを連れだした。

7

ヨン・ラーセン捜査官、通称カリーは、アパートメントの戸口で鍵をあけるのに手間取っていた。

婚約者にはもうやめると何度も約束した。ふたりで一年かけて金も貯めてきた。毎月二千クローネずつ。婚約者はフィジーに行きたがっている。楽園での三週間。パラソルの下でトロピカルカクテルを飲み、紺碧の海で熱帯魚と泳ぐ。好きでもない仕事をしばし離れ、休息を楽しむ。なのに、またあそこに行ってしまい、なにもかもおじゃんにしてしまった。

カリーは悪態をつくと、小さな鍵をかすむ目でどうにか鍵穴に差しこみ、しのび足で家に入った。ジャケットをかけようとするが、壁にあるはずのフックが見つからない。玄関ホールでふらつきながら考えた。寝室に向かうか、ソファーに倒れこむか。泥酔して理性をなくし、貯金を無駄遣いしてしまったこんなときは、たいていソファーで寝ることになる。またもやポーカーに手を出してしまった。またもや大負け。最初はいい手が来ていたのに、ストレートで全賭けすると相手はフラッシュだった。そいつはこちらのチップを巻きあげながら、テーブルの向こうで得意げに笑った。飲んだくれるよりほかにない。彼女だってわかってくれるはずだ。

くそ。

壁にもたれ、靴を脱ぎ捨て、おぼつかない足取りで居間のソファーに向かう。フィジー行きは彼女が言いだしたことだ。そもそも、なんだって一杯飲むために地球を半周もしなくちゃならない？　家でも飲めるじゃないか。よろめきながら居間を横切り、白いイケアのソファーにごつい身体を投げだす。クッションを枕にし、ブランケットを引っぱりあげるが、膝までしか届かない。いつのまにか眠りこんだらしく、携帯電話の音ではっと目覚めた。

「誰だ」

外はもう明るい。

「起きたか」ムンクの声だ。

「ええまあ」クッションから頭を上げることができない。

ムンクがいらついた調子で言う。「全員に招集をかけているところだ。一時間後にミーティングだ、出てこられるか」

「日曜にですか」カリーはあくびをした。

「出られる状態か」

「ええっと……」涎で片頬がべたついている。脳の奥から言葉を引っぱりだすが、口に出すのに苦労する。

「一時間後にオフィスだぞ」

「だいじょうぶです」カリーはぼそっと言い、ソファーにどうにか身を起こしたが、とてつもない二日酔いに襲われ、また倒れこんだ。

「ただちょっと……スンニヴァと話して……日曜の散歩を断らないと……。新鮮な空気を吸いに山にでも行こうかと……」

カリーは半分しか開かない目でこわごわ居間を見まわし、婚約者の姿を探した。いまはいないようだ。

「デートの邪魔をして悪いが、来てくれ」これっぽっちも悪いと思っていない調子でムンクが言った。

「いったい……なにごとです」

「電話じゃ言えん。一時間後だぞ、いいな」

「ええ、わかりました、行きます。ただ――」通話はすでに切れていた。

カリーはよろめきながらキッチンに向かい、頭痛薬を三錠出して、一リットルほどの水で流しこんだ。それからバスルームに入り、貯湯タンクが空になるまでシャワーを浴びた。

マリボー通り十三番地に到着し、解錠コードを入力しようとしたとき、アネッテ・ゴーリがやってくるのが見えた。アネッテとは馬が合う。もの静かで、目立ちはしないが、有能な法務担当官で、実直な人柄だ。ミッケルソンに取り入っているなどと陰口を叩く者もいるが、そんな素振りを目にしたことは一度もなかった。

「おはよう」エレベーターに乗りこみながらアネッテが言った。

「よお」

酒と煙草で焼けた自分の声に気づき、カリーは咳払いでごまかした。

「昨日は遅かったの？」アネッテがにっと笑う。

「いや……なんでだ」

「お酒臭いから」

「二、三杯飲んだだけだ」三階へのぼるエレベーターのかすかな揺れで、二日酔いが一気にぶり返した。

「で、なにごとだ？」無理やり笑みをつくる。

「フールムで十代の少女の死体が発見されたの」

「そうか。なにか……手がかりは？」カリーがそう訊いたとき、エレベーターが三階に到着した。

アネッテは顔をしかめ、首を振って先にオフィスへ入っていった。

今日は口を閉じておいたほうがよさそうだ。カリーはキッチンに入り、なみなみとコーヒーを注いで、こぼさないように運びながら会議室へ向かった。

一同に向かって軽くうなずく。キム・コールス、ルドヴィーク・グルンリエ、ガーブリエル・ムルク、そしてムンクが最近メンバーに加えた新人の女性警官。なんという名前だったか。たしかYではじまる名前だった。小柄でブロンド、見ようによれば美人だが、服装はカリーの好みからすれば、ややボーイッシュすぎる。そう、イルヴァだ。カリーは会議室の奥に空いた席を見つけ、テーブルにそっとカップを置いた。ムンクはすでに演台に立ち、プロジェクターのリモコンを手にしている。ミーティングではいつもにこやかな上司だが、今日は難しい顔だ。

「ルドヴィーク、照明を消してくれ」ムンクはぶっきらぼうにそう言って、リモコンのボタンを押した。

ムンクの背後にある大型スクリーンに一枚目の写真が映しだされた。それを見たとたん、カリーはぎょっとした。胃に残った酒が暴れだす。喉もとまでせりあがる。来るんじゃなかった。嘘でもつけばよかった。仮病でも使って、ソファーで寝ていればよかった。シャツの下で汗が噴きだす。手が震え、指がこわばる。カップを握りしめ、動揺を気づかれぬようにと祈った。

「昨日の十二時四十分、フールムランネ半島南端の森で、少女の死体が発見された」ムンクが説明をはじめる。「場所は道路から数百メートル森に入ったところで、発見者はトム・ペッテルソン。四十六歳の植物学者で、オスロ大学に勤めている。植物の撮影にそこへ出かけ、偶然少女を発見した」

これまで多くの現場を目にしてきたせいで、もはや何物にも動じない。カリーはそう自負していた。だがこれはわけがちがう。酒の残りも役には立たない。全裸の少女。おびえきった顔。見開かれた目。身体は奇妙な姿勢で――なにかの形を示すかのように――横たえられ、一本の腕は上に、もう一方は斜め下に伸ばされている。

ムンクがまたボタンを押した。別の写真が現われる。

「ヴィクによると、少女は発見現場で絞殺され、死後にこのようなポーズを取らされたらしい。あとでくわしく見ていくが、いまの段階で注目すべきは……」

ムンクがボタンを押すスピードを上げ、スクリーンに次々と写真を表示させる。

「羽根」

次の写真。

「蠟燭」

次の写真。

「かつら」

次の写真。

「少女の腕の位置」

次の写真。

「腕のタトゥー。馬の頭の下にAとFの文字が刻まれている」

カリーはコーヒーを口に含んだが飲みこめず、こっそりカップに吐きだした。頭が話についていかない。めまいがし、新鮮な空気が吸いたくてたまらない。ムンクから電話があったときはまだ酒が抜けていなかった。その勢いを借りてどうにかオフィスまでたどり着いた。だが、いまごろになって二日酔いが雪崩のように襲いかかり、テーブルに突っ伏さずにいるのに必死だった。ゆうべはなにを飲んだ？　密造酒か？　おぼろげな記憶が脳裏をかすめる。アパートメントのエレベーター。あれはたしか……ウステロースのあたりだったか。口ひげの男と、香水のにおいをぷんぷんさせたハイヒールの女たち。テーブルに置かれたばかでかいジョッキ。へろへろなのも無理はない。それに、スンニヴァはどこへ行ったのか。早くも失敗がばれてしまい、また実家へ帰ったのか。まさか、もう戻ってこないつもりじゃ……。

「最後に、忘れちゃならないのがこれだ」

ムンクの声が遠くに聞こえる。

また別の写真。

「口に花が押しこまれている。目は恐怖で見開かれている」

「サイコ野郎め」キム・コールスが後ろで怒りの声をあげた。

もう限界だ。ゆうべ飲み食いしたものを残らず吐きだしてしまいたい。カリーはあたりを見まわして出口を探した。部屋を飛びだしたいが、足が言うことを聞かない。しかたなくすわったまま深呼吸し、カップをきつく握りしめた。

「検視解剖の一次報告書が来た」ムンクが一同の動揺をよそに続ける。「注目すべき点にはあとで個別に触れるが、まずはこれだ」

さらに何枚もの写真。カリーは目を背けずにいられなかった。

「最後の一枚を見てくれ。膝と肘に擦過傷がある。てのひらには無数のまめができている。おまけにひどく痩せている。というより、見てのとおり骨と皮だ。拒食症患者みたいに。理由はこれだと推測される」

ムンクは写真をスクリーンに映しだしたまま、目の前に置いた報告書をめくった。

「ヴィクによると、胃の残留物は動物の餌だけだった」

「えっ？」

一同がどよめく。

「動物の餌ですか」ルドヴィーク・グルンリエが訊き返した。

「そうだ」ムンクがうなずく。

「ばかな……」

「餌だって？」

「そんなことが……？」

「どういうことです？」新入りのイルヴァが言った。ひどく動揺している。

「被害者の胃からは人間の食べ物らしきものが検出されなかった。さっきも言ったように、これは一次報告書だ。ヴィクの話じゃ、明日には詳細なものが出るらしいから、それを待つしかない。そのあいだに……」

そのとき携帯電話が鳴った。ムンクは話を中断し、画面を確認して電話に出た。

「リカール、どうも。伝言を聞いてもらえました？」

リカール・ミッケルソン。ムンクが本部長をファーストネームで呼ぶのを初めて聞いた。カリーだけでなくほかの者たちも同じらしく、なにごとかと顔を見合わせ、肩をすくめている。

ムンクは煙草をくわえてテラスを指差した。休憩の合図だ。

8

ミア・クリューゲルはアパートメントの床に膝をつき、一列に並べた薬瓶を眺めながら、蓋をあけずにすむ理由を探していた。

前夜は冷えた身体を抱きしめながら、がらんとした部屋のなかを何時間も歩きまわり、ようやく窓際に敷いたマットレスの上で眠りに落ちた。

そして幸せな夢を見た。シグリの夢。繰り返し見る夢を。黄金の小麦畑のなか、白いワンピースを着た双子の姉が手を振りながら駆けてくる。ミアに笑いかけながら。

こっちよ、ミア。いらっしゃい。

心安らぐ夢だった。心地いい、温かい夢。生きることには意味があると感じられた。けれど、そこで目が覚めた。街の喧騒。現実世界の雑音。自分を呑みこもうとする闇。もう少し生きてみようなどと、なぜ思ったのか。この世に別れを告げようと心に決めたはずなのに。海辺の家で。ヒトラ島の入り江にある無人島で。とっくの昔に決意したのに、なぜまだ苦しまなくてはならないのか。

こっちよ、ミア。いらっしゃい。

行くわ。

もう少しがんばってみる？

いやよ。

こっちよ、ミア。いらっしゃい。

ひどく寒くて、震えがとまらない。上掛けをきつく身体に巻きつけ、細く青白い腕を伸ばして薬瓶のひとつを手に取った。ラベルを読もうとするが、よく見えない。明かりが消えたままだ。電気代を払ったかどうかも思いだせない。

起きあがって、酒を取りに行く。

いや、飲んじゃいけない。

健康的でまともな暮らしをしようと、酒瓶は洗濯機の底に隠してある。といっても、汚れたままの洗濯物の奥に突っこんだだけだ。洗濯機は電源につないでさえいない。アパートメントとも、街とも、世界とも、つながりたいとは思わない。

バスルームの鏡に映る自分の姿が目に入る。数カ月前に孤島の家で同じように鏡を覗いたことを思いだす。

あのときは自分を見る気にさえなれなかったが、いまはあえて直視してみる。鏡の奥に立つ幽霊のような姿をしげしげと見つめる。

ノルウェー人らしいきらめく青い瞳。白く細い肩に垂れた長い黒髪。左目のそばの傷痕。一生消えることのない三センチの傷。腰のパンティラインのすぐ上には小さな蝶のタトゥー。遠い昔、プラハで過ごしたある夜、若気の至りで入れたものだ。右手首の細い銀のブレスレットをなでる。堅信式のプレゼントに、シグリと一緒にひとつずつもらったものだ。ハートと錨と名前の頭文字のチャームがついた子供用のブレスレット。ミアのはM、シグリのはS。式の夜、パーティーが終わって客が帰ったあと、オースゴールストランの家のふたりの部屋に戻ったとき、シグリがそれを交換しようと言いだした。わたしのをつけて。わたしはそっちをつけるから。

その日以来、ミアはこの銀のブレスレットをはずしたことがない。

ミア・月の光（ムーンビーム）。

祖母にはいつもそう呼ばれていた。

おまえは特別な子なんだよ、わかるかい？　ほかの子たちもいいけど、おまえにはものを見る目がある。ほかの人が見逃してしまうことも、おまえには見えるんだね。

血のつながりこそなかったが、祖母は実の孫のように愛してくれた。シグリとミア。ミアとシグリ。ふたりを産んだ若い母親は子供を育てることが難しく、それを望んでもいなかった。それで中年夫婦のエーヴァとヒッレの養子として迎えられた。

母、父、祖母、シグリ。

同じ墓地に四つの墓。欠けているのは自分の墓だけ。ミアは汚れた洗濯物に手を突っこんで酒瓶を一本取りだし、下着姿で震えながら、マットレスの前に並べた薬瓶のところへ戻った。

またセラピーを受けるべきか。

くだらない。

もう試しずみだ。

マティアス・ヴァング。オスロの一等地にオフィスを構える、口ひげの臨床心理士。親切で善良で、知性と熱意に富み、教育や訓練も充分に受けている。それでもなにもわかっていない。

〝わたしの見立てを言いましょうか、ミア〟

酒瓶の蓋をひねってあける。

〝なんでしょう〟

瓶を持ちあげて口をつける。

〝不調の原因は仕事です〟

熱いものが喉をくだっていく。

〝どういう意味です？〟

熱とともに、夢の温もりが甦る。シグリの気配が。

〝あなたは普通の警察官とはちがう〟

もうひと口飲むと、熱が全身に広がる。

〝というと？〟

寒さはほとんど感じない。

〝思い入れが強すぎます。それでは壊れてしまう〟

それでも、毛布を身体にしっかり巻きつけた。このほうが気持ちが落ち着く。

〝壊れる？〟

白い錠剤が詰まった薬瓶が五つ。

〝この世の悪のせいです。あなたが見るもの、感じるものすべてのせいです。ほかの人たちにとってはたんなる仕事でも、あなたにとっては、そう、なんと言うべきか……あなたはわがことのように苦しみを感じてしまう。残酷な事件が起きるたび、犠牲者の気持ちになりきってしまう――そんなふうに言うと、大げさかもしれませんが〟

また酒瓶を口に運ぶ。

〝そうは思いません〟

五つの薬瓶があけられるのを待っている。

〝たしかに、まだセラピーを重ねてはいないので、あなたのことを知っているとか、理解しているとは言いがたいですが……いまはそんなふうに見えます〟

持ちあげた酒瓶を唇に当てたまま、ミアはしばらくじっとしていた。

〝続きはまた来週に？〟
ノー。
〝解決法は見つかるはずですよ、ミア〟
ノー。
ミアは酒瓶を置き、細い銀のブレスレットをそっとなでた。
解決法などない。
そして、冷たいリノリウムの床に並んだ薬瓶の蓋をゆっくりあけた。

9

ホールゲル・ムンクはむしゃくしゃした気分を抱え、黒のアウディでビスレットに向かっていた。ウレヴォール通りの信号で停止したとき、目の前の横断歩道をベビーカーを押した若夫婦が渡っていった。ムンクは煙草に火をつけて首を振った。どうしてこんなことになったのか。自分もついこのあいだまであの若者のようだったのに。マリアンネがいて、ベビーカーに乗ったミリアムがいたのに。マリアンネの再婚話が頭から離れなかった。だが、考えるべきことはほかにある。十七歳の少女が殺害され、全裸で森に遺棄された。敷きつめられた羽根の上に。口に花を押しこまれて。そのせいでミッケルソンにごまをするはめになった。いらだちの理由はそれが大半かもしれない。それでも、森のなかで白いテントに足を踏み入れ、横たわる少女を目にした瞬間、すべきことを悟った。ミア・クリューゲルを復職させる。班のメンバーは優秀で、ノルウェー有数の捜査官ばかりだが、ミアは別格だ。

背後で鳴ったクラクションの音で、ムンクはわれに返った。信号は青に変わり、若夫婦はもういない。車を発進させ、ビスレット・スタジアム方面にハンドルを切る。再婚？　なんだっていまさら？

車をとめて降りようとしたときに携帯電話が鳴った。

「ムンクだが」

「ルドヴィークです」

「どうした」

「少女の身元がわかりました」

「早いな」

「ええ」

ルドヴィークとその補佐につけたイルヴァに、行方不明者のリストを確認させてあった。

「いいぞ。で、名前は？」

「まだ確認が必要ですが、まずたしかだと思います。カミラ・グレーン。三カ月前に捜索願が出されていました。特徴が一致します。身長、瞳の色、タトゥー。ですが、ひとつ妙な点が」

「なんだ」

「そのせいで少し手間取りまして」

ムンクは頬を緩め、煙草に火をつけた。手間取った、か。身元を調べるよう指示してから二時間とたっていない。ミアを復帰させろとミッケルソンにせっついたことが後ろめたくさえ思える。班にはすでに国内屈指の捜査官が集っているのだから。

「続けてくれ」ムンクはそう言って車を降りた。

「カミラ・グレーンは」ルドヴィークがコンピューターの画面を読みあげる。「一九九五年四月十三日生まれ。瞳の色は緑、肩までの茶色がかったブロンドの髪。身長一メートル六十八センチ、体重約七十キロ。両親は他界しています。捜索願を出したのはヘレーネ・エリクセン。フールムランネ養護院という施設の院長です」

「七十キロ？」ムンクは座席から捜査ファイルを出し、車をロックした。「そりゃ別人だろ？　被害者はがりがりだったぞ、忘れちゃいない――」

「わかってます」ルドヴィークがさえぎった。「ですが、写真があるんです。まちがいなく本人です。カミラ・グレーン。ほかはすべて一致します。タトゥーもなにもかも」

「わかった。捜索願はいつ出されたって？」

「七月十九日です。でも、そこが妙なところで、そのせいでリストから見つけだすのに手間取ったんです」

「つまり？」

「捜索願を出したヘレーネ・エリクセンが、その数日後に――なんと言うべきか――〝捜索不要願〟を出していまして」

「つまり、見つかったってことか」

ルドヴィークからはしばらく返事がなかった。コンピューターの画面を調べているのだろう。

「いいえ、見つかってはいません。届出が取りさげられただけです」

「どういうことだ」ムンクはミアのアパートメントを見上げた。

ふたつの窓はどちらも真っ暗だ。来るまえに電話をかけたが、出なかった。だから自宅まで来てみたのだ。

「……電話に出ないんです」ルドヴィークの話は続いている。

「誰が？」

「ヘレーネ・エリクセンです。番号は記載されているんですが、かけても出ません」

「わかった」ムンクは通りを渡った。「カミラの両親は亡くなっていると言ったな。なら、誰かほかに保護者がいるはずだ。ほかにわかったことは？」

「いまのところ、それくらいです。あとは、フールムランネ養護院についていくらか」

「どういう施設だ？」

ムンクはアパートメントの入り口に立ち、無駄だとは思いながらインターホンのボタンをひととおりたしかめた。ミアが自分の部屋番号を公にするとは思えない。数歩下がって、もう一度窓を見上げた。考えてみれば、おかしなものだ。さほど遠くに住んでいるわけでもない。テレーセ通りにあるムンクの自宅から車で数分の距離だ。なのに、ミアの家を訪ねたことはなかった。いや、おかしいというより残念なことだ。短くなった煙草を捨て、新しいのに火をつける。また後ろめたさを覚えた。停職になって以来、ミアに会ったのはほんの数回だった。〈ユスティセン〉でごく軽く話しただけだ。ミアはよそよそしく、言葉少なだった。彼女の身に起こったことを思えば無理もない。お茶のほかには電話を何度か。もっと力になるべきだったのかもしれない。上司として、もっとできることがあったかもしれない。友人としても。だがミアはああいう性分だ。プライバシーを重んじ、立ち入られることを嫌う。だからそっとしておいた。

「くわしいことはまだ不明ですが、問題を抱えた青少年を受け入れている施設のようです」ルドヴィークが話を続ける。

「ウェブサイトがあるんですが、いささか――」

「一九九〇年代のままなんです」後ろでイルヴァが声を張りあげた。

「更新がとまっているようです。調べたかぎりでは、問題のある青少年たちがそこで花の栽培などをして働いているようですが。いまのところ、つかめたのはここまでです」

「ありがとう。そのまま続けてくれ。院長の名はなんといった？」

「ヘレーネ・エリクセンです」

「電話に出るまでかけつづけるんだ。カミラ・グレーンについても引きつづき調べてくれ」

「すでに取りかかっています」

「よし」ムンクはそう言って電話を切った。

もう一度ミアに電話をかけたが、やはり出ない。しばらくそこに立ったまま、ミアが出るまで無記名のインターホンのボタンを片っ端から押してやろうかと考えたが、ちょうど幸運に恵まれた。ドアがあいて、色鮮やかなスポーツウェアに身を包んだ若い女性が現われた。ムンクは煙草を捨て、ドアが閉まる寸前になかへすべりこんだ。

たしか三階のはずだ。それだけは知っている。一度〈ユスティセン〉から歩いて帰ったとき、ミアが指差したことがある。

家はあそこです。新しいわが家。

ミアは酔っていて、声には苦さが混じっていた。

わが家。

まるっきりそう思っていないような口ぶりだった。ムンクはふうふう言いながら三階へのぼった。幸い、ドアはふたつしかない。一方には表札がある――〝グンナール&ヴィーベケ〟。もう片方のドアにはなし。

ムンクはダッフルコートのボタンをはずし、呼び鈴を二回鳴らして待った。

10

ミリアム・ムンクは見知らぬ部屋で目を覚ました。ただし、目を覚ましたのはベッドではなかった。そう、それだけはしていない。彼は紳士的で、誘おうともしなかった。毛布を持ってきて、ソファーに寝床を用意してくれた。居心地のいいこぢんまりしたアパートメントは、ミリアムの自宅とはまるでちがっていた。

ここにあるのは、妊娠するまえにミリアムが送っていたのとよく似た暮らしだ。自由な暮らしと言うべきか。フログネルにヨハネスと買ったアパートメントはイタリア製のフロアタイルが敷かれ、バスルームにはダウンライトが埋めこまれている。自動製氷機と高性能な野菜室がついた冷蔵庫。デジタル表示つきの食洗器。携帯電話の遠隔操作で帰宅時の室温を設定できる暖房装置。最新型の車。くわしい仕様は知らないが、いまどきの車に必要なものはフル装備されているらしい。カーナビに四輪駆動、前後席のエアバッグ、ＤＶＤプレーヤー、サンルーフにスキー板の収納ケース。いまいる部屋はまるでちがう。セロテープで壁に貼られた古いポスター。片隅にはレコードプレーヤー。乱雑に散らばった服。隙間風の入る窓。室内はひどく寒く、ミリアムはソファーの上で毛布をきつく身体に巻きつけ、コーヒーテーブルの上の煙草に手を伸ばした。

十月のオスロ。じきに冬が来る。いつもの朝ならキッチンにある暖房のコントローラーで室温を上げているところだ。そうしておけば、目をこすりながら起きだしてきたマーリオンが朝食を食べるときに寒い思いをせずにすむ。罪悪感がうずきだす。自分は悪い人間だ。パーティーに行き、そのあとここに来て、ろくに知らない相手の部屋で夜どおし赤ワインを飲みながら、誰にもしたことのないような打ち明け話をした。父親のこと。親の離婚のこと。そのときの正直な気持ち。ヨハネスのこと。父親とは正反対な男性を選んだのも、若くして子供を産んだのも、父親へのあてつけと現実逃避だったのではないか、ひそかにそう思っていること。

ミリアムは煙草に火をつけ、卓上のバッグから携帯電話を出した。ヨハネスからのメールは来ていない。〝さびしいよ〟も〝どこにいる？〟もなし。母からのものが一件だけ――〝マーリオンをもうひと晩泊めてもいい？　明日はうちから登校したいって〟。

返信を送る――〝もちろんオーケー。マーリオンにいい子にしてねと伝えて〟。携帯電話を置き、毛布をかき寄せ、ポスターをもう一度眺めた。

〝動物の自由はわれらの自由〟

〝ルーケン農場を閉鎖しろ〟

ミューセンにある農場だ。不要になった動物を国じゅうから買い集め、檻に閉じこめて、動物実験用に海外に売り飛ばして儲けている。

それが出会いだった。

ジギーとの。

ミリアムはまた罪悪感に苛まれた。それでもまだ迷っていた。起きて身じたくをし、タクシーでフログネルの自宅に帰り、良きパートナーとして、良き母親として、期待されているとおりの人間として、当直を終えて帰ってくるヨハネスを迎えるべきか。それとも、昔の暮らしを思いださせるこのこぢんまりした居心地のいい部屋で、もう少し毛布にくるまっていようか。

〝ルーケン農場を閉鎖しろ〟

モッセ通りの動物保護連盟に顔を出すようになったのは、なにかやるべきことを見つけようと思ったからだ。子育てのほかにできることを。トーヴェとカーリという控えめなふたりの女性の目的は、捨て猫を世話することだけだった。餌をやって、抱きしめること。大事にされていると感じさせること。単純なことだったが、ミリアムにはそれで充分だった。

そこへジギーが現れた。

とたんにふたりは十代の少女みたいに恥じらいだした。トーヴェとカーリの話だ。ジギーが初めて現れたとき、スターにでも会ったみたいに頬を染めた。最初のうち、ミリアムには彼がほかのボランティアとたいして変わらなく見えた。

でも、いまはわかる。

困ったことに。

新しい煙草に手を伸ばして火をつけたとき、寝室のドアが開いた。

「おはよう」

「おはよう」

「少しは眠れた？」

ジギーは目をこすりながら寝室から出てきて、向かいの椅子に腰をおろし、肩にかけた毛布をかき寄せた。

「少しはね」ミリアムは顔を赤らめた。

「よかった」ジギーはにっこりし、テーブルの煙草の箱に手を伸ばした。

そして煙草に火をつけ、その火先越しにやや首をかしげて、笑みをたたえたきれいな目でミリアムを見つめ、やがてずばりと訊いた。

「どうしたらいい、ミリアム。この状況を」

ミリアムの胃がきゅっとした。自分の煙草を見つめたまま、身じろぎもできなくなる。ゆうべは本当の自分に戻れた。そのとき感じた胸の高鳴りは、朝になれば消えると思っていたのに。

「コーヒーが飲みたいな。きみもどう?」

ええ、お願い。

「もう行かなきゃ」

本当は一日じゅうここにいたい。

「そうだね」ジギーは微笑んだ。「朝食も出さずに帰すわけにはいかないと思ったけど、無理にとは言わないよ」

お願い、もう黙って、じゃないと帰れなくなっちゃう。

「残念だけど、帰らなきゃ」

「わかった。そのほうがいいなら」

身なりを整え、アパートメントを出たあと、ミリアムは困ったことになったと気づいた。

恋に落ちてしまったのだ。

ただのときめきじゃない。

二度と連絡しちゃだめだ。

タクシーで帰宅するあいだ、幾度も自分に言い聞かせた。

すぐに忘れるはず。

家に入って玄関ホールのテーブルに鍵を置き、服を脱ぎ捨てながら寝室へ入り、上掛けの下に潜りこんで頭を枕に沈めたとたん、ミリアムは眠りに落ちた。

11

ホールゲル・ムンクが二度目にベルを鳴らし、数回ノックしてからあきらめて帰ろうとしたとき、ようやくドアがあいてミアが顔を出した。

「何時だと思ってるんですか」

ミアは苦笑いを見せてから、ムンクをなかに通した。

「日曜の午後四時だが、なにか？」

靴を脱ぎ、かけるところが見つからずにダッフルコートを床に置いてから、ムンクはミアのあとについて居間に入った。

「散らかってていてすいません。荷解きが終わっていなくて。なにか飲みます？　紅茶は？　あいかわらず下戸のままですか」

最後の〝あいかわらず〟には含みでもあるのか——あまりに久しぶりだとか、もっと早く顔を見せろだとか——と思ったが、そうでもなさそうだ。

「シャワーを浴びるところだったんです。待っててもらえます？」

「ああ、もちろんだ」

「よかった。二分ですみます」

ミアがバスルームに消えると、ムンクは居間の真ん中で所在なくあたりを見まわした。〝荷解きが終わっていない〟どころじゃない。ヒューネフォスの自分のアパートメントもこんなふうだった。ムンクもまったく荷解きをせず、居心地のいいわが家をこしらえようともしなかったが、この部屋もそれと同じだ。窓際にマットレスが敷いてあり、上掛けと枕がのせられている。あちこちに積みあがった段ボール箱。開きかけてまた閉じたらしいものがいくつか。壁にはなにもかかっておらず、家具もほとんどない。

　努力の跡も見られなくはない。イケアの箱がいくつかあるし、組み立てかけの白い椅子もある。椅子の脚は説明書の横に置かれたままだが、小さなテーブルはなんとか完成させたらしい。ムンクは背の低いソファーに身を沈め、捜査ファイルをテーブルに置いた。どうも、状況は思わしくないようだ。

　ミアはひどく具合が悪そうで、ヒトラ島にいたときに逆戻りしたように見えた。あそこでミアに会ったときはぞっとしたが、いまもたいして変わらない。いつもは強靭で、エネルギーに満ち、明晰そのもののミアが、まるで幽霊のようだ。半分空になったアルマニャックの瓶とグラスがマットレスの横に置いてある。部屋の隅には三段重ねのピザの空き箱。また罪悪感に襲われる。もっと早く来るべきだった。こんなにひどい状態だとは。最後に〈ユスティセン〉で会った晩は、もっと明るく、前向きな気持ちでいるように見えたのに、いまのミアの目はヒトラ島にいたときとまるで同じだ。虚ろで、生気が感じられない。

　ムンクは立ちあがり、玄関のコートから煙草を出した。

「なかで吸ってもいいか、ベランダに出ようか？」バスルームに向かってそう声をかけたが、シャワー中のミアからは返事がなく、ベランダに出ることにした。凍えるような寒さのなか、最後の日の光が消え、ビスレット・スタジアムや周囲の街並みがしんとした夕闇に沈んでいこうとしている。

犯人のいかれ野郎。

少しのあいだ、心のなかで毒づいた。

チームの前ではそんな姿は見せられない。けっして。冷静沈着で有能な捜査のプロ。リーダーとして、部下たちに取り乱す姿は見せないようにしてきた。だが、今回はそれが難しくなりつつある。現場で目にした光景が頭から離れないのだ。事件は山のように扱ってきた。被害者やその家族にはつねに同情を寄せ、愛する者を失うことの耐えがたい苦しみに胸を痛めてもきた。それでも、ほとんどの場合、犯行には説明がついた。ささいな口論が不幸な結果に発展したとか。街のギャング同士の抗争とか。嫉妬とか。ときには事件に人間味を覚えることもあった。殺人が人間らしいなどと言うのは許されないが――だから口にしたことはなく、頭で考えるだけだが――扱った事件に曲がりなりにも説明がつきさえすれば、納得できる部分もあった。

今回はちがう。

これは人間のやることじゃない。

ムンクは玄関のコートを取ってベランダに戻り、また煙草に火をつけた。タオルを巻いたミアがバスルームから出てきて、寝室のひとつに消える。洋服簞笥か、でなければ服の詰まった箱があるのだろう。またやましさを覚えた。これまでのことすべてに。以前、ミアは現実から逃れようとした。ひとりきりで孤島に隠れ住んでいた。それをムンクが連れもどした。ミアを都合よく利用しておいて、用がすんだら手も差しのべずにお払い箱にしたのだ。いや、そうしたのはチームのわれわれではない。ミアを見捨てたのはミッケルソンだ。警察本部だ。体制だ。自分じゃない。ホールゲル・ムンクにすべて一任されていれば、ミアは班の一員として自由にやれていたはずだ。

「ドアをあけておいてくれるなら、なかで吸ってもいいですよ」

ミアが寝室から笑みを浮かべて出てきた。黒の細身のパンツに白いタートルネックのセーター。頭に巻いたタオルをはずし、髪を乾かしはじめた。

「ああ、わかった。すまんね」ムンクも笑みを返した。考えごとをしていて、吸ってもいいかと訊いたことをすっかり忘れていた。

煙草を外の通りに投げ捨ててからなかに入り、ベランダのドアを閉めた。

「わたしが現役の刑事だったら」ミアは窓際のマットレスに腰を下ろした。「ホールゲル・ムンクが日曜の午後に写真が山ほど入ったファイル持参で現れたら、外の世界で大事件が起きたんだろうと推理してるとこですね。本部が必死になってて、わたしを復職させたがっているんだろうと」

ムンクはソファーに沈みこんだ。

「非公式にだ。しかも条件つきだ」

「やらせてほしいとこちらから願いでろと?」

その言葉にも含みはないかとミアの様子をうかがったが、今度もとくに見て取れなかった。ほっとしたような、うれしげにさえ見える表情を浮かべている。玄関で見せた、死んだような目にも少し生気が戻り、ムンクの訪問を喜んでいるようだ。

「それで、どんな事件です?」ミアはタオルを床に落とした。

「自分で写真を見るか、おれが説明しようか?」

「それは選べるんですか」ミアが卓上のファイルを手に取る。

ファイルを開いて写真を床に並べはじめると、ミアの目つきが変わった。

「発見されたのは昨日の昼だ。場所はフールムランネ半島の南端。道路から数百メートル森に入ったところだ。ハイキング客が——いや生物学者だか植物学者だかが——植物の撮影に森へ入って発見した。こんな姿で、まるでなにかの——」

「儀式ですね」ミアは考えこむように言った。

ムンクはソファーにすわったまま、ミアが写真を並べ終わるのを待った。

「そう見える。だが……」

「なにか？」顔を上げずにミアが訊き返す。

「黙ってたほうがいいか、それとも……」邪魔はすまいとムンクは訊いた。

「ああ、いいえ、すみません。どうぞ続けてください」ミアはつぶやくように言い、床のアルマニャックの瓶をあけて、汚れたグラスの縁まで注いだ。

「ぱっと見たかぎり、たしかに儀式のようだ。かつら。羽根。蠟燭。腕の位置」

「五芒星ですね」ミアがグラスを口に運ぶ。

「ああ、イルヴァもそう言っていた」

「イルヴァ？」

「ヒッレが異動になったんだ。イルヴァは警察学校を出たてで……」

「わたしみたいに？」ミアはにっと笑い、写真に目を戻した。

「きみは中退だろ」

「卒業させてくれなかったからでしょ！　で、条件は？」

「イルヴァを加えるための？」

「いえ、わたしをです」ミアは床の写真を手に取る。

「なんのことだ」

「ミッケルソンですよ。今回はどういう条件なんですか。待って、当ててみせます。戻る条件は――セラピーを続けること？」

「そうだ」ムンクはソファーの上で身じろぎした。

「ここで吸ってもいいですよ。どこかに灰皿があるはず。キッチンの食器棚のなかに」ミアが指を差す。目は写真に据えられたままだ。

「名前はカミラ・グレーン」ムンクは煙草に火をつけてから言った。「十七歳。三カ月前、問題を抱えた青少年のための施設から捜索願が出された。検視解剖の一次報告では、胃から動物の餌が検出されたということだ」

「えっ？」ミアが顔を上げる。

「餌だ」

「なんてこと」と言って写真に目を戻す。

ミアはアルマニャックをぐっと飲みくだした。視線が遠くをさまよう。これまで幾度となく見てきた目だ。心はもうここにない。

携帯電話が鳴り、ムンクはベランダに出た。ミアは気づく様子もない。

「ムンクだ」

「ルドヴィークです。見つかりました」

「誰が？」

「ヘレーネ・エリクセンです。捜索願を出した院長です。こちらに向かっています」

「すぐ行く」ムンクはそれだけ言って電話を切った。

居間に戻ると、ミアはもう二杯目を注いでいた。

「それで？」

「なにがですか」ミアが心ここにあらずといった顔で見上げる。

「どう思う」

「明日オフィスに行きます。いまはひとりで写真を検討させてください」

「わかった。本当にだいじょうぶだな。なにか――食うものでも持ってこようか」

ミアは手を振って断った。目はもう写真に戻されている。

「じゃあ、明日待ってる」

12

赤の短いダウンジャケットを着た四十歳の女が、ビスレット・スタジアム近くの街灯の下に立ち、アパートメントから出てきたベージュのダッフルコート姿の太った男を見ていた。男は煙草に火をつけ、考えこんでいる様子だったが、やがて黒のアウディに乗りこんで走り去った。

「なにをぐずぐずしてんだ？」

隣にいる二十も年下の若者がニット帽を耳の下まで引っぱりおろし、用心深くあたりを見まわした。

「凍えそうだ」

「静かに」と女は言い、手をポケットに入れてなかにあるものをたしかめた。

ブレスレット。

「簡単な話なんだろ？」若者は言って、震える手で口の端にくわえた手巻き煙草に火をつけた。「金をもらえるんじゃないのかよ」

赤いジャケットの女は若者を連れてきたことを後悔した。ひとりで来るべきだった。それももっと早く。

女は三階の部屋を見上げたまま、ジャケットの前をかきあわせた。かすかな明かりが漏れているから家にいるはずだが、なぜか踏ん切りがつかなかった。

「一発打ちたい」若者は乾いた咳をした。

「静かに」女はまた言った。打ちたいのは自分も同じだ。

一発打つだけで、みじめな気持ちは消えうせ、心地いい温もりを感じられるのに。

「見せろよ」若者が手を出す。

「なにを？」

「ブレスレットを。それを渡しさえすりゃ、金がもらえるんだろ」

女はまた部屋を見上げてから、ポケットのなかのものを見せた。

「これ？」若者はあきれた顔でブレスレットを街灯の光にかざした。

「こんなもの、なんの値打ちがある？　ガキがつけるような安物だ。なんだよ。駅の売店か〈セブン‐イレブン〉にでも押し込めば、五分で稼げるだろ。こんなものがいくらになるってんだよ。なあ、どうかしてるって」

女はブレスレットを取り返し、ジャケットのポケットに戻した。

銀のブレスレット。ハートと錨、そして文字。M。

「思い入れのある品なのよ」静かにそう答えた。薬への渇望が強烈に襲ってくる。

「はっ？」

若者はそわそわとあたりを見まわし、手巻き煙草を吸った。

「なあ、〈セブン‐イレブン〉を襲おうぜ。それかレッフェにちょっと分けてもらおう。あいつには貸しがあるんだ。一発ぐらい打たせてくれるはずさ。家も近いし、な？　くそっ、なんだよそのがらくたは。もう行こうぜ」

赤いジャケットの女が見上げると、ベランダのドアがあいて黒髪の若い女が出てきた。片手に酒のグラスを持っている。しばらくそこで夜景を眺めていたが、やがて室内に戻り、ドアを閉めた。

ミア・クリューゲル。

ずっとまえにこうするべきだった。

ずっと、ずっとまえに。

「なあ、頼むよ」若い男はせがむような声になり、煙草の吸殻を捨てた。「さっさと行こうぜ、な？　寒くて死にそうだ」

「うるさい。お金のことだけじゃないのよ」

「金だけじゃない？」

「そう」

「だけど、あんたの話じゃ――」

「友達だったの」女はいらだち、相手の言葉をさえぎった。

ひとりで来るべきだった。

「友達？　誰と？　あそこにいる女とか」

「黙って」

「友達なら、金を借りればいいだろ。くそっ、シッセ、どうかしてるぜ！　なんでこんなところに突っ立ってるんだよ」

「ちがう、友達なのは彼女じゃない。シグリよ」

「シグリって？」

「あの人の姉さん」

若者はほとんど空になった煙草の袋をポケットから出し、わずかに残った葉を紙に巻いた。そのあいだも、しきりに周囲を気にしている。

「なあ、シッセ、冗談じゃなく、もう限界だ。すぐなにか打たないと。だろ？」

「あのとき、あそこにいたの」女は部屋を見上げたまま言った。

「どこに」

「あいつを見た」

「なんの話だよ」

「あいつがあの子を殺すのを見たの」

若者は黙りこんだ。細い煙草をくわえ、その先にライターをかざしたまま、火もつけずに固まっている。

「なんだよ、シッセ、びびらせんなよ。誰を殺したって？」

シグリを。

また後悔が押し寄せる。

ずっとまえに来るべきだった。

自分はあの場にいた。

「かんべんしてくれよ、シッセ、ハイになりたいだけなんだ。金が入るんじゃないのかよ」

「なに？」

「レッフェがツケで打たせてくれる。すぐ近くだ。行こうぜ。こんなの時間の無駄だ」

女はポケットのなかのブレスレットにもう一度手を這わせ、指先でその感触をたしかめた。そのとき、三階の部屋の明かりが消え、暗闇に変わった。

「なあ」

「ちょっと黙ってて」

「なんだよ、シッセ！　行くのか、行かないのか」

「本当にレッフェが打たせてくれるの？」

「もちろんさ、こっちも貸しがある。こんなの無駄だ。行こう」

女は最後にもう一度真っ暗な窓を見上げた。

そして若い男に急きたてられるように歩きだした。

第二部

13

ガーブリエル・ムルクはマリボー通りの角にある新聞スタンドの前で足をとめ、初めてここへ来たときのことを思い返していた。半年前は警察で働くことが不安だった。ハッカーだった自分には、警察官としての経験など――というより、どんな仕事の経験も――まるでなかった。警察はガーブリエルの名前をイギリスの秘密情報部(MI6)から入手した。情報部がネット上で出題した最高レベルの暗号解読問題を解いたせいだ。じつはそれは人材獲得のためのキャンペーンで、職を得るにはイギリス国籍が必要だと告げられた。それきりそのことは忘れていたが、ある日、ホールゲル・ムンクから電話があった。もうじき子供が生まれるガーブリエルには、まともな仕事のオファーを蹴ることなどありえなかった。そんなことをすれば、恋人に許してもらえなかったはずだ。

ガーブリエルはＩＤカードを通して黄色い建物に入った。十代の少女。フールムランネ半島の森のなかで全裸で見つかった。見せられた写真を思いだすと身震いがした。こんな事件は、木から吊るされた少女たちが発見されたあのとき以来だ。あのときはあやうく吐いてしまうところだった。最初はこの仕事についたのはまちがいだったと思ったが、幸い班はその事件を解決した。

自分もそれに貢献した。

事件後にムンクの個室に呼ばれ、労いの言葉もかけられた。「解決できたのはガーブリエルのおかげだな」そう言われて誇らしかった。重要な仕事に関われた気がした。

カードをエレベーターのパネルに押しあて、三階のボタンを押そうとしたとき、背後で聞き慣れた声がした。

「待って」

振りむくと、ミアがこちらに走ってくるのが見えた。驚きと喜びが押し寄せた。

「ありがとう」ミアが息をはずませて言い、エレベーターのドアが閉まった。

ミア・クリューゲル。

「復帰したんですか」ガーブリエルは頬が赤らむのを感じた。気づかれていないといいが。

「そうみたい。上の連中にふざけるなって言ってやればよかった」

「ですね」ガーブリエルは笑った。

「記録は入手できてる？」

「え？」

「通信記録。被害者の携帯の」

「いえ。その手のことには時間がかかるので。でも手配中です。ほら、手続きがややこしくて」

「ハッキングしちゃえば？」

「ムンクさんが規則を守れって」ガーブリエルはどぎまぎして小さく笑みを浮かべた。

ミアがくすっと笑う。

そして先に立って廊下を進み、カードをリーダーに通すと、ガーブリエルのためにドアを押さえてくれた。ドアを閉めたところにムンクが現れた。

「十一時と言ったはずだぞ。十一時きっかりだ。十五分過ぎじゃない」そうがなりたて、奥へ引っこんだ。

「今日は虫の居所が悪いみたいですね」ガーブリエルはもうしわけないような気持ち

で言った。

「ほんと」ミアはたいして気にする様子もない。

「十一時と言ったら十一時だ。まじめな話、少しはプロ意識を見せてくれ。みんなどこにいる？」ムンクが会議室で怒鳴っている。冬眠から目覚めたクマが吠えているみたいだ。

ミア・クリューゲル。

戻ってくれてよかった、とガーブリエルは思った。

14

「はじめるぞ」ムンクがスクリーンの前の定位置に立って言った。

そこへミアが入室し、ガーブリエルは一同の顔が輝いたのに気づいた。

「ムーンビーム」ルドヴィーク・グルンリエが声をあげ、立ちあがってミアをハグした。

アネッテ・ゴーリも席を立ってミアと握手し、キム・コールスはすわったまま笑顔で親指を立てる。

「はじめるぞ」ムンクがもう一度言った。「見てのとおりミアが戻った。喜んでくれ。礼を言うべき相手は目の前にいるぞ。わかってるだろうが、ミッケルソンにごまをするのはこれが最初で最後だ。その値打ちはあったがな」

ムンクは小さく口もとを緩め、プロジェクターの電源を入れた。

と、急に気づいたように言った。「カリーはどこだ。知ってるかキム？　ルドヴィークは？」

ムンクは部屋を見まわしたが、みな首を振るばかりだった。

「なにも聞いてません」キムが答える。

「わかった」ムンクがリモコンのボタンを押した。

スクリーンに写真が現れる。殺された少女の生前の写真で、カメラに向かって小さく微笑んでいる。学校の記念写真かなにかだろう。

「昨夜、フールムで発見された少女が十七歳のカミラ・グレーンだと確認がとれた。一九九五年生まれ。養護施設で育った。幼いころに母親と死別。自動車事故だ。父親はフランス人で、名前は……」

「ローラン・クレマン」ルドヴィークが助け舟を出した。

「そうだった、ありがとう、ルドヴィーク」ムンクが先を続ける。「いまのところ父親とは連絡がついていない。ヘレーネ・エリクセンによれば、カミラは父親とは疎遠だったらしい。以前は夏休みにフランスへ会いに行っていたらしいが、最近は社会福祉局の世話になっていた」

「すみません、ヘレーネって誰ですか」ガーブリエルは訊いた。

「ああ、そうだった。ゆうべはいろいろあって、最新の情報を共有できていなかったな」

ムンクは咳払いをして、卓上のミネラルウォーターを飲んだ。

「ヘレーネ・エリクセンは……」

ムンクがルドヴィークを見る。

「写真はないか」

ルドヴィークが首を振る。

「わかった、カミラ・グレーンは里親のもとを転々として育った。どこにもなじめなかったようだ」

ムンクがすばやく手帳をめくる。「リストには四つの住所が挙がっている。そのすべてから逃げだし、十五歳のときにフールムランネ養護院に来た」

ムンクは質問を受けつけるというように、一同に向けて手を上げた。あくびを嚙み殺している。あまり寝ていないようだ。

「ヘレーネ・エリクセンのことを」イルヴァが促す。

ガーブリエルはイルヴァがミアを気にしているのに気づいた。気持ちはわかる。ここで働きはじめたときの自分もそうだった。ミア・クリューゲルと同じ部屋にいるだけで圧倒されてしまい、頓珍漢な言動をとらないよう必死だった。

「ああ、そうだな」ムンクが続ける。「昨日、ヘレーネに話を聞いた。フールムランネ養護院の院長で、三カ月前にカミラ・グレーンの捜索願を出した女性だ。ルドヴィークとふたりでヘレーネを法医学研究所に案内し、発見された少女がカミラだと確認してもらった」

そこでムンクは言葉を切り、またルドヴィークを見た。「送っていったとき、彼女の様子は？」

ルドヴィークはため息をついて首を振った。「動揺していました。ショック状態で」

「養護院には誰か頼れる者がいそうだったか」

ルドヴィークはうなずいた。「アシスタントのパウルスが」

「そうだな」ムンクがさらに手帳をめくる。

しばしの沈黙のあと、ムンクはまたボタンを押した。今度は犯罪現場の写真が映しだされる。まえに見たものだ。カミラが全裸で羽根の上に横たわり、奇妙なポーズを取らされ、白い花を口に入れられている。

「パウルスの写真は？」ムンクがまたルドヴィークのほうを見る。

「いや、まだ入手できていません」

「そうか。パウルスは養護院の出身で、いまはヘレーネの右腕を務めているらしい。そのパウルスから、入所者や職員、教師まで、施設の関係者全員のリストを入手した。ルドヴィーク、続きを頼めるか」

「はい」ルドヴィークが目の前に置いた書類に目を落とす。「フールムランネ養護院は問題を抱えた青少年のための施設です。ヘレーネ・エリクセンが一九九九年の秋に設立。民間施設ですが政府の補助金を受けています。ウレヴォールとディーケマルクの病院にある精神保健サービスと摂食障害クリニックとも提携しています。何カ所かに電話してみましたが、悪い話はひとつも出ませんでした。行き場のない青少年にとって、非常に有益な施設のようです。何年もそこで過ごしている者もいるそうです」

ルドヴィークが書類をめくる。

「もちろんまだ訊き込みをはじめたばかりですが、誰に訊いても称賛ばかりです。とくにヘレーネ・エリクセンは評判がいいですな。若者たちの母親代わりになっているようです。引きつづき調べてみますが、いまのところ引っかかる点は見あたりません」

「わかった、ルドヴィーク、ありがとう。それでは……」

「おれの番ですか」キム・コールスがにっと笑う。

「ああ、そうだな、キム」ムンクがうなずく。

「死体発見後、現場には警官を配置しています。あたり一帯をしらみつぶしに調べていますが、物的証拠はほとんど見つかっていません。あのあたりはハイキングに人気の場所なので、足跡から絞りこむのは難しいでしょう。なにも出ないのは妙ですが、まだ捜索中です。スヴェルヴィーク、ロイケン、サンネにも応援を要請していますし、なにか見つかるまで続けます。証拠になるものがあるはずです。範囲が広いので時間がかかりますが、きっちりやるつもりです。いまのところは、すでに写真で見たように、鑑識が発見した証拠がいくつかあるだけですね。羽根、蠟燭、口に入れられた花、これはユリだと思います。それと周辺の訊き込みで目撃者が出ました」

キムがiPadをスワイプする。

「オルガ・ルンという年金生活者の女性で、死体発見現場近くの道路沿いに住んでいます。車体にステッカーを貼った白いヴァンが往復するのを見たらしいです。一度目は夕方のニュースが終わった直後、同じ道を戻ってきたのが十一時のニュースの直前だったそうです」

一同が表情をなごませた。テレビ番組のプログラムで時刻を把握するのは年配の女性がやりそうなことだ。

「ステッカー?」ミアが初めて口を開いた。

「ああ、そう言っている」

「ロゴのこと?」

「きっとそうだろうな」

「どんなロゴかはわからないの」

キムはまたiPadをスクロールした。「ここには書いてない。警官のひとりから報告を受けたんだが、自分で行って話を聞いてくるよ」

「わかった、キム、ありがとう。ガーブリエル?」ムンクが言った。

考えこんでいたせいで、名前を呼ばれたガーブリエルははっとした。

「は、はい?」

「通信記録は?」

「申請中なので、じきに届くはずです」ガーブリエルはうなずいた。

「よし」

ガーブリエルがミアを見ると、ウィンクが返ってきた。

「それじゃ」とムンクが言う。「ミアはどうだ」

ミアは立ちあがってスクリーンの前へ出た。ムンクがリモコンを渡し、演台の横にすわる。ミアは長い黒髪を耳の後ろに払い、咳払いをひとつして、最初の写真を表示させた。

「あまり検討する時間がなくて。昨日見せられたばかりなので」少し弁解するように微笑む。

「でも、注目すべき点がいくつかあります」

ミアがスクリーンに向かうと、室内は静まり返った。

「計画的犯行、それも長期にわたって計画されたものだということはまちがいない。最初に思ったのは、非常に手のこんだ犯行現場だということです。そうでしょ？」

ミアは返事を待たず、次々に写真を表示させる。

「かつら。羽根。周囲に置かれた蠟燭。全裸にされた死体。両腕の形。口に入れられた花。儀式。最初に思い浮かんだのは捧げ物でした。生贄です」

ミアはスクリーンに一歩近づき、写真の各部を指ししめした。

「蠟燭が五つの角を持つ星の形に並べられている。五芒星。一目瞭然です。よく知られたシンボルで、闇や地獄への入り口です。まだ断定はできないけれど、犯人、あるいは犯人たちは、そういったものに傾倒しているはず。オカルト。悪魔信仰に」

ミアは質問がないかとたしかめるように部屋を見まわしたが、みな黙ったままでいる。

「ここまではいいですか」

何人かが小さくうなずいたが、やはりなにも言わない。

「性的暴行の痕跡はないようですね」

ミアがムンクを見ると、ムンクはうなずいた。

「わかりました」ミアはリモコンを押してさらに数枚の写真を表示させた。

「処女性」被害者が大写しになった写真が出たところでそう言う。「こういった儀式にはそれが重視される、でしょう？」

まだ誰も口を開かない。

「カミラ・グレーンが処女だと言ってるわけじゃありません。最近の十七歳にはめずらしいことなので。でも、性的暴行の跡がないこと、一糸まとわぬ清らかな姿で横たえられていること、複数のシンボルが添えられていること、そこが重要なんです」

ミアはムンクのミネラルウォーターに手を伸ばすとひと口飲み、考えこんだ。

「ミア？」ムンクが軽く咳払いする。

「え？」

ミアが顔を上げた。

「ああ。すみません」リモコンのボタンが押され、新しい写真が現れる。

「さっきも言ったように、くわしく検討する時間がなかったので、ざっと見たかぎりの印象ですが」

ミアはまた顔を上げ、様子をうかがうように室内を見わたした。一同がうなずく。ガーブリエルは気づいた。ミアが犯人に導いてくれる。自分と同じように、誰もがそう期待している。

「何者かがカミラの死体にポーズを取らせた。裸にして置き去りにした。十七歳の少女、カミラ・グレーンを。次に考えたのは……」

ミアはまたそこで言葉を切ったが、今度はムンクが先を促すまでもなかった。

「発見させる意図があったのか。なんらかのメッセージなのか。そこが重要な点です」ミアがムンクを見る。

「そのとおりだ」

「さらに、被害者の体格からもわかることがあります」

数回ボタンを押し、最初の写真に戻す。

「カミラ・グレーンは健康な普通の少女でした。問題があったのはたしかです。里親に育てられ、最近は……なんという施設に預けられていたんでしたっけ？」

「フールムランネ養護院だ」ムンクが答えた。

「そう、でも、これを見てください……」

新しい写真が現れる。

「行方不明になったとき、カミラは標準的な体重でした。でも発見時はこんな状態です」

ガーブリエルは目をそらしたくなった。

「ひどく痩せて、骨と皮です。膝には痣と擦過傷」

ミアは写真を切り替えた。「肘も同様……」さらに続ける。「……てのひらには多数のまめ。行方不明になって三カ月。健康体の十代の少女。そしてこの状態で発見された。つまり、監禁されていたんです」

ガーブリエルは視線を落とした。とても見ていられない。監禁？　耐えがたい思いでいるのは自分だけではなさそうだ。

「なにか質問は?」ミアが訊いた。

しばしの間があった。

「あの……餌のことなんですけど」イルヴァがおずおずと口を開いた。

「そう。動物の餌」ミアが言う。

「どういうことでしょう」

ミアは部屋を見わたした。「動物ということが重要なの。そうよね、キム?」

「どういうことだい、ミア」キムが小さく答える。

「彼女は動物として扱われていた」ミアは卓上の水をもうひと口飲んだ。

「なぜそんな……?」

新入りのイルヴァがまた口を開いた。顔は青ざめたままだ。

「それはわからない」ミアは肩をすくめた。「さっきも言ったように、昨日写真を見せられたばかりなので。ぱっと思いつくのはこんなところです」

ミアがムンクを見ると、ムンクは席につくよう手振りで示した。

「わかった。ご苦労さん」

長い沈黙が落ちた。

かつてのミアの活躍を知る者はその優秀さを承知しているが、イルヴァはいま目の当たりにしたことに度肝を抜かれたようだ。

ムンクがまたスクリーンの前に立った。「よし、それじゃ」そう言って顎を掻く。「煙草休憩だな」ぽんと手を叩く。「一本だけ吸ったら、続きをやろう。よし、この調子だ」

誰も返事はしなかったが、ガーブリエルはキムが口もとを緩めるのを見た。喫煙者はムンクひとりなので、休憩が必要なのもムンクだけだ。

ムンクはコートを着てテラスに出たが、残りはみな部屋に残った。

「この調子だ、か」キムが言った。「ずいぶんご機嫌じゃないか？」

ミアが肩をすくめる。

「おそらく……」ルドヴィークが言いかけ、口をつぐんだ。

「なんだ、ルドヴィーク？」キムが促すが、ルドヴィークはすぐには答えなかった。

「ムンクが自分で言うだろうから」

「なにを？」ミアも興味を引かれたようだ。

ルドヴィークはためらっていたが、目の前のファイルから書類を取りだし、ミアに差しだした。

「このリストが一時間前に届いたんだ」

「なんのリスト？」

「フールムランネ養護院の入所者と職員の」

「嘘でしょ」リストに目を通したミアが言った。

「なんだ、なにか問題でも？」キムが訊いた。

「ロルフ・リッケ」ミアがぼそっと言う。

「誰だ、そのロルフ・リッケって」キムがミアからリストを受けとった。

「マリアンネの恋人」

「マリアンネって？」

「マリアンネ・ムンクだ」ルドヴィークが静かに言った。

「まえの奥さんか」キムが驚いた顔をする。

「ああ」ルドヴィークはうなずいた。「マリアンネ・ムンクの恋人、ロルフ・リッケ。そこで教師をしている」

「まずいな」

「そうだろ」ルドヴィークがリストをファイルに戻したとき、ムンクがテラスから戻った。

15

自室の鏡の前に立ったイサベラ・ユングは、そわそわと落ち着かなかった。こんな気持ちは初めてで、自分でも不思議なほどだった。数カ月前、臨床心理士にこの施設を紹介されたときは、いつもと同じように〝どうだっていい〟と答えた。でも、いまはちがう。

これまでずっと施設を出たり入ったりしてきた。本当はフレドリクスタの父の家で暮らしたいのに、父が当てにならないからそれはできない。社会福祉局にはそう言われている。父はお酒を飲んだり、しょっちゅう家を空けたりするけれど、そんなことは問題じゃない。食事くらい自分でつくれるし、授業の準備もできるし、バス停へもひとりで行ける。なのに、だめだと言われた。北にいる母親の家で暮らすことになった。

あの母の家で。

考えただけでぞっとする。

イサベラは心のなかで毒づいた。あれは母親なんかじゃなく、魔女だ。なぜ福祉局の人たちにはわからないのだろう。母親なら子供をかわいがるはずだ。やさしい言葉をかけ、褒めてくれるはずだ。自分に向けられたのは非難の言葉ばかりだった。叱りつけられたり、醜いとか役立たずとか罵られたり、ろくな人間にならないと脅されたり。どんなにいい成績を取っても、どんなに先生から褒められても、どんなにきれいに部屋を片づけても同じだった。最初の家でも、引っ越した先でも。十三歳のとき、ついに家出した。ヒッチハイクで故郷の町に戻った。父が飲酒運転で刑務所に入ってもかまわなかった。自分の面倒は自分で見られる。でもだめだった。社会福祉局にまた保護されて、今度はオスロにある摂食障害専門のクリニックに入れられた。ものを食べなくなったからだ。

そのあとは、どうにでもなれと思っていた。

なにもかも気にしない。

どうだっていい。

でも、クリニックでほかの女の子たちから噂を聞いた。いい場所があるらしい。フールムランネ養護院。そこはほかの施設とはちがうという。だから心理士に薦められたとき、半信半疑ながらも行くことにした。そしていま鏡の前に立ち、面談がうまくいきますようにと祈っているところだった。くいきますように、これからもここにいられますようにと祈っているところだった。自分でも意外なことに。

ちゃんとお化粧したほうがいいだろうか。服ももっと感じのいい、ブラウスかなにかのほうがいいだろうか。パーカーとダメージジーンズじゃまずいかもしれない。ヘレーネがそんなことを気にしないのはわかっているけれど。

初めてここに来たときは、たいして期待が持てそうには思えなかった。ここには規則がある。授業も受けないといけない。広い女子寮と小さめの男子寮があって、ほかにも大きな温室が三つ、納屋や道具小屋がいくつか、車庫もある。着いたその日にヘレーネに案内され、出入り自由な場所が示された地図を見せられた。そう、行動範囲にも制限がある。起床は七時。朝食は八時。その後は曜日によって変わってくるが、昼食まで温室での農作業か授業に出る。それから六時の夕食までまた作業。そのあと十一時までが自由時間だ。花の配達などの仕事があるとき以外、敷地内を出るのは禁止。テレビとインターネットは昼間は禁止で、夜の八時から十時のあいだだけ許されている。携帯電話の使用にも制限がある。使えるのは夕食後だけで、就寝前には預けなければならない。最初の日にはこんなところには長くいられないと思ったのに、その予想ははずれた。

何日かいるうち、安らぎのようなものを感じた。ここでは粗探しはされない。批判もされない。みんな居心地よさそうにしている。ヘレーネのおかげだ。ヘレーネはほかの大人たちとはちがう。あなたのためなのよ、などと言わない。本当に、ずっとここにいられたら。

幸せらしきものを感じられたのは久しぶりだった。これまでの里親たちは、みなイサベラのことなどほったらかしだった。朝寝坊しようと、夜更かししようと。何時間もテレビを見たり、チャットをしたりしようと。ぶっとおしで画面を見つづけたせいで目がちかちかすることさえあった。夜明けとともに起きて一日じゅう働くのが楽しいだなんて、あのころは想像もできなかった。七時に起きる人なんているの、と思っていた。でもいまはそれを楽しんでいる。

考えた末、おめかしはしないことにした。いつものパーカーとジーンズのままで、最後にもう一度鏡を覗いてから部屋を出た。ドアを閉めると、床に花が落ちていた。白いユリだ。どうしてこんなものがここに？　拾いあげてしばらく眺めるうち、ドアに小さなカードが貼ってあるのに気づいた。

〝きみが好き〟

イサベラは頬を染め、廊下の左右に目をやった。

誰かがここまで来たものの、ノックする勇気がないまま、花とカードだけ残して立ち去ったのだ。

〝きみが好き〟

その下に絵が描いてある。サインのようなものだ。花を置いていった誰かはずいぶん恥ずかしがり屋なのか、名前を残す代わりにそれを描いたらしい。最初はなんの絵かわからなかった。鳥？　大きな目の鳥――フクロウだろうか。イサベラは花の香りを嗅ぎ、胸をときめかせながら、またあたりを見まわした。

わたしのことを好きな人がいる？

ひそかに想ってる？

イサベラは部屋に戻り、花とカードをそっと枕の下に入れてから、はずむような足取りで外に出た。

女子寮を出たところでなにかあったらしいと気づいた。

セシリエがいる。ここでいちばん仲のいい子だ。涙を浮かべて、ほかの少女の肩を抱いている。

「どうしたの」

「聞いてないの？」セシリエは返事をするのもやっとの様子だ。

「いえ、なんなの。教えて」

「カミラが見つかったの」

「カミラ・グレーン？」

セシリエがうなずく。

「死体で。誰かに殺されたの。森で見つかったのよ」

「なんてこと」イサベラは絶句した。

「ヘレーネが教室に集まるようにって」セシリエが涙声で言う。

「でも……いったいどうして……？」

庭の向こうからパウルスが呼びかけ、ふたりの話はさえぎられた。

「ヘレーネが待ってるぞ、来ないのか」

カールした黒髪ときらめく青い瞳を見て、イサベラの胸はきゅんとした。その声はひどく悲しそうだった。

16

とっぷりと日の暮れた午後六時、ミアはムンクとともに黒のアウディでオスロからフールムランネ養護院に向かっていた。本来なら、ミーティング後すぐに発っていたはずだった。

出発が遅れたのは、ヘレーネ・エリクセンが施設の子供たちに事件を告げるのを待っていたためだ。警察が押しかけるまえに、仲間のひとりに起きた不幸を知っておいてもらったほうがいいとの判断だった。いまふたりだけでそちらへ向かっているのも同じ配慮からだろう。「大勢でいっせいに乗りこまれたくないだろうからな」とムンクは言った。それにはミアも賛成だった。複雑な過去を持つ子供たちが集まる施設だから、かつて警察とトラブルになった者がいたとしてもおかしくない。青色灯をつけたパトカーを何台も送りこんだりすれば、必要な情報が得られなくなる可能性が高い。だがミアは落ち着かなかった。なにかを見落としているような気がする。現場写真に示されていることを。だがそれがなんなのかはっきりしない。

あせりすぎだ。

そこが自分の悪いところかもしれない。ムンクはもっと着実で、冷静沈着だ。今日は少し落ち着きがないようだが、職員のリストの件を考えれば無理もない。

ミアは上着のポケットからミントを出し、車の窓をあけた。ムンクが新しい煙草に火をつけ、E一八号線に入る。日が沈んだのは五時だった。のしかかるような濃い夜の闇がミアは嫌いだ。この季節が。この寒さが。黒い毛布にまとわりつかれるような重さが。それでなくても人生は過酷なのに、これから何カ月ものあいだ光のない生活をしなければならない。小麦畑を駆けるシグリの夢。その温もりが恋しくなるが、つとめて頭から追いやった。あれから二十四時間とたっていない。思いだすと身震いが出るが、あのとき、ひとつ目の薬瓶をあけて中身を一気に飲みくだしたのだ。

そこをムンクに助けられた。運命のいたずらで。あのときムンクが訪ねてこなければ、いまごろここにはいなかった。ムンクが来たおかげで、二本の指を喉に突っこんで薬を吐きだした。自分が恥ずかしかった。がんばろうと心に誓ったくせに、あっけなく降参してしまった。

ミアは手を伸ばしてヒーターを全開にし、しばらく迷っていたが、やがて心を決めた。知らないふりをしても意味がない。

「それで、いつ話してくれるんですか」

「話すって？」

「とぼけないでください、ホールゲル。リストを見たんです。みんな見ました。なにを考えているんです」

「なんの話だ」とまたはぐらかすが、なんの話か気づいているのは明白だ。

「ロルフです。ロルフはあそこの教師ですよね」

ムンクはまた煙草に火をつけようとして手をとめ、フロントガラスの先をじっと見つめた。

「捜査からはずれるべきです。わかってるでしょ。ミッケルソンに知られたら、まちがいなくはずされますよ。ホールゲル、なにを考えてるんです？　事件と個人的な関わりがあるのに、それを黙っているなんて、どういう――」

「わかった、わかった」

ムンクは手を振ってさえぎり、前方に目を据えたまま黙りこんだが、やがてミアのほうを見ずに言った。「結婚するそうだ」

「誰が？」

「マリアンネとロルフが」

ミアは首を振った。「だからなんなんです？」

ムンクがまた黙りこむ。

「もう、ホールゲル、しっかりしてください」ミアはため息をついた。

「しっかりって？」

「全部言わなきゃだめですか」

「全部ってなにをだ」

ムンクはいらだったように車線を変更すると、セミトレーラーを追い越して元の車線に戻り、ダッシュボードの煙草を取って火をつけた。

「ホールゲル」ミアはまたため息をついた。「心理士じゃなくたって、あなたの考えてることはお見通しです。とにかく、ばかげてます」

「なにがだ」ムンクはなおもとぼける。

「ロルフ・リッケが今回の事件の容疑者になったら、マリアンネとは別れるだろうから、自分にチャンスが巡ってくると思ってるんでしょ。正気ですか、ホールゲル。出来の悪いハリウッド映画のハッピーエンドみたい。あなたらしくもない」

ミアはムンクに笑いかけ、苦笑いが返ってきたのを見てほっとした。

「たまに、本気できみが憎らしくなるよ」

「ええ、わかってます。でも、誰かが言わなきゃ」

ムンクは自分の純情ぶりにあきれたように首を振った。

「あいつはマリアンネにばかでかい花束を買ってきたんだ」ふうっと息を漏らす。

「それはそれは。とはいえ、もう十年ですよ」

「わかってるさ、ミア」

「で、どうします?」

「なにを」

「彼があそこの教師だという事実をです。あなたが捜査からはずれるかどうかです」

ムンクはアクセルを踏みこんでもう一台トレーラーを追い越し、小さなため息をついて言った。「あいつのことは極力早く容疑者からはずす」

「それがいいでしょうね」ミアはうなずいた。「おそらく無関係でしょうから」

「おそらくはな」

「それじゃ、さっさと確認してリストからはずしましょう」

「むろんだ」

「それで問題なしですね」

「ああ」

「一件落着、と」ミアはまたうなずいた。

「そもそも問題などなかったんだ」

「ですね」ミアはにっこりした。

「カリーのやつはどこだ」アスケルに着き、一六七号線への出口を降りながら、ムンクが言った。

話題を変えたがっているのを見て取り、ミアも合わせることにした。ムンクがマリアンネに未練があるのは知っていたが、十年たったいまも驚くほど変わらぬ思いを抱いているようだ。それが気の毒だった。

「わかりません。電話に出ないんです」

「さっさと戻ってもらわんと。人手が足りんのは知ってるはずだ」ムンクは前を見たまま言った。

「わかってますが、いまも言ったように連絡が取れないんです。スンニヴァにも昨日留守電を残したんですが、彼女からもかかって来なくて」

「もうひとり失うわけにはいかん」ムンクが苦々しげに言った。

「どういうことです」

「聞いてない、のか――

「なにを？」

ムンクがミアを見る。

「キムだ」

「キムがなにか？」

「班を去るかもしれん」ムンクがため息をつく。

「えっ。どうしてですか」

「ヒューネフォスへの異動願を出したんだ」

「キムが田舎に？」ミアは笑った。「いったいなんでまた」

「結婚するらしい」ムンクは不満そうだ。「最近の流行りらしいな」

「結婚？　誰と？」

「あそこの町の女教師を覚えてるか。ふたりの兄弟のことも」

「もちろんです。木に吊るされた女の子を発見した子たちでしょ」

ムンクはうなずいた。

「あのエミリエ・イサクセンとキムが付きあっていて、兄弟を養子にするつもりらしい」

「それはよかった」ミアはにっこりした。

ムンクが陰気に笑う。「ああ、そうだな、彼らにとっては。だが、班はどうなる？ キムなしでやっていくなんて想像もつかん。おまけにカリーのやつまでさぼるとなると……」

「優秀な後任は見つかりますよ。見つけるのは得意でしょ？」

「キムにはこの事件が解決するまではいてもらう。それははっきり言っておいた」

「それで、どう思います？」ヘッドライトが前方の看板を照らしだす。

〝フールムランネ養護院。五百メートル〟

「この事件か」

「はい」ミアはうなずいた。

「ここだけの話だな」

「ええ」

「ひどく嫌な予感がする。感じるんだ。わかるか」

「邪悪なものを、ですね」ミアは低く答えた。

ムンクは小さくうなずいた。幹線道路から並木道に入ると、遠くに温室の明かりが見えはじめた。

17

ヘレーネ・エリクセンのこぢんまりしたオフィスは深い悲しみに包まれていた。ヘレーネと寮生たちに悲報を受けとめる時間を与えたのは正解だった。ムンクの判断のおかげだ。ふたりの前にすわった長身のヘレーネはすっかり憔悴し、口をきくのもつらそうだった。

それでもヘレーネがこの施設の主なのは明らかだとミアは思った。机の前にすわった姿には威厳さえ漂っている。

「まずは、さっそく会っていただいて感謝します」ムンクが咳払いをして、コートのボタンをはずした。「それにもちろん、ゆうべご協力いただいたことも。つらい思いをされているときにお邪魔して恐縮です。今回の悲劇とは無関係に思われることまでお訊きするかもしれません。一刻も早く捜査を進めることが非常に重要でして。それでカミラが戻るわけではないですし、みなさんの悲しみが消えるわけでもないのは承知しています。ですが、犯人は捕まえねばなりません」

「ええ、もちろんです」ヘレーネは小さくうなずいた。

「よかった」ムンクもうなずいた。「ここの職員と入所者全員のリストはいただきました。アシスタントの……」

「パウルスです」

「そう、パウルスから。感謝します」ムンクが笑みを浮かべる。「それに加えて、より詳細な入所者の情報が必要――」

「寮生です」とヘレーネが訂正した。

「ああ、そうですな、すみません。より詳細な、その、寮生の情報です。いまは名前しか手もとにないので、さらに医療記録、生い立ち、ここで暮らすようになった理由などが必要です。おわかりいただけますかな」

ヘレーネは少し迷うような顔をしたが、やがてうなずいた。

少女たちを守ろうとしている。

ミアはヘレーネにいっそうの尊敬を覚えた。

「それでは」ムンクはにっこりして手帳をめくった。「まずこれから片づけましょう。あなたは七月十九日にカミラ・グレーンの捜索願を出していますが、数日後に取りさげています。なぜでしょう」

「いまとなっては、愚かなことをしたと思いますが、ええ、たしかに取りさげました。カミラはいつもあんなふうなので。いえ……あんなふうだったので」

ヘレーネは身をこわばらせた。カミラ・グレーンのことを過去形で語るのがつらいのだ。

「あんなふうとは？」ムンクが訊き返した。

「気まぐれでした」

「気まぐれというのは、どんなところがですか」ヘレーネを安心させるように、ムンクがやさしく訊いた。

「いいえ、気まぐれではないわ。すみません、言葉が適切じゃありませんでした。独特です。カミラは独特な子でした。規則や押しつけを嫌っていました。しょっちゅう逃げだしていましたが、そのうち戻ってくるんです。自分のことは自分で決める、そんな子でした。おわかりいただけます？」

「わかります」ムンクがうなずく。「それで、捜索願を出したものの……？」

「ここは規則がとても厳しいんです。それを好む子もいれば、嫌う子もいる。でもここでの生活はそうと決められています。なにかを得るには、犠牲にしなければならないこともあります。そうでしょう？」

ヘレーネはかすかな笑みを浮かべた。

「それで……彼女は……？」ムンクが先を促す。

「カミラは七月十八日の夕方の当番をすっぽかしたんです。翌朝確認すると部屋にもいなかったので、捜索願を出しました」

「では、それを取りさげた理由は？」

「二日ほどしてメールが来たんです」

「どんな内容でしたか」

ヘレーネはため息をついて首を振った。「探さないでとありました。元気にしているから心配しないでと。フランスにいる父親のところだとありました」

「それを信じたんですか」そう口をはさんでから、ミアは口調がきつかったことに気づいた。「その……メールに不審な点はありませんでした？」

ヘレーネはムンクの顔をうかがい、少し迷うような顔をした。「いえ、とくには……」

「あなたを責めているんじゃありません。言うまでもないですが」ムンクが言う。

「気づくべきだったのかもしれません」ヘレーネは机に目を落とした。「でも、カミラは少し……」

「気まぐれだった？」ムンクが続ける。

「いえ……さっきも言いましたが、その言葉は不適切です……あの子は少し、頑なでした」ヘレーネは顔を上げてふたりを見た。「〝頑な〟というほうが正確です。他人に指図されるのが嫌いでした」

「メールの内容は本当だと思われたんですね」ミアは訊いた。

「ええ」

「犯人に心当たりはありませんか」

「いえ、まったくありません」ヘレーネは咳きこむように言い、またムンクを見た。

ミアは続けた。「ここの寮生や職員で、精神に傷を負った人間はいませんか。子供時代の悲惨な経験のせいで、敷きつめた羽根の上にカミラを寝かせ、口に花を押しこんで楽しむような可能性のある人間は？」

「いいえ……だって、わたしにはそんなこと……」ヘレーネの目におびえが浮かぶ。

「勘のようなものでも」ミアはムンクの視線を無視し、もうひと押しした。

ヘレーネは黙りこみ、ちらっとムンクを見てから、また机に視線を落とした。

「いいえ」と小さく言って顔を上げ、ふたりの顔を見た。「いいえ、もちろん心当たりはありません」

ムンクがまたミアを睨み、なにか言おうとしたとき、ドアがノックされ、カールした黒髪の若者が顔を出した。

「ヘレーネ、ちょっと——」

客がいることに気づき、若者は口をつぐんだ。

「ああ、すいません……」

「いいのよ、パウルス」ヘレーネは笑いかけた。「どうしたの」

「寮生たちが……その、ちょっと……」若者は口ごもり、またミアとムンクに目をやった。

「あとにしましょうか」

「ええ、もちろんいいですけど……」

「待ちますよ」ムンクがうなずく。「こちらはかまいません」

入り口に立った若者はヘレーネを見てから、もう一度ミアとムンクの様子をうかがい、またヘレーネに目を戻した。

「もしよければ……その、いまのほうが。ご迷惑じゃなければ」

「本当にかまいません？」ヘレーネはミアとムンクを見て言った。

「いいですとも。時間はたっぷりあります」

「よかった、助かります」ヘレーネは微笑んで立ちあがった。「すぐに戻ります」

背後でドアが閉じられ、ふたりは狭いオフィスに残された。

ムンクがミアを見て首を振る。

「なんですか」ミアは肩をすくめた。

「あれじゃやりすぎだ」

「彼女はなにか知っています」

「どういうことだ」

「すみませんでした。なんのお話でした?」戻ってきたヘレーネが席について言った。

「入所者の情報のことですが」

「寮生です」ヘレーネがまた訂正した。

「ああ、そうでした、すみません。いつ見せていただけますかな」

「まずは弁護士に相談しないと。なにか問題がないか、必要以上の情報を明かすことにならないか、確認してみます」ヘレーネは少し力の戻った目で言った。

「わかりました」ムンクはうなずき、ミアを一瞥してから、顎を引っかき、手帳のページをめくった。

18

ガーブリエル・ムルクはマリボー通りにあるオフィスのモニターの前で、得意さを抑えきれずにいた。ホールゲル・ムンクには尊敬の念しかないが、先ほどのミーティングには、いつものとおり抜けがあった。年のせいだ。ムンクはもうすぐ五十五歳になる。過去の遺物というわけではないが、それでもたまに自分が警察に入ったころとは時代がちがうことを忘れてしまう。

十七歳のカミラ・グレーンが口に花を押しこまれて死体で発見された。なのに、誰もソーシャルメディアの話をしなかった。ガーブリエルは挙手して発言しようとしたものの、思いなおした。ムンクの様子がいつもとちがっていたので、いまどきの社会について一席ぶつにはいいタイミングでないと判断したのだ。

ひとりで調べたほうが手っ取り早いし、感心してもらえるかもしれない。ガーブリエルはキーボードの横に置いた缶コーラをひと口飲み、新しいガムを口に入れた。カミラ・グレーンというユーザー名のフェイスブック・アカウントはいくつか見つかったが、どれも写真で見た少女のものではなかった。ビキニ姿のサウスカロライナの若い娘、飼い猫の絵を持ったフロリダの中年女性、スウェーデンやハンガリーの女の子。どれも探しているカミラ・グレーンではなかった。妙だなとすぐに思った。フェイスブックをやってないなんて。だが名前を適当にアレンジして、いくつかパターンを試したところ、ついに見つかった。

〈cgreen〉

フェイスブックとインスタグラムのアカウント。それだけだった。インスタグラムの写真に目を通しながら、ガーブリエルは警察官の目で見つけたものを分析にかかった。なにかがおかしい。すぐにそう気づいた。投稿が少なすぎる。フェイスブックはステータスの更新がほとんどされていない。インスタグラムの写真も、十七歳の女の子にしてはひどく少ない。自撮り写真が何枚かあるくらいだ。〝退屈〟とキャプションのついた、フールムランネ養護院の自室で撮ったらしき写真。同じベッド、同じ背景で、笑顔とともに親指を立てた一枚には〝明日はつむじ風（ホワールウインド）に乗るよ！〟。馬の写真が数枚。〝いいね〟がいくつか。コメントがいくつか。〝誕生日おめでとう！〟、〝会いたいね！〟。それ以外のコメントはほとんどなく、そこにも引っかかったが、さらにスクロールするとアカウント開設日が出てきた。

六月三十日。

つい最近だ。どちらも同じ日に開設されている。六月三十日。行方不明になるちょうど三週間前。

ガーブリエルはもうひと口コーラを飲み、ムンクに倣って推理しようとした。本当にソーシャルメディアをはじめたばかりだったのか。それとも古いアカウントを削除して、失踪する三週間前に新しいアカウントを開設したのか。だとしたら、なぜ？

ガーブリエルは写真に目を戻した。と、突然ドアがノックされ、ぎょっとした。ミアが顔を覗かせる。

「忙しい？　まずいときに来ちゃった？」

「え？」ガーブリエルはとまどった。

「こっそりなにかしてたんじゃない？」ミアがからかうように笑う。

「なにかって？」

「ポルノ見てたんじゃないの？」

「え、あ、そうです」ガーブリエルは勢いよくうなずいた。「カリーが気に入りそうなのを探してて」

「だと思った」ミアは笑い声をあげ、ジャケットのファスナーを下ろした。「今回はどんなのをご所望なわけ」

「ノルウェーの民族衣装を着たアジア娘がラクダに乗ってるやつです」ガーブリエルはそう言いながら、頬の熱がようやく引いていくのを感じた。

ミアがまた笑う。「なんでもありってわけね」

「ですね」ミアと目が合い、またどぎまぎする。

「それで、カミラは見つかった？」

ミアがスクリーンの写真を顎で示す。

「ええ」

「ムンクはネットの達人ってわけじゃないわね」

「ですよね」ガーブリエルはにっと笑った。

「あなたがいてくれて助かる」ミアも笑みを返し、ガーブリエルの肩を軽く叩いた。

「わかってます」ガーブリエルはまた赤面しないようにと祈った。

「で、なにか出てきた？」ミアがもう一度スクリーンを示す。

「フェイスブックとインスタグラムのアカウントがひとつずつあります」ガーブリエルはミアが見比べられるように、ふたつを並べて表示した。

「わたしもくわしいとは言えないから、教えて。なにがわかった？」

「アカウントは開設されたばかりですね」ガーブリエルはこほんと咳払いして言った。

「そうなの？」ミアが目を見開く。「いつのこと？」

「失踪する三週間前です」

「嘘でしょ？」

「本当です」

「それって、どう思う？　その、専門家のあなたから見て」

「ネットの専門家ってことですか」

肩の力が抜けてきた。頬の熱さも引いている。

「ほら、十代の子じゃないからわからなくて。本当にソーシャルメディアをはじめたばかりだったという可能性はない？」

ガーブリエルは眉根を寄せた。「考えにくいでしょうね」

「わかった。アカウントを削除して新しいのを開設したとして、そういうのって、どういう場合にする？」

「いくつかあると思います。たまたまかもしれないし。たいした意味はないかもしれない。フェイスブックに疎遠にしたい相手がいるんだけど、友達から削除するのは説明が面倒で、アカウントごと新しくしちゃうとか」

ミアは眉を上げて軽く肩をすくめた。

「でも、たいていは、なにかあったということでしょうね」

「たとえば？」

「いろいろです。別れた恋人に、最近のネット上の付き合いを知られたくないとか」

「ネットで？」ミアがおかしそうな顔をする。「そんなことするの？」

「どうかしましたか」

「ネットの上の付き合いなんてあるの？」

ムンクの世代の人間が言いそうなことだ。だが、ミアがソーシャルメディアとは無縁なことは知っている。それでなくとも世間の注目を浴びているからだ。プライバシーを大事にしたいのだろう。以前、フェイスブックにはミアのファンだというアカウントがいくつもあった。

「ええ、ノルウェーの民族衣装を着たアジア娘を探していないときは」ガーブリエルは笑って答えた。

ミアも頬を緩めたが、視線は画面から離さない。「馬？」写真を示して言う。

「ええ、乗馬をやってたようですね」

「ホワールウィンド」ミアはつぶやくように言って、フェイスブックのキャプションを指差した。

「ええ、馬の名前ですよね」

「でしょうね。ラクダじゃなければ」

ガーブリエルは噴きだした。また顔が熱くなる。

ミアは立ちあがったが、しばらくモニターの前で考えこんだ。「それじゃ」とうなずき、「あなたも来る？」

「どこへ？」

「養護院からカミラの持ち物が届いたの。いまの話と符号するわ」

「なにがです？」

「馬よ。そこからあたってみるべきだと思う」

ミアはそのままモニターの前に立っていたが、心はすでに別の場所にあるようだった。

「で、あなたも来る？」少ししてそう言った。

「行きます」ガーブリエルはうなずいて、ミアのあとについて廊下を進み、会議室に向かった。

19

ハッカーの青年スカンクは、かつてないジレンマに陥っていた。

ニット帽の下は硬い黒髪で、頭頂部にはニックネームの由来である帯状の白い筋が入っている。帽子を目深にかぶると、スカンクは目立たないように通りを渡った。

いつもの自分なら、警察に行こうなどとは夢にも思わない。問題外だ。ありえない。自分の住む世界では公権力に力を貸すことは大罪だ。それがどうだ。ゆうべあの動画を見てしまった。そのせいで、こうするしかなくなった。

くそ。

スカンクはフードを上げて煙草に火をつけ、ごくたまに外出するときとはちがう道を選んだ。ふだんはめったに出歩かない。出かける理由がない。必要なものはトイエンの家の地下室にすべて揃っている。自分専用の秘密基地だ。誰にも見つからずにいられる。だがいまは、そうも言っていられない。

気の毒なあの少女のせいだ。

なぜ自分の勘に従わなかったのか。あのサーバーには近寄るべきじゃなかった。そういうことには勘が働く。第六感のようなものが備わっていて、ネット上で近づいていい場所とそうでない場所の区別はつく。今回も警戒信号が出ていたのに、それを無視した。誘惑が大きかったのだ。そしてあの場所で見つけた。あの動画を。

やっぱりやめよう。

スカンクは煙草に口をつけ、くるりとまわれ右をすると、来たばかりの道を引き返した。どうかしていた。自分らしくもない。十年近くハッカーをやってきて、こんなふうに怖いと感じたことはなかった。ただの一度も。つねに慎重に行動し、痕跡を残したこともない。それはアマチュアのやることだ。スカンクは小さく悪態をつき、煙草を捨ててまた通りを渡り、幾度も背後をたしかめながら、でたらめに道を選んで帰途についた。

トイエン公園まで帰りつくと、自分のなかの反抗心がまた頭をもたげた。これまでしてきたことにやましさはない。使命だとすら思ってきた。別にロビン・フッドではないし、儲けはすべて懐に入れたが、金を盗んだ相手は報いを受けて当然の腐敗しきった連中ばかりだ。仕事の方法はシンプルかつスマート——気に入らない企業を選び、そこのサーバーのセキュリティに穴を見つけ、どこの組織でもやっている不正な取引の情報を入手する。贈賄でも環境保護法違反でもなんでもいい。そして金を巻きあげる。

スカンクは首を振った。あの連中のしていることを国民が知ったら、暴動が起きてもおかしくない。誰もが使うサービスを提供していたり、どこの店にもある商品を製造していたり、社会的尊敬を集める経営者がトップにすわっていたり、そういう有名大企業の数々が実際はどんな手口で富を得ているかを大衆が知ったなら。

手こずったことは一度もない。トラブルも一切なし。なにか見つけるたび――たいていはなにか見つかった――その内容を匿名メールで送り、公表しない代わりに金を要求する。そうされて当然の連中に、ネットを介して脅迫をする。相手は決まって金を払う。後ろ暗い秘密があるからだ。かならず。だから、こちらの気が咎めることもない。

だが、今回はちがう。

この動画は。

企業が旧ソ連の国に賄賂を贈り、自社の通信機器を独占的に販売するといった話とはわけがちがう。あるいは、多額の援助金で私腹を肥やしたアフリカの政治指導者たちにさらに貢ぎ、油田掘削だとか、武器や地雷や弾薬の販売だとかを認めさせるという話でもない。

そういうものじゃない。

あれは……。

くそ。

スカンクは頭をはっきりさせようと、新しい煙草に火をつけた。これまではガーブリエル・ムルクがいたのに。

コンビを組んだのは大昔のことで、最初は他愛ないおふざけだった。それぞれの部屋にあったコンピューターはエレクトロンとフェニックス——インターネットもろくに普及していなかった時代、コンピューターの容量がたったの10MBで、電卓サイズのCPUがついていた時代の代物だった。それでもふたりして、NASAからCIAまであらゆる組織をハッキングした。ただの遊びだったが、鉄壁とされるシステムに侵入するたび、ぞくぞくするようなスリルを覚えたものだった。だがある日、ガーブリエルがやめると言いだした。

疎遠になったのはそのせいだった。自分たちのスキルをいいことのために使うべきだとガーブリエルは言った。破壊したり、混乱を招いたりするためでなく。ある日、バーでビールを飲んでいて大喧嘩になった。それきり会うことも、口をきくこともなくなった。最近聞いた噂では、ガーブリエルは警察で働きだしたということだった。

くそ、くそ、くそ。

煙草をもうひと吸いし、覚悟を決める。

やらなきゃならない。

ガーブリエル・ムルク。あいつに言うしかない。スカンクは吸殻を捨て、もう一度背後をたしかめると、自分の秘密基地へと戻った。

20

ミア・クリューゲルはウェイターを呼んでギネスとイエーガーマイスターを注文し、ウェイターが去るのを待って目の前のファイルを開いた。

そこはヘグデハウグ通りのはずれに建つ古びたパブで、アパートメントから数分のところにあり、わびしく寒々しい部屋に耐えきれなくなるたび、気を紛らせに来る場所だった。

いまいるのはいちばん奥のお気に入りのテーブルだ。そこなら人目につかずにゆっくり考えごとができ、同時に活気も感じられる。昔からこの店が好きだった。学生時代は入り浸っていたものだ。赤い革張りのブース席に、白いテーブルクロス。白シャツに蝶ネクタイのウェイター。客層は幅広く、スーツ姿のビジネスマンもいれば、みすぼらしい身なりの画家や作家もいる。隠れ家的な店だが、さらにありがたいのは、オスロでは数少ない、ＢＧＭを流さない店だということだ。スピーカーから絶え間なく流れる雑音に邪魔されるより、静けさのなかにときおり響くグラスの音や、低い話し声のほうが心地いい。

ミアはビールのグラスを勢いよく傾け、一枚目の写真を見つめた。全裸の少女。五芒星の形の蠟燭に囲まれ、ポーズを取らされている。敷きつめられた羽根。ブロンドのかつら。口に押しこまれた花。ミアはビールを飲みほし、酔いがまわるのを感じながらお代わりを頼んで、バッグからペンとノートを出した。

三カ月。

痩せ細った身体。擦過傷とまめ。

胃には動物の餌。

発見される三カ月前に失踪。

周囲の話し声がゆっくりと遠ざかり、思考の奥へと沈んでいく。

まちがいない。

誰かに監禁されていたのだ。

ここ、ノルウェーで。普通の人たちが朝起きて、家族に見送られて仕事に行き、昼食を食べながらおしゃべりし、保育園に子供を迎えに行き、夕食を食べ、家事を片づけ、ニュースを見、寝床に入り、ベッド脇のランプを消して、また平穏な一日を迎えているあいだに、十七歳のカミラ・グレーンはどこかに監禁され、飢餓状態におかれ、恐怖におののきながらたったひとりで過ごしていたのだ。

ミアは二杯目のギネスをひと口飲み、唇を引き結んだ。昨日いたあの場所に逃げこむわけにはいかない。これほどの悪を、闇を前にして。

こっちよ、ミア、いらっしゃい。

だめ。

いらっしゃい、ミア。

いまはだめ。

でも一緒になれるのよ！

だめよ、シグリ、やらなきゃならないことが……。

「お代わりをお持ちしましょうか」

われに返ると、目の前にウェイターが立っていた。

「え?」

「お代わりはいかがです?」蝶ネクタイをした年配のウェイターが、空のグラスを目で示す。

「ええ、お願い」そう言って、笑みらしきものをつくってみせた。

ウェイターは愛想よくうなずき、ビールとイエーガーマイスターのお代わりを運んできてから奥に消えた。

ああ、もう。

ミアはファイルをバッグに戻し、震える手でショットグラスを空けた。

いやになる。

自分は失ったのかもしれない。才能を。ほかの人には見えないものを見通す力を。ムンクが警察学校の学生だった自分を引き抜いた理由を。心理士の言うとおりなのかもしれない。

不調の原因は仕事です。

思い入れが強すぎます。

それでは壊れてしまう。

ミアはノートの上にペンを置き、上着を着た。用心棒と目を合わせ、外の空気を吸いに出る。椅子にすわり、酔っぱらったふたりのビジネスマンが、煙草をふかしながら昼間まとめた商談のことを話す姿を眺めた。

犯人はカミラに装飾をほどこした。

ひと息入れるつもりが、ひとりでに思考を続けていた。

犯人はカミラに装飾をほどこした。ブロンドのかつら。口のなかの花。美しく見せようとした。完璧な姿に。カミラ。裸。処女。なにかのために必要だった。得体の知れないなにかのために。

ミアはふらつきながら用心棒の横を通りぬけてテーブルに戻り、ノートに走り書きをはじめた。

犯人はひとり？

あるいは複数犯？

テーブルの上の携帯電話が震え、〝ホールゲル〟の文字が表示されたが、そのままにした。

ビールをひと口飲み、思考の奥深くへと沈みこむ。かつら。なぜあのかつらを？

カミラは完全なブロンドではなかった。だから？　ブロンド？　ブロンドでなければならなかったとしたら、それは……？　十七歳。若い。スカンジナビア人。ブロンド。痩せた身体？　痩せさせるために、食事を与えなかった？　だから監禁した？　あのような体型にさせるために。ああでなくてはならなかった？　ペンがページの上を走り、周囲の世界が消える。あの姿でなければならない。かつら。ブロンドで痩せた身体。まるで別人。別の誰かの姿をさせられている。横たわっているのはカミラじゃない。ほかの人間だ。あれは誰？　あなたは誰なの？

ミアは無意識のうちにグラスを飲みほし、ペンを走らせつづけた。

捧げ物。

蠟燭と羽根。

あれはプレゼントのラッピングだ。

花。

彼女は誰かへの捧げ物にされた。

「お代わりは？」

ミアははっとしてノートから顔を上げた。自分がどこにいるかも忘れていた。たどり着けそうだったのに。奥深くにあるものに。だが、現実に引き戻されてしまった。

「お代わりをお持ちします？」ウェイターが訊く。

「ええ」ミアは急いでうなずき、さっきまでいた場所に戻ろうとしたが、すでにあの感覚は消え去っていた。残ったのはブース席でビールグラスを傾ける酔客たちだけだ。そういえば自分もずいぶん飲んだようだ。携帯電話の画面を読むのに苦労する。

ホールゲル・ムンク。

六回もかけてきている。

メールも一通。

〝どこにいる？　電話をくれ〟

しゃんとしようとつとめながら、ミアはムンクの番号にかけた。呼び出し音がやけに遠く聞こえる。ムンクのことを思うと、なぜか後ろめたさを覚える。飲みすぎることも。ふさぎこむことも。消えたいと願うことも。期待されているからだろう。初めて会ったときのことは鮮明に覚えている。ムンクはあの面談の際、自分が率いる新設の捜査班に加われることがいかにラッキーかを力説したが、なんとしてもミアを欲しがっているのが見え見えだった。おかげで気まずさや緊張を覚えずにすんだ。いい人なのだ、ホールゲルは。だからとてもやりやすい。自分の気持ちを話すのは好まないが、それでも手に取るようにわかってしまう。少なくともミアには。

ウェイターがお代わりを運んできたとき、上司のうなるような声が受話口から聞こえた。

「なんだ」

「なんです？」

「なにがだ」

「電話したでしょ」ミアはなるべくしらふに聞こえるように答えた。

「そうだったな」ムンクはなにかに手を取られている最中だったのか、ミアにかけたのを忘れていたようだ。「マスコミから二本電話があった。数時間前に。一本は《ダーグブラーデ》、もうひとつは《VG》だ」すぐにきびきびした声で話しだす。「さっそく情報が漏れたらしい。明日の紙面に現場写真を載せるそうだ。ネットにはもう出ているかもしれん」

「死体発見現場の？　どうやって手に入れたんです」

「知るか。まあ、いまさらしょうがないから、なんとかするしかない。アネッテには明日の朝本部と相談してもらう。九時から記者会見だ、まずはそれからだな。ただし……」ムンクは言葉を探すように口ごもった。

「ただし、なんです？」

「大ごとにはならんだろうが、ひとつ問題なのは……」言葉が途切れる。

「なんです？」

さらに沈黙。

「きみは目立たないようにしろ」ムンクが呟きこむように続ける。言いにくいことを告げようとするように。

「どういうことです」

「距離を置いてもらわなきゃならん」

「距離って、どういう？」

「公式にはきみはまだ復職前だ。だから、その、わかるだろうが、きみは有名人だから、停職処分中に事件を担当していることをマスコミに嗅ぎつけられたら……」

ミアはいらだちを覚えた。ビールに手を伸ばして、ぐっと飲む。

「聞いてるか」ムンクが気遣わしげに訊く。

「ええ、聞いてます」ミアはぶっきらぼうに答えた。「ミッケルソンにうるさく言われてるんですか」

「まあそうだが……」

どうにもばつが悪そうだ。ムンクにあたったところでなにも変わらない。自分の裁量でどうにかなるなら、ミアのために力を尽くしてくれるはずだ。

「気にしないでください、ホールゲル」ミアはそう言って、自分の気持ちもなだめようとした。「必要なら隠れています。たいしたことじゃありません」

「すまんな」ムンクの声に安堵が混じる。

そもそも記者たちと関わるのなど、こちらから願い下げだ。ミアがシグリの恋人だったマルクス・スコーグを射殺したとき、何週間も新聞に叩かれた。自宅を出ることさえできず、最終的にはオスロのはずれにあるホテルに身を隠すしかなくなった。あんなこと、もうごめんだ。目立たないようにするのにはなんの異存もない。

「いいんです。ご心配なく、ホールゲル。では、ネットでは今夜じゅうに、紙面にも明日の朝載るわけですね」

「そのようだ」話題が変わってありがたい、という口調だ。

「まさか、死体の写真は出ませんよね」

「もちろんだ。ろくでもない連中だが、曲がりなりにも一定のモラルはあるらしい」

「じゃあ、なにが載るんです？」

「現場の写真だけだ」

「死体発見現場の？」

「くわしいことはわからんが、死体に添えられていた五芒星形の蠟燭と羽根の写真を持っているらしい。ハゲタカどもめ。ルドヴィークが入手先を調べている。そういえば……」

ミアがまたビールに口をつけたとき、見慣れた顔が店の入り口に現れた。ブルドッグに似た小柄なスキンヘッドの男が用心棒のひとりと言い合いになっている。店側は門前払いするつもりのようだ。

「ルドヴィークが羽根に関する情報を手に入れた」

「え？」ミアは立ちあがった。

「現場にあった羽根だ。フクロウの羽根らしい」

「フクロウ？　あの羽根全部ですか」

「ああ、そのようだ。どうやって見分けるのかは知らんが――」

「続きは明日でも？」ミアはさえぎった。「いまはちょっと。かまいませんか」

「え？　ああ、わかった。ミーティングは十時だ」

「了解です」

「よし。その、なんだ、悪いな」

「いいんです」ミアは電話を切り、店先で言い争うふたりに近づいた。

「ミア」カリーがミアを見て笑顔になり、両腕を差しだした。

「あんたは入店お断りだ」

「酔ってなんかないぞ、ばかたれ」カリーはもつれる舌で言い、用心棒の手を振り払おうとした。

「かまいません」ミアは言った。「わたしが連れて帰るので。荷物を取ってきます」

「ミア、こいつに言ってやってくれ！」カリーが自分の足につまづき、床に転がった。

「出入り禁止だ。二度と来るな」ミアがバッグを持って入り口に戻ると、用心棒がカリーに向かってきっぱり言った。

「なんでおれが出入り禁止なんだ。まだなかに入ってもないぞ。それに酔っちゃいない。酔ったらどうなるか見せてやる……」

「帰るわよ、カリー」ミアは詫びるような笑みを用心棒に向け、カリーを店の外に連れだした。

第三部

21

白い自転車用ヘルメットをかぶった男は外出が嫌いだったが、冷蔵庫が空っぽなせいで、出かけるしかなくなった。まえにスーパーマーケットで買いこんだ食料がもう少しもつかと思っていたのに。いつ買い物をしたかはっきり思いだせないが、そんなにまえではないはずだ。たしか先週の火曜日、それとも四月だっただろうか。そう、四月だ、まちがいない。四月は三月のあとで、三月はずっとまえだ。三月にはゴミ収集車が来て、納屋の横にある緑のゴミ入れの中身を残らず持っていった。いや、三月じゃない、火曜日だ。毎週火曜日にはゴミの収集に来る。そのときはたいていバスルームに隠れているので、はっきりとはわからない。やはり三月じゃない。火曜日には、電話やトイレを貸してほしいと言われないようにバスルームに隠れている。まえにそう頼まれたことがあるからだ。そのときは手袋をしたゴミ収集員に便座を小便で汚され、家のなかでヘルメットをかぶっていることを笑われたから、それからは収集日のたびにバスルームに隠れるようにしている。

毎週火曜日。三月。いや、三月だけじゃない、毎月だ。十月。いまは十月だ。何日かまえにカレンダーをめくった。そう、たしかにめくった。いま思いだした。九月から十月に変わった。九月はカモメの写真だった。もうカモメはいない。代わりにキツネがいる。小ずるそうなキツネで、尻尾の先が白く、キッチンのテーブルで最後のツナ缶を食べていたときにウィンクを寄こした。それで冷蔵庫が空なのに気づいた。気が重いが、また自転車で店まで行かないといけない。笑われないといいけれど。いつも笑われるから。

それも、陰でこそこそと。いつもそうだ。面と向かっては笑わない。けっして。親しげな顔をすることもある。いつもガムを嚙んでいる若い娘の店員や、別の女の店員は、買い物リストを見せると、親切そうなふりをする。一緒に店内をまわって、クリスプブレッドやサバのトマト煮缶やポークチョップをかごに入れる手伝いをしてくれる。そのときには笑わない。お金を払うときにも、たとえレジで言われたとおりの金額を財布から出せなくても笑わない。そのときも、親切なふりをしてお金を数えるのを手伝ってくれる。笑うのはそのあとだ。店を出て、自転車で家に帰るふりをしながら、空き瓶回収箱の陰とか、〈フールムランネ・スーパーマーケット〉と書かれたヴアンの後ろから様子をうかがうと、ふたりとも笑っている。声をあげて、膝を叩きながら。いつも自転車用のヘルメットをかぶっているからだ。店までは自転車で二十四分。今日みたいに道がすべりやすいときは別だ。だからいつもよりさらに重い気持ちで、自転車の鍵をはずし、そろそろと表の道路まで押しはじめた。

今日は三十五分近くかかった。それくらい道が凍てついていた。まだ九月、いや十月なのに、すっかり冬のようだ。自分のせいだろうか。最近それが気になっている。こんなに寒いのは自分のせいかもしれない。空が熱くなっているという話を読んだ。北極と南極のまわりの氷が溶けてしまうから、ゴミはちゃんと分別しないといけない。ふだんはとても気をつけている。生ゴミは生ゴミの箱へ、プラスティックはプラスティックの箱へ。段ボールや紙をほかのゴミと交ぜたりしないし、牛乳パックと缶は捨てるまえにいつもつぶしている。でも、数週間前、具合を悪くしたことがあった。頭が痛くて、熱でぼうっとなり、リサイクルのことをすっかり忘れてしまった。なにもかもいっしょくたに捨ててしまい、しまったと思ったときには遅かった。償いのために四日のあいだ断食したが、気を失うようになったので、しかたなく食べ物を口にした。翌朝目覚めると庭が凍っていて、やたらと汗をかくようになった。だから、道に車のライトが見えるたびに、キッチンのカーテンの陰に隠れて、自分の失敗がばれたんじゃないか、誰かが捕まえに来たんじゃないかとはらはらした。でも、ありがたいことに、どの車も家には近づいてこなかった。車がここに来ることはめったにない。訪ねてくる人もほとんどいない。火曜のゴミ収集の日以外は。

前輪を駐輪スタンドに固定し、リュックサックに入れてきたチェーンを後輪に巻く。数分かけてしっかり鍵がかったことを確認し、店の入り口までゆっくりと歩く。まっすぐ店内に入ったことはない。いや、一度やってみたが、ひどい失敗に終わった。ほかのことに気をとられていたせいで、ドアをあけてなかに入ったとたん、大変なことになった。なかにオオカミたちがいたのだ。ばかでかい灰色のオオカミで、目をらんらんと光らせ、口から涎を垂らしていた。びっくりして飛びだそうとした拍子にサングラスのスタンドを倒してしまい、おまけにドアに激突して、救急車が来た。看護師にも医者にも笑われ、顔を針と糸で縫われるはめになり、それからは気をつけることにした。だからいまは、少しまわりこむようにして近づいている。ゆっくりガラスドアの前を通りすぎ、なかの様子をうかがって、ざっと広告を眺める。今日の特売品をたしかめるふりをするのは問題ない。間抜けには見られない。バーベキュー用ソーセージが十九・九〇クローネ。おむつ三パックが二パックの値段。今日はオオカミはいない。ほっと安堵するが、それでも数分待ってから、もう一度店内をたしかめ、勇気を振りしぼって重い足取りで店の入り口に向かった。

いつものように頭上でチャイムが鳴るが、今日は予想していたので、慌てずにすんだ。積んであるかごをひとつ取り、ポケットから買い物リストを出して、できるだけすばやく通路を進む。牛乳。よし。卵。よし。サーモンの切り身。よし。だんだん調子が出てきた。今日のリストにある品物はかごに入れやすい。どれもいやがらない。ときどきいやがることもある。バナナ。よし。ジャガイモ。よし。鶏肉。よし。笑みがこぼれる。今日はラッキーな日だ。こんなにうまくいくなんて。鶏肉は好きだが、いつもかごに入ってくれるとはかぎらない。ジャガイモしか食べられないときもある。でも、今日はすんなりいった。鶏肉はおとなしくかごに入ってくれた。ひょっとすると、冬がこんなに早く来たのも、自分のせいではないのかもしれない。男はリストの最後の品物をかごに入れ、胸を張ってレジへ向かった。

若い女の店員は雑誌を置き、ピンクのバブルガムを大きく膨らませたが、ばかにしたような顔はしなかった。それどころか、うっすらと笑みを浮かべた。かごの商品をベルトコンベアにのせていくと、ダウンジャケットの下の心臓が高鳴りだした。彼女も気づいたはずだ。今日がぼくのラッキーデーだと。天候がおかしいのはぼくのせいじゃないと。

「袋は？」店員は値札のバーコードをスキャンし終わって訊いた。

「いえ、いりません」すっかり満足して、買ったものをリュックサックに詰めようとしたとき、それが見えた。

レジのすぐそばのスタンドに。

新聞が。

ああ、嘘だろう？

「現金にします、それともカード？」

立ちつくしたまま動けない。

どの新聞にも一面に載っている。

あの写真が。

なんでそんなことが……？

「あの、ちょっと。お支払いはどうします？」

「鶏肉はおとなしく入ってくれたんだ」新聞の写真を食い入るように見ながらつぶやく。

「なんのこと？」

「鶏肉」

「それが？」相手はすっかり面食らっている。

「おとなしくかごに入ってくれた。いつもそうはいかないのに」

「へえ、そうですか……それで、お支払いはカード、それとも現金？」

「いや、リュックがあります」

「リュック？」

「袋はいりません」

「ええ、そうね……でも、代金の支払いは？」

「ぼくのせいじゃない」

「どういうこと？」

「猫は殺してない」

「猫？」

店員の目つきが変わる。

「犬も殺してない」

「犬？　ええ、ですよね……カードで払いますか、それとも……？」

オオカミが近づいてくる。眼鏡をかけた太ったオオカミだ。店の裏口から入ってくる。オオカミはどんどん近づいてくる。店から逃げだしたくてたまらないが、足が接着剤で床に貼りついたみたいに動かない。目をつぶって指で耳の穴をふさぐ。今日は火曜日だからバスルームに隠れたほうがいい。とくに三月はゴミ収集車が来るから。いや、いまは三月じゃない。十月だとキツネが言っていた。

「やあ、ジム、いらっしゃい」

ジムが目をあけると、それはオオカミではなかった。よかった。このスーパーの店主で、ひげ面の親切な人だ。

「鶏肉はおとなしくかごに入ってくれたんです」

ひげ面の親切な人はレジ係のほうを見たが、娘は肩をすくめただけだった。

「支払いで問題でも？」

娘はガムを噛みながら指をこめかみに当てて首を振ったが、店主に睨まれ、すぐに指を下ろした。

「さあ、ジム、買ったものを入れてしまおう」店主がリュックサックに品物を詰めるのを手伝ってくれる。

「犬は殺してない」ジムは激しく首を振った。

「ああ、わかってるさ」店主がそう言って、入り口まで送ってくれる。ドアはなにごともなくするりと開いた。

「今日の支払いは心配しなくていいよ、ジム。また今度にしよう、いいね？」

親切な店長は、ばかにするふうもなく、にこやかに笑いかけた。ジムが自転車の鍵と格闘するあいだもずっと笑顔だった。

「配達もできるんだよ、知ってるだろ？　電話してくれれば、家まで行くよ」

「自分でやるのが肝心なんです」

「ああ、もちろんだ。きみはとてもよくやってるよ、ジム。でも、必要なものがあれば電話してくれ、いいね？」

「キツネの尻尾の先が白いから、いまは十月なんです」そう言うと、ジムは全速力でペダルを漕いで家に戻った。今回は新記録で、路面が――とくに道の真ん中あたりが――ひどくすべりやすいにもかかわらず、二十二分を切ることができた。

22

カリーはベルの音で目を覚まし、手を伸ばしてベッドサイドテーブルにある目覚まし時計をとめようとした。指がボタンに触れると同時に音がやんだ。夢見心地で上掛けを引き寄せ、寝返りを打ってスンニヴァの温もりを求める。寝床でのこのひとときがカリーは好きだ。仕事などないふりをして過ごすつかのまの時間。アラームを消し、職務も上司も忘れ、ふたりだけで上掛けにくるまって今日一日を好きに過ごせるふりをする。スンニヴァが守ってもらおうとするように身を寄せ、カリーの首もとに鼻を埋める。温かくやわらかい肌の感触。カリーはにっこり笑って引き寄せた。スンニヴァ。ひと目見たとき、運命の相手だとわかった。長く伸ばした赤い髪と美しい笑顔。出会えたのは、毎朝コーヒーを買いに寄る店が同じだったからだ。当時のカリーは警察学校の学生で、スンニヴァは看護師としてすでに働いていた。

目をあけると、そこは段ボール箱だらけの見慣れない部屋だった。ゆっくりと現実に引きもどされる。服は着たままで、寝ているのはソファーの上だ。自宅じゃない。どう考えてもちがう。スンニヴァは鍵を替えたらしく、ゆうべは部屋に入れなかった。ベルがまた鳴る。カリーはゆっくりとソファーから立ちあがり、寝ぼけまなこでミアのアパートメントのドアを開けた。作業着姿の男が立っている。

「ミア・クリューゲルさん?」薄い口ひげのその男が、手に持った書類を見て言った。

「そう見えるか」カリーはそう答え、酒が残っているのに気づいた。

二日連続の泥酔。愛想を尽かされたせいだ。スンニヴァに。

「いえ、その、見えません」男はとまどったようにあたりを見まわす。

終わりよ、ヨン。今回ばかりは本気だから。もう限界。全部使っちゃったの？　ふたりのお金なのに。どれだけ働いて貯めたかわかってるの、ねえ？

「おれがミア・クリューゲルに見えるか」

自分のにおいに気づく。相手に気づかれなければいいが。

「出なおしてもいいんですが」作業着の男はすまなそうに言った。「地下にカビが発生してまして」

「は？」まっすぐ立とうとするが、狭い廊下の床が揺れているように感じる。

「ここが最後の部屋でして。管理会社からは……」

「わかった」床がぐらつきだし、カリーは身体を支えようと壁に手をついた。

ほどなく、カリーはビスレット・スタジアムの外を歩いていた。作業着の男に鍵を渡し、郵便受けに入れておくように言って出てきたのだ。ポケットから嗅ぎ煙草の箱を引っぱりだし、上唇の裏に少量を詰めて、ビスレット通りをゆっくり流しているタクシーを拾った。

オフィスのエレベーターに乗ると、壁が迫ってくるような気がした。数えきれないほど乗っているのに、今日は様子がちがう。缶詰にでもされた気分だ。ドアが開いて外に出られたときにはほっとした。

「おおい」

オフィス内を歩きまわってみるが、ひっそりしている。キッチンに行き、ポットのコーヒーを入れ、ゆっくりと会議室に向かった。

「誰かいるか」

「あ、結局来たんですね」イルヴァがひょっこり廊下に現れた。

「どういう意味だ、〝結局〟って」カリーは笑ってみせ、コーヒーをひと口飲んだ。しらふに見えればいいが。

「具合が悪くて休むとミアから聞いたので」イルヴァはカリーの前を歩いていく。

「ああ、ちょっと風邪気味でな」と咳をしてみせる。「だが、来ずにはいられなくてな。家にじっとしてるわけにもいかない、わかるだろ。で、どうなってる。なにか進展は？」

体臭に気づかれないよう距離を置きながら、イルヴァのデスクまでついて歩いた。くそ。

ポケットから携帯電話を出す。ゼロだ。スンニヴァからはひとことのメッセージもない。こっちからは百万回もかけて、百万件のメッセージを残したのに。

〝頼むよ。ちゃんと話しあおう〟

〝なんで電話に出ないんだ〟

〝電話してくれ〟

〝なあ、電話をくれよ。時間があるときでいい〟

〝会いたいよ〟

〝頼むから、電話をくれ〟

「アネッテが今朝九時に記者会見をして、ムンクさんが十時にミーティングをしました。ミアに内容は聞きましたか、それともいま説明しましょうか」

イルヴァがにっこりして眼鏡を押しあげ、窓際のコンピューターに向かう。

「いや、いい」カリーはもうひと口コーヒーを飲んだ。「完璧に把握してるよ、当然だ。だけど、みんなはどこなんだ」

「ミーティングで出た話を一応説明しときます？　もちろん、完璧に把握してるでしょうけど」

カリーはにやっと笑ってうなずいた。役立たずってわけでもないな、この新人は。

そう考えながら、イルヴァに続いて会議室に入った。

「それで、どこまで聞いてます？」イルヴァが窓際にある大型のホワイトボードを示す。「アンネシュ・フィンスタのことは知ってますか」

「え？」

イルヴァは頭を掻いてカリーのほうを見た。「最初から話しましょうか」

「悪いな」カリーはうなずいて席についた。

「で、知ってるのはどこまで？」イルヴァが訊く。

「裸の少女の絞殺死体。口に花を押しこまれ、森のなかで発見された」

「カミラ・グレーンです」

「もう身元がわかったのか」

「はい」そのくらい知っていて当然なのだが、ふたりともあえて触れない。「カミラ・グレーン、十七歳、青少年の支援施設のようなところに住んでいました。くわしく話しますか、それとも……？」

「いや、いい、手短に頼む」

「わかりました」イルヴァはまたボードに向かう。「カミラ・グレーンですが、そのフールムランネ養護院というところから三カ月前に捜索願が出ていたんですけど、心配ないので探さないでほしいという連絡を受けて取りさげられています」

「連絡はどうやって？」

「メールです」イルヴァがボードからメモを取ってカリーの前に置いた。

「携帯電話の通信記録か」

「はい」イルヴァはうなずく。「ガーブリエルが昨日テレノールから手に入れましたが、おかしな点があって。ムンクさんとキムとミアも一日じゅう議論していたんですけど、そのメールは養護院から送られていたんです」

「どういうことだ」カリーは驚いて訊き返した。

「ガーブリエルから説明してもらったほうがいいと思うんですけど、彼の話では、えっと――携帯電話の基地局がなんとかって」

「続けてくれ」

「カミラが行方不明になって、施設が捜索願を出しました。そのあとカミラから、元気だから探さないでとメールが来たんです」

「そのメールが施設から送られてたってことか。フールムランネ養護院から」それはたしかに気になる。

「そうです」イルヴァがうなずく。

カリーは立ちあがって、ずらりと写真が貼られたボードに近づいた。

「それで……さっきなんとかいう名前を出したな。もう容疑者が見つかったのか」

「アンネシュ・フィンスタです」イルヴァが指差したモノクロ写真には、乗馬用のヘルメットをかぶって厩舎らしきものの前に立った中年男性が写っている。

「誰なんだ」

「タトゥーを見てください」

「タトゥーって？」さすがにばつが悪くなってくる。

二日連続の泥酔。大酒を飲んで自分を憐れんでいるあいだ、いかれ野郎は大手を振って歩いていた。捜査は進展しているらしいが、自分はなんの貢献もしていない。

「AFというイニシャルが見えます？」

「ああ」カリーはイルヴァが指差した箇所に目をやった。

「それに馬の頭も？」

「見える」

「それがアンネシュ・フィンスタです。カミラは乗馬が好きでした。フィンスタは乗馬スクールを経営しています。養護院から遠くない場所で」

「それで？」

「告訴された記録があったんです。六十六歳。強制わいせつで。乗馬スクールの少女ふたりに馬の前で上半身裸にならせて、写真を撮ったんです。十二歳と十四歳の女の子の裸を」

「なんて野郎だ……」

「ほんとに」

「それで、どうなった？」

「どうにもなりませんでした。腕のいい弁護士がついて、証拠不十分になったとかで。ともかく、いまはアンネシュ・フィンスタの線をあたることになってます。カミラは彼の乗馬スクールの生徒でした。相当な腕前だったそうです、ジュニアの障害馬術でノルウェー代表候補になる可能性もあったとかで」

「すごいな」

イルヴァがうなずく。「いまミアが行ってます。ほかのメンバーはフールムランネ養護院です」

「車庫に車は残ってるか」

「わかりません」イルヴァが先に廊下に出る。「今日は出勤にしますか、それとも病欠にしときます？」

「新入りってこんな退屈な仕事ばかりなんですか」

「ちがうんです」イルヴァはため息をついた。

「勤務記録はルドヴィークの担当だろ」

「アネッテに相談するんだな」カリーはウィンクしてラックから車のキーを取り、空になったコーヒーカップをキッチンに置いて、エレベーターで地下へ降りた。

23

ムンクの車がフールムランネ養護院の外に張られた立ち入り禁止テープをくぐると、カメラのフラッシュがいっせいに焚かれた。ミアを乗馬スクールに行かせて大正解だ。

バックミラーを覗いて首を振ってから、ムンクは正面玄関へ続く私道を進んだ。ヘレーネ・エリクセンから朝のうちに電話で聞かされた話は、大げさでもなんでもなかった。「マスコミが押し寄せてきています。イナゴの大群みたいに、そこらじゅうにいるんです。寮生たちが怖がっています。どうしたらいいでしょう?」

ムンクはふっと笑って大きな白い本館の前に車をとめ、黒のアウディを降りた。ヘレーネ・エリクセンのことが好きになってきた。イナゴか。言われてみれば、ぴったりだ。

煙草に火をつけると、キム・コールスが正面玄関の階段を降りてきた。

「ひどい騒ぎですね」キムは門の外に顎をしゃくった。

「なんとかあしらえるだろう。どんな様子だ」

「うまくいってます」キムはうなずき、まわりを見まわした。「事情聴取用に教室をふたつ使わせてもらえます。ちょっと古めかしいですが、どうにかなりそうです。ルドヴィークは捜査に出られて満足げです。イェンセン・ツインズも来ています。指示されたリストは用意しました。重要そうな人物から優先的に話を聞いていきます」

本部のミッケルソンに応援を要請したところ、国家犯罪捜査局(クリポス)からふたりの捜査官が派遣された。どちらもイェンセンなので、イェンセン・ツインズと呼ばれている。理想的な人選とは言えないが、とにかく人手が必要なので、いないよりはましだ。

「カリーもこちらに向かっている。イェンセンたちと組ませよう」ムンクはいらだちを隠そうと煙草に口をつけた。

「本当ですか。具合が悪いって話では?」

目に目を落とした。

「治ったらしい」

「そりゃよかった」キムはムンクを案内して階段をのぼり、即席の取調室に入った。

「で、誰からはじめる？」ムンクはコートを脱ぎ、両手をこすりあわせて温めた。

外は冷えこんでいる。ふとミアのことが頭に浮かんだ。ムンクも寒さと暗さは嫌いだが、ミアにはそれがずっとこたえる。春が来るまで闇に心を捕らえられてしまうかのように。そんな考えを頭から追い払い、ムンクはキムが目の前に置いた書類の一枚目に目を落とした。

「ベネディクテ・リース？」ムンクはとまどってキムを見た。「最初はパウルスの話を聞くんじゃないのか」

キムはすまなそうに軽く肩をすくめた。「ルドヴィークがやるというので」

「なんでだ」

「張りきってるんです。ここに到着したとき、パウルスが外で待っていました。あまり寝てないようで、こう言ったんです――〝おれを真っ先に取り調べるんでしょう、素性に問題があるから。さあ、さっさと取り調べてください〟」

「ほう。その、〝素性に問題がある〟ってのはどういう意味だ」

「逮捕歴のことでしょう」

「たいした罪じゃないだろ？」

「ええ、たしかに。少量の大麻所持、窃盗、盗難車の破壊といったところですが、どれも未成年のときのものです。ほかにもなにかやっているのかもしれません。やましいことがあるのは明らかです」

「なるほど」ムンクは目の前の書類をめくった。「で、このベネディクテ・リースというのは？」

「生きているカミラを最後に目撃した寮生です。重要な情報を持っていると言っています。ヘレーネ・エリクセンが訊きだそうとしたようですが、警察にしか話さないと言い張っているそうで」

「なるほど」ムンクは眉を吊りあげた。「わかった。その子を呼んでくれ」

24

ミアがフールム乗馬センターの前に車をとめると、アンネシュ・フィンスタが階段の上で待っていた。外から見ると、乗馬センターは養護院によく似ていた。霜で覆われた敷地を左右に分けるように続くみごとなカバノキの並木道。その先にある施設は手入れが行きとどいている。美しい本館、砂利敷きの庭、かわいらしい赤レンガの建物がおそらく厩舎だろう。ミアは車を降りた。じつに感じのいい場所だ。海に面してはいないが、ヒトラ島を思わせるような、心安らぐ雰囲気がある。

「はじめまして」フィンスタが早足で近づいてきた。「アンネシュ・フィンスタです」

「ミア・クリューゲルです」ミアは差しだされた冷たい手を握った。しばらくまえから外で待っていたらしい。

「ええ、存じあげています」フィンスタはうなずいてかすかな笑みを浮かべた。「こんな状況じゃなければ、お越しいただいて光栄ですと言いたいところですよ」

「どうも」ミアは笑みを返し、相手の意図を探ろうとした。好印象を与え、こちらを懐柔するつもりかと思ったが、そういうわけでもなさそうだ。フィンスタの第一印象は、この場所に対して抱いたものと似ている。控えめな感じのよさを好む男といったところだ。

「ひどい事件です」居間らしき場所にミアを案内してから、フィンスタは言った。椅子を勧め、また小さく笑みを浮かべる。

「なにかお持ちしましょうか、それとも……？」

「すぐにはじめても？」ミアは愛想よく言い、革ジャケットを椅子の背にかけた。

「ええ……」フィンスタもその答えを予想し、期待さえしていたようだ。

向かいの椅子に腰を下ろしたフィンスタは白いテーブルクロスを見つめていたが、ミアが質問をはじめるより先に、覚悟を決めたような顔を見せた。

「わかっていました、もちろん」ためらいがちに口を開く。

「なにをです？」

「わたしが疑われるだろうと」

「誰かにそう言われたんですか」

「そうじゃないんですか？」と、意外そうな顔をする。

ミアは目の前にいる身なりのいい上品な男が少し気の毒になった。目の下に隈をこしらえ、テーブルの上で両手を揉みしだいている。今回のことがこたえているのは明らかだ。

「現時点ではまだなにも。先入観を持つのは避けたいので。でも、そう、あなたはカミラをご存じでしたね。彼女はここの生徒で――」

「いえ、ちがいます」

「なにがちがうんです？」

「生徒ではありません。そうは言えませんね」

「どういうことでしょう」

「カミラは……」フィンスタは椅子の背に軽くもたれ、言葉を探すような目をした。

「なんでしょう」

「独特でした」しばらくしてそう続ける。「彼女は誰の生徒でもなかった、そう言えるかもしれません」

「説明してください」

「カミラには命令しても無駄なのです。とても頑固で意志が強かった」

「つまり彼女はこのスクールの生徒ではなかった？」

「え？　いえ、書類上はそうですが、カミラは指導など必要としません。優秀な子です。本当に。ヘレーネが最初に連れてきたときにわかりました。そういうことはありませんか。誰かに会ったとき、なんというか、人並みはずれたカリスマ性を感じるというか……」

フィンスタはまた言葉を探すように、白いテーブルクロスを凝視した。

「彼女のことを好きでしたか」ミアは訊いた。

「え？　ええ、みんなカミラが好きでした」

「あなたも？」

「ええ、もちろん」

「好意を持っていた？」

「ええ、もちろん」フィンスタはそう繰り返してから、急にミアの言わんとすることに気づいた。

「ああ、いや、そういうことでは……」

フィンスタは次に訊かれることを察したように、身をこわばらせた。

「二〇一一年九月」

「はい」

「なんの話かわかりますね」

「むろんです」フィンスタは目を伏せたままうなずいた。

「あなたの生徒だった女の子たち。十二歳と十四歳の」

「わかっています……」

「上半身裸のふたりが馬の前に立たされて、写真を撮られた」

フィンスタはテーブルの両手を持ちあげ、顔を覆った。「お恥ずかしいことです
……」

「では、事実なんですね」

「誰にでも、魔が差すことはあるものでしょう」

顔を上げたフィンスタを見て、ミアの同情は一気に嫌悪に変わった。

「〝魔が差す?〟 つまり、裸の少女の写真を撮ることが容認されると?」

「え?」フィンスタがぽかんとする。

「あなたは厩舎に行った。カメラを持って。自分の立場を利用して、いたいけな少女たちに裸でポーズを取らせた。そんなことが許されるとでも?」

二日酔いが急にぶり返す。カリーのせいだ。スンニヴァのことやギャンブルのことを延々聞かされ、ゆうべはろくに眠れなかった。いまにはじまったことではないし、今回が最後でもないだろう。しかたなくソファーにカリーを寝かせ、マットレスを寝室のひとつに引きずっていって、わずかでも眠ろうとした。出がけにカリーを起こすのはやめておいた。睡眠不足の影響がいまごろ出はじめている。おかげでこうしてプロらしくもなく怒りをむきだしにしてしまった。

「子供に対する性的虐待などたいしたことじゃない、そう言うつもりですか」

「なんですって?」

「聞こえたでしょ」

「なにを言うんだ、とんでもない。事件の記録を最後まで読んでないんですか」

ムンクからはすべての捜査記録を受けとってはいなかったが、そのことは言わないことにした。「あなたはふたりの少女を裸にして馬の前で写真を撮った。それが事実です」

「いや、ちがう！　記録をすべてお持ちじゃないんですか、あのひどい事件の。そんなばかな！」

ゆうべは薬も服用した。眠るために。カリーと夜更かししたせいで、ミーティングまで三時間しかなかった。バスルームで何錠か口に放りこみ、枕に頭をのせた瞬間に意識を失った。

「では、なにを恥じていると？」ミアは咳払いをして、気をとりなおした。

「もちろん恥ずかしく思うべきでしょう。浮気したんですから。元妻を裏切った」

フィンスタは当惑したようにミアを見ている。「そのことはお読みになってない？」

ミアはまた咳払いをした。ムンクが許せなかった。肝心な情報をちゃんと知らせずにここに送りこむなんて。

「もちろん読んでいます」と嘘をつく。「でも確認が必要ですから」

「元妻の復讐だったんですよ」

「そうですね」

「すべて妻がでっちあげたんです。浮気への仕返しのために。あとになって妻も認めています。それで捜査が打ち切りになったんですよ」

「ええ、わかっています。確認が必要だっただけです」

「ええ、そうでしょうとも」

「すみません」ミアは素直に謝罪した。

「いいんです」身なりのいい男はうっすら笑ってみせた。「でも、後悔しています。ひどいことをしました。本当はそんな人間じゃなかったんですが……」

「わたしには関わりのないことです」ミアはできるだけやわらかい表情をつくって答えた。

頭痛が全速力で迫ってきている。ムンクのやつ。カリーのやつ。

「本当にひどい事件です」フィンスタはまた手もとに目を落とした。「カミラはとても特別な子でした。本当に」

「ここにはよく来ていたんですか」

「ええ」フィンスタがうなずく。「毎夕のように来ていた時期もありました。自分のロッカーも持っていたんです。とても才能があったという話はしましたっけ？　最初にここに来たときは、馬に乗ったこともほとんどなかったんです。たしか——」

「ロッカー？」ミアは話をさえぎった。

「ええ。熱心に通う子だけが持つようになっていまして。ここに道具を置いておくために。そのほうが便利ですから」

「なかを見せてもらっても？」

「ええ——もちろんです」

25

人を見た目で判断するな——父のその教えを、イサベラ・ユングはずっと守ろうとしてきた。だから第一印象で相手のことを決めつけないようにしてきたが、今回だけはどうしようもなかった。ベネディクテ・リースなんて、顔も見たくない。

事情聴取の順番を待つあいだ、寮生たちは狭いテレビ室に集められ、最初に呼ばれたのがベネディクテ・リースだった。そうなるのも当然だろう。最初に話をさせてほしいと本人が言い張ったからだ。自分が誰よりもカミラのことを知っていて、カミラの親友で、生きているカミラを最後に見た人間だから、と。そんなのでたらめだとイサベラにはわかっていた。ベネディクテの友達は自分自身だけだ。あそこまで自分を好きな人間には会ったことがない。黙れと言ってやりたくてたまらなかった。ここ数日は誰もがつらい思いをしていた。イサベラは強いし、自分の面倒は自分で見られるが、寮生のなかには自分たちの聖域が侵されることに動揺を隠せない者もいる。警官がそこらじゅうにいるせいだ。記者たちも。立ち入り禁止テープが張られるまえは、どこからでも入ってきたので、おびえきっている子たちもいた。幸い制服警官はいなくなり、残っているのは私服の刑事だけだ。それでも、以前の平穏な日常は戻らない。

テレビ室に戻ってきたベネディクテが一同の注目を浴びている。「本当のことを話しただけ。カミラとはすごく仲良しで、なんでも知ってたって。わたしが知らないことなら、誰も知らないはずだって。でしょ？」

「知ってるってなにを？」セシリエがうわずった声で訊いた。

ベルゲンから来た小柄なセシリエは、おびえたようにソファーの端で身体を丸めている。身を隠すもの、しがみつくものを求めるようにクッションを抱きしめている。

「は？　なにがあったかに決まってるでしょ。ばかじゃないの」

ベネディクテがこめかみに指を当てたので、イサベラは怒鳴りつけてやりたくなった。

「それで、なにを話したの？」とセシリエが訊く。

事件のせいで、イサベラは誰かがドアに貼ったカードのことを忘れかけていた。白いユリのことも。だが、なぜかそのとき思いだした。

〝きみが好き〟

その下に描かれたフクロウ。

それを見たときは胸がきゅんとした。誰かがひそかに自分を想っている。誰がわたしを？　もしかして……？　いや、そんなはずはない。

いつのまにか、ベネディクテの憎らしい顔が近づいていた。

「誰にも言っちゃだめよ」

ベネディクテがこちらに指を突きつけている。気づかないうちに部屋じゅうの視線が集まっていた。

「言うってなにを？」イサベラは訊いた。

「やだ、耳が悪いんじゃないの」ベネディクテがため息をつく。

立ちあがってむかつく顔を殴りつけてやりたい。そう思ったが、イサベラは必死にこらえた。

「誰にも言っちゃだめって言ったの。みんなで約束しなきゃ、ねえ？」

ベネディクテが室内を見まわして賛同を求める。おびえきったセシリエまでがクッションを抱えたままうなずいた。

「言うってなにを？」イサベラは繰り返した。

「カミラがよく寮を抜けだして森に行ってたことよ」今度はヴェンケが言って、ため息をついた。窓のそばにすわって煙草に火をつけている。寮内は禁煙だとわかっているはずなのに。

「夜にね」ソフィアが言い添える。

「知らなかった」イサベラは言った。

「でしょうね、あんたは新入りだし。だから、パウルスが自分に気があるなんて思わないことね。ランの花の世話を手伝ってもらったぐらいで。パウルスはみんなのことを手伝ってくれるんだから。でしょ、みんな？」

ベネディクテが声をあげて笑うと、ヴェンケとソフィアもそれに加わった。

「なにも言わないって約束する」クッションに顔をすっぽり隠したセシリエが甲高い声で言った。

「いいわ」ベネディクテがうなずく。

「どうして誰にも言っちゃいけないの」イサベラは突っかかった。

「どうしてもよ」

「あんたに命令される筋合いはない」イサベラは椅子から立ちあがった。

「よくもそんなこと――」

ドアがあいてヘレーネが入ってきたせいで、ベネディクテの金切り声はさえぎられた。

ヘレーネは憔悴しきっているようだ。いつもならヴェンケに煙草を消させるのに、今日はなにも言わない。

「イサベラ？」と疲れた声でヘレーネが言った。

「はい」

「あなたの番よ。話を聞きたいって」

26

ミア・クリューゲルは睡眠不足を激しく悔やんでいた。本当なら、もう少しはプロらしくしゃんとしていられるのに。アンネシュ・フィンスタが厩舎の扉をあけたとたん、十六歳に戻ったような気がした。

なぜかシグリを思いだした。

ミアは入り口で立ちどまったまま、奥へ入るのをためらった。

「ああ、ロッカーの鍵を忘れました。すみません」フィンスタが言った。

「いえ」ミアは微笑んだ。

「ここで待っていていただけますか。すぐに戻ります」

「急ぎませんから」ミアは入り口から少し離れ、足早に本館に戻ったフィンスタを待った。

週二回。父のボルボに乗って、ホルテン郊外の乗馬スクールに通った。家族みんなでシグリを見守った。笑顔で黒馬に乗り、ヘルメットの下にブロンドの髪を垂らしていたシグリ。厩舎のにおいに幸せな思い出が甦ったが、同時に胸もむかつきだした。吐いてしまいそうだ。壁に手をつき、角を曲がったところで、限界がきた。わずかな胃の中身を空にしても、まだおさまらない。身体をふたつに折り、必死に空気を吸いこむ。

どうしたっていうの。

視界がぼやける。最近はろくに食べていない。アルコールばかりだ。それと薬と。身体をまるで労わっていない。

「お待たせしました」

ミアはなんとか体勢を立てなおし、笑みをつくって角を曲がった。

「そこでしたか」フィンスタが鍵の束を差しだす。「てっきり……」

「ちょっとお手洗いをお借りできませんか」ミアはできるだけ口を閉じたままで言った。

「ええ、もちろん。玄関を入ってすぐ右にあります。どうぞ、ご案内します……」

「だいじょうぶです。見つけられますから」ミアは足早に庭を横切った。狭いトイレに入り、便器の前にひざまずいて、激しくあえぐ。

最悪だ。

しばらくして、どうにか立ちあがった。口をゆすぎ、顔を洗い、鏡を覗きこむ。生気のまるでない顔。恐慌を来たすことはめったにないが、身体は正直だ。厩舎でのシグリの思い出はあまりにも鮮明だった。

シグリのことを話してみませんか。

心理士の言うとおりなのかもしれない。初めてそう思った。そういえばメールが来ていた――〝お約束の時間に来られませんでしたね。予約を取りなおしますか〟。返事はしていない。復職したからだ。あそこへ通っていたのはそのためで、私生活を話すためじゃない。しばらく鏡の前に立ち、落ち着きが戻るのを待った。打ち明ければ楽になるのだろうか。自分の悲しみのことを。みじめさのことを。失ったもののことを。母、父、祖母。シグリ。棚にマウスウォッシュが見つかり、それでうがいをした。いや、ありえない。また鏡を覗きこみ、首を振る。

そう、自分の内面をさらけだすなんてありえない。顔に水を浴びせる。

ばかばかしい。

精神状態のせいなんかではない。睡眠不足と、プレッシャーと、この事件と、なによりカリーのやつのせいだ。わたしは問題ない。ミアは鏡に向かってうなずいた。

なにも問題はない。

さらに数分のあいだ鏡の前にいるうち顔色が戻ったので、庭に出て厩舎に引き返した。

「だいじょうぶですか」フィンスタが心配そうな顔で尋ねる。

「なにがです？」ミアは笑みをつくり、フィンスタのあとについて厩舎に入った。

「カミラのロッカーは？」

そう言って刑事の顔に戻る。

「これです。あけましょうか」

「まあ、扉だけ見ていてもしかたないですし」ミアは軽口を叩いた。

フィンスタが口もとを緩め、手に持った鍵束から鍵を探した。そのあいだにミアはラテックスの手袋を上着の内ポケットから取りだした。

「なにかお手伝いしましょうか」解錠を終えたフィンスタが訊いた。

ロッカーの中身が気になるようだ。

「必要になったらお呼びします」ミアはにっこりして言い、フィンスタが厩舎を出るのを待ってから、ロッカーの扉をあけた。

赤い乗馬用ジャケット。黒いジョッキーブーツ。ハンガーにはベージュのブラウス。扉の内側に小さな紙切れが貼りつけてある。手書きのカードだ。

〝きみが好き〟

その下に絵。

鳥だ。

カリーと出くわしたせいでちゃんと考える暇がなかったが、頭の片隅に引っかかっていることがあった。ゆうべのムンクの言葉。死体発見現場の羽根。

フクロウの羽根。

ミアはジャケットから携帯電話を取りだし、ムンクにかけた。出ないので、至急電話をとメールを送った。

〝きみが好き〟

絵。

鳥。

フクロウ。

27

昼過ぎだというのに空はまだ暗い。いまにはじまったことではないが、やはり驚かずにはいられない。ホールゲル・ムンクは煙草に火をつけ、オレンジ色の火先に浮かびあがる冷えきった指先を眺めた。このところよく思うことがまた頭をよぎる。ここは人間の暮らすところじゃない。こんな極北の地は。歴史の失敗だ。どうかしている。ノルウェー人の祖先は過去のどこかで道を誤ったのだ。そうじゃなければ、こんなに寒くて暗い場所をなぜ選ぶ？　地球上には日差しの降りそそぐビーチも、肥沃な土地も山ほどあるというのに。そういった楽園は、ここにはないに等しい。ムンクはダッフルコートのフードをかぶって外に立ち、寮生たちの事情聴取で得た情報になんらかのパターンが見られないかと頭をひねっているところだった。いまのところ、誰からも有力な情報は出ていない。みなおびえているようで、協力的とは言いがたかった。

ダッフルコートの前をかきあわせ、煙草に口をつけたとき、正面玄関のドアが開いてヘレーネ・エリクセンが階段を下りてきた。

「なかで吸ってもらってもかまいませんよ」そう言って笑顔をつくろうとするが、無理しているのは明らかだ。

最初に会ったときから憔悴した様子だったが、いまも回復の兆しは見られない。まなざしに感じられたわずかばかりの光はすっかり失われている。ムンクは同情を覚えずにいられなかった。

「よろしければ、コーヒーでも?」ヘレーネがためらいがちに勧めた。「朝からずっとなので、お疲れでしょ。わたしたちも同じです」

「最近はコーヒーを飲まないものでね」ムンクは丁寧に答えた。「でも紅茶ならありがたくいただきます」

「紅茶もありますよ」ヘレーネはにっこりし、先に立って玄関を入ると、一階にある小さな居間にムンクを案内した。

「わたしの憩いの場です」ムンクがすわるとヘレーネは言った。「ひとりになれる場所があるのはいいものですよね」

ムンクは椅子の肘掛けにコートをのせた。ヘレーネはたいした女性だ。問題のある青少年に手を差しのべ、居場所を与えている。心やさしい善意の人だ。

「これくらいしかないんですけど」ヘレーネはティーバッグの入った器をテーブルに置いた。

「なんでも歓迎です。骨まで凍るこの寒さをましにしてくれるものなら」

「ええ、まったく」

ヘレーネが向かいの肘掛け椅子に腰を下ろすと、ムンクはティーバッグをひとつ取り、やかんの湯をマグカップに注いだ。

「一本いただいても？」ヘレーネが卓上の煙草を指差す。

「もちろん」

「そんなには吸わないんですけど」ヘレーネは弁解するように言い、煙草をくわえた。「ずっとまえにやめたはずだったんです、よくない習慣ですからね。わかっているんですけど……」

「わかります」ムンクは微笑んで、テーブル越しに自分のライターでヘレーネの煙草に火をつけた。

ヘレーネは椅子の背にもたれ、天井に向けて煙を吐いた。どこか迷うような、なにかを打ち明けようかと考えるような様子だが、そのままなにも言わなかった。

「じきに終わります」ムンクは相手を安心させようと言った。「そうしたら、おいとましますよ。かなり進みましたしね。今日一日で、関係者とおおかた話ができました」

「なにかわかりました？　お役に立ちそうですか」

「くわしいことは話せません。ご理解いただけると思いますが。でも、必要なことはつかめたと思います」

「よかった」ヘレーネが微笑む。「もちろん、なにかお訊きになりたいことがあれば、いつでもご連絡くださいね。遠慮なさらず」

「どうも、ヘレーネ。大いに助かりますよ。感謝します」

「いいえ、そんな」ヘレーネは煙草をもうひと吸いしてから、灰皿で揉み消し、ムンクにまた笑顔を向けた。

「昔は日に二十本吸ってましたけど、いまは二、三本で我慢しているんです」

ヘレーネは視線を宙にさまよわせた。ムンクは前回ヘレーネを訪ねた際のミアの言葉を思いだした。

彼女はなにか知っています。

ムンクは煙草を消して腰を上げた。

「お茶をごちそうさま。そろそろ戻るとします。まだいくらか話を聞きたい相手が残っているので」

「ええ、どうぞ」ヘレーネもあとについて居間を出た。

「ひとつお訊きしたいことが」廊下に出てからムンクは言った。

「なんでしょう」

「寮生と職員のリストには、今日いない人も含まれていますね」

「ええ」

「じつはその……」

「はい？」

「ひとり気になる人物がいまして。ここで働いているはずですが、話を聞けていないので」

「そうですか。誰のことでしょう」

「ロルフ・リッケです」ムンクはこほんと咳をして言った。

「ロルフ？」ヘレーネが眉根を寄せる。

「ええ。ここの教師のはずですが」

ヘレーネが首を振る。「いいえ。ずいぶんまえに辞めましたよ」

「以前にここで教えていたんですね」

「ええ、ほんの短いあいだですが。彼はその、優秀な先生でした。ずっといてほしかったんですが、彼にはここの仕事はもの足りなかったんでしょう。うちの子たちのことを悪く言う気はないですが、なんというか、成績優秀というわけではないですから。ロルフはもっと上のレベルが希望だったのだと思います。お話しされたいなら、お力になれますけど。電話番号がどこかに残っているはずですから。探してみましょうか」

「いいえ、それにはおよびません。いただいたリストさえあれば」

「わかりました」へレーネはうなずいた。

ムンクの携帯電話が震えだした。事情聴取のために消音モードにしてあったが、いつものようにバイブレーションを切るのを忘れていた。画面にはアネッテ・ゴーリの名前が表示されている。

「どうした」

「犯人を捕まえました。ミアから連絡はありました？　話があるそうです。乗馬スクールでなにか見つかったとかで。でも、いまとなっては……」

「捕まえたって？」

「自白しています」

「本当か」
「はい。出頭してきたんです。身柄を拘束しています。本部で。犯行を認めていま
す」
「すぐ行く」ムンクは電話を切り、ヘレーネに断ってから、外にとめた黒のアウディ
目指して駆けだした。

28

ムンクが取調室に隣接した小部屋のドアをあけると、ミアはもうそこにいた。アネ
ッテ・ゴーリが壁にもたれ、腕組みをして口もとに満足げな笑みを浮かべている。ミ
アは革ジャケットを着たまま椅子にすわってリンゴをかじっているが、その顔に興奮
らしきものは見て取れない。
「どこまでわかった?」ムンクはコートをかけ、マジックミラーの前の椅子に腰を下
ろした。
「名前はジム・フーグレサングです」アネッテが答える。「三十二歳、自宅はロイケ

ン。フールムランネ養護院からは車で四十分足らずの距離です。ほんの一時間前に出頭してきました。カミラ・グレーン殺害を自白しています。以前は郵便局員でした。現在は障害年金を受給しています。詳細は不明ですが、ルドヴィークが調査中です」

「なんで自転車のヘルメットをかぶってるんだ？」

「脱ぐのを拒否しています」アネッテ・ゴーリは肩をすくめた。

「彼じゃない」ミアが言って、リンゴをかじった。

「なんでだ」

「わかるでしょう、ホールゲル。事件が報じられたのが昨日。これまでも山ほどいたはずです、自白したがる人間が。どういうわけか、注目を集めるためならなんでもする人間がいるんです。正直言って、ここにいる意味がわかりません。メールを読んでないんですか」

ミアは明らかに憤慨している。

「一日じゅう事情聴取してたんだ」ムンクはなだめるように言った。

「乗馬スクールに絵がありました」ミアは白い自転車用ヘルメットの男から目を離さない。

「なんの絵だ」

返事はない。

「アネッテ？」ムンクはブロンドの法務担当官に向きなおった。

アネッテは首を振った。無駄に呼びだされたと当てこすられ、むっとしているようだ。アネッテはファイルを持っているが、ミアにはまだ見せていないらしい。ムンクが来るのを待っていたのだ。

「わたしだって無能なわけじゃありません」アネッテはそう言って、ふたりの前のテーブルに二枚の写真を置いた。

「ジム・フーグレサング。三十二歳。障害年金を受給。白い自転車用ヘルメットを脱ぐのを拒否。みずから出頭し、殺人を自白。わたしも素人じゃないですし、虚偽の自白の可能性も考えています。彼がこれを持参しなければ、呼びだしたりしません」

アネッテはテーブルに置いた写真を指差した。ミアがしぶしぶ目を向ける。

「なんてことだ！」ムンクは大声をあげた。

「でしょう？」アネッテが得意げに言う。

「これって……」ミアがアネッテを見る。

「言わなかった？」アネッテはまた腕組みをした。

二枚の写真。ぶれているが、写っているものは明白だ。見まちがいようがない。

「どういうこと」ミアが言った。

「犯人だって言ったでしょ」アネッテがにっと笑う。

「よし」ムンクは立ちあがった。「このいかれ野郎の話を聞こう」

29

ガーブリエル・ムルクは会議室にすわり、壁に写真を貼るルドヴィーク・グルンリエを眺めていた。おめでたい若造だと思われないように内緒にしているが、今日の仕事はじつに刺激的だった。ここに来て最高の一日だったかもしれない。

捜査で外に出たのだ。フールムランネ養護院での事情聴取に参加した。いつもならムンクやミアやキム・コールスしかやらない仕事だが、捜査が大がかりなせいか、たんに人手不足のせいか、ムンクはイルヴァ以外の全員を派遣した。留守番役のイルヴァはうらめしげに一同を送りだした。

ガーブリエルは同情した。自分も最初は蚊帳の外のように感じたものだ。自分だけが知らない決まりごとやコードや隠語だらけで。でも、もうちがう。洗礼でも受けたような気分だった。にんまりしてコーラをひと口飲んだところに、イルヴァが入ってきて隣の椅子にすわった。

「まだそんなことをする必要があるんですか」イルヴァはルドヴィークに向かって言った。ちょうど養護院の寮生のひとりの写真を貼って、その下に名前を書いたところだ。

イサベラ・ユング。

「そんなことって?」ガーブリエルは訊いた。

「だって、犯人は捕まったんでしょ」

「それはまだわからない」ルドヴィークはそう言って別の写真を並べて貼り、また名前を書いた。

パウルス・モンセン。

「アネッテは自信満々みたいでしたけど」イルヴァが言う。

「ときどきいるんだ」ルドヴィークがテーブルからもう一枚写真を取る。

「なにが?」

「やってもいない殺人を自白する人間、ですよね」ガーブリエルは代わりに答え、ルドヴィークに目を向けた。

「そういうことだ」ルドヴィークが手に持った写真を貼る。

ベネディクテ・リース。

「でも、確信があるみたいでした」イルヴァが口にガムを放りこむ。「アネッテは」

「それならそれで、喜ばしいことだがね」ルドヴィークはにっこりし、次の一枚をすべての写真の上に貼った。

ヘレーネ・エリクセン。

「それで、なにか連絡は来ました？」イルヴァが訊く。

「まだだ」ルドヴィークは作業を続けながら答える。

セシリエ・マルクセン。

「犯人だといいですね。だったら一件落着だから」イルヴァはそう言ってガムを膨らませた。

「そうだな」ルドヴィークはにこやかにイルヴァにうなずいた。「だが、完全に解決するまでは続ける必要がある。ずいぶん関係者が多いな」

ルドヴィークはため息をつき、自分がつくったコラージュを眺めた。完成間近だ。

「ちょっとごちゃごちゃしてますね」

「へえ、そうかい」ルドヴィークがイルヴァを見る。

「あ、いえ、ちがうんです」イルヴァは慌てて続けた。「写真じゃなくて、この事件全体がです。ごちゃごちゃしてません？　容疑者候補が多くて。どこから考えたらいいのか」

ルドヴィークは微笑んで最後の写真を貼ると、一歩下がって全体を眺め、見やすさをたしかめた。

「説明してもらえますか」イルヴァがしげしげと写真を見ながら言った。

「ヘレーネ・エリクセン。養護院長。施設の創設者だ」

イルヴァはうなずく。

「パウルス・モンセン。ヘレーネの——そうだな——右腕とでも呼ぶべきか。二十五歳で、元寮生だが、いまは管理人のような仕事をしている」

「なるほど」

「教師はふたり」ルドヴィークは写真を示して続ける。「カール・エリクセン。エーヴァ・ダール」

「どんな人たちです？」イルヴァが訊く。

「教師はムンクとキムが受け持ったんだ。だからくわしいことはまだわからない。残念だな」

「チーム全員で情報を共有して検討できていないことが。ずっとごたごたしてるだろ」

「なにがです？」

髪に白いものが交じるルドヴィークはもう一歩下がり、写真を見わたした。

「フールムランネ養護院は女子限定なんですか」

「いや、そう決まってるわけじゃないらしい。だったよな、ガーブリエル？」

「そうです。あそこは男女どちらでも入れます。寮はふたつあるんですが、いまはなぜか女子しかいません。理由は不明ですが。ですよね、ルドヴィーク」

ルドヴィークはうなずき、首を掻いた。

「つまり、寮生はこの八人の女子たちということですね」イルヴァが写真を指差す。

ガーブリエルのポケットの中身が震えだした。iＰｈｏｎｅを出し、画面をチェックする。ルドヴィークの説明を聞きたかったが、届いたメールを見たとたん、写真も同僚たちの存在も頭から吹っ飛んだ。

〝こちらフェニックス。エレクトロン、応答せよ〟

その意味を理解するのに少しかかった。

最後にこの旧友から連絡が来たのはいつだっただろう。ガーブリエルは急いで返信した。

〝こちらエレクトロン。どうした？〟

ものの数秒で返信が届いた。

〝外にいる。大事な話だ〟

外？

すばやく返事を打つ。

〝外ってどこだ？　大事な話って？〟

すぐにまた返信がある。

〝マリボー通り十三番地。見せたいものがある。口に花を入れた少女のことだ〟

なんでスカンクがカミラのことを？

ガーブリエルは慌てて立ちあがり、同僚たちに断って部屋を飛びだすと、全速力で階段を駆けおりた。

30

「十月十日、十七時五分。担当は殺人捜査課特別班班長ホールゲル・ムンク、およびミア・クリューゲル捜査官」

「フルネームをどうぞ」ミアが自転車用ヘルメットをかぶった男にボイスレコーダーを示して言った。

ミアはまだ動揺している様子だ。ムンクは落ち着けと声をかけようとしたが、思いなおした。

「ジム」と男が答えた。

「フルネームを」ミアがまたボイスレコーダーを示す。

男がミアを見た。

「そ、それが名前です」つっかえながら、ちらっとムンクに目を向ける。

「フルネームです。名字も言ってください」

「ジム・フーグレサングです」男は言い、テーブルに目を落とした。

「弁護士を同席させる権利があることは知っているかね」ミアがこちらを見ているのに気づいたが、それを無視してムンクは言った。

「なんですか」

「弁護士だ。弁護士を呼ぶかね」

「鶏肉はおとなしくかごに入ってくれた」

ミアがまた横目で見るが、ムンクは肩をすくめた。

「弁護士を呼ぶ権利を放棄すると？」

テーブルの向こうの男は、ぽかんとした顔でムンクを見返した。

「彼女を殺しました」わずかに背筋を伸ばしてそう言った。

「誰を？」ミアが身を乗りだす。

「誰をって？」ジム・フーグレサングが困惑したように訊き返す。

「よく聞いて、ジム、誰を殺したの？」

ミアは落ち着いてきている。目の前の男は、厳しく締めあげても無駄なようだ。この深刻さすらわかっていないらしい。

「誰を殺したんですか、ジム」ミアが口調をやわらげて繰り返す。

脅しても無意味なのは明らかだ。すっかりおびえて、途方に暮れているらしい。

「新聞の女の子」

「新聞の女の子とは？」ムンクは穏やかに尋ねた。

「羽根の上に寝かされた子です」

「カミラ？」

しばらくすると答えが返ってきた。

「はい」ジムはおずおずとうなずき、また俯いた。

「彼女を知ってたのかね」

「誰を？」

「カミラ・グレーンを」

話をまるで理解できていない顔のまま、ジムはうなずいた。

「知ってたということね。知りあったのはどこで、ジム？」

「夏で、リスがいました。リスは好きだ」

ムンクはミアを見たが、ミアは黙って首を振った。

「森だったの？　森でカミラに偶然会ったということ？」

ジムは心ここにあらずといった様子で微笑んだ。

「あの尻尾が好きだ。やわらかくてふさふさしているから。前肢でマツぼっくりを抱えるところも。そうやってかじるんです。わかります？」

ジムはまた微笑み、歯を嚙みあわせた。

「つまり、森でリスを見たと。夏だったって？」ムンクはいらだち混じりに息を吐きだした。

「そう、たくさん見た。湖のそばの高いマツの木のまわりに住んでるんです。赤いボートがあるところ」

「そこで彼女に会ったの？　湖のそばで」

「誰に？」

「いいかい……」ムンクはまたため息をついて言いかけたが、ミアが肩に手を置いてさえぎった。

「湖のそばにいたのね。そこでリスを見ていた」

「そう、リスはあそこが好きだから」

「あなたひとりだった？」

「はい」ジムがうなずく。「そのほうが好きなので」

ミアの質問の意図は不明だが、ムンクはそのまま続けさせた。

「それでカミラは、新聞の女の子はそこにいなかった？」

「いなかった。リスだけです。たぶんメスかな、子供のリスもいたから。でもそれだけじゃなくて、別のもいました。しゃがんだから見えたんです」

ジムは頭を低くして注意深く左右を見る仕草をしてから、唇に指を押しあてた。

「すごく静かにしないといけない。逃げてしまうから」

「それは湖のそばね。これを撮ったのはそこ？」

ミアはそう言ってファイルを開き、アネッテから渡された二枚の写真を相手に押しやった。

ジムの顔色が変わった。写真から目をそらし、壁を見やる。

「マリア・テレーサ」そう言って、ヘルメットを拳で叩きはじめた。

「カミラだ」ムンクはもどかしさに負け、口をはさんだ。

「マリア・テレーサ」ジムはそう繰り返し、自分の世界に入りこもうとする。「湖のそばの四つの白い岩。空っぽの家」

「カミラだ」ムンクは語気を強めた。

「いい日なら十四分。帰りは十六分」

「おい」ムンクは癇癪を起こしかけたが、ミアにまた肩を押さえられた。

「うちの庭にもリスがいたの」ミアがやさしく話しかける。「子供のころに。鳥の餌台にヒマワリの種を置いたんだけど、鳥が来てるか見に行ったら、代わりにリスがいたの」

ジムは頭を叩くのをやめたが、まだ壁から目を離さない。

「双子の姉とわたしとで、それからも種を置くようにしたら、またやってきた。ふたりで窓際にすわって、カーテンの陰から覗いていたら、毎日来るようになったの。いつも同じ時間にね。でも、困ったことがあって。なにかわかる?」

「なんですか」ジムは興味を引かれたのか、ふたりに向きなおった。

「呼び名をチップにするかデールにするかよ」

どうしてミアは相手の世迷い言に付きあったりするのか。そう思いつつ、ムンクは口をはさむのをこらえた。

「姉はチップにしたがってて、わたしはデールがよかったの」

「チップとデールはドナルド・ダックのクリスマスツリーを壊したんだ」ジムがくすくす笑った。

「そうね」ミアはにっこりする。

「ドナルドはチップとデールを捕まえられなくて、かんかんに怒るんです。きれいにツリーを飾りつけたのに、ひっくり返っちゃったから」

「ええ、そうよね。結局名前は決められなかったんだけど、何枚か写真を撮ったの。それで満足だった」

「リスの？」

「そう」ミアはうなずく。「写真を寝室に貼って、毎晩寝るまえに眺めたものよ」

「デールのほうが太めでおもしろい」ジムはにっこり笑ってふたたび自分の世界に入りこみかけたが、ミアが引きもどした。

「写真を撮るのが好きなんでしょ」

「はい」ジムがうなずく。

「では、これを撮ったのもあなた？」ミアは慎重にそう言って、卓上の写真をそっと手で示した。

「はい」ジムがようやくふたりをまっすぐに見る。

「わたしの考えてることを言いましょうか、ジム」

「なんですか」

「カミラのことは忘れましょう。羽根の上に寝かされた女の子のことは」

「本当に？」ジムは意外そうに言った。

「ええ、彼女のことは忘れましょう。大事じゃないから。あなたはカミラを殺してない。そうでしょう？　カミラのことを知りもしないはずだし、あなたはいい人だから。そんなことをする人じゃない、でしょ？」

「そう、しません」

「カミラのことは知りもしなかったんでしょ」

「ええ、会ったこともないです」

「ちょっと怖くなった、そうでしょ？　あの記事を見たなら当然よ。わたしだって怖くなるはず。あなたもでしょ、ホールゲル？」

ミアは小さく微笑んでムンクを見た。ムンクはしかたなく肩をすくめた。

「ああ、もちろんだ」

「ね、ジム。あなたの立場だったら誰だって怖くなる。こういう写真を撮ったとしたら。そうでしょ？」

「ぼくはやってない」ジムの目に涙が滲む。

「もちろんよ」ミアが笑いかける。

「猫は殺してない」

「もちろん猫は殺してないわ」

「犬も──

「もちろん犬も殺してないわ。誰も傷つけたりしてない、そうでしょ？」

「そうです」ジムは涙を拭った。

「あなたは本当に勇敢だと思う」

「どうして？」

「写真を持ってここに来てくれたから。助かるわ。もちろんあなたは殺してない。でも、どこでこの写真を撮ったのか知りたいの。わかる？」

「犬と猫の？」ジムが訊く。

二枚の写真。写っているものはよく似ている。五芒星の形に並べられた蠟燭。敷きつめられた羽根。片方には猫が横たえられている。もう片方には犬。どちらも殺されていて、前肢がカミラ・グレーンの腕と同じように奇妙な形に伸ばされている。片方は上。もう片方は斜め下に。

「写真を撮ったのはリスのそばだったの？」ミアが用心しつつ、一歩踏みこむ。

「店にはオオカミがいた」ジムはまた別の世界にさまよいだしそうになる。

「ジム？　それとも川のそば？　赤いボートのそばだった？」

写真を見たことで、ジムは不安をかきたてられたようだ。またヘルメットを叩きだし、壁を見据えた。

「マリア・テレーサ」とつぶやく。

「ねえ、ジム」

「ジム、この写真をどこで撮ったか覚えてる？」

「四つの白い岩」

「赤いボート」ヘルメットを叩く手に力がこめられる。

「カミラだ」ムンクはつい口をはさんだ。

「どちらも同じ場所なの？　同じときだった？」

「マリア・テレーサ」ジムが呪文を唱えるように言う。「湖のそばの四つの白い岩。空っぽの家。鶏肉はおとなしくかごに入ってくれた」

「ジム」ミアがさらに呼びかける。「この写真をどこで撮ったの？　いつ撮ったの？どっちも同じ場所？　同じとき？」

「火曜日にはバスルームに隠れなきゃならない」白い自転車用ヘルメットをかぶったジム・フーグレサングは、完全に自分の世界に閉じこもった。

そのときドアがノックされ、アネッテが顔を覗かせた。

ミアが睨みつける。

「ルドヴィークが連絡先を突きとめたそうです」アネッテがムンクに向かって言っ

た。「外で話せませんか」

　ムンクがちらっとミアを見ると、ミアはいらだたしそうに首を振った。

「わかった」

　ムンクは席を立ち、部屋を出てそっとドアを閉めた。

31

　ありがたいことに〈ユスティセン〉は空いていて、邪魔が入らない静かなテーブルが見つかった。ムンクは外の喫煙席のほうがよかったが、寒すぎた。

　コートを脱いでミアの向かいに腰を落ち着ける。ミアはもうビールを前にし、手帳を見ながら考えこんでいる。ムンクはミネラルウォーターを注文した。パブに来るまえに班の全員から報告を受けるべきかとも考えたが、ミアと〈ユスティセン〉で語りあうのも貴重な時間で、同時に楽しみでもある。班のメンバーには朝一番にミーティングだと伝えた。それで問題ないはずだ。それに、今日は誰にとってもひどく長い一日だった。

「それで？」

「それでって？」ミアはテーブルの手帳から目を離さずにビールを飲みほした。

「ジム・フーグレサングだ。犯人じゃない。ちがうか」

ミアは首を振った。口をきくのもわずらわしそうだ。

「もちろん犯人じゃありません」そう答えたものの、まだ顔を上げない。

ディーケマルク病院の患者。入退院を繰り返している。入院時以外はコテージでひとり暮らしをしているが、つねに支援を必要としている。いつものようにルドヴィークがしかるべき相手に連絡を取り、確認した。ひと晩ジム・フーグレサングを留置することも考えたが、最終的にはソーシャルワーカーに任せることにし、身柄を預けた。

「なんのためにあんな真似をするんでしょう」ミアがようやく顔を上げた。

ウェイターを呼んで新しいビールとイエーガーマイスターを注文し、ペンを嚙みながら視線をさまよわせる。

「まあ、奇妙なものはこれまでにもたくさん見てますけど」

「やっぱり儀式か。だが、猫や犬を使って？」

ホールゲル・ムンクはノルウェー屈指の捜査官だが、ときおり自分がミア・クリユーゲルのアシスタントにすぎないような気になる。アドバイスするだけが仕事のような気にさせられるのだ。ため息をつき、煙草を吸いたいと思ったが、そのときふと思いだした。ミリアムのメールに返信するのを忘れていた。

〝話があるの、父さん。とても大事なこと。電話して〟

娘には待ってもらうしかない。森でカミラ・グレーンが発見されて以来、息をつく暇もない。

「さっきわかった点はこれだ――二枚の写真。よく似た犯行現場。蠟燭。羽根。猫。犬。どちらの前肢も、カミラ・グレーンの腕と同じ方向に伸ばされている。そうだな？」

「はい」

ミアはイエーガーマイスターを飲みほし、ビールをひと口飲んで、ペンをテーブルに置いた。

「ほかにつかめたことは？」

「カミラのロッカーで見つけたカードです。送った写真は見てもらいました？」

ムンクはうなずいた。

「〝きみが好き〟というメッセージと、フクロウの絵です」

「あるいは、鳥に似たなにかの絵だ。フクロウだとは断言できない」

「でも、羽根はフクロウのものですよね」

「ああ、そうだ。だが、ルドヴィークからそうらしいと聞いただけだ。鑑識が確認中だ」

「だとしてもです」ミアがまたビールを飲む。

「ああ」ムンクはうなずいた。

「それも手がかりになりますね」

「ガーブリエルが入手した携帯電話の通信記録もある」

「そうです。心配しないでというカミラのメールが養護院から送られていた」

「少なくともその近くから」

「同じ基地局でしたっけ？」

「そうだ」

「カミラが失踪した。誰かが彼女の携帯電話を使って、心配ないというメールを送った。姿を消した場所の近くから」

「自分で送ったんじゃなければな」

「そう思います？」

「いや、わからん。いまわかってることをまとめようとしているだけだ」

「そうですね」ミアがうなずく。「でも、とりあえず、カミラが自分で送ったのではないと考えましょう」

「その可能性は高いな」

「つまり、犯人は養護院に出入りできるということ」

「あるいは近くに住んでいる」

「そうです」

「そこまではわっきりした」

「ええ」

ミアがまた考えこむのを見て、ムンクは煙草を吸いに出ることにした。

中庭には数人の客が加熱灯の下で震えていたが、どうにかひとりになれる場所を見つけ、ダッフルコートのポケットから携帯電話を出した。

〝話があるの、父さん。とても大事なこと。電話して〟

かじかむ指でミリアムの番号を押したが、留守電に切り換わった。

〝ミリアム・ムンクです。ただいま電話に出ることができません……〟

何度かかけなおしてみたが、同じだった。煙草を吸い終えて戻ると、ミアはすでにビールとイエーガーマイスターのお代わりを注文し、ほっそりした背中を丸めて手帳を覗きこんでいた。

「それで、フィンスタのほうは？」ムンクは声をかけた。

「え？」

「アンネシュ・フィンスタだ。少女たちの写真を撮ったという」

「断言はできませんが、まともそうな印象を受けました。乗馬スクールと生徒のことをとても大事にしています。あの場所には愛情が注がれていて、建物にもそれが表われていました。言いたいことわかります？」

ムンクにはわからなかったが、ミアのことは信頼している。ただし、その目はアルコールでとろんとしはじめている。

「つまり本当なんだな、元妻のつくり話だというのは」

「さっきも言ったように、断言はできませんが、信用できそうです」

ミアは少しのあいだ指先でこつこつとテーブルを叩いてから、長い黒髪を耳にかけた。

「なら、フィンスタは容疑者のリストからはずしていいか」

「え？　いえ、はずせはしないですが、リストの一番目ではなくなったということです。ほかには誰がいます？」

ムンクは疲れを感じはじめた。長い一日だった。

「ヘレーネ・エリクセンは？」ミアが訊く。「リストに入れるか入れないか」

ムンクはしばらく考えた。

「印象はいいが、入れる」

「パウルスは？」

「もちろん容疑者のひとりだ」ムンクはうなずいた。

「それに寮生たちは？」ミアがちらりと手帳を見る。「イサベラ・ユング、ベネディクテ・リース、セシリエ・マルクセン」

ムンクはあくびを噛み殺した。

「結論を出すには早すぎる。しいて言うなら、全員入ってる。明日のミーティングのあとにもう一度検討しよう」

ミアがイエーガーマイスターを飲みほすのと同時に、携帯電話にメールが入った。それを見てミアは悪態をつき、首を振った。

「どうした」

「カリーです」とため息をつく。

「今度はなんだ」

「ひどく酔ってます。寝る場所がないそうです。今夜も」

「痴話喧嘩か」ムンクは水を飲んだ。

「ええ、またスンニヴァと揉めたそうです」ミアはまた首を振った。「今回は深刻みたいで」

「なるほど」

「すみません、どこまでお話しするべきか迷っていて」

「まあ、想像はつくさ。それにしても……」

「なんです？」

「いや、どう言ったものかな。きみがカリーと親しいのはわかってるが、うちには信頼できる人間しかいらない」

「キムはもうすぐ抜ける。カリーはさぼってばかり。そのうちわたしたちだけになっちゃいますね」ミアがウィンクする。

「まあ、そう心配してはいないが」ムンクは立ちあがった。

「もう帰るんですか」

「ああ。ちょっとは寝ないと。続きは明日だ」

コートを着たとき携帯電話が鳴った。またあくびを嚙み殺し、画面を見る。ガーブリエル・ムルク。無視しようかと思ったが、出ることにした。

「ムンクだ」

なにも聞こえてこない。

「もしもし」

やはり無音のままだ。

「いるのか、ガーブリエル？　どうしたんだ」

ミアが手帳から目を上げた。

「来てください」弱々しいガーブリエルの声。

「どうした。なにがあったんだ」

「来てください」ガーブリエルが繰り返す。

「どこにだ」

「見てもらわないといけないものがあります」

声が震えている。

「明日まで待てないのか」

「いいえ、絶対待てません」

「本当か。いまオフィスだな」

「はい」

「わかった、すぐ行く」ムンクは電話を切った。

「どうしたんです？」

「ガーブリエルがオフィスから電話してきた。すぐに来いと言ってる。一緒に来るか」

「もちろんです」ミアはうなずいて、ビールを飲みほした。

第四部

32

スンニヴァ・ローは階段の最後の数段を駆けのぼり、コートをロッカーにかけた。制服に着替えながらため息をつく。このホスピスで働きはじめて八年近く。最初は身体にフィットしたクラシックなこの制服をかなり気に入っていた。でも、いまは飽き飽きしている。制服だけでなく、仕事にも。

スンニヴァはもうひとつため息をつき、休憩室に行ってコーヒーを淹れた。

フィジー。

紺碧の海とヤシの木と自由。

それを楽しみに、ふたりで一年近く貯金してきた。寒くて暗い冬のあいだも休みなしに働いた。夏休みさえ返上で、追加勤務も目いっぱいこなしたが、来年の一月には楽園に行けると思うと平気だった。一カ月の休暇が待っているのだから。

なのに、あのろくでなしがまた台無しにした。ふたりのお金をギャンブルですってしまったのだ。酔っぱらって、すべて使いはたした。またた。今度ばかりは愛想も尽きた。カリーのことは愛している。それは本心だけれど、こんな生活は続けられない。

もう無理だ。あれが最後のチャンスだったのに。カリーを追いだしたとき、心底すっきりした。あのアパートメントはスンニヴァのものだ。数年前、ふたりで暮らすと決めたときにスンニヴァの父が購入してくれた。いまは自分ひとりのもの。本当にせいせいした。

スンニヴァはコーヒーを手に休憩室を出て、朝の申し送りに参加した。夜勤から日勤への引き継ぎが行われ、前夜の状況が全員に報告される。聖ヘレーナ・ホスピスはお迎えの近い老人が人生最後の数日を、あるいは数週間か数カ月を過ごす場所で、取りたてて特別なことは起こらない。医師の診察があり、たまに薬の変更があるくらいだ。

申し送りが終わると、スンニヴァは巡回をはじめるまえにもう一杯コーヒーを飲んだ。気合を入れるために。今日はトールヴァル・スンの担当だ。

頭のおかしな牧師の。

暗さをたたえたあの老人の目を見ると、なんとなく薄気味悪くなる。

スンニヴァは笑顔をこしらえ、朝食のトレーを持って牧師の部屋に入った。幸い牧師は眠っていたので、トレーをベッド脇のテーブルに置いた。サーモンとケイパーのサンドイッチ。飲み物ははちみつ入りのカモミールティーとオレンジジュース。このホスピスは患者の喜ぶものをよく心得ている。

スンニヴァが部屋を出ようとしたとき、ふいに牧師が目をあけた。

「天国に行けない!」老人は叫び、まじまじとスンニヴァを見据えた。

「もちろん行けますよ」スンニヴァは笑いかけた。

「いや。わたしは罪を犯した」

老いた牧師は苦悩の色を浮かべた。

「ああ、主よ、お許しください。知らなかった、知らなかったのです。わたしの罪をお許しください」

痩せこけた腕を掲げ、天を仰いで叫ぶ。

「なぜ誰も耳を傾けてくれないのです?」

投薬指示書によれば、牧師にはジアゼパム十ミリグラムとモルヒネ〇・五ミリグラムが日に三回点滴投与されることになっている。輸液の袋は空だ。夜勤の担当者が交換を忘れたらしい。スンニヴァはやれやれと首を振り、スタンドから袋をはずした。

「だめだ」牧師が言った。

スンニヴァはその顔を見下ろした。

「だめだ、だめだ」牧師はそう繰り返しながら、スンニヴァが手にした袋を節くれだった指で示した。

数秒して、なにを言われているのか気づいた。

「お薬がいやなんですか」

牧師は首を振り、ベッド脇のテーブルの本を指差す。

「聖書？　これを読んでほしいんですか」

牧師はまた首を振り、さっきよりも光の戻った目でスンニヴァを見た。

それからつぶやくような声で、テーブルの下の棚をあけてほしいと言った。

スンニヴァは点滴の袋をスタンドに戻し、テーブルがある側にまわりこむと、しゃがみこんで扉をあけた。なかに古い新聞が入っている。

「これですか」

老人がうなずく。顔にはかすかな笑みが浮かんでいる。

「彼女だ」と指を差す。

「誰です？」

「子供たちが燃えている」そうつぶやく牧師の目からは、すでに光が失われていた。

「トールヴァル？」スンニヴァはその額に手を当てた。ひどく熱い。

「牧師さん？」

返事はない。

牧師はすでに意識を失っていた。瞼がゆっくりと閉じ、新聞に向けられていた指が力なくベッドの端に垂れる。

スンニヴァ・ローは新聞をしまって牧師に上掛けをかけ、キャビネットから新しい輸液袋を取りだして、皺だらけの弱々しい手の上に吊るした。そして牧師が眠りこんだのを確認し、静かにドアを閉めて朝の巡回を続けた。

33

ガーブリエル・ムルクは会議室の後ろの席で身をこわばらせていた。この二十四時間眠っていないが、疲れは感じない。夜のあいだに何度か吐いてしまい、胃のなかは空っぽだが、空腹も感じない。ショック状態だからだ。昨日スカンクからメールがあり、オフィスの外にいるから会いたいと言われたときは、もちろん意外に思ったが、こんなことになるとは想像もしていなかった。

ムンクはプロジェクターのそばに立っているが、疲労の色が見て取れる。ミアもムンクも寝ていない。夜どおしここでガーブリエルと一緒だった。アネッテが午前三時ごろに駆けつけ、すぐあとにカリーも酒のにおいをぷんぷんさせて現れた。まだ動画を見ていないのはキムとイルヴァとルドヴィークだ。

「知ってのとおり」ムンクが咳払いをして、いつもより憔悴ぎみの一同に向かって言った。「昨夜ガーブリエルが古い友人から連絡を受けた。名前は……」

ムンクがガーブリエルをちらっと見る。

「スカンクです」ガーブリエルは小さく答えた。

「スカンクという昔のハッカー仲間だ。ネットである動画を見つけたという。なにかの闇サーバーで。どうやらその彼は警察に思うところがあるらしい。動画を入手できたのは、ひとえにガーブリエルのおかげだ」

一同がいっせいに振り返り、うなずいた。ガーブリエルはまた吐きそうになり、そんな自分を恥じた。フールムランネ養護院での事情聴取に加わったときは、ひとつステップアップしたような、誇らしい気分だった。もう新入りじゃないと思ったのに、また振り出しに戻ってしまった。半年前、初めてここに来たときの自分に。これじゃただのガキだ。あまりにも恐ろしい現実を目にして吐いてしまったのだから。プロらしくもなく。ガーブリエルは両手を膝に置き、呼吸を静めようとつとめた。

「すでに明らかなように」とムンクが続ける。「発見時のカミラ・グレーンの健康状態は失踪時に比べ著しく悪化していた。極度に痩せ、衰弱し、両手と両膝にはまめと擦過傷、全身に痣も見られた。検視の結果、胃の内容物は動物の餌だけだと判明している。ガーブリエルのおかげで、ようやくその理由がわかった」

イルヴァが好奇心と恐怖の入り混じった目でこちらを見るのがわかった。ひどく不安げだ。ガーブリエルはまた同情を覚えた。

「ルドヴィーク、明かりを消してくれるか」ムンクが言った。

ルドヴィークが立ちあがってスイッチを切り、室内が静かになると、ムンクはリモコンのボタンを押してスクリーンに短い動画を再生させた。

ガーブリエルは覚悟してそちらへ目をやった。今回はミアやムンクのようにできるかもしれない。プロらしく最後まで見られるかもしれない。証拠を探すんだ。最初に見たときのように、生身の人間だとは考えずに。

最初のうち画面は真っ暗でなにも見えない。だがそこに彼女が現れる。カミラ・グレーンが。地下室にいるらしい。しだいにあたりが明るくなり、大きな輪が現れる。檻のようなもののなかに置かれている。ネズミやハムスターの檻によく似ているが、サイズは人間が入れるほど大きい。滑稽に見えなくもないが、それは想像もできないほど惨い光景だった。カミラ・グレーンが輪のなかにすわっている。最初はわけがわからなかったが、疑問はすぐに消えた。カミラが大きな重たい回し車のなかで四つん這いになり、ゆっくり四肢を動かすと、その回転によって明かりがつく。

彼女は監禁されている。

地下室に。檻のなかに。明かりもなく。

ガーブリエルは思わず目をそらした。

カミラが必死に手足を動かすと、回し車のスピードが上がり、背後にある灰色の壁に書かれた白いペンキの文字が浮かびあがる。

〝選ばれし者〟

カミラは懸命に回し車を動かしつづける。さらに速くまわそうとするように、ひたすら手足を前に出す。ほかのメンバーたちがとまどったように目と目を見交わした。なぜスピードをあげる必要が？　明かりはすでについている。そのとき急に壁のハッチが開き、なにかが床にこぼれ落ちる。

食べ物だ。

だから必死なのだ。

食べるために。

いつのまにかガーブリエルもスクリーンに目を戻していた。

動物の餌。

また吐き気がこみあげる。これ以上耐えられない。ガーブリエルは部屋を飛びだし、トイレのドアを押しあけて便器の前に膝をついた。せりあがってきた酸っぱい汁が口からあふれる。汗が噴きだした。

「だいじょうぶ、ガーブリエル？」

答えることもできなかった。背後のドアがあいてミアが入ってきたことにも気づかずにいた。

ミアは蛇口の水で濡らしたハンドタオルを差しだし、隣にしゃがんだ。ガーブリエルは冷たいタオルで顔を冷やした。

「だいじょうぶです」ようやくそう返事をした。

こんな姿を見られたくはなかった。とくにミアには。悲惨な現実を直視する度胸もないガキだと知られたくはなかった。だがもう遅い。

「帰ったほうがいいと思う」ミアがやさしく言った。「またにしましょ」

ガーブリエルはミアの言葉にとまどいながら、ひんやりしたタオルでまた額を拭った。

「なにをです?」

ミアの手が肩に置かれる。

「つらいのはわかるけど、はっきりさせないと。そうでしょ?」

「はっきりさせる?」

「あなたの友達のスカンクが、あれをどこで手に入れたのか。それを一刻も早く知る必要がある」

「そうですね」ガーブリエルは慎重にうなずいたが、心ではこう思った——そんなこと不可能だ。

34

カリーが会議室でひと口コーヒーを飲んだところに、ミアが戻ってきて席についいた。

「問題ないか」ムンクが訊く。

「だいじょうぶです」

「そうか」ムンクは次になにを言おうか迷うような顔をした。

プロジェクターの横に立ったまま、あくびを嚙み殺し、頭を掻く。

「よし」そう言ったきり黙りこんだ。

カリーも似たような状態だった。ウィスキーのボトルを半分空けたあと、またミアの家のソファーで寝た。正体をなくして眠りこんでいたせいで、朝の三時に携帯電話が鳴ったときもあやうく聞きのがすところだった。

いまは完全にしらふだ。少なくとも、そのつもりでいる。疑問と憤怒が頭に押し寄せ、ほかのことは吹っ飛んだ。

思っていた以上にやばい事件だ。

いったいどんないかれ野郎ならこんな真似ができる？ 少女を三カ月も檻に監禁し、ばかでかい回し車をまわさせるだと？ 明かりをつけ、食べ物を得るために？

ムンクはまだ部屋の前で言うべきことを探している。いますぐ枕に頭を休められるなら、なんでも差しだしそうだ。

タフだと自負していたはずが、動画を見たときカリーは自分を抑えるのに苦労した。カミラ・グレーンの顔は恐怖におののき、憔悴しきっていた。

気の毒に。

「質問はあるか」ようやくムンクが言った。「なければ、動画の内容を検討していこう」

ムンクは一同を見まわしたが、誰も口を開かない。

「ミア?」ムンクはプロジェクターのそばを離れた。続いてそこに立ったミアからは、睡眠不足の影響は見て取れない。

「それじゃ」ミアがリモコンのボタンを押す。「もう一度動画を見たい人は、サーバーにコピーがあるので、もちろんあとで見てもらえます。とりあえずいまは細部を見ていきましょう。初見では見逃した部分もあるはずだし、静止画にしてポイントをまとめました。当初考えていたより、さらにことは深刻です。第二の被害者が出るのを阻止しないと。わたしたちの手で」

さすがはミアだとカリーは感心した。むろん、もとから尊敬はしているが、あらためてそれを実感した。どうしたらあんなふうに感情を抑え、刑事としての思考を保てるのか。頭のなかで歯車がまわる音まで聞こえそうだ。

「発見時のカミラ・グレーンはなぜあんなに痩せていたのか。その理由はわかりました。どうして両手にまめができ、膝に傷がついていたのか。その疑問も解決ずみです。そして最後に、どうして解剖の結果、胃から動物の餌しか検出されなかったのか。それも明らかになりました。だからこれらの疑問はリストから消せる。受け入れがたいかもしれないけど、いま見たことはまぎれもない現実です。カミラは想像を絶する邪悪な者の手によって、残酷きわまりない最期を迎えた。一刻も早く手がかりをつかんで犯人を逮捕しないと。そうよね?」

ミアがなぜこんな話をするのかカリーには不思議だった。そんなことは言わずもがなだ。だがそのときイルヴァが目に入った。いまにも気を失いそうな顔をしている。

「明らかなことはふたつ。ひとつ目は、カミラ・グレーンが地下室に監禁され、おそらくは三カ月ものあいだ動物のような暮らしを強いられていたこと。ふたつ目は、犯人、あるいは犯人たちが最終的に彼女を殺害し、儀式の生贄のような姿で遺棄したこと」

ミアは連続でボタンを押し、二枚の静止画を交互に表示させた。地下室のカミラと森に横たわるカミラ。

「そこで第一の疑問です。動機はなにか。ふたつの犯罪の背後には同じ動機があるのか」

ミアはテーブルを見わたしたが、発言する者がいないので、そのまま話を続けた。「どちらも同じひとつの犯罪なのか。カミラが地下室に監禁され、動物のように扱われたこと。三カ月後に発見された際には全裸にされ、五芒星形の蠟燭に囲まれて横たえられていたこと。本当に動機は同じなのか。つながりはあるのか」

ミアはふたたび顔を上げ、水をひと口飲んだ。そのときようやく、ミアがムンクほど疲れて見えない理由がわかった。ハイになっているのだ。カリーは後ろめたさを覚えた。ミアは力になってくれ、自宅のソファーで眠らせてくれた。詮索するつもりはなかったが、ついバスルームのキャビネットを覗くと、薬瓶がいくつも並んでいた。

「つながりがないとは言っていません」ミアが軽くうなずきながら話を続ける。「ただ、よく考えてみないと。監禁した理由。森のなかで裸にして、奇妙なポーズで横たえさせた理由を」

「で、ミア、きみの意見は？」キムが最初に口を開いた。

「わからない」ミアはそう答え、少し考えてから続けた。「ただ、妙だと思わない？わたしにはつながりが見えなくて」

ほかのメンバーたちも、ミアの様子がいつもとちがうと感じはじめたらしい。アッパー系の薬でも飲んだのだろうかとカリーは思った。

「妙といえばすべてが妙だな」キムが続ける。「でも、ふたつが別々の犯罪だなんてありえるか？　別々の動機があるってことか。どこかのいかれ男が、地下室で別のいかれ男に監禁されている彼女を見つけて、別のことに利用した？」

「たしかに」ミアはまた考えこむ。「ただ、そうね……」

そして頭を掻き、水のボトルにまた口をつけた。

「わかった、とりあえずそれは保留にしましょう。検討すべき点は山ほどあるから。先に進みます」

キムの視線を感じ、カリーは目を合わせて軽く肩をすくめた。

「それじゃ」とミアが続ける。「物的証拠を見ていきましょう。それからホールゲルとわたしが気づいた点を」

数回続けてボタンが押される。

「まず最初は、この回し車。店で買えるようなものじゃない。誰かがこしらえたのか。それを調べる必要があります」

次の写真。

「背後の壁に書かれた文字。〝選ばれし者〟。なぜカミラが選ばれた者なのか」

次の写真。

「そして動画。そう、この動画そのもの。なぜ撮影したのか。個人的に鑑賞するためか。特殊なサーバーで発見されたということは、複数の人間が共有していたのか。それがカミラを監禁していた理由なのか。撮影して、その動画を共有することが」

ミアはまた水を飲んだ。様子がおかしいのは明らかだ。ノンストップで話しつづけ、瞳孔が皿のように開いている。

「その点に関しては明らかになるはずです。ガーブリエルが目を覚まして、連絡を取ってくれれば、例の……」

ミアはそこでムンクのほうを見やった。ムンクは煙草を吸いに出る元気もないらしい。こんなことは初めてだ。

「スカンクだ」と低く答える。

ミアはうなずいた。「もちろんほかにも疑問はあるけれど、重要なのはいま言った点だと思います。回し車はどこから来たのか。選ばれし者とはカミラのことなのか。その理由はなにか。それに……」

ミアが思考の淵に沈みかけたので、カリーは助け舟を出した。

「この動画そのものだ」

「ええ、そのとおり。ありがとう、カリー。この動画です。なぜ撮られたのか。なぜサーバーにあげられたのか。共有するのは危険なのに」

ミアは笑みを浮かべ、髪を耳の後ろにかけて、また一同を見まわした。

「質問はありますか。なにか意見は？」

ちょっとは寝ろよ、ミア。カリーはそう思ったが、口には出さなかった。

イルヴァがおずおずと手を上げた。先ほどのショックからは立ちなおりつつあるようだ。

「なにかに気づいたと言ってましたよね？」

「ああ、そうね」ミアはすばやくコンピューターに近づき、準備していたファイルを開いた。「これは動画の一部で、四十秒あります。いいですか、よく見ていて」そう言って微笑む。「準備はいい？」

とまどいながらも一同はうなずいた。

ミアがキーを押すと、十七歳の少女がスクリーンに蘇った。カミラ・グレーン。回し車の外にいて、床にひざまずいている。必死になって口に餌を詰めこんでいる。

動物の餌を。

人でなしめ。

た。

カリーは周囲をたしかめたが、みな首を振っている。すでに答えを知っているムンクだけは、瞼が閉じそうになるのを必死にこらえているようだ。

「オーケー。もう一度再生します。今度はカミラに注目しないように。難しいと思うけど、カミラはいないものと思って見てください。回し車の後ろの壁を。いいですか」

ミアがまたキーを押し、短い動画が再生される。カリーもミアに言われたように、手前にひざまずいた少女を見ないようにした。と、とたんに気づいた。

「嘘っ！」イルヴァがすぐ隣で叫んだ。

「驚いたな」キムもつぶやく。

「でしょう？」ミアが満足げな色を浮かべてうなずく。

「なんなの、これ！」アネッテも大声をあげた。

ムンクがゆっくりと椅子から立ちあがった。限界が来ているのは明らかだ。

「大きな手がかりだ」そう言ってあくびをする。疲労困憊のあまり、コートを着るのにも苦労している。「だが、休息が必要だ。夕方また集まろう。六時でいいな」

「わかりました？」再生が終わると、ミアは期待のこもった目でまた一同を見わたした。

ムンクはダッフルコートのフードをかぶり、よろめくように会議室を出て、ドアも閉めずに立ち去った。

35

自分は弱い人間だとミリアムは思った。熱は冷めるはずだった。なんとか忘れようとしたのに、ここ数日、頭に浮かぶのは彼のことばかりだった。ジギー。そしていまここにいる。グリューネルロッカ地区のカフェに。期待と罪悪感で胸をいっぱいにして。ここで秘密の待ち合わせをした。ふだんは行かない場所で。知り合いに会う心配のない場所で。マーリオンは今日も母とロルフに預けてあるが、それは問題ない。娘はお祖母ちゃんの家が大好きだから。問題はヨハネスだ。

数日前の朝、もう少しで打ち明けてしまいそうになった。こんなふうに隠しごとをして、内緒で出かけようとするのがいやだった。自分の気持ちをはっきり伝えたかった。ヨハネスとミリアムはベッドのなかで朝早くから目覚めていた。マーリオンはまだ寝ていたので、話すならいまだと思った。だが、切りだすまえにヨハネスの携帯電話が鳴った。早めに出勤してほしいという病院からの連絡だった。それでタイミングを逃してしまった。

ミリアムは紅茶のお代わりを注文し、テーブルに戻った。約束の時刻を十五分過ぎている。自分は恥ずかしいくらい早く着いてしまった。初デートに行く女学生のように、ここまで来る路面電車のなかでも身体がぞくぞくして、じっとしていることもできないほどだった。けれど、しばらくここにいるあいだにばつが悪くなってきた。自分が誰かを待っていること、それも会うべきでない相手を待っていることは一目瞭然だろう。ミリアムは顔を隠そうと新聞を取りあげ、興味もないのにそれを開いた。

森で発見された少女。記事はその事件のことばかりだった。少女は裸にされ、フールムランネ半島南端の森で、儀式の生贄のような奇妙な姿で発見された。カミラというのがその子の名前だ。カミラ・グレーン。青少年のためのホステルのようなところに住んでいた。ミリアムは新聞を置いた。考えるだけで耐えられない。あまりに惨すぎる。

父がマーリオンの誕生会を途中で抜けたのもそのせいだろう。その子の遺体が発見されたから。父に対しても罪悪感を覚えた。離婚のことで父を責め、ずっとひどい態度をとってきた。森のなかで裸の少女が発見された。敷きつめられた羽根に寝かされ、蠟燭に囲まれて。もっと父を理解するべきだった。家にいられなかったのも当然だ。ミリアムは立ちあがってビールを注文した。昼間から飲む習慣はないが、いまは気を落ち着かせるために飲まずにいられなかった。

二杯目のビールを飲み終え、さすがにいらだちはじめたとき、ようやく彼が現れた。帰ろうかと思っていたのに、入り口に彼のやさしい笑顔が見えたとたん、怒りは吹き飛んだ。ジギーは向かいの椅子にすわった。

「遅れてごめん」

「いいの」ミリアムは微笑んだ。

「よかった。本当にごめん。ビールを飲んでるの？　もう一杯飲む？」

ミリアムは迷った。こんなに早くからビール三杯？　夕食後にマーリオンを迎えに行く約束だが、娘はもうひと晩お祖母ちゃんの家に泊まることになっても平気だろう。それにヨハネスは残業だ。今日も。

「もちろん」

ジギーがカウンターへ注文に行く。

またあの気持ちが押し寄せる。罪悪感の波が。

ここでなにをやってるの？

わたしは幸せなのに。そうでしょ？　ヨハネスとマーリオンと自分。それ以外の可能性があるなんて、考えたこともなかった。六週間前までは。

ジギーが二杯のビールを慎重にテーブルに運んできて、また腰を下ろした。

「遅刻して本当に悪かったよ。姉が電話してきて――いや、家族の話なんか退屈だね」

「退屈なんてしないから、聞かせて」ミリアムはビールをひと口飲んだ。

「本当？」ジギーが少し意外そうに言う。

「本当よ。なにか話題は必要だし、でしょ？」

ミリアムがウィンクすると、ジギーがにっと笑った。出会ってからずっとそんな感じだ。気まずい沈黙など一度もない。気楽にしていられる。

「なに？」ジギーが微笑んでミリアムを見た。

「いえ、なんでもない」ミリアムは笑った。

「なんだよ、言ってよ」

「いえ、ほんとになんでもないの。だから聞かせて。お姉さんがどうしたの？　なにかあった？　きょうだいは何人？」

ジギーはなにか考えるように、椅子にもたれてしげしげとミリアムを見た。心のなかを見透かそうとするように。

「ぼくのこと知らないの？」

「どういうこと？　もちろん知ってるわ」

「いや、そうじゃなくて。ぼくの家族のこと知らないのかい。本当に？」

なんの話だろう。

「いいえ、家族の話は聞いてないし。話に出たことないでしょ？　そもそも、わたしたちまだ……」

言葉に詰まり、頬が火照りだす。

「いや、深い意味はないんだ」ジギーが微笑む。「ぼくたちは……ねえ、きみはどうしたい？　ぼくの気持ちは決まってる」

「あなたの気持ちって？」ジギーの顔をまともに見ることができない。

「わかってるだろ」ジギーはミリアムの手にそっと自分の手を重ねた。

ミリアムが自分の手を裏返してジギーの手をなでたとき、背後のドアがあいた。思わず手を引っこめたが、入ってきたのは知り合いではなかった。

「ごめん。困らせる気はなかったんだ」

「ううん、そんなことない。ただ、その、わかるでしょ」

ジギーはわかるというようにうなずく。そのことはアパートメントを訪ねた晩に話してあった。ミリアムに子供がいてもかまわないとそのときジギーは言った。

「それであなたの家族のことだけど」ミリアムは話題を変えた。

「ああ、本気で言ってたんだね。本当にぼくの家族のことを知らないんだ」

ミリアムの困惑が伝わったのだろう、ジギーがふっと笑った。

「お姉さんがいるんでしょ、それしか知らない。ほかはなにも聞いてないもの。わたし、なにかおかしなこと言ってる？　あの夜そんなに酔ってた？　なにか聞かせてもらったのに、わたしが忘れちゃってるの？」

ジギーがまた笑う。

「おかしなことなんて言ってないよ、もちろん。安心しただけだ。うちの家族のことを知らない人はめったにいないからね。そのことに乾杯しよう」

ミリアムはすっかり興味をそそられていた。知らずにいることがあるのはたしかだ。

「ちゃんと話して」

「悪いことじゃないよ、本当だ。一族と無関係だと思われてるほうが気楽でいいけどね。さっきも言ったけど、こんなの初めてだ」

「あなたのこと、全部知りたいの。白状しちゃうと、あなたのことばかり考えてるくらい」

自分の口から出た言葉が信じられなかった。アルコールのせいだ。また顔が火照ってきたが、どうしようもない。

「きみのことも全部知りたい」ジギーがテーブル越しに身を乗りだす。「ぼくもきみのことばかり思ってる。許されないのはわかってるし、これからどうなるかもわからないけど、どうしようもないんだ」

ジギーが微笑んでやさしく手に触れたとたん、ミリアムの胸は高鳴った。

なにしてるの、ミリアム。

どういうつもり？

秘密のデートなんて。

「それで、謎めいた家族のことを教えてよ」ミリアムは頰を染めたまま訊いた。

「ほかにぼくのことで知ってるのは？」ジギーがにっこりして椅子の背にもたれる。

「名字はシモンセン」

「ジギー・シモンセン。それがぼくの名だ」

それを聞いてかすかにぴんときた。シモンセン？

「もちろんジギーは本名じゃない。ヨン＝シグヴァール。家族はそう呼ぶ。シグヴァールはどこかに入っていないといけないんだ。一族のしきたりで」

ジギーは黒い前髪がかぶさった目に笑みを浮かべる。

「カール＝シグヴァール・シモンセン？」

ジギーがうなずく。

「あの人がお父さんなの？　あの億万長者が？」

「そう」

「ごめんなさい」ミリアムは小さく笑った。

「ごめんなさいって？　なんで謝るの？」ジギーは微笑み、またグラスを掲げた。

「ゴシップ記事は読まないの」ミリアムは弁解するように言った。「というか、新聞自体もあんまり。ごめんなさい」

「ねえ、喜んでるんだよ」ジギーがまた微笑む。「きみといるときは自分でいられる。いつもはそうじゃない……」

ジギーはもの思いに沈むような顔をした。胸に重いものがよぎったように、大らかで明るい顔に影が差す。

「じゃあ、お金持ちの子供なのね?」ミリアムは空気を明るくしようとそう言った。

「わたしにも運が向いてきたみたい」

ジギーがミリアムに目を戻した。ゴージャスな青い瞳に見つめられる。

「いまのは、ぼくが思ってるような意味かな」

「え?」

「ぼくたち、そうなるってこと?」

「そうなるって?」ミリアムはじらすように訊き返したが、ジギーの言葉の意味はもちろんわかっていた。

「きみとぼくがだよ」ジギーがまたミリアムの手をなでる。

今度は手を引っこめなかった。彼の素敵な手が自分の手に重ねられている。

「もう一杯飲まなきゃ」ミリアムは囁いた。

36

「ムーンビーム」男は顔を輝かせた。「いつ来るかと思っていたよ。新聞であの写真を見て、訪ねてくるような気がしていたんだ。さあ、入って」

ミアは戸口を入り、痩せたポニーテールの男のアパートメントに足を踏み入れた。

「土足のままでいい、楽にしてくれ。一杯どうかな、よければもっと効くやつもあるが」

なにを勧められているかは明らかだ。狭い室内にはマリファナのにおいが充満している。

「散らかっていてすまないね。客は多くないんだ。ご存じのとおり、孤独を好むほうだから」

「いえ、けっこうです」ミアは雑然とものが積まれたソファーの端を片づけ、そこに腰を下ろした。

「そうかい」ポニーテールの男は、にこやかな表情のまま向かいの肘掛け椅子に沈みこんだ。「本当になにもいらないのかな」そう言ってテーブルを示す。「質のいいアフガン産のがあるよ。産地直送の。バターみたいにまろやかだ。モロッコ産のもそのへんにあるはずだ、そっちは穏やかにトリップできる。本当にやってみる気はないかい」

セバスティアン・ラーセンはにっと笑った。連絡を取ったとき、意外にもすぐに返信が来た。ラーセンは客好きなほうではない。だがいまはミアの訪問を喜んでいるように見える。

「いえ、どうも。わたしがやらないのはご存じでしょ」ミアはしのび寄ってきた睡魔と闘いながら微笑んでみせた。

「まあ、そう言うなら。こっちはやらせてもらっても？」

「どうぞ、お好きに」ミアは軽く肩をすくめた。

セバスティアン・ラーセン。社会人類学者。かつてはオスロ大学で教鞭を執っていた。優秀な頭脳の持ち主で、若くして目覚ましい昇進を遂げたが、やがて学生にマリファナを売ったことが発覚し、解雇された。ミアは過去の事件で何度か協力を得ていたが、最近では上層部がいい顔をしなくなっている。警察組織としては関わりあいたくない人物ということだ。もっともな判断だろう。室内に漂うにおいと、ラーセンがたたえた笑みを前にすると、そう思わざるをえない。

「ずいぶん久しぶりじゃないか、ムーンビーム。会えてうれしいよ。てっきり忘れられたかと思った」

「忙しくて」微笑んでみせながら、ミアはまた眠気を覚えた。

少し休めとムンクには厳しく申し渡されていたが、身体のスイッチを切ることができなかった。だから代わりに薬を数錠飲んだ。カミラが発見されてから、セバスティアン・ラーセンのことはずっと頭にあった。オカルト。儀式。その方面に関してこの男の右に出る者は思いつかない。

大学をクビになったあとはブログで生計を立てているはずだ。陰謀論。内容は大半がその種のものだ。ミアもたまに目を通している。〝新事実――アメリカの月面着陸は捏造だった〟、〝エリア51――地球外生命体の目撃証言〟……。

「本当にやらないかい」ラーセンが言いながら、目の前の水パイプに口をつけた。

「ええ、けっこうです」ミアはまた首を振って断った。

「まあ、無理には勧めないがね」ラーセンは笑みを浮かべたまま、部屋いっぱいに煙を吐いた。

在職中のラーセンは学者として高く評価され、世界各地で講演も行っていた。不祥事――いや、リベラルな姿勢と言うべきか――が公になるまでは。

「用件はおわかりですよね」そう言うあいだも、ミアの瞼は閉じそうになる。

ポケットに手を突っこみ、白い錠剤をまさぐった。それを飲めば少しだけ回復するはずだが、自制した。さすがに飲みすぎだ。眠れなくなると困る。

「もちろん」ラーセンはうなずき、真顔になった。「正直な話、来てもらってうれしいよ。話ができればと思っていたんだ」

「それで、どう思います？」

「新聞に載った写真のことかい」

ミアはうなずいた。

ラーセンはためらうように髪を掻きあげた。

「さて、どう思うかと言われてもね。あそこに載った写真を見ただけでは、はっきりしたことは言えないな。ほかに情報は？」

「なくはないですが。まずは、いまわかることだけでも教えてもらえません？」

「ずいぶんと信用を無くしたものだな」

ミアは苦笑いし、卓上の水パイプを指差した。「どう信用しろと？」

ラーセンがくすっと笑った。「一本取られたな」

そしてノートパソコンの前に行き、新聞社のウェブサイトのアドレスを入力した。

「非常に興味深いと言わざるをえないね」新聞に掲載された写真が表示される。

森。敷きつめられた羽根。五芒星形に並んだ蠟燭。

「五芒星なのは明らかだが、それはとっくに気づいてるね」ラーセンが顔を上げた。

ミアはうなずいた。

「羽根に心当たりはないが」ラーセンが画面に目を戻す。「蠟燭の配置はよく知られたものだ。五芒星はいたるところで用いられていて、数千年もの歴史がある——それにしたって、協力するならもう少し情報をもらわないと」

ラーセンが興味を引かれているのは明らかだ。だが、バッグに入れたカミラ・グレーンの写真を見せてもいいものか、ミアはまだ迷っていた。

「五芒星のことですが。なにかの儀式だとしたら、いまどきそんなことをするのはどういった人物でしょう」

「どこから説明すればいい？」

「要点だけを」

「ほかに情報はなし？」

「この写真だけで判断するなら、どういった人間だと考えられます？」相手の言葉を無視してミアは訊いた。

ラーセンは文字を入力し、別のウェブサイトを表示した。「ＯＴＯ」と画面に顎をしゃくる。

「これは？」

「東方聖堂騎士団」

「なんなんです？」

「〝汝の意志することを行え、それが法のすべてとなろう。愛は法なり、意志の下の愛こそが〟。一八九五年に既存のキリスト教会への反発から創設された、テンプル騎士団の流れを汲む宗教団体だ。アレイスター・クロウリーの名を聞いたことは？」

「ええ」

「セレマの法については？」

「さあ」

「悪魔崇拝は？」

「それはもちろん」

「アレイスター・クロウリーが創設者だと考える者も多いが、実際はちがう。クロウリーが参加したのは一九〇四年で――」

「いまなんて？」

「え？」

「セレマの法というのは？」

「〝汝の意志することを行え〟」ラーセンが振りむいて答える。

「どういう意味です？」

「まず念頭に置くべきなのは、当時の教会が――」ラーセンが語りはじめたが、ミアには長い講釈を聞く気力がなかった。

「かいつまんで言うと？」

ラーセンがミアの顔を見て首を振る。「きみが説明しろと言うから」やや気を悪くしたようだ。

「すみません、セバスティアン」ミアは相手の肩に手を置いた。「この二日ほど寝ていなくて。それで、その団体は……」

「東方聖堂騎士団」

「ノルウェーにもあるんでしょうか」

「ああ、あるとも。活発に活動している。二〇〇八年には独自の評議会が設立された。主要な都市の多くにはロッジと呼ばれる活動組織が置かれていて、最近ではベルゲンとトロンハイムでとくに数が増えている」

「会員はその……セレマの法というものに従った暮らしを？」

「〝汝の意志することを行え、それが法のすべてとなろう〟」ラーセンがまた暗誦する。

「どういう意味なんでしょう」

ラーセンはうっすら笑ってミアを振り返った。「どういう意味だと思う、ミア？〝汝の意志すること〟とは」

「教えてください」

「個人の権利のことさ。政府の支配やキリスト教の教義、押しつけられた既存の道徳や倫理規範に抵抗する権利のことだ」

「それはつまり？」

「おいおい、ミア、聞いてなかったのかい」

ラーセンがまたミアの顔を見て首を振る。そう言われてもしかたがない。あやしげな薬物を吸引中のラーセンのほうがまだミアより頭が働いている。

ミアはまたポケットに手をすべりこませた。

一錠飲もうか。

いや、眠らないと。身体が限界に達しかけている。一刻も早く休まなければ。

「もちろん聞いてます」ミアはぼそりと言い、画面に目を戻した。「ＯＴＯ。悪魔崇拝。セレマの法。〝汝の意志することを行え〟。現代のノルウェーでも活発に活動中」

「その手の教団はたいていそうだが、儀式の内容は秘密にされている。何人かの会員に――いや、元会員に――話を聞いてみたが、ただごとじゃない――

「たとえば？」

「性魔術。生贄。社会生活からの離脱。肉体を捧げ、精神を捧げる。自由を手にするために」

「性魔術？」

ラーセンがまたうっすら笑う。「ああ」

「具体的にはどんなことを？」

「たとえば、覆面姿の老評議員たちの前で服を脱いで、セレマの法に従わされるとか」

「評議員？」

「ああ、皮肉なものだろ？　支配からの自由を謳っておきながら、結局はどんな教団にも支配的組織がある。約束された自由などないんだ。あるはずがない」

「それで、その教団の仕業だと？」ミアはまた画面を指差した。

「まだなんとも言いかねるね。もっと手がかりは？」

「この教団以外の可能性は？」

「好きなのを選べばいい」ラーセンは別のウェブサイトを表示させた。

今度はグーグルマップだ。ラーセンが所番地を入力し、椅子の背にもたれる。

「これは?」

「王宮だ」

「どういうことです」

「ノルウェー王室の公邸」ラーセンは言って、地図を少し拡大した。「ここがパルク通り。場所は知ってるね」

ミアは眉をひそめてラーセンを見た。知っているに決まっている。オスロ中心部にあるノルウェー有数の高級な通りで、首相官邸や大使館が集まっている。

「そこがなにか?」

「教団のほとんどはパルク通りに拠点を構えている」ラーセンが二、三度クリックを続ける。「王宮のすぐ裏にだ。ドルイド教団のノルウェー支部もある」

「ドルイド教団?」

「ああ。パルク通りにある」

もう一度クリック。「テンプル騎士団のノルウェー支部もパルク通りだ」

「どちらも……その……事件に関与している可能性があると?」

意識が遠のきそうになる。

「いや、そうは言ってない。おそらくはOTOか、でなければ、きみのボスが所属している団体だろうね」

「ムンクが？」

ラーセンが笑い声をあげた。「いや、ムンクじゃない、彼はそういうタイプじゃない」

「なら、誰です」

また別のサイトが表示される。

「ミッケルソンだ」ラーセンが画面を指差す。

「ミッケルソン？」

「そう。リカール・ミッケルソン」ラーセンがうなずいた。「フリーメイソン・ノルウェー支部のメンバーだ」

ミアの眠気がやや薄らいだ。「フリーメイソン？」

「ああ、そうとも、連中も五芒星がお気に入りだ。社会秩序を重んじる穏健派を標榜しているが……三十三階位にいるグランドマスターたちの映像を見たことはあるかい。ローブ姿で局部を露出させて、生贄の山羊を捧げる姿を」

「いえ」だんだん話が眉唾物に思えてきた。

ハイになったラーセンのたわ言なのか、それとも学者としての見解なのだろうか。

「ミッケルソンはそこのメンバーだ。この国のお偉方はたいていそうだ。フリーメイソンなんだ、ミア。いい大人が儀式ごっこさ。手をつないで、ローブをまとって、銀の杯で生き血を飲むんだ。国民もおめでたいもんさ。国を動かすのは政府だなどと、本気で信じているんだからな」

ラーセンは卓上の水パイプに手を伸ばし、また火をつけた。

「セバスティアン」ミアは目の前の小柄な男を見据え、真顔で言った。

「なんだい？」

「見せたいものがあるんです。本当はまずいんですが、特別に」

「いいとも」

ラーセンの表情が引きしまる。

「率直な意見を聞かせてもらえますね」

「ああ、もちろん」

「助かります。見せてもらったサイトのほうもあたってみますが、もう少し具体的な事柄についてうかがいたいんです」

ミアは立ちあがり、玄関に置いたバッグからファイルを取りだした。散らかった居間に戻り、子供のようにわくわくした様子のラーセンの向かいにすわる。そしてファイルを開き、カミラ・グレーンの写真を卓上に置いた。ラーセンの目が見開かれる。

「驚いたな」

「ですよね。はっきり言っておきますが、セバスティアン、この写真のことをブログかなにかにちょっとでも漏らしたら……」

「了解」ラーセンは神妙な面持ちで答えた。安請け合いではなさそうだ。

「ここへ来たわけがわかりました？　この蠟燭は適当に並べられたものじゃない。そうですよね」会議のあと部屋を出ていったムンクは、口もまともにきけないような様子だった。ミアも同じ状態に近づきつつある。

「ああ、もちろんだとも。五芒星は、そう、それを信奉する者にとっては……」ラーセンは言葉を途切れさせ、食い入るように写真を見つめた。「そう、まずは一般的な解釈について話したほうがいいかな」小さく咳払いをする。すっかり酔いが醒めたようだ。

研究の対象にするのと、現実を目の当たりにするのとではわけがちがう。十七歳の少女が全裸で羽根の上に横たえられ、五芒星形の蠟燭に囲まれている——目にしているものが受け入れがたいにちがいない。

「なにも知らない相手に話すように、一から教えてください」

「わかった」ラーセンはぎこちなくうなずいた。「五芒星には、その名のとおり、五つの角がある。それぞれの角は象徴するものが決まっている」

「つまり？」

「伝統的な解釈は、ごくシンプルだ。頂点にある角から言っていくと……」

携帯電話が振動した。ミアはそれを取り、表示された名前を目をすがめて読みとった。キム・コールス。拒否ボタンを押して切り、ポケットに戻す。

「頂点の角は霊を象徴している」

「続けて」

「あとは、水、火、土、風だ」

「水、火、土、風？」

「ああ」

「なるほど。ご協力どうも、セバスティアン」

卓上の写真を取りあげ、ファイルに戻そうとしたとき、痩せた手にさえぎられた。

「だが、いまのは――なんと言うべきか――初心者向けの説明なんだ。子供騙しの。それとはちがう、裏の解釈もある」

「それは？」

ラーセンはもう一度写真に目を落とした。

「誕生、処女、母、法、死」食い入るようにそれを見たまま、低い声で言う。

ミアはあくびを噛み殺した。

「それと、腕の配置が気になる」

「なにを指ししめしています？」

「誕生。それと母」ラーセンは重々しくうなずいた。

ミアはポケットの電話を出し、タクシーを呼んだ。

「どうも、セバスティアン」

「なにか意味がある、そう思わないか」

ミアは笑みを浮かべ、写真をバッグにしまうと立ちあがった。

眠らなくては。これ以上起きていられない。

「誕生と母」ラーセンがもう一度言った。

「それじゃ、セバスティアン」

ミアはふらつきながら階段を下り、やってきたタクシーに乗りこんだ。

37

ミリアムたちはカフェを数軒まわった。マーリオンは母の家に泊まらせることにし、それを伝えると本人は大喜びだった。ヨハネスとは連絡がついていない。連れもどしに来てくれることをなかば期待しながら電話をかけてみたが、応答はなく、メールの返信も来なかった。

ミリアムは空になったグラスを覗きこんだ。ジギーは店の外に立って電話をかけている。口もとに笑みを浮かべ、手振りを交えながら誰かと話している。ミリアムはそちらを盗み見ずにはいられなかった。姿を見るだけで身体が火照ってくる。カウンターへ行ってビールのお代わりを二杯注文したところへ、ジギーが戻ってきた。

「ここでもう一杯飲む？」ジギーがウィンクする。「もう店を移らなくていいの？」

「ええ、あなたは？」

「ああ、ぼくはどっちでも」ハンサムな若者は肩をすくめた。

「というより、家に帰ったほうがいいんじゃない？」ミリアムはグラスをテーブルに運びながら訊いた。

ジギーがにっこりする。「いや、全然。きみは？」

「わたしも平気」ミリアムはきっぱりと言い、ジギーとグラスを合わせた。

いまいるのは音楽も照明も控えめな静かな店で、落ち着けるブース席もある。ミリアムはテーブル越しに手をすべらせ、ジギーの温かい指に自分の指を絡めた。

「大事な電話？」

「いや。ヤコブからだ」

「ヤコブって？」

「きみも会ったろ」

「そう？」ミリアムはグラスを口につけたままくすくす笑った。

「ユーリエのパーティーで。丸眼鏡で、気取った感じの」

「ああ、わかった」ミリアムはようやく思いだし、うなずいた。声をかけてきたものの、子持ちだと知ってそそくさと退散した若者だ。

「ところで、よければ、このあと……？」ジギーは言い、ミリアムの頬をそっとなでた。

「ええ、ヨン＝シグヴァール。いいわ。あなたがそうしたいなら、だけど」

ジギーが前髪を揺らして笑った。

「そのヨン＝シグヴァール呼ばわりをやめてくれたらね」そう言ってビールをひと口飲む。

「決まりね」ミリアムも笑った。

「ただ……」ジギーがグラスを両手で包むように持ち、ビールに目を落とす。

「ただ、なに？」

「いや、ぼくがきみにふさわしくなかったらどうする？」ジギーが目を上げた。

「そんなの、わからないじゃない。わたしだってあなたにふさわしくないかもしれないし、でしょ？」ミアはにっこりした。

「それはないと思うけどな」

「おばかさんね」

「でも、本気で心配なんだ」ジギーは真剣な表情で言った。

「なにが？」

「きみをやっかいごとに巻きこむかもしれない。マーリオンのこともあるし……」

「わたしは大人の女よ。なにがあっても、マーリオンのことは守る」

「わかってる、でも……」ジギーがまたためらう。

「なんなの？」

「刑務所送りになるようなことをしてると言ったら？」

「なに言ってるの」ミリアムは笑った。

「犯罪者だったら？」

ミリアムはまた笑いかけ、相手の真顔に気づいた。

「そんなの信じられない。なにをするっていうの、銀行強盗とか？」

「いや、銀行は襲わない」ウィンクが返ってくる。「でも……」

ミリアムは続きを待った。ジギーは重大な告白をしようとしている。

「つまり、普通の家庭生活とかそういうものに、ぼくは向いていないというか……いや、どう言えばいいかな」

ジギーがグラスを握ったまま身じろぎする。

ミリアムは頭のなかで警報が鳴りだすのを待った。たまにそういう第六感が働くことがあるが、なにも起きなかった。

「きみが好きだ、ミリアム」ジギーがまたミリアムの手を握る。

「わたしもよ、ジギー」

「秘密を打ち明けたら、それを受け入れてくれるかな」

「ええ、きっと。殺人でも犯したの？」

「えっ？　いや、まいったな、ぼくにそんなことができると思う？」ジギーはぞっとしたような顔をした。

「そうね、どうかな。刑務所送りになるかもしれなくて、でも銀行強盗じゃないんでしょ、だったらなに？」

飲みすぎだとミリアムは気づいた。言葉が脳を経由せずに口から出てしまう。

「わかった」ジギーは意を決したように言った。「ぼくらが出会った場所を覚えてるだろ？」

「動物保護連盟のシェルターでしょ」

「そう。だけど、ぼくはボランティアだけじゃ飽き足らなかったんだ」

「どういう意味？」

「動物を虐待する連中が許せない」

「当然よ」

「いや、きみにはわかってない、本気で許せないんだ」

ジギーの目に、ミリアムが見たことのない色が浮かんだ。

「つまり、どういうこと？　それが〝犯罪者〟になるってことなの？」ミリアムは括弧でくる仕草をして言った。

「法的にはそうだ」ジギーは卓上の携帯電話を取りあげ、いくつかキーを押してミリアムのほうへすべらせた。

古い新聞記事が表示されている――〝動物愛護活動家、ルーケン農場を襲撃〟。

「あれ、あなただったの？」ミリアムは驚いた。

ジギーがうなずく。

「ルーケン農場よね？　ミューセンのそばにある、猫とか犬を捕まえて、動物実験用に外国に売り飛ばしているっていう」その事件にはミアも注目していた。動物たちを救いだしたグループを心のなかで応援もしていた。

ジギーがまたうなずいた。

「夜中に農場を襲撃したのよね。動物たちを助けだしたんでしょ？」

「ああ」

「それを打ち明けるのをためらっていたの？」

またうなずきが返ってくる。

「そんな必要ないのに」ミリアムはくすっと笑った。「ね、わたしも仲間に入れて」

「本気？」

「当然でしょ。相手は最低なやつらよ。喜んでやるわ」

ジギーが満面の笑みを浮かべる。

「さっきの電話、その件だったの？」

「電話？」

「ついさっき話してたでしょ……なんて名前だっけ……ヨアキム？」

「ヤコブ」

「そうだった、ごめんなさい、その件を相談してたの？」

ジギーがうなずく。

「どんな計画？」

ジギーは人目を憚るように薄暗い店内を見まわした。

「今度は別の場所だ」また電話のキーを押し、すべらせて寄こす。

ミリアムは見せられたものがなにかわからなかった。

「なんなの、これ」

「製薬会社だ。アトランティス・ファームズ」

「アトランティス・ファームズ？　ひどい名前ね」ミリアムはにっと笑ってみせた。

「その手の会社って、もうちょっと気の利いた名前がついてない？　ノバルティスとか、アストラゼネカとか、ファイザーとか」

「正確には会社の名前じゃなく、フールムにある動物実験場なんだ。ありとあらゆる動物を実験に使ってる。でもまるで問題にされていないんだ、どこかのお偉方がバックについてるらしくて。地図にもちゃんと載せられてないんだけど、ようやく見つけて……」

ジギーはしゃべりすぎたという顔で急に口をつぐみ、椅子の背にもたれた。ビールをもうひと口飲み、店内を見まわす。ミリアムは電話をジギーに返した。

「イエスよ」また笑みを浮かべてそう言った。

ジギーは意味がわからないのか、面食らった顔をした。

「イエスよ」ミリアムはそう繰り返し、テーブル越しに手を伸ばした。

「イエスって、なにが？」

「何時間かまえに、あなた訊いたじゃない」ミリアムはそう言って、そっとジギーの腕をなでた。

「いいの？」

「ええ」

「本当に？」

「本当に」ミリアムはうなずいた。「あなたが好き」

「ぼくも好きだ」ジギーは言い、目を伏せた。

数秒の間があった。

「こんなことを訊くのは変かもしれないけど……」

「なに？」

「キスしてもいい？」

「いいわ」ミリアムはもう一度微笑み、小さく息を吸ってから、目を閉じてゆっくり身を乗りだした。

38

ミアははっと目を覚まし、横になったまま息切れがおさまるのを待った。ただの悪夢だ。現実じゃない。マットレスの上に起きあがったとたん、頭を押さえた。セーターの下の心臓が激しく脈打つ。汗びっしょりで、着たまま寝た服が身体にへばりついている。

くそ。

すっかり現実だと思いこんでいた。ふだん、ミアの眠りは深い。そして安らかな夢を見る。起きているときにどれほどの悪と対峙していても、身の内に壁でも立てるように、枕に頭を沈めて眠りについたとたん、善なる世界へ入っていける。

そのはずなのに。

ミアはベッドを出てふらつきながらバスルームに入った。革ジャケットも靴も身に着けたままだ。顔に水を浴びせる。悪夢が頭にこびりつき、消えようとしない。気が落ち着くまで、両手と顔に冷水を浴びつづけた。それから居間に戻り、ソファーに倒れこんだ。夢にはシグリが出てきた。小麦畑のなかを微笑む姉が駆けていく、いつもの美しい夢ではなかった。

こっちよ、ミア。いらっしゃい。

シグリがいたのは地下室だった。そこはオスロ市内のトイエンの地下室で、シグリは汚れたマットレスにすわり、腕にゴムバンドを巻いて、手もとにドラッグの注射器を置いていた。十年前、姉はそうやって命を落としたのだ。ミアはその地下室にいた。いや、夢のなかでそう感じていた。夢のなかで、シグリの前に立っていた。周囲に散らかったゴミを目にし、鼻をつく尿のにおいも感じた。美しいシグリにはまるで似つかわしくない場所だった。姉に話しかけようとしたものの、言葉が口から出なかった。駆け寄ろうとしたが、身体も麻痺していた。そのときのパニックがまだ消えずにいる。ミアは呼吸を静めようとしながら、ジャケットのポケットから携帯電話を取りだした。もう真夜中に近い。班のミーティングをすっぽかしてしまったが、ムンクからは電話もメールも来ていない。キムからは入っているが、ムンクのものは見あたらない。おかしい。なぜだろう。一瞬、まだ夢のなかなのだろうかと思った。シグリの背後の壁に映っていた影がいまも見えるのではないか、そう思って寒気がした。もう一度着信記録を確認しようとしたが、電話は手からすべり、床に落ちた。身をかがめてそれを拾うことができない。恐ろしさのあまり、目の前の壁から目を離すことができないのだ。

壁に映った影。

ばかばかしい、寝る前に飲んだ薬のせいだ。

それはいつもなら飲まない類いの薬だった。ふだんの薬は鎮静剤で、休むための薬だ。だが今回は失敗した。選ぶべきでない薬を選んでしまった。そのせいで頭がおかしくなっているらしい。壁から目を離さないようにしながら身をかがめ、床に落ちた電話を探ってみるが、見つからない。

さっきの夢のなかで、シグリは思いとどまった。たしかにそう見えた。悪臭漂う部屋に立ちつくしたミアは、姉がゴムバンドをくわえ、痩せこけた二の腕に縛りつけるのをただ見ているだけだった。小さなスプーンに薬を盛るところも。ヘロインだ。シグリはスプーンの裏をライターであぶった。コットンの塊と少量の水。ヘロインの摂取法にはくわしくないが、なぜかその手順が見慣れたものに思えた。スプーンのくぼみで沸騰する薬がクローズアップになる。注射針の先からシリンジに液体が吸いあげられる。部屋の悪臭を嗅いだ気がして、思わず鼻をつまんだ。においが身体にまとわりついている。やはりまだ夢のなかにいるらしい。ならば、あれがどこかにいるかもしれない。

影が。

壁に目を釘づけにしたままさらに床を探ると、ようやく電話が見つかった。それを拾い、目の前のテーブルに置く。恐怖のあまり画面に目を落とすことすらできない。なぜムンクはかけてこないのだろう。片手を鼻に近づける。悪臭。まだ染みついている。排泄物とゴミのにおい。みじめな暮らしのにおい。双子の姉がそんな場所にいて、目の前のマットレスにすわっているというのに、ミアにはなにもできなかった。必死に叫ぼうとしても、かすれ声さえ出ない。汚れた床に立ったまま足を動かすこともできない。

ふたたびクローズアップ。シグリは血管を浮かせるために白い腕を指できつく叩いた。親指が注射器の押し子にかけられ、針の先からヘロインが滴る。ごく少量、空気を押しだすために。血管に空気を入れてはいけない。注射器にごくわずかな気泡が含まれているだけで死に至ることもある。それからシグリの美しい瞳が目に入った。形のよい唇も。黄色いゴムバンドのせいで浮きでた青い血管に針が近づけられる。だがそのとき、シグリは思いとどまった。

シグリ。

姉は生きたがっていた。

その目がミアに向けられた。瞳の奥深くを覗きこまれた。そしてシグリはうなずいた。昔と同じように笑いかけ、ウィンクをした。注射器がマットレスに下ろされた。けれど、続いて腕のゴムバンドを緩めかけたとき、壁に影が現れた。シグリは立ちあがろうとした。そばへ来て髪をなでてくれそうに見えた。昔ミアを慰めるとき、シグリはよくそうしてくれた。ミアが怪我をしたときも、学校でいじめられたときも。悪夢のなかで汚穢の臭気にまみれながら、ミアは温かなやさしい手の感触を思いだした。

心配しないで、ミア。

ひとりじゃないんだから。

わたしたちはずっと一緒、そうでしょ？

だが、そこでシグリの目はそらされた。なにか言うように唇が動いたが、ミアの耳には聞きとれなかった。シグリは汚れた床に目を落とし、うなずいてから、尿の染みついたマットレスにまたすわりこんだ。さらにクローズアップが続く。シグリがふたたび注射器を手にする。針の先が青く浮きでた血管に近づいていく。

壁に映った影。

その影が、カミラ・グレーンが監禁された地下室の動画で見たものと重なる。

羽根をまとった人影。

羽根人間。

シグリの姿がさらにクローズアップされた。親指が押し子にかけられる。血管に液体が注ぎこまれる。シグリの目は一瞬笑うように見開かれたが、やがてゆっくりと閉じられた。ミアがこの世のなによりも愛した姉は、目の前のマットレスでぐったりと動かなくなった。

やめて。

息を整えようとつとめるうち、ゆるゆると現実が戻ってきた。封をしたままのダンボール箱。手つかずの食べ物がのったキッチンカウンター。自分の手を鼻から遠ざけてみたが、においは消えない。臭気は全身から放たれている。薬のせいで。身体が薬物を拒絶し、大量の汗とともに排出しようとしている。ミアはそろそろと立ちあがり、悪臭を放つ服を一枚ずつ床に脱ぎ捨て、冷えきった部屋のなかで全裸になった。ソファーの毛布を取って身体に巻いたとき、テーブルに置いた電話が鳴りだし、小さな生き物のように震えた。

キム・コールス。

ミアはまたソファーにすわり、毛布をしっかり巻きつけてから緑色の応答ボタンを押した。

「はい？」

「ミアか」キムの声は別世界から聞こえるようだった。

はるか遠いところから。

「聞こえるか、ミア」

ミアはうなずいた。

「もしもし？」

「え、ああ、ごめんなさい、キム。そっちはどう？」ミアは両脚を引きあげて毛布で包んだ。

「起こしたか？」

「いいえ、そんなことない、起きてた」

「よかった、ちょっと様子をたしかめたくて。問題ないか？」

「ええ、もちろん、そっちは？」

　自動的にそう答えながら、心身が目覚めていくのを感じた。悪夢は去った。ここは自分の部屋だ。全裸で毛布にくるまり、キムと電話で話している。壁の影などいない。

「だいじょうぶだ。ムンクから電話は？」

「いいえ、かかってきてない」

「こっちもだ。かけてみたんだが、つながらなかった。もう少し休んでいてもらったほうがいいかもな。ガーブリエルもつかまらないが、そっちも眠っているんだろう。ショックを受けただろうし」

「そうね」ミアはうわの空で答えた。

　続きを待つような間を置いたあと、キムがまた口を開いた。

「それで、軽くミーティングをして状況を整理した。もちろんきみを待つつもりだったんだが、やむを得ずに。本当に問題ないのか？」

「ええ、ほんとに平気よ」ミアは立ちあがった。

毛布を巻いたまま床を横切り、窓際のラジエーターに触れる。冷たい。たしか電気料金は支払ったはずだ。ラジエーターの電源を入れ、ソファーに戻る。

「いや、じつは……」キムが続ける。「みんなきみのことを少し心配してる。ほら、あんな動画を見たあとだから」

壁際にすわった人影。

羽根人間。

「ええ、でも平気。それで、ミーティングではどんな話が出た？」

「すでにわかっていることだけだ。きみが乗馬スクールで見つけたカードの鑑識結果。カミラのもの以外の指紋は検出されなかった。ほかには、カミラの電話の通信記録。心配しないでと書かれたメールが養護院から送信されたこと」

「あるいは、養護院の近辺から」ようやくミアの頭がはっきりした。

「ああ、もちろんだが、その可能性は低いだろ？」

「そうね。でも、念のため」

「それと、正式な検視報告が来た」

「それで?」

「残念ながら、役に立ちそうなものはない。想像していたとおりだ。死因は絞殺。ヴィクの見立てでは死体発見現場での犯行だそうだが、百パーセント断言はできないらしい」

「それじゃ、カミラは自分で森へ入ったってこと?」

「いや、そうは言ってなかったが、可能性はある。自らの意志で入ってはいないだろうが……」

キムの言いたいことはわかった。カミラ・グレーンは自分の足で森へ入った。だが、望んでそうしたわけではないはずだ。

三カ月ものあいだ、地下室の回し車に乗せられていたのだから。

「それから、鑑識が養護院で気になるものを発見した。事件との関係は不明だが」

「なに?」

「温室のひとつで大麻が栽培されていたんだ」

「ほんとに? 量は?」

ミアの頭に、セバスティアン・ラーセンとのやりとりがよぎった。アムステルダムに来たかと思うようなにおいのなかであれこれ教わったが、内容は未検討のままだ。OTOにフリーメイソン。五芒星にこめられた意味。どこまで真剣に受けとるべきかもわからない。ラーセンの頭があちらの世界へ行ったきりなのか、あるいは本当に有益なヒントをくれたのか。

「八株ほどだそうだ」

「なら、個人で消費するためのものね」

「わからない」キムがあくびを漏らした。

「続きは明日にしましょ」

「了解」

「集合時間は決まってる？」

「さっき言ったように、ホールゲルと連絡がつかなかったから、ほかのメンバーにはとりあえず九時と伝えてある。それでかまわないか？」

「ええ、もちろん」ミアは言い、裸体に毛布をきつく巻きつけた。

「それともうひとつ。オルガ・ルンにもう一度会ってきた」

「オルガって？」

「フールムに住んでいる老婦人の」

「そうだった。テレビ番組のプログラムで時間を覚えてる人ね。なにかわかった？」

「いや、残念ながら、すでに出てきた話ばかりだった。車体に花かなにかのロゴが入った白いヴァンを見たそうなんだが」

「花ということは、養護院の車かも？」

「おれもそう期待したんだ。だが、花じゃなくオレンジだったかもしれないそうだ」

「そっちの線はしばらく保留ね。白いヴァンだったのはたしかなの？」

「ああ。問題は、ルドヴィークの話だと、オスロ市とブスケルー県で登録されている白いヴァンは何千台もあるらしい。どこから手をつければいいやら」

「たしかに。そっちも保留ね。すっかり手詰まりにならないかぎり」

部屋が暖まりはじめた。ミアはテーブルに脚を投げだし、小さくあくびを漏らした。薬の力で眠っても疲れは抜けない。身体が本物の眠りを欲している。

「ああ、そういえば」キムの声が遠ざかり、なにかをめくる音が続いた。「かつらの件だが」

少女がかぶっていたブロンドのかつら。

「それもあったわね。なにかわかった？」

「ちょっと妙なんだが……」キムは、目にしている情報にとまどったように口ごもった。

「なに？」

「そう、やっぱり普通じゃない」

「なにが」

「かつらさ。かつらを買うなら、普通は雑貨屋あたりに行く。コスプレパーティーなんかに行く場合は。そうだろ？〝マリリン・モンローの仮装をするから、安いかつらを買おう〟って具合に。ちがうか？」

ミアの眠気は完全に覚めた。キムの興奮が伝わってくる。「でも、これはその手のかつらじゃないのね」

「ああ」キムは目の前の資料からまだ目を離せずにいるようだ。「まだ仮の報告しか来ていないが、それにしても……」

「なに？」

「トールモーとかいう――いや、トルガイルだったか――鑑識の人間からラボで聞いたんだが、そのかつらには二十人以上の女性から集めた本物の毛髪が使われているそうだ」

「かつらに？」

「ああ」

「それって、どのくらいめずらしいことなの？」

「さあ。だが、もしすごく高価なものなら、オーダーメイドかもしれない。その手のものをつくる店はどれくらいあると思う？　大勢の女性の髪を使った長いブロンドのかつら——かなり値が張りそうだろ。そっちの線は追えそうじゃないか」

「たしかに」ミアは言い、ソファーから立ちあがった。窓辺のラジエーターに近づくと、暖気がむきだしの身体を包みこんだ。そこに立ったまま窓の外のビスレット・スタジアムを眺める。外にいる人々の営みを。ミアのように生きずにすむ人々。友人と一杯やり、家路を急ぐ人々。腕を組んだ恋人たち。お気楽そうに通りを渡る若者たち。街灯の下に立つ赤いジャケットの女性。フードをかぶり、両手をポケットに突っこんで、ミアの部屋のひとつ上か下あたりの窓を見上げている。そこに住む友人が入り口を解錠するのを待っているのだろうか。普通の人々。普通の暮らし。朝起床する。仕事へ出かける。夕方帰宅する。テレビをつける。週末は休み。ピザでも焼く。そんな暮らしがミアにはうらやましかった。

「聞いてるか？」キムの声がした。話しかけられたが、気づかずにいたらしい。

「ええ、聞いてる」

「で、どう思う」

「明日の朝にしない？」ミアは重い足取りでソファーに戻った。

「ああ、わかった」キムはまだなにか言いたいことがあるようだ。

「お疲れさま、キム」

「え？　ああ、その……」

長い沈黙のあと、キムは続けた。

「おれは蚊帳の外じゃないよな？」

問いの意味がすぐにはわからなかった。

「その、ホールゲルときみにとって」

「蚊帳の外って？　どういうこと？」

話のあいだなんとなく感じていたぎこちなさは、気のせいではなかったらしい。

「いや、ただ、エミリエとのことで……」キムが口ごもる。「……異動を希望してから……なんとなく……もう班からはずれたような気がして。おれ抜きでことが進んでいるみたいな」

ミアはキムを心から尊敬していた。命を預ける相手を選ぶなら、まちがいなく候補の上位に入るだろう。キムのそんな言葉を聞くのは初めてだった。

「キム……？」ミアは言って、もう一度毛布をかき寄せた。

「うん？」

「そんなはずないでしょ」

「本当だよな」いつもは自信に満ちたキムの声は、はっとするほど気弱げだった。

「なぜそんなことを？　あなたは班のエースじゃない、キム。蚊帳の外のはずがないでしょ」ミアは言い、また立ちあがった。

「わかった、ならいいんだ」

「当然じゃない」

「それじゃ、明日の朝九時に」

「了解」

「わかった」キムはさらになにか言おうとしたが、思いとどまった。「なら、明日」

「九時にね」ミアは赤いボタンを押して電話を切り、バスルームに入って、タンクの湯が切れるまでシャワーを浴びつづけた。

39

ヘレーネ・エリクセンは車のエンジンを切り、外に出て煙草に火をつけた。キルティングジャケットのファスナーを首もとまで引きあげる。こんな人けのない真っ暗な路上で、待ち合わせなどしなければよかった。ヘレーネはふかぶかと煙草を吸い、赤い火先に照らされた指先を見て、自分が震えていることに気づいた。きっと寒さのせいだ。十月初旬だというのに、すでに十一月か十二月を思わせる陰鬱な日々が続いている。いいえ、寒さのせいだけじゃない。ヘレーネは袖口を引っぱりおろし、ヘッドライトが見えないかと暗い道の先に目を凝らした。

〝見せなさい〟

舌を突きだす。

〝いい子ね。次〟

三十年以上前のその記憶に、いまもまだ支配されている。あいかわらず悪夢にうなされ、シーツを汗まみれにして目を覚ます。夢のなかでは使い古されたソファーで寝ていたころに戻り、兄がどこでどうしているのかと心配している。返事をまちがえたり、悪いことを考えたりして、女たちにお仕置きされるのではと怖れている。あのころは七歳だった。もう四十を過ぎたが、忘れたことはない。

「きみは悪くない」

臨床心理士に初めて会ったとき、そう言われた。たしか十二歳のときのことで、部屋に奇妙なにおいが漂い、自分がうまく話せなかったことを覚えている。

「きみは悪くないんだ、ヘレーネ。最初にそれをわかっておいてほしい。自分に言い聞かせるんだ、わたしは悪くないって。できるかい？　まずはそこからはじめるんだ、いいね」

ヘレーネは車のボンネットに腰を下ろし、闇に沈んだ周囲の風景を眺めまわした。木々の影が不気味にゆがんで見える。吸いかけの煙草を捨て、運転席に戻った。車内のほうが安心できる。イグニッションにキーを挿し、九十度まわして、ヒーターとラジオを作動させた。

〝見せなさい〟

舌を突きだす。

〝いい子ね。次〟

ラジオのボタンを押して選局し、音楽で気を紛らそうとつとめる。音量を上げ、指先でハンドルを軽く叩きながら、フロントガラス越しにヘッドライトの明かりを探す。

「できるかい、ヘレーネ」

子供たちはみな髪を脱色させられていた。同じ服を着せられていた。女たちの命令には絶対服従だった。日々の生活は判で捺したように同じだった。授業、ヨガ、家事、宿題、薬、授業、ヨガ、家事、宿題、薬。それから三十年。その記憶にいつまで支配されるのだろう。

「難しいとは思うが、わたしが助けになるよ」

ヘレーネはポケットから煙草の箱を取りだした。たいして吸いたくはないが、また火をつける。煙を逃がそうと窓を下ろしかけてすぐに閉めた。外が寒すぎる。

「なにを考えているのかな、ヘレーネ」

十二歳でオスロへ戻ったとき、口ひげの臨床心理士はそう言った。

「きみは悪くないんだ、わかるかい、ヘレーネ」

ヘレーネはもう一度煙草に口をつけ、ラジオの音量をまた上げた。車内を心地よい音が満たす。

〝競売物件。農園売出し中〟

二十二歳になったとき、周囲の人々の勧めに従って自立を目指した。

〝所在地――フールムランネ半島。面積二十八ヘクタール。温室三棟。状態良好、ただし要修繕〟

バスに乗って土地の下見へ行った。人生を捧げるべき場所だとすぐに確信した。

そこで人助けをしようと。

ヘレーネはラジオを切り、時計に目をやってから、もう一度車を降りた。また煙草を吸おうかと思いかけてやめ、ジャケットのポケットに手を突っこんだまま暗闇に目を凝らした。

やはり落ち着かない。結局、煙草に火をつけた。

三十年も昔のことだ。さっさと忘れてしまうべきなのに。

もう一度煙草に口をつけたとたん、待ちかねていたライトが目に入り、白いヴァンが近づいてきてとまった。

「やあ、どうかしたのか」運転席の男が言った。

「わかってるはずよ」

「わかってるって、なにを」

「とぼけないで」ヘレーネは言い、運転席の前に立った。しばらく考えるような間が続いてから、返事がある。

「そうだな。でも、おれは関係ない」

その言葉を信じられさえしたら。そうできるなら、なにを犠牲にしてもいい。けれど、記憶が邪魔をする。

——お兄ちゃん。

兄は服を着ていなかった。丸裸だ。裸だけど、身体はなにかに覆われている。あれは……羽根？

「警察にいろいろ訊かれてるの」ヘレーネはそう言って上着の前をかき寄せた。

「なにを？」

「関係者のこととか、いろんなことを」

「頼むよ、ヘレーネ。本気でおれがやったと思ってるのか」

「兄さんはあそこにいたのよね。コテージに。夏のあいだずっと。家にはいなかったのよね。どうしても……たしかめたくて。兄さんが大事だから」

兄は頬を緩め、開いた窓越しに手を差しのべた。

「おまえのことも大事に思ってるさ、ヘレーネ。だが、まじめな話、なんでこんな夜中に人目を避けて会わなきゃならない？　そんな必要ないだろ」

ヘレーネは急にばつが悪くなり、上着をさらにかき寄せた。兄がにっこりして手を握る。

「ええ、そうね、ただ……ほら、羽根のこととかがあって」

「もう昔の話だ。さあ、帰って休むといい、な？」

温かい手が引っこめられ、窓が閉じられた。

現れたときと同じように、兄はたちまち姿を消した。

第五部

40

会議室のスクリーンの前に立ったホールゲル・ムンクは、十分に休息が取れた様子で、部下たちが席につくのをにこやかに待っていた。ガーブリエルのほうはとても元気とは言えなかった。捜査開始以来初めて、仕事をさぼろうかと思ったほどだ。一日休みを取って、気持ちを落ち着かせたかった。あの動画を見たせいだ。具合まで悪い気がした。ひょっとすると病気かもしれない。それに、恋人と一日一緒に過ごすのも悪くない。じきに生まれる男の子の服を買いに行ってもいい。

それでも、結局はこうして出てきた。すべて言い訳だと自分でもわかっているからだ。来たくなかった本当の理由はスカンクだった。スカンクを探しだすことは不可欠で、当然自分がその役目を負わされることになる。だが正直なところ、旧友を見つけるすべはまるで思い浮かばなかった。

「おはよう、諸君」顔を揃えた一同にムンクが笑みを向けた。「ゆうべは先に抜けてすまない、年のせいだな」

ムンクのウィンクはくぐもった笑い声で迎えられた。

「はじめるまえに、なにか報告がある者はいるか」

イルヴァが椅子の上で身じろぎした。誰よりも早く会議室に入って、自分の発見を報告するときを待ちかまえていたようだ。

「いいでしょうか」今回は手を上げず、笑みを浮かべてそう言った。

「ああ、なんだ」ムンクが促す。

「タトゥーです」イルヴァが立ちあがり、一枚の紙をムンクに渡した。

ムンクが受けとった紙に目を通すあいだ、イルヴァはすわるべきかどうか迷うように、その場に突っ立っていた。

「なるほど。で、どういうことだ？」

ムンクはつかんだ手がかりを一同に共有するよう、イルヴァにうなずいてみせた。

イルヴァはやや緊張の色を浮かべながらも誇らしげな様子で、片手をポケットに入れ、ひと呼吸置いてから話しだした。

「えっと、その、カミラの腕にはタトゥーがありましたよね」

一同がうなずく。

馬の頭の下にAとFの文字があしらわれたものだ。

「ゆうべはこのタトゥーが気になって遅くまで寝つけませんでした。頭のなかでぐるぐるまわりつづけていて。まえにどこかで見たような気がするのに思いだせないんです」

イルヴァはそこで言葉を切って床に目を落とした。みなの視線を浴びて落ち着かなげだが、興奮の色も見て取れる。

ムンクは背後のスクリーンに映されたタトゥーの写真を振り返った。カミラの腕を写したものだ。馬の頭。AとFの文字。

「そうしたら、ふと思いついたんです。この文字がAとFだけじゃなかったらって。この線、見えます？」

イルヴァが壁際に行き、タトゥーを指差す。一同の視線がそこに集まる。みなすっかり興味を引かれたようだ。

「これがただの線じゃなかったら。ここ、見えます？」

「Lね」ミアがゆっくりとうなずく。

「そうです」イルヴァがにっこりする。「彫られているのがAとFだけじゃないなら、そう、つまり……」

そう言って、また指を差す。「ＡＬＦです」

「ＡＬＦだって？」カリーがあくび交じりに言った。「犯人の名前はアルフってことか」

まばらな笑い声があがる。

「なんだよ」カリーがあたりを見まわした。

「無視してくれ、イルヴァ」ムンクが先を促す。

「ようやくＬだと気づいて、ネットで調べてみたら、これが見つかったんです」

イルヴァがムンクに目をやる。

「何枚かコピーしてきました。みなさんに見てもらっても……？」

ムンクがうなずく。イルヴァは急いで自分の席に戻り、コピーした紙を配った。

「これは？」キムが訊いた。

「動物解放戦線です」イルヴァがムンクの隣に戻って答えた。「ＡＬＦ。そこのロゴのひとつです。馬の頭の下にイニシャルが入ったものです」

感心した声があがり、イルヴァは誇らしげに顔をほころばせ、もう一度ちらりとムンクを見た。ムンクがまたうなずく。

「動物解放戦線は一九七六年にイギリスで発足し、現在は四十カ国以上で活動中です。動物虐待をする人々や企業に対して破壊活動を行うことで知られています。とくに、動物実験を行う研究所に対して。動物のためのテロ組織と呼ばれています。目的達成のためには暴力的な、ときには違法な行為も辞しません」

「ノルウェーでも活動を？」ミアが訊いた。

「そこが少しややこしいところで」イルヴァが続ける。「ノルウェーでも動物解放戦線を名乗る団体はあり、一九九二年から二〇〇四年まではとても活発に活動していました。毛皮農家や毛皮販売店を襲撃したりしていたようです。ウェブサイトもありますけど、二〇〇九年以降は更新がないので、いまは活動していないか、あるいは地下に潜伏したのかもしれません」

イルヴァはもう一度ムンクを見やり、うなずきが返ってくるのを待って席についた。

「つまり、カミラ・グレーンは動物解放戦線のタトゥーを腕に入れていたというわけだな」

ムンクは渡された紙に目を落とし、イルヴァに笑いかけた。

「いいぞ、イルヴァ。よくやった」

イルヴァはうれしげに顔を赤らめた。

「その件はきみに任せる。引きつづき調べてみてくれ。最近起きた襲撃にカミラが関与していないかとか。過去の記録やなにやらが必要なら、ルドヴィークに言うといい、いいか？」

イルヴァが軽く頭を下げると、ルドヴィークは笑みを返した。

「よし」ムンクが続ける。「今日は朝から調子がいいぞ」

そろそろ煙草休憩だとガーブリエルは思ったが、予想ははずれた。ムンクは先を急ぐようにプロジェクターに向きなおった。

「いくつか手がかりも出てきたことだから、このへんで順番に検討していくことにしよう。どうだ？」

一同がうなずく。

「まずは養護院で発見された証拠だ。栽培されていた大麻の件は？」

ムンクはキムを見た。

「数はそう多くありません、七、八株というところです」

「事件に関係があると思うか」

キムが肩をすくめる。「まだなんとも言えませんが、調べてみる価値はあります。うちの管轄じゃありませんし、これくらいの量じゃ、麻薬捜査課の連中が興味を示すとも思えませんが。それでも、ヘレーネ・エリクセンに訊けばなにかわかるはずです」

「彼女が知っていればな」

「ですね。でも、知っている人間はかならずいるはずです、なにか手がかりが見つかるかもしれません」

「そうだな。もう一度訪ねてみるとしよう。キム、そっちは任せていいか」

キムがうなずく。

「よし。それと、養護院に行ったら、フクロウの絵のことも頼む。いまのところ最大の手がかりだからな。見たことがある者がいないか調べてくれ。描いたのはあそこの人間か、なにか知っている者がいないかも」

キムがまたうなずく。「任せてください」

「おれも付きあう」カリーが言った。

「よし」ムンクは言って、リモコンのボタンを押した。次の写真が表示される。「かつらの件は？」

「はい」ルドヴィークが答え、手帳に目を落とした。「本物の毛髪が使われた、かなり高価なものですね。簡単に入手できるものではありません。この手のものを揃えている店は全国でも数軒だそうですが、そのひとつが……」ページがめくられる。「〈ルーかつら店〉、フログネルにあります。そこからあたってみようかと。そこの商品なら、記録が残っているかもしれない。でなくとも、かつらの入手先のヒントをもらえるかもしれません」

「わかった」ムンクがまたボタンを押す。「次はこれだ」

初めて目にする二枚の写真が目に入ったとたん、ガーブリエルはのけぞった。ほかにも何人かが同じ反応を示したようだ。

「こいつはいったい……」カリーがスクリーンを凝視しながら言った。

「アネッテ？」ムンクがブロンドの法務担当官に向かって合図した。

「ご存じのとおり」アネッテが話を引きつぐ。「二日前に男が殺人を自白しました。ジム・フーグレサング、三十二歳。住まいはカミラの死体発見現場の近く。ディーケマルク病院の精神科で長年治療を受けています。すでに容疑者からははずれていますが、気になる点は、出頭時にこの二枚の写真を所持していたことです」

ガーブリエルはしげしげと写真に見入った。猫と犬の死骸で、カミラ・グレーンと同じように前肢を伸ばした体勢を取らされている。敷きつめられた羽根の上で。周囲には五芒星形に並んだ蠟燭。

「嘘でしょ！」イルヴァが叫んだ。

「なんなんだ、これは」カリーもうなる。「さっぱりわからん。どう考えたらいいものか。誰か意見は？」そう言って部屋を見まわす。

「ふざけやがって！」カリーがまた毒づく。「同じ儀式をしたってことか、犬と猫を使って。まったく、どれだけいかれた野郎なんだ」

カリーがミアを見た。

いつになく黙りこんでいたミアがようやく口を開いた。「犯人、あるいは犯人たちは、そうやって練習したのかもしれない。段階を踏んだということだと思うけど、ほかに情報がないと、はっきりしたことはまだ言えない。ホールゲルが言うように、どう考えるべきかわからないの」

ムンクとミアはすでに写真を検討したものの、納得のいく説明を見つけられなかったらしい。いままでほかのメンバーに見せずにいたのはなぜかわからないが、なにか理由があるのだろうとガーブリエルは思った。

「ジム・フーグレサングの事情聴取は難しい状況だ。というのも……」

ムンクがアネッテに視線を戻す。

「昨日、ディークマルク病院の医長と話したところ、フーグレサングは面会謝絶とのことです。ストレスがかかりすぎたようで、口をきくのをやめてしまったそうで。現在は大量の投薬が行われているそうです。守秘義務とかで、くわしいことは聞けませんでしたが」

「だが、いずれ話を聞きなおす必要がある」ムンクが言う。

「もちろんです」アネッテがうなずく。「状況が改善すれば、ただちに」

「写真に写った場所はどこか。いつ撮られたものか。なるだけ早くそれを突きとめたい」

ムンクはスクリーンに映しだされたグロテスクな動物の死骸に目をやった。

「ミア？」

ミアが席を立ち、ムンクのそばへ歩み寄った。今日のミアはどこか変だ。目つきも立ち居振る舞いも。ひどく疲れて、ぼんやりして見える。

「ホールゲルの言うとおり、どう考えるべきかはまだわからない。でも、これだけは疑いようがありません。この件はカミラ・グレーン殺害と関係しています。偶然の一致ではありえない」

ミアは写真を指差した。

「この羽根。この蠟燭も。それになにより、腕の位置。いえ、今回は前肢と言うべきね。カミラと同じポーズを取らされている。ひとつは上へ。もう片方は斜め下へ。十二時と四時の方向ね。どういう意味か、それがまだわからない」

ミアは、さらに言葉を続けようとして思いとどまったような様子を見せ、席に戻った。ムンクがまた一同を見まわした。

「なにか思いつくことは？」

「いかれたくそ野郎の仕業だ」カリーが毒づく。

「ありがとう、カリー。ほかにはないか。つながりがありそうなことは？　なんでもいい」

誰も答えない。ガーブリエル同様、ほかの者たちも目の前の写真にショックを隠せないようだ。

「オーケー、ひとまずおくとしよう。ジム・フーグレサングから話が聞けるようになるのを待つ、いいな」

ムンクがアネッテを見ると、アネッテはうなずいた。

「よし」ムンクがまたボタンを押す。

次の写真がスクリーンに映しだされると、ガーブリエルは今度も息を吞んだが、ほかのメンバーたちは落ち着いていた。昨日ガーブリエルが帰宅したあとで、すでに目にしたものなのだろう。それは動画から切りだされた静止画像だった。

羽根をまとった人影。

羽根人間？

身震いと同時に、吐き気が戻ってきた。やはりこの事件は尋常じゃない。ガーブリエルは気を落ち着かせようとつとめながら、誰もが黙りこんでいることに気づいた。ムンクも言葉を探すような様子を見せてから、ようやく口を開いた。

「昨日これを見せたときも言ったように、ここに映っているのは犯人だと思われる」

「くそったれ」カリーが首を振りながらつぶやいた。

「このとおり不鮮明だが」とムンクが指差す。「ここに誰かすわっている」

そこで言葉が途切れた。

「カミラの様子を見ているようだ」ムンクはすぐに気をとりなおして続けた。「カミラは檻に囚われている。それを眺めている人間がいる。その人間というのが、つまり……」

「鳥野郎ってことですか」とカリーが口をはさむ。「なんなんだ、こいつは。なんだって身体に羽根なんかくっつけてる？」

「考えられるのは、この……何者かが、カミラを観察しているということだ。そのために檻に閉じこめている。鑑賞用ということか……そこはわからんが」

ムンクがちらりとミアを見やった。この手の疑問を解き明かすのはミアの役目と決まっている。だが、ミアはすわったまま口を開こうとしない。

「さて」ムンクが頭を掻きながら言った。「そんなわけで、まだ疑問だらけではあるが、なにか意見があれば聞かせてくれ」

ムンクがまたミアに視線を投げるが、あいかわらず反応はない。

「フクロウの羽根といえば」ルドヴィークが言った。

「ああ」ようやく発言する者が現れ、ムンクはほっとしたような顔をした。

「気づいたことがあるんです、関連があるかは不明ですがね」

ルドヴィークは手帳に目を落とした。

「なんだ」

「調書の山に埋もれていたくらいで、たいした事件じゃないんですが――見つけたのも偶然で、役に立つかもわかりません、それでも――」

「なにを見つけた？」

「二カ月ほどまえ、トイエンの自然史博物館で強盗事件があったんです。いま言ったように小さな事件ですが、ちょっと引っかかる点がありましてね」

全員の視線が年配の刑事に集められる。

「博物館は、よく知られているように、トイエンの植物園の自然史エリアにあります。そこで……」

ルドヴィークはもう一度手帳を覗きこんだ。

「……八月の六日、〝在来生物と外来生物〟の展示物が盗難に遭ったとの通報がありました。引っかかったのはその次です。ノルウェーに生息するフクロウが残らず集められた展示ケースがあり、盗まれたのはそのフクロウだけだったそうです。いや、無関係かもしれませんが、あたってみる価値はある。でしょう?」

「たしかにな」ムンクがうなずいた。「さすがだ、ルドヴィーク。博物館の誰に話を聞けばいい?」

ルドヴィークが手帳を確認する。「調書によると、盗難の通報をしたのは主任学芸員のトール・オルセンですね。カミラは敷きつめられた羽根の上に横たえられていた。そして、ノルウェーのフクロウを根こそぎ盗んだ者がいる」

「調べてみなけりゃならん。すぐにだ」ムンクはもう一度大きくうなずいた。「よくやってくれた、ルドヴィーク。ミア、行ってくれるか」

ミアはもの思いから覚めたように顔を上げた。

「フクロウの羽根の件だ。自然史博物館の盗難の。任せていいか」

「ええ、もちろんです」ミアは軽く咳払いをして答えたものの、ムンクの話をろくに聞いていなかったらしい。

「よし」

次は自分の番だとガーブリエルは気づいた。

「動画を発見したハッカーのことだ。きみの昔なじみのスカンクだが、なにか手がかりはつかめたか」

全員の視線がガーブリエルに集中する。

「やってはいますが、まだなにも。でもなんとか……」

「ああ、それでいい。引きつづきあたってみてくれ。どうしても話を聞きたい。あの動画の入手場所を知る必要がある」

「了解です」ガーブリエルはうなずいた。あっさり話が終わって助かったが、拍子抜けもした。

ムンクがミアに視線を戻した。「おれの部屋で話せるか」

「えっ」ミアがうわの空のまま訊き返した。

「おれの部屋で。五分ですむ」

ミアはぼんやりとムンクを見上げた。「ええ、もちろん」また咳払いをする。

「よし、いいだろう」ムンクは残りのメンバーに向かって言った。「なにかわかったら、ただちに知らせてくれ。今晩またミーティングをやる。時間はあとで決めよう」

一同はうなずき、ミアは無言のまま席を立つと、ムンクのあとについてのろのろと会議室を出た。

41

ムンクはミアを部屋に通し、ドアを閉じてデスクの前にすわった。ミアは小さなソファーに沈みこんだ。ムンクはその姿を見やりながら、どう切りだすべきか迷った。ミアは心ここにあらずといった虚ろな表情を浮かべている。

「それで、なんなんです？」ようやくミアが口を開いた。

「いや、それはこっちの台詞だ」

「え？」

ムンクは慎重に言葉を探した。何日もまえから考えてはいた。最初は〈ユスティセン〉で。そして昨日のミーティングと、先ほどのミーティングでも。ミッケルソンはミアを停職処分にした。復職可能な状態になるまで、臨床心理士のセラピーを受けるよう命じた。いかにもミッケルソンが言いそうなことだ。ムンクは猛抗議したが、この数日、ミッケルソンが正しいのかもしれないと思いはじめていた。ミアは復職には早いのかもしれない。ソール・トロンデラーグ県の沖合の島に隠れ住んでいたミアを見つけてから、六カ月しかたっていない。

それに、本人は隠しているつもりだろうが、ムンクには気づいていることがあった。ミアは島に休暇を取りに行ったわけではない。逃れるために行ったのだ。命を絶つために。そこをムンクが説き伏せてオスロへ連れもどした。いまもまた同じことをしている。ミアを捜査に復帰させるという判断は誤りだったかもしれない。ミアには休息が必要で、まだ復職には早いのかもしれない。

「最近どうだ、ミア。調子はいいか。なにか問題は？」

ミアは冬眠から覚めたようにムンクに目を据えた。いらだったような鋭い目。よく知った、いつものミアだ。

「本気で訊いてます？」

言葉の意図を察し、心外そうな顔をする。

「いや、別に深い意味はないんだ」ムンクは言い、両手を掲げた。「ただ、調子はどうかと思ってな。おれの部下なんだから、だろ？」

なだめるように笑いかけてみせたが、ミアはごまかされない。探るような目でムンクの顔をうかがっている。

「ミッケルソンにお尻でも叩かれたんですか」

「なに？　いや、ちがう」

「わたし、ヘマでもしました？　警察にまた迷惑をかけたとか？　事件解決が遅すぎるとマスコミに責めたてられてるとか？　だけど、死体発見から何日たちました？　六日？　それにしては、ずいぶん進展してるじゃないですか、手がかりもたくさん見つかって……」

ミアはもどかしげにソファーの上で身を乗りだした。

「いや、ちがう。ミッケルソンはなにも言ってない。どこからも苦情は来ていない」

「そりゃそうですよ」とミアが憤慨する。「ミッケルソンのやつ」

「ミッケルソンとは関係ないんだ」

「それじゃ、なにが問題なんです」ミアは両手を投げだした。

「おれだ」ムンクは慎重にそう切りだした。

「どういう意味です」

「おれがきみを心配してるんだ」もう一度笑いかける。

「心配？　まったくもう、ホールゲル。心配って、なにをです」

「むろん、きみの能力をじゃない。そうだろ、ミア、きみなしじゃうちはまわらない。ただ、ちょっと……その、具合が悪かったりしないかと思ってな」

「具合が？」ミアの表情が少し緩む。「どこも悪くないですけど——そう見えません？」

見るからによれよれだが、正直に言うのはやめておいた。

「もちろんだ。それにしたって、友達だろ、少しぐらい……」

「おせっかいを焼きたい？」いたずらっぽく笑ったせいで、ミアらしさが戻った。

「ハハハ」ムンクも笑ってみせた。「気遣いと言ってくれ。〝気遣い〟を見せたってかまわんだろうと言おうとしていたんだ」

ミアはふっと笑い、ジャケットのポケットからミントを取りだした。それを舌にのせ、親しみのこもった目でムンクを見た。

「やめてくださいよ、ホールゲル、お母さんじゃあるまいし」

それでも、気にかけられたことはまんざらでもないらしい。

「たしかに、ここのところ少し疲れてますけど」とため息をつく。「よく眠れなくて。頭を悩ませていることがあるんですが、なんとかします。最悪ってわけではないので」

「一日か二日、休みを取らなくてもいいか」

「休めって？　しっかりしてください、ホールゲル。まさか焼きがまわったんじゃないですよね。いえ、ほんとにちょっと耄碌したとか？　事件の途中で休めだなんて」

ミアはばかばかしいというように、くすくす笑いながら首を振った。

「なら、なにも問題はないのか」ムンクは半信半疑で訊いた。

「もちろん、問題なしです、ホールゲル。ねえ、班の全員にこんな話をするんですか、それともわたしだけ？」ミアはウィンクをして、立ちあがった。「お気遣いどうも、でもだいじょうぶですから」

「わかった」ムンクはうなずいた。「それじゃ、これからどうする？」

「自然史博物館へ。なにかわかったら連絡します」

「よし」ムンクはにっこりした。そのときドアがノックされ、ルドヴィークが顔を覗かせた。

「ちょっと気づいたことがあるんですが。お邪魔ですかね」

ルドヴィークの目がムンクからミアに移り、またムンクに戻った。

「いや、入ってくれ。なにを見つけた？」

ルドヴィークはムンクの机に一枚の書類を置いた。

「別の失踪事件です」

「どういう？」

「場所はフールムランネ養護院」

ムンクは書類に目をやり、眉をひそめた。

「どんな事件？」ミアが言った。

「九年前、少年の捜索願が出された」

「養護院から？」

「ああ。マッツ・ヘンリクセン。森に散歩に出て、戻らなかったそうだ」

「見せてもらっても？」ミアが言い、ムンクから書類を受けとった。

「発見はされなかったんだな」ムンクはルドヴィークを見上げた。

「ええ。調書によると、警察の捜査はじきに打ち切られていますね」

「なぜ？」ミアが興味を引かれたように訊く。

「少年は自殺したものとされ、捜査終了が決まったらしい」

「だが、死体は出なかったんだな」

「ええ。発見されていませんね。つながりがあると思いますか」

「調べてみる価値はもちろんある。よくやってくれた、ルドヴィーク。少年の名前をデータベースで照会して、なにか出てくるか調べてくれ」

「了解」ルドヴィークは言い、退室した。

「気になりますね」ミアが書類に目を落としたまま言った。

「どう思う？」

「いまはまだなんとも」

「いいか、ミア、おれはきみの――」ムンクは先ほどの話を蒸し返そうとしたが、ミアに目で制された。

「なんです？　世話を焼きたい？」皮肉っぽくそう訊かれる。

「ああ」

ミアはソファーから腰を上げ、立ち去ろうとした。「自分の面倒は自分で見ますから、ホールゲル」

「わかってる。おれはただ……」

続きに困ったムンクが笑みを浮かべる間もなく、ミアは書類をすべらせて寄こし、部屋を出ていった。

42

淹れたてのコーヒーとベーコンの焼ける香りでミリアム・ムンクは目覚めた。枕に頭を沈めたまま夢見心地で目を開くと、そこは自宅だった。

今日は何曜日だろう。金曜日？　いやだ、いま何時？　マーリオンを学校に送っていかないと。だが、そこで思いだした。娘は母の家に預けてある。母が送っていってくれるはずだ。昨日は飲みに出かけた。ジギーとふたりで。すっかり遅くなった。ビールをさんざん飲んだ。何杯飲んだかも、どうやって別れたかもあやふやだが、少なくとも家には帰った。自分の家に。

やれやれ。

誘惑には屈しなかった。彼のアパートへ行き、ベッドにもぐりこんで、そのままずっと暮らす。そうしてしまいたい衝動に駆られはしたが、ありがたいことに、どうにか思いとどまった。自分を抑えた。何杯目かのビールを飲みほしたときにこう思ったのを覚えている——これ以上前に進むまえに、後戻りができなくなるまえに、ヨハネスに話さないと。そうする義務はある。ミリアムは伸びをしながらベッドサイドテーブルのアラーム時計に目をやった。十一時十五分。ずいぶん長く眠ったらしい。頭を持ちあげてみたものの、また枕に沈めた。ビールの飲みすぎだ。こめかみがずきずきする。最後の一杯はテキーラだったかも？　たぶんそうだ。

素敵な夜。正直に言って、夢のような一夜だった。あんなに心が躍ったのは久しぶりだ。いや、あんな気持ちになったことがいままであっただろうか。あんなに幸せで、軽やかな気持ちになったことが。ないような気がする。それにしても、十一時十五分まで寝ているだなんて。それに、キッチンで朝食をつくるにおいがしているのは、いったい……？

ミリアムはベッドを出るとバスルームへ行き、シャワーの湯を頭から浴びた。どれだけ飲みすぎても、二日酔いはすぐにおさまるほうだ。友人たちからよく聞くように、丸一日寝こんだりはしない。熱いシャワーを浴び、なにか口に入れれば、けろりと復活する。ミリアムは顔を俯け、湯温を上げた。シャワーの水流が首を揉みほぐし、早くも気分がすっきりしてくる。回復の早さを昔は友人たちにうらやまれたものだ。あのころは週のうち四日はパーティーで、バーやパブに入り浸りだった。遠い昔の話だ。昔のミリアムの。いまのミリアムはちがう。いまは〝セレブママ〟のミリアムで、自宅には床暖房付きのバスルームやダウンライト付きの玄関ホールがあり、高級スポーツクラブの会員にもなっている。ミリアムはタオルを手に取った。とりあえずいまは床暖房がありがたい。まだ十月だというのに真冬のようで、骨身に沁みるような寒さが続き、早くも春が待ち遠しかった。タオルで髪を拭きながら鏡を覗くと、微笑む自分がそこにいた。そんなふうにわれ知らず微笑んでいることが近頃はたびたびある。

淹れたてのコーヒー？　十一時十五分に？

ミリアムは髪にタオルを巻き、バスローブを着てバスルームを出た。キッチンに入ったとたん、飛びあがりかけた。ヨハネスがせっせと朝食をつくっている。テーブルにはジュースにトーストしたてのパン、チーズ——白いテーブルクロスまでかけてある。

「やあ、おはよう」ヨハネスは言い、ミリアムの頬に軽くキスしてからコンロの前に戻った。「茹で卵と目玉焼き、どっちがいい？」

ミリアムはバスローブ姿でキッチンの真ん中に突っ立ったまま、返答に迷った。なぜヨハネスが家に？

「目玉焼き、かな」とまどいが声に出た。

「すわって、コーヒーを持ってくるから。コーヒー飲むだろ？」

「ええ、そうね」当惑したままミリアムはうなずき、腰を下ろした。

どういうことだろう。自分はなにか忘れているのだろうか。今日は誕生日か結婚記念日だったとか？　なぜヨハネスは出勤していないのだろう。

「ミルクは？」

「ミルク？」

「コーヒーに入れる？」

「ええっと、いいえ」

ヨハネスはにこやかに近づいてきて、コーヒーのカップをミリアムの前に置き、また頬にキスをしてコンロに戻った。

「ゆうべは遅かったのかい」

「まあね」ミリアムはカップを口に運びながら身構えた。「どうして？」

「いや、別に。どうだったのかなと思って」ヨハネスはフライパンを覗きこむ。「昨日、マリアンネと話したとき、マーリオンを預かってると聞かされたんだ。きみは友達と出かけたからって。楽しかった？」

「ユーリエとよ」ミリアムはちくりと罪悪感を覚えた。

「ああ、昔から仲がいい子だっけ？　元気にしてたかい」

「そこそこね」ミリアムはカップに口をつけたまま言った。「知ってるでしょ、ユーリエがどんな子か。恋愛相談よ。励ましてあげたの」

「きみがいて彼女は運がいいな」ヨハネスは笑いかけ、フライパンをテーブルまで運んでくると、卵を皿に盛った。

「そうね」ミリアムは言った。やはりわけがわからない。

このまえいつ朝食を一緒に食べたか、思いだせないくらいなのに。

「携帯はちゃんと使えてる？」ヨハネスがそう言って腰を下ろした。

「調子が悪いみたい。ときどきメールが届かないことがあるの。通話のほうも。なぜかわからないけど。でも、なぜ？」

「かけたけど、つながらなかったから」

「気づかなかった」ますます罪悪感に襲われながらミリアムは答えた。

シャワーでおさまったはずの頭痛がぶり返す。

「契約内容に問題があるのかもしれないね」ヨハネスはまたにっこりし、ミリアムのグラスにジュースを注ぎ足した。「じゃなきゃ、アップグレードかなにかが必要だとか。簡単に直るはずだよ」

そしてチーズを薄く切り、目の前のロールパンにはさんだ。

とたんにゆうべの光景が脳裏をよぎった。ジギー。テーブル越しに見つめる素敵な瞳。心を決めたはずだった。正直に生きようと。秘密を打ち明けようと。けれども、疑うことを知らないヨハネスの顔を見ていると、早くも心がくじけそうになってくる。それにしても、今日はなにかの記念日なのだろうか。でも、ふたりが出会ったのは夏だ。付きあうことになって、ティーンエイジャーよろしくフェイスブックの交際ステータスを〝交際中〟に変えたのは八月八日——それがふたりの記念日のはず。なにか別の理由があるはずだ。

「ああ、忘れるところだったよ」ヨハネスが腰を上げる。

そして立ったまま両手を後ろに隠した。昔、プレゼントをくれるときによくやったように。右手と左手、どっちにする？

「わたし、誕生日だった？」ミリアムは微笑んだ。

「いや、でも誕生日じゃなくてもプレゼントしたっていいだろ？」

「プレゼントをくれるの？」

「ああ」ヨハネスはうなずいた。「右手と左手、どっちにする?」

「左手」

「ほら、あげる」ヨハネスは言い、卓上に箱を置いた。

「どうして仕事に行かないの?」

「それ、あけないのかい」

「もちろんあける。ただ、ちょっと気になって。病院に行かなくていいの?」

「いい知らせがある」ヨハネスは言い、また腰を下ろした。

「なんなの、教えて」

「先にプレゼントをあけてみなよ」ヨハネスが笑う。

ミリアムはゆっくりと包装紙を剝がしながら、後ろめたさを押しやろうとした。なかから現れた箱を開く。

「まあ」あいかわらず合点がいかないまま、微笑んでみせる。「ありがとう」

「フィットネスウォッチさ。走った距離がわかる。脈拍数も。トレーニング用だよ」

「すごい。とっても……素敵」

「欲しがってただろ?」

「そうなの。ありがとう、ヨハネス、すごくうれしい」

自分の声が奇妙に聞こえた。ほかの人間が発したもののように。いつからこんなふうになってしまったのだろう、ヨハネスと自分は。それともはじめからこうだったのだろうか。ずっと自分を偽ってきたのだろうか。

その声は、ゆうべの自分の声とはまるでちがっていた。

それじゃ、きみも仲間になってくれるの?

もちろん。

本気かい?

もう、なんなの? わたしだって罪のない動物たちを助けたい。

よかった。明日ミーティングがあるんだ。きみも来られる?

もちろん行くわ。

「それで、なぜ仕事に行かないの?」ミリアムはカップで顔を隠すようにしながら、咳払いをした。

「言ったろ、いい知らせがあるんだ」

「なに?」

「シドニー行きに選ばれたんだ。ほら、国際学会があるだろ」ヨハネスは誇らしげに顔をほころばせ、目を輝かせた。

「あら……すごいじゃない」

「ああ、だろ？ スンネの名前が挙がっていたけど、こう言っちゃなんだが、ぼくのほうが適任だと見なされたってわけさ。それがどういう意味かわかるだろ？」ヨハネスの瞳がさらに輝きを放つ。

「もちろんよ」

「数年後には医長になれるってことだ。そんなに早いとは思わなかったろ？」

「そうね……いえ、その……おめでとう、ヨハネス」

ミリアムは言葉に詰まった。

「ありがとう。でも、まずはきみに断っておかなきゃと思って。いきなり留守にするなんて悪いからね。マーリオンのことも任せきりになるし。もうしわけないけど」

「どういうこと？」

「月曜日の飛行機で発つんだ。学会は二週間。不意打ちになってしまって本当に悪いんだけど、かまわないかな。学会に行ってもいい？ きみは困らない？」

ようやくミリアムにも呑みこめた。このためだったのだ。テーブルクロスも、突然のプレゼントも。誕生日でも記念日でもなかった。ヨハネスは急に海外へ発つことを気にしているのだ。

「なんとかなるかい。問題はない?」

「月曜日から二週間オーストラリアに行くってことね」

「シドニーへね」ヨハネスが笑ってみせる。

「ええ、もちろん、オーケーよ」

「本当になんとかなる? その、マーリオンのことも」

「もう、心配しないで、だいじょうぶだって。母の助けはいつでも借りられるし。問題なしよ」

「ありがとう、ミリアム」ヨハネスはそう言い、ミリアムの手を取った。

長い付き合いのなかで初めて、ミリアムはヨハネスといるのを気詰まりに感じた。

「着けてみないの?」

「えっ?」

「時計を」

「ああ、ええ、もちろん」ミリアムは青いフィットネスウォッチを手首に巻いた。

「似合うよ」

「そう思う?」

「ばっちりだ」

力をこめて手を握られ、ミリアムもためらいがちに握り返した。

「よければお祝いをしようよ。今週末は病院が休みをくれたんだ。マーリオンはもうひと晩お母さんとロルフの家で預かってもらえないかな。ふたりで夕食でもどう？」

「今夜？」

きみも来られる？

もちろん、行くわ。

「行きたいんだけど」ミリアムは咳払いをし、手を引っこめてコーヒーカップを持ちあげた。「ユーリエと約束があって」

「また？　今夜もかい？」

「ええ」ミリアムはうなずいた。「ばかみたいなんだけど、彼女、落ちこんでて。ほんと、かなり動揺してるの」

「わかった」

「明日はどう？」

「明日でもいいよ」ヨハネスは言い、立ちあがった。「父さんに電話してくるよ」

「きっと喜ばれるわ」ミリアムは微笑み、またカップに隠れるようにしながら、電話を取りだすヨハネスを眺めた。

43

あの刑事さんはなかなか素敵、とベネディクテ・リースは思った。名前はキムといって、左の額に垂れかかる黒髪がキュートだ。もちろんパウルスにはかなわないが。静かにというヘレーネの声を聞きながら、ベネディクテはときめきを覚えずにいられなかった。ハンサムなその刑事の話は、走り書きのようなメッセージとフクロウの絵が描かれたカードについてだった。

「さあ、みなさん、静かにして。大事な話なんですから」ヘレーネが繰り返した。

「ということで、このカードと同じか、似たようなものを見た人がいたら、すぐに教えてほしいんだ」刑事もそう繰り返し、カードのコピーを各テーブルに配った。

「この場にいない人にも見せるようにしてください、いいですね」

ヘレーネがそう言って寮生たちに微笑みかけたが、ベネディクテはろくに聞いていなかった。

カミラ・グレーンのロッカーで見つかった落書き。

どうだっていい。

考えただけでいやな気持ちになる。

カミラ・グレーン。

すべてうまくいっていたはずだった。鈴を鳴らすような笑い声と、輝く瞳をしたカミラが現れるまでは。ベネディクテはすぐに気づいた。カミラのそばにいるときの様子で、パウルスがあの子を好きだということに。セックスはおろか、キスだってしていないはずだけれど、ふたりのあいだになにかあるのはたしかだった。パウルスはカミラをとくに気に入っていて、いつも意識していた。それでも、そんなはずはない、いつかは彼もわかってくれると心の奥では信じていた。ベネディクテの愛に応えてくれ、自分たちこそがお似合いなのだと気づいてくれると思っていた。

パウルスとベネディクテ。

部屋の机にはふたりの名前を刻んであった。ハートで囲んで。誰にも見られないよう、上から覆って隠してある。名前を指でなぞるたび、ふたりは結ばれる運命なのだと感じた。

実際、そうなりかけていた。本当に。ほかの子たちには内緒で森の隠れ家を見せてもらったし、そこで一緒に過ごしていた。カミラが現れる日までは。

カミラ・グレーン。

彼女に夢中になるパウルスを見て、ベネディクテは嫉妬を抑えられなかった。カミラの肩に手をまわして院内を案内するところや、素敵なブラウンの瞳で見つめ、とびきりの笑顔を向けているところを見るのは耐えがたかった。

カミラがいなくなってよかった。

そんなふうに思うのはひどいことかもしれないが、それが正直な気持ちだった。カミラが消えてくれてうれしかった。すべてを滅茶苦茶にされたのだから。ベネディクテとはちがい、カミラはパウルスを愛してなどいなかった。ちやほやされたがっていただけだ。髪を掻きあげたり、思わせぶりに彼を見つめたり。そんなのは本物の愛じゃない。パウルスと自分が分かちあっていたものとはちがう。カミラが到着した日、タクシーからスーツケースを降ろすのを手伝い、部屋に案内したときから、ベネディクテはいやな予感がした。あばずれなどと呼びたくはないが、カミラ・グレーンは、パウルスとベネディクテの仲をあっというまに引き裂いたのだ。

彼を守らなきゃと思った。それが自分の役目だと。彼はなにが身のためかわかっていない。いちばん奥の温室で育てている植物のこともそうだ。あの大麻。あのことをパウルスはほかの子たちにも話しただろうか？　いや、話していない。知っているのは自分だけ。

見せたいものがあるんだ、でも誰にもしゃべっちゃだめだよ。

彼がそう教えてくれたのも、自分こそがパートナーだからだ。

パウルスとベネディクテ。

毎晩、机に彫ったハートの形を指でなぞり、そこにキスしてから眠るようにしている。

「ではみなさん、警察の方たちに協力しましょう、いいですね。大事なことですから」

ヘレーネが教室を見まわしてそう言ったあと、一同は外に出て解散した。ベネディクテはダウンジャケットのフードをかぶった。冷気で息が白く曇った。

十月にしては異常なくらいの寒さだ。これは兆しなのかもしれない。なにかがまちがっていると告げられているのかもしれない。誰かが行動を起こすべきだと。そして、こうして事件が起きた。カミラはいなくなった。これでパウルスも自分の過ちに気づいてくれるはず。

早く彼に会わないと。話すことがたくさんある。あのカードを持って刑事が現れたとき、ちょうどみんなで姿の見えないパウルスを探していたところだった。

でも、自分はどこにいるか知っている。

あそこに決まってる。

パウルスのことならなんでも知っている。こっそりあとをつけ、見張っていたこともたびたびある。そうやって、気づかれずにそばにいるのも彼のためだ。彼には見守っている人間が必要だから。

養護院のはずれにある隠れ家。敷地の境界に巡らされたフェンスのそばにある。そこは彼だけの場所で、よくひとりで過ごしている。それを知っている人間はごくわずかだが、ベネディクテは知っている。パウルスに連れてこられたからだ。マリファナの巻き方も教わった。とっくの昔に経験ずみだったけれど、教わるのがうれしくて初めてのふりをした。

一緒にそれを吸いながら笑いあったその日から、ふたりだけの決まりごとができた。金曜日か土曜日の晩、ふたりで隠れ家にこもり、楽しく過ごすようになったのだ。彼女が現れるまでは。

カミラ・グレーンが。

それからは隠れ家に入れてもらえなくなった。気づかれないよう窓の下に身を潜めて、なかにいるふたりの囁きや笑い声に耳を澄ますしかなくなった。

「パウルス？」

隠れ家のドアをノックしたが、返事はない。

「パウルス？」

もう一度ノックしてから、ベネディクテは小さなドアを押しひらき、そろそろと足を踏み入れた。

44

自然史博物館主任学芸員のトール・オルセンは五十代の男性で、もじゃもじゃの白髪のせいか、どことなくアルバート・アインシュタインを思わせた。

「やっと来ていただけましたな」オルセンは言い、ミアをオフィスに通した。「こう言っちゃなんですが、ずいぶん待たされましたよ。コーヒーか紅茶でもいかがです、それともすぐ本題に入りますか」

オルセンが博物館の侵入窃盗事件を重大視しているのは明らかだった。盗難に遭ったのはフクロウの剝製だが、青色灯をつけたパトカーがけたたましいサイレンとともに十台ばかり駆けつけると思っていたのだろう。ミアは笑みを押し殺した。こういうことはめずらしくない。初めて犯罪に遭遇した一般市民の反応としてはごく普通だ。警察がただちに捜査を開始し、テレビドラマのように早々に事件を解決すると思いこんでいる。そんな単純素朴さが微笑ましくもあるが、実際はちがう。昨年ノルウェーで発生した窃盗事件は約十三万件。そのうちの十二万件が未解決のままだ。残念なことに。人員不足に悩む警察がフクロウの剝製の盗難事件に人手を割くとは思えない。殺人事件は三十三件。二十三件が解決。打ち切り件数はゼロ。そちらの統計のほうがましだ。だが、窃盗事件のほうは……とても胸を張れる数字ではない。かといって、ミアにどうできるわけでもない。自分の仕事だけで手いっぱいだ。

「本題に入りましょう」ミアはうなずいた。

「あなただけですか」相手はきょろきょろとあたりを見まわした。

「というと?」

「あなたひとりだけ?　ほかには?」

ミアはまたおかしさを押し殺した。

「おわかりでしょうが、ここには貴重なコレクションがありましてね。世界じゅうから二百種以上の生物が集められているんです。哺乳類から鳥類、魚類、爬虫類、軟体動物、昆虫に腸内寄生虫まで」

「腸内寄生虫？」

オルセンが眼鏡越しにミアを見る。「無脊椎動物の、原虫や回虫などです」

それから首を振り、ため息をついた。これほどの重大事件の捜査には適任でないと判断したのだろう。

「でも、盗まれたのはフクロウだけだったんですね」ミアは訊いた。

「だけ？」オルセンは目をむいた。「ノルウェーに生息するフクロウを網羅した展示が——といっても、わずか十種ではありますが——貴重なものではないと？　どれだけ苦労して集めたかおわかりですか」

「でしょうね」ミアは重々しくうなずいた。「ノルウェーに十種類もフクロウがいるんですか」

「スズメフクロウ、キンメフクロウ、コミミズク、オナガフクロウ、二種のワシミミズク、モリフクロウ、カラフトフクロウ、ホンドフクロウ、シロフクロウ。メンフクロウを入れれば十一種で、姿は目撃されていますが、ノルウェーでは営巣しないんです」

「すごいですね。それで、展示はどこに？」

「常設展示室に。〝在来動物と外来動物〟です。めったに入れ換えはしませんが、あるときふと思いついたんですよ。フクロウ。わが国のフクロウのことを。スマートで神秘的な鳥だから、若い子たちは喜ぶだろうとね。来訪者数も増えるかもしれない。おわかりですかな」

ミアは神妙な顔を保とうとつとめた。いまどきの若者が貴重な在来種のフクロウの展示を見に自然史博物館に押しかけるとは思えない。携帯電話から目を離しさえしないだろう。

「ええ。いい考えですね。すばらしい思いつきです」

「どうも」オルセンがにっこりする。「盗難の現場をごらんいただけますかな。それに、せっかく来ていただいたから、ついでに展示も見ていってください」

「ええ、ぜひ」ミアは答え、オルセンについてオフィスを出た。

「最初の展示は〝海の世界〟です」展示室に着くと、オルセンは言った。「ごらんのとおり、ヨウジウオ、タイセイヨウサバ、ニシン、イコクエイラクブカなど……」

時間の無駄かもしれないとミアは思いはじめた。セバスティアン・ラーセンから得た情報をまだ検討できていない。教団。セレマの法。評議員にグランドマスター。想像も及ばない闇の世界。ここノルウェーにもそんなものが？　ミアには信じがたかった。

「第二の展示は〝浜辺の鳥たち〟です」オルセンの話は続いているが、ろくに耳に入らない。「ここにいるのは、ヨーロッパヒメウに、ウミガラス、オオハシウミガラス……」

ラーセンの話には重要な情報が含まれている。その思いが頭にまとわりついていた。

OTO。セレマの法。〝汝の意志することを行え〟。たわ言ばかりだ。よく言って、おめでたい連中の集まりといったところか。でも、カミラが五芒星形の蠟燭に囲まれていたことと、おぞましい動画のことを考えあわせると……？

「五番目の展示が……」オルセンが続けようとしたが、ミアは限界に達した。やはり時間の無駄だ。

「それで、フクロウの展示は？」

「ああ、それが盗まれたので、いまはそこにトナカイを展示してあります。よければ――」

「いえ、ここまででけっこうです」ミアはにっこりした。

トール・オルセンは意外そうな顔をした。

「その、見るべきものが残っていないなら、失礼しようかと」

「もう？」

「これで充分です。とても参考になりました」

「それならよかった」

立ち去ろうとして、ミアはふと目を上げ、部屋の隅にある防犯カメラに気づいた。

「来訪者の映像はすべて残っています？」

「ええ、ただし残念ながら、開園時間中のみですが」

「盗難は夜間だったんですね」

「ええ、通報したときにお話ししたんですがね。調書を読んでいないんですか。いつものように朝七時十五分に出勤してみると、そこに――」

「そうでした。念のために確認させてもらいました。それで、映像には残ってないんですね」

「ええ、残念ながら」オルセンは言い、展示室の外へミアを案内した。

「来訪者は多いんですか」

「多いとは言えませんね――ほとんどが学校からの見学で――たいていの来訪者は植物園目当てですし。たしかにみごとな植物園で、そのついでにここに寄るというわけです」

「学校からの見学とおっしゃいました？」ミアはそこに興味を引かれた。「これまで見学に来た学校のリストはありますか」

「ええ、ありますよ。持っているのは秘書のルートですが」

植物園。フールムランネ養護院。植物。花。当てずっぽうではあるが、調べてみる価値はある。

「いまルートはおられます？」

「いえ、グラン・カナリア島に行っているところで。リウマチの持病があって、国の給付金で療養に出かけたんです。温暖な気候のほうが関節にはいいですから」

「盗難事件の少しまえに博物館を見学した学校のリストを送ってもらうよう、伝えていただけます？　ルートが戻られたら」

ミアは内ポケットから名刺を出し、差しだした。

「火曜日に戻る予定ですよ。ええ、もちろん伝えます」オルセンは名刺に目を落とした。

そこに書かれた文字を見て、その目が見開かれる。「殺人捜査課？　なぜ……」

「それでは、ご連絡をお待ちしています」ミアは微笑んでみせた。

オルセンはおずおずとうなずいた。ミアを見る目が明らかに変わっている。その視線を感じたまま、ミアは階段を下りてゲートを出た。

時間の無駄にもほどがある。

もっと生産的なことに時間を使うべきだった。携帯電話で時間をたしかめる。もう三時だ。ムンクに妙な質問をされたあと、二時間だけ仮眠をとった。さっきはむっとしたまま班長室を出てきたが、ムンクの言うこともっともかもしれない。車に乗りこんだとたん、電話が鳴りだした。

「はい、ミアです」

「ホールゲルだ」

声の調子でわかった。なにか起きたのだ。

「なにかあったんですか」

「そうだ」ムンクがもどかしげに続ける。「キムとカリーが養護院で耳寄りな情報をつかんだ。パウルス・モンセンと寮生のベネディクテ・リースの関係について」

「どういう？」

一瞬、ムンクの気配が遠ざかった。背後でなにやら話し声がする。

「本部でふたりを取り調べることにする。くわしい話はそこで」

「本部ですね」

「ああ」

「すぐ向かいます」ミアはそう言い、急いでイグニッションにキーを挿しこんだ。

45

ミアは取調室の横の小部屋に入り、そっとドアを閉めた。なかではカリーが椅子に腰かけ、隣室でムンクとキムの向かいにすわったパウルス・モンセンを見つめている。カールした黒髪の若者は落ち着かなげにきょろきょろと視線を動かしている。

「状況は？」ミアはカリーの隣に腰を下ろして訊いた。

「短いバージョンと長いバージョン、どっちがいい？」

「短いほうで」ミアはガラスの向こうにいる三人に目を据えたまま答えた。

「引きあげようとしたとき、あいつが寮生に追っかけられて木立の奥から飛びだしてきたんだ。えらい剣幕だった。少女のほうは泣いてたみたいに真っ赤な目をして、取り乱してて……」

「長いバージョンになりかけてるけど」ミアはにやっと笑ってみせた。

「笑える」

最後に見たときよりもカリーは元気そうに見える。スンニヴァと仲直りでもしたのだろうか。まともに捜査ができるまでに回復したようだ。

「それで？」

「パウルスは温室で大麻を栽培していることと、カミラ・グレーンと男女の仲だったことを自白した」

「本当？」

「ああ」

「いままで黙っていたのはなぜ？　そのことはどう説明してる？」

「付きあいはじめたとき、カミラがまだ十五歳だったからだと。見上げた野郎だな」

カリーは若者をよく見ようとするように、ガラスに顔を近づけた。

「未成年をたぶらかして、隠れ家に連れこんでたそうだ。マリファナでハイにさせて、好きにしたってことだ」

「隠れ家？」

「敷地のはずれに、逢引用の小屋みたいなものがあるらしい」

「そこはもう調べた?」

「いま鑑識が入ってる」カリーはうなずき、椅子の背にもたれた。

「どう言えばいいかわからなかったんです」取調室の若者が言った。

ミアはカリーの話の続きを聞こうと、スピーカーの音量を下げた。

「それで、少女のほうは? ベネディクテは?」

「取調室Bにいる」

「もう誰か話を聞いた?」

カリーが首を横に振る。

「その子はどう関わってるの。ここに連行した理由は?」

ミアはジャケットのポケットからミントを取りだし、黙りこんだパウルスに目をやった。

「お互いに相手が犯人だと言ってる」

「殺人の?」ミアは驚いた。

カリーがうなずく。「痴情のもつれってやつさ。三角関係だ。おれたちの目の前で大喧嘩をおっぱじめたんだ。しかたなく手錠をかけた。そのあとは、ふたりともろくに話そうとしなくなった」

「で、こっちの方針は」

「方針？」

「ええ。これからどうするか。ムンクはなんて？」

「たいしたことはまだなにも」カリーが肩をすくめる。「パウルスを先に取り調べる。次にベネディクテを。それからまたパウルスをってところだろう」

「ふたり同時に尋問はしないって？」

「ああ。ベネディクテのほうはしばらくひとりにして、気を揉ませるつもりらしい。待たされたら、どうしたって不安になる」

「たしかに」ミアは立ちあがって廊下に出ると、取調室のドアをノックした。

キムがドアを開けた。

「交代する？」

「オーケー」キムはうなずき、ミアを部屋に通した。

「十六時五分」ムンクがボイスレコーダーに向かって言った。「キム・コールス捜査官が退室。ミア・クリューゲル捜査官が入室」

ミアは革ジャケットを椅子の背にかけ、腰を下ろした。

「こんにちは、パウルス。ミア・クリューゲルです」そう言って、テーブル越しに手を差しのべる。

若者は退室するキムを目で追ってから、落ち着かなげにミアに向きなおり、おずおずと手を取った。

「パウルス・モンセンです」

「あなたのことはいろいろ聞いてる。いい人で、とても有能だって。養護院の誰もが褒めてるわ」

「本当に？」パウルスは言った。面食らったような顔だ。

「頼りにされているのね」ミアは微笑みかけた。「仕事ができるから。誇らしいでしょうね、みんなに信頼されていて」

「ええと、その、どうも」パウルスは言い、ちらっとムンクの様子をうかがった。ムンクはそんなにお手やわらかではなかったらしい。

「それに、最初に言っておくけど、大麻のことはとくに問題にするつもりはない。うちの管轄じゃないから。わかった？　ちょっと栽培しただけ、たいしたことじゃない。よくある話よ」

ムンクの刺すような視線を感じるが、ミアは無視した。

「わかった？」あいかわらず当惑顔のパウルスに、ミアはまた微笑みかけた。

パウルスはもう一度ムンクの顔色をうかがったが、ミアが現れてほっとしているのは明らかだった。

「ほんの二、三株なんです」小さな声でそう言う。

「言ったでしょ、気にしないで。本当にたいした話じゃないから」

相手が警戒を解いたのがミアにはわかった。パウルスは背もたれに軽く身を預け、カールした髪を両手で掻きあげた。

「自分で吸うためだったんです。売ったりする気はありませんでした、誤解しないでください」

「そうよね。さあ、もう気にしないで」

ムンクが口を開きかけたが、ミアはテーブルの下でそれをさえぎった。

「ただ、ほかにも少し問題が……」ミアはつぶやくように言った。

パウルスがまた身をこわばらせる。

「なんです？」

「その、ベネディクテのことなの。彼女の話だと……」そこでわざと口ごもる。

「ベネディクテがなんて？」

ミアは軽く肩をすくめ、両眉を吊りあげてみせた。

「あいつめ！」パウルスはいきなり声を荒らげた。「おれがカミラを殺したと言ってるんですか」目がぎらりと光を放つ。「嘘っぱちだ」立ちあがってそう訴える。「信じてください」

「すわりなさい」ムンクが声をかけた。

パウルスは立ちつくしたまま、すがるような目でミアたちを見た。

「すわるんだ」ムンクが繰り返す。

パウルスは腰を下ろし、両手で頭を抱えた。「信じてください、ベネディクテはまともじゃない、頭がどうかしてるんです。あんなやつ……」

「殺してやりたいか」ムンクが静かに訊いた。

「えっ？」パウルスが顔を上げ、目を見開く。

「ベネディクテを殺してやりたいか、カミラを殺したように」

「なんですって。そんな、まさか。おれはカミラを殺してない、そう言ってるでしょう！」

「罪を認めたんじゃなかったのか。だからここにいるんだろう？」

「罪を認める？　いや、認めたのは、大麻を栽培していたことだけです」パウルスが助けを求めるようにミアを見たが、ミアは黙ったままムンクに話を任せた。

「きみは未成年だったカミラ・グレーンと関係を持った。隠れ家で大麻を吸わせ、セックスした。まちがいないか」

「ちがいます」パウルスは言い、テーブルに目を落とした。

「カミラとは付きあっていなかったということ？」ミアは穏やかに訊いた。「恋人同士じゃなかったの？」

「それはそうですが……」

「でも？」

「いま言われたような関係じゃありません」パウルスがムンクのほうを向いて言う。

「そんな汚れた関係じゃ」

「なら、どんなだったの、カミラとあなたの関係は」

「その……もっと美しい関係でした」

「彼女のことが好きだった？」

「愛してました」パウルスは涙ぐみそうになっている。

「彼女もあなたを愛していた？」

パウルスはすぐには返事をしなかった。答えがわからないように。

「たぶん」しばらくして、ようやくそう言った。

「でも……？」

「でも、彼女は……カミラは独特で。自分の生きたいように生きるタイプなんです。誰のものにもならないというか。言っている意味、わかりますか」

パウルスはまた顔を上げたが、ムンクと目を合わせようとはしない。すがるようにミアを見つめている。

「信じてください。おれはカミラを殺してない。傷つけたりするはずがない。愛してたんです。彼女のためならなんでもする気でした」

「だが拒絶され、手にかけた」ムンクが決めつける。

ミアはムンクを睨み、あきれて首を振った。上司には多大な尊敬を抱いているが、たまに短絡的すぎることがある。

「ちがう」パウルスは言い、また身をこわばらせた。

ミアがもう一度睨みつけると、ムンクは肩をすくめた。

「同僚から聞いて、気になっていることがあるんだけど」ミアは慎重に声をかけた。

「なんです」パウルスは顔を上げようとしない。

「あなたはベネディクテがカミラを殺したと言ったとか」

しばしの沈黙のあと、パウルスが答えた。「かっとなってつい言っただけです。腹を立てていたんで」

「ベネティクテに？」

「はい」

「どうして」

「おれの隠れ家にやってきて」パウルスが目を上げる。「騒ぎたてたんです。自分こそが運命の相手だとか、カミラがいなくなったおかげでやっと一緒になれるとか、そのためにメールを送ったんだとか」

「メールだと」ムンクが訊いた。

「え？」パウルスは聞いていなかったらしい。

「どんなメールだ」

「カミラの携帯から送ったやつです」

「ベネディクテがカミラの携帯から送ったということか」

ミアとムンクは驚いて顔を見合わせた。

「カミラがいなくなったあと、部屋で見つけたそうです」パウルスは憔悴しきった顔を見せた。

「はっきりさせておかなきゃならん。どんなメールだ」

パウルスが額に手を当てる。「心配しないでと、ヘレーネに宛てて送ったメールです」

パウルスがうなずく。

「カミラの携帯からだな」

「それを聞いて、かっとなったんです。ベネディクテがカミラを殺したとは思いません。あれは失言でした。まともじゃないところはあるが、人を殺したりはしない」

「メールを送った理由は聞いた？」ミアは尋ねた。

「カミラを探させないため」

「カミラが戻ってこなければ、自分があなたと結ばれると思ったってことね」

「らしいです」パウルスは話を続ける気力も尽きたのか、かすれた声で言った。

「少し休憩にしよう」ムンクが言い、ミアはうなずいた。

「お腹は空いてない、パウルス？　なにか食べたいものや、飲みたいものは？」

癖毛の若者はかすかに肩をすくめると、うなだれたまま答えた。

「ハンバーガーとコーラを。しばらくなにも食べてないんで……」

涙をこらえるのもやっとのようだ。

「一六時三十二分。パウルス・モンセンの取り調べを終了」ムンクが言い、レコーダーを切った。

46

ミリアム・ムンクは赤レンガのアパートメントの前に立ち、どうすべきかと迷っていた。心は決まったはずだった。前夜感じた、あの生まれて初めての気持ちは本物だった。でもヨハネスと遅い朝食をとったあと、迷いが胸にしのびこんできた。といっても、心配なのはヨハネスではなくマーリオンだった。あの子はどんな思いをするだろう。娘にはなんの非もない。それにまだ六歳だ。愛しい娘の人生を壊すようなことをしていいのだろうか。別の男と恋に落ちたせいで。

ヨハネスに贈られた時計に目をやると、また良心がうずいた。彼はずいぶん気を遣ってくれた。仕事を休み、素敵な朝食をつくり、夕食にも誘ってくれ、プレゼントまで買ってくれた。もちろん、シドニーに行きたいせいだが、それがなんだというのか。ミリアムはもう一度アパートメントの一室を見上げた。数日前に一夜を過ごしたばかりの部屋を。

午後八時。ミーティングはその時刻にはじまる。標的はアトランティス・ファームズ。フールムにある研究所で、違法な動物実験を行っている。いまならまだ引き返せる。まだ人生を手放してはいない。路面電車に乗って帰ることができる。わが家へ。そしてドレスアップして、ヨハネスと食事に出かける——いや、だめだ、彼はもう夜勤を買ってでてしまった。それならタクシーをつかまえて、マーリオンを迎えに行けばいい。そして映画でも見る。《白雪姫》か《眠れる森の美女》を。六歳の少女が夢中になる、お姫様の出てくる映画がいい。その光景が目に浮かんだ。ソファーの上でブランケットにくるまったマーリオンの温もり。ポップコーンのボウルに突っこまれた小さな指。画面に釘づけになった無邪気な青い瞳。

「そのリンゴ、食べちゃだめ！　毒入りなんだから！」

ミリアムは小さく微笑むと、コートのポケットから煙草を取りだした。火をつけて、マフラーを首にしっかり巻きつける。

襲撃？

昔ならためらうことはなかっただろう。参加すべきかどうか、迷いもしなかったはずだ。ミリアム・ムンクは不正を憎んでいた。私腹を肥やすため、民衆や動物たちを搾取する腐敗した権力者たちを。アムネスティ・インターナショナルの運動に加わっていたころはすばらしかった。朝目覚めるたび、自分は価値あることをしている、なにかを変えていると感じられた。だがやがて、十九歳でマーリオンを産んだとき、自分に母親が務まるのか、そんな能力があるのかと不安になった。それで、幼い娘にすべての時間を捧げることにしたのだ。

でも。

やるときはやるべきだ。

アトランティス・ファームズ。哀れな動物たちを檻に閉じこめ、日々苦痛を与えている。あり余る富を持つ連中の懐をさらに潤わせるために。

わたしも参加したい。

ミリアムは吸殻を地面に捨て、足早に階段を上がって三階の部屋に向かった。

「やあ」ジギーがドアをあけてにっこりした。「来ないんじゃないかと思ってたところだよ」

「遅れちゃった？」ミリアムは言い、コートとマフラーを玄関のコート掛けにかけた。

「いや、だいじょうぶ」ジギーに居間へ案内される。「七時からはじめてたけど、別にかまわないよ」

「八時って言ってなかった？」

「どっちでもいいさ」ジギーはウィンクをし、居間にいる数人の仲間に声をかけた。

「それじゃ、初対面の人のために紹介しておくと、こちらはミリアム・ムンク。火曜日の作戦に参加することになった。新しいメンバーを加えるのに抵抗があるかもしれないが、ミリアムは味方だ。ぼくが保証する。それに、人手は少しでも多いほうがいい、だろ？」

「こんばんは」ミリアムは言った。

「やあ」

「ようこそ」

「はじめまして」

「いらっしゃい、ミリアム」ユーリエが立ちあがってミリアムを抱きしめ、ワインのグラスを手渡した。「一緒にやれるなんて最高」

「わたしも楽しみ」ミリアムは答え、ユーリエに倣って床に腰を下ろした。

「彼女のことは信用できるよ、仲間に加えようと言いだしたのはぼくだから。だろ？」

そう言ったのは、ユーリエ宅のキッチンで会った丸眼鏡の若者だった。少しばつが悪そうに笑いかけてきたのは、ミリアムが子持ちと知らずに誘ったことを謝るつもりかもしれない。

「それは正確じゃないだろ、ヤコブ」ジギーが応じた。

「いや、そうさ。彼女はあのホールゲル・ムンクの娘だから、仲間に入れたら内部情報を引きだせると言ったろ」

「はいはい、そうだとも、ミリアムが加わってくれたのはきみのおかげさ。感謝感激だ」

「どういたしまして」ヤコブが一同に向かってひょこっとお辞儀をしてみせる。

「でも、まじめな話、面倒なことにはならないか」アイスランドセーターを着た若者が難しい顔で腕組みをし、窓にもたれている。ユーリエのパーティーで見た覚えがあるが、名前は思いだせない。

「なにが？」ジギーが訊く。

「警察の身内だってことがさ」

「いや、それはない」ジギーが応じた。「ミリアムは――」

「ありがとう、ジギー。でも、自分で話せる」気づけばミリアムは立ちあがっていた。部屋じゅうの視線が集まる。心づもりはしていなかったが、なにか言わなければば。

「ええと、どうも」微笑んでみせたものの、少し気後れを覚えた。でも、いまさらやめるわけにもいかない。ミリアムは深呼吸をひとつして、話しだした。「ミリアムといいます。どうぞよろしく」

「よろしく、ミリアム」

「ようこそ」

歓迎の言葉が返ってくるが、窓辺にいるアイスランドセーターの若者だけは、あいかわらず腕組みをしたまま険しい表情を浮かべている。

「ブリッツハウスに出入りしていた人がいるかわからないけど、わたしは十五歳であそこに通いはじめたの。人種差別やナチズムに反対するデモもやったし、アムネスティにも参加してた。いまは動物保護連盟でボランティアもしてる。国会議事堂前の柵に鎖で身体をつないだし、警察の馬に頭を蹴られて十五針縫う怪我もした。女性の地位向上のためにも闘ってきた。正直に言うと、みなさんの――いえ、わたしたちの――活動のことはよく知らないけど、どんな理由でも、動物を檻に閉じこめるのは許せることじゃない……」

ミリアムはそこで力つき、続きを思いつけずに立ちつくした。

「わざわざよかったのに、ミリアム。きみのことは信用してる」ジギーが言った。

「でも、話してくれてありがとう」

「ぼくが推薦したんだから、もう仲間だ、そうだろ？」とヤコブも言い添える。

ミリアムは自分の大げさな演説に気恥ずかしさを覚えながら、床にすわった。

ジギーがぽんと手を叩き、一同を見まわした。「話を進めるまえになにか質問は？」

47

「どう思う？」ムンクが訊いた。

〈ユスティセン〉の店内。ミアの目の前には、ムンクが慎重に運んできたビールとミネラルウォーターのグラスが置かれている。

「あのふたりをひと晩留置することを、ですか」

「ああ」

ミアはアルコールを欲していることを悟られまいと、わざとゆっくりグラスを傾けた。

薬のほうはほぼ二十四時間口にしていない。気を静めるためにどうしてもアルコールが必要だった。

「必要ないでしょう」

「どちらも犯人じゃないと？」

「ええ。どう思います？」

「可能性はある」

「どんな」

「思っていたより単純な事件なのかもしれん」ムンクは隣の椅子にコートをかけた。

「というと？」

「そう、試しに犯行の手口じゃなく、動機に注目してみよう」

ミアはもう一度ゆっくりとグラスを傾けた。「ベネディクテの嫉妬とか？」

「そうだ」ムンクがうなずく。「それに落ち着かなげだった。そう思わなかったか」

「そうですね。でも、ベネディクテがカミラを殺したなら、なぜわざわざ発見されやすい場所に死体を置いたんです？」

「もっともだ。だが、あえてそこを無視するとどうだ」

「あの子はやりそうなタイプじゃありません。冷静さが足りない。不安定で。これは計算されつくした犯行です。よく計画が練られている。痴情のもつれだとは思えません」

ミアはまたグラスに口をつけた。薬なしに二十四時間。そろそろ禁断症状が出はじめている。

「だが、ありえなくはない、だろ？」

なぜさっさと除外しないのだろう。ミアはムンクの顔を眺めながら思った。なぜベネディクテ・リースとパウルス・モンセンのどちらかが犯人だという可能性にこだわるのだろう。ミアにとっては、ふたりが殺人犯でないのは火を見るより明らかだった。よくある若者同士の三角関係でしかないのに。取調室に少しいただけでそう確信したが、ムンクは疑いを捨てきれずにいるらしい。

「ええ、まあ、でもそうは思えません。動機は？　未成年との性行為？　温室で大麻を栽培していたこと？　なんだと思います？」

「ふたりで共謀したのかもしれん」ムンクが水で喉を潤す。

「わたしの考えを言いましょうか」ミアもグラスを空にした。

「ああ」

「ふたりの話は本当だと思います。ベネディクテ・リースはパウルスに夢中だった。

わからなくはありません。ハンサムで魅力的な若者ですから。カミラが現れて、パウルスはそちらに目移りした。ふたりは恋に落ち、付きあいはじめた。やがてカミラが失踪。ベネディクテはカミラの携帯電話を見つけ、心配ないので探さないでとメールを送った。愛しい彼を自分のものにするために」

「つまり、供述のとおりってわけか」

「おそらくは」ミアはウェイターを呼び、空のグラスを指差した。

「なら、なんでまだふたりの話を続けてるんだ?」

ミアはうっすらと笑った。「話を続けてるのはそっちでしょ、わたしじゃなく」

「今晩じゅうに釈放するべきだと思うか」

「もう一度尋問してもいいですけど。明日になれば、なにか手がかりになることを話すかもしれない。まあ、まずないと思いますが」

ミアはお代わりを運んできたウェイターに笑みを向けた。

「ベネディクテがゴミ箱に捨てたという電話も発見される見込みはなしか」

ミアはうなずき、グラスを口に運んだ。薬はもう飲まない。心のなかでそう誓った。でもきっと耐えがたい苦痛だろう。気持ちをやわらげ、恐ろしいイメージを頭から追い払うすべを失うことになる。

奇妙なポーズで羽根の上に横たえられた全裸の死体。

壁に映った影。

理性を失いかけるほどリアルな悪夢。

〝不調の原因は仕事です〟

邪悪な世界。

闇。

ありがたいことに、ようやく酔いがまわりはじめた。

「自然史博物館のほうはどうだった」ムンクがもうひと口水を飲んだ。

「時間の無駄でした。ルドヴィークのほうは？　かつら専門店の線はどうです」

「そっちもはずれだ」ムンクがため息をつく。「あれを売ったという店は見つかっていない。だが、明日はもう一軒にあたってみるそうだ」

「了解です」

「で、どう思う？　いま拘束中のふたりじゃないなら、誰の犯行だ」

「ヘレーネ・エリクセン。ふたりの教師。七人の寮生たちの誰か」

「アンネシュ・フィンスタはリストから除外か」

「わたしはそう思います」

「つまり、養護院の誰かだと？」

「あなたの意見は？」

ムンクはため息を漏らし、しばらく黙りこんだ。ムンクがパウルスとベネディクテを容疑者からはずさずにいる理由はミアにもわかる。ほかに有力な容疑者がいないからだ。手がかりや証拠は数多くあるにもかかわらず、いまだに犯人の目星がつかないことが耐えられないのだ。

「現場から新たな手がかりは？」ミアは訊いた。

ムンクがお手上げだというように首を振る。「指紋はなし。死体からＤＮＡも検出されずだ」

「妊娠してはいませんよね」

「なに？　ああ、ヴィクの話ではしてなかった。なぜだ？」ムンクが興味を引かれたようにミアを見る。

「五芒星のことを調べてみているんです。なにを象徴しているのかを」

「それで？」

「ああいうポーズを取らされていたのには意味があるはずです。目くらましのためにしたんでなければ」

「たしかにな。それで、なにかわかったか。妊娠と関係があるのか」

「はっきりしたことは言えませんが、そうですね。カミラの腕がどの方向に向けられていたか覚えています？」

「ああ」

「五芒星形に置かれた蠟燭のうち、二本を指ししめしていましたよね」

「それで？」

「そこに意味があるんです。五つの角はそれぞれ霊、水、火、土、風を象徴しています」

「なるほど。だが、それが妊娠とどうつながる？」

「さらに、裏の意味もあるんです」

ムンクの興味が薄れていくのがわかる。

「そうなのか」

「裏の解釈に従うと、死体の腕が示しているものの意味も変わってきます。母親と、誕生に」

「ふうん」ムンクが眉をひそめる。「だが、カミラは妊娠していなかったんだぞ」

「ええ、でも関係はあるかもしれません。もう少し調べてみます。なにか役に立つことが見つかるかもしれない。手がかりのすべてをつなぎあわせてくれるようなものが。少しひとりで検討してみます」

「好きなようにやってくれ、携帯の電源だけは入れておいてくれよ」ムンクはコートを着た。「少し寝に帰る。明日あのふたりからなにか訊きだせないともかぎらんからな。タクシーで送っていこうか？」

それが質問ではないことは、ムンクの表情からわかった。父親役を務めているつもりなのだろう。ミアをまっすぐ家に帰らせ、おとなしく寝かせたいのだ。「ええ、助かります」ミアはにっこりし、あくびをしてみせてから、立ちあがって革ジャケットを着た。

48

ミアはタクシーのテールランプが見えなくなるまで待ってから、ニット帽を耳の下まで引きさげ、ヘグデハウグ通りを目指して歩きだした。がらんとした寒々しい部屋に帰る気にはなれなかった。どうせ眠れやしない。それにまだ飲み足りない。正体をなくしてしまいたかった。

金曜の夜のオスロ。ジャケットの前をかき寄せ、俯いたまま通りを歩く。すれちがう人々と目を合わせる気力すら残っていない。自分には縁のない世界に住む人たち。月曜から金曜まで働き、週末は遊んで暮らせる人たち。ミアはバーの用心棒に軽く会釈を送った。店内は混みあっているが、店の奥にある人目につかないいつものテーブルは空いていた。都合がいい。ギネスとイエーガーマイスターを注文し、赤いソファーに腰を下ろす。ほかの客はみな連れがいる。ミアだけがひとり。グラスを両手に持ち、にこやかに友人や仲間の待つ席へ向かう人たち。ミアだけが隅にひっそりとすわり、そんな人々を守るために務めを果たそうとしている。

しっかりして。

イエーガーマイスターをあおり、ギネスで胃に流しこんでから、首を振った。

自分を憐れんでるの？

だめだ、しゃんとしなくては。こんなの自分らしくない。ミアは手帳とペンをバッグから取りだし、卓上に置いた。まったく、なにをやっているのか。ミア・クリューゲルともあろう者が。このままここでいじけているつもり？　とんでもない。いいかげんにしなくては。ミアはペンのキャップをはずし、白紙のページを開いた。あの臨床心理士のせいだ。

不調の原因は仕事です。セラピーを受けることに同意なんてするんじゃなかった。どこの馬の骨ともわからない間抜けに頭を覗きこまれ、治療の必要があると思いこまされるなんて。何度セラピーを受けようと、相手に心を開きはしなかった。適当に受け答えをしていただけだ。それでも、いつのまにか影響を受けていたらしい。

自分はどこかおかしいのだと思わされていた。

冗談じゃない。その瞬間、酔いの力を借りてミアは心に決めた。まわりがどう思おうと知ったことじゃない。ミッケルソンも、マティアス・ヴァングも、それにムンクも。自分のことならよくわかっているし、どこにも問題はない。ウェイターに手を上げ、空のショットグラスを指差すと、すぐにイエーガーマイスターのお代わりがやってきた。ほかの人間にわたしのことがわかるものか。臨床心理士からはまたメールが届いている。〝そろそろ次の予約を〟。ムンクに言われた言葉も頭をよぎる──〝休みを取らなくてもいいいか〟。

大きなお世話だ。

ミアはふっと笑い、ギネスをひと口飲んでペンを持った。

まっさらなページ。

それが重要だ。すべてを新しい目で見るために。

身体に力が漲ってくる。アルコールのせいだとしてもかまわない。ギネスを飲みほし、お代わりを注文してから、店内のざわめきをシャットアウトした。口もとに笑みを浮かべ、紙にペンを走らせていく。

カミラ。選ばれし者。母親。誕生。十七歳。独特。羽根。フクロウ？　死？　絞殺。なぜ絞殺したのか。なぜ首になにか巻きつけたのか。呼吸？　空気。呼吸とは命？　腕。森。なぜ全裸だったのか。

ミアは思考に没入しつつ、ギネスを喉に流しこんだ。ページの最後に〝儀式〟と記し、続いて次のページの最上部に〝地下室〟と書き入れ、ショットグラスを一気に空にして、またペンを走らせた。

暗い。暗闇。動物？　動物とどう関係が？　なぜ動物扱いを？　食べ物。動物の餌。なぜ食事を与えてもらえないの、カミラ。誰に監視されているの。なぜ監視されているの。回し車に乗る姿を見られているとき、かつらをかぶっていないのはなぜ？　かつらをかぶっていない姿が本当のあなただから？　なぜ地下室にいるときは本当のあなたで、森に横たわっている姿はそうじゃないの？

ギネスはまだ残っているが、さらにお代わりを注文する。グラスを空にするのと同時に次のグラスが運ばれてくる。小さなショットグラスを口に運び、赤いソファーの背に軽くもたれて、書き留めたものに目を通した。

なにかが見えかけている。

頭のなかを他人にいじらせた自分が許せなかった。二度とあんなことはさせない。たしかに見えかけている。

ミアはペンを口にくわえた。一――横たえられたカミラは別人のような姿に変わっている。森のなかで、羽根の上で。守られている？　生まれ変わった？　二――動物のように檻に入れられたカミラは、回し車に乗り、芸をさせられる。あなたは芸をさせられていたの、カミラ？　それを誰かに見せなければならなかったの？

ミアは手帳をめくり、新しいページにペンを走らせた。

母親？　母親になりたかったの、カミラ？　子供が欲しかったの？　選ばれし者。なぜあなたが選ばれたの。あなたは子供の母親になるはずだったの？

誰かがテーブルのそばに立った。ウェイターだろうと思い、ミアは手を振って追いやろうとした。どちらのグラスもまだかなり残っている。だが、相手は動こうとしなかった。

「ミア・クリューゲル？」ミアはしぶしぶ手帳から目を上げた。

「はい？」

若い男が目の前に立っていた。黒いスーツに、きちんとアイロンのかかった白いシャツ。だが、頭にはニット帽をかぶっている。

「忙しいの」

男が帽子を取ると、ごわごわの髪が現れた。側頭部は黒、中央には帯状の白い筋が入っている。

ミアはいらだった。なにかつかみかけていたのに。目の前のページに答えがあるはずなのに。

「おれはスカンク」若者が名乗った。

「えっ？」

「スカンクだけど」若者は繰り返し、片頬をゆがめて笑った。「やっぱり忙しい？」

49

午後のシフトが終わりに近づき、スンニヴァ・ローはいつも以上に疲労を感じていた。昨夜はよく眠れず、寝返りを繰り返して、妙な夢ばかり見た。なにが原因だろう。彼が電話をしてこないから？　ひっきりなしに来ていた電話やメールがぱたりとやんだ。突然に。カリーになにかあったのだろうか。まさか、事故にでも？　電話してみたほうがいいだろうか。スンニヴァはため息を漏らし、その日最後の受け持ちの病室に足を踏み入れた。頭のおかしな牧師、トールヴァル・スンの部屋だ。いつもなら部屋の外で深呼吸をし、気合を入れてからなかへ入るのだが、今日は疲れすぎていて、その元気さえ残っていない。ひたすら家に帰って眠りたかった。

ドアをあけると、意外なことに牧師はベッドに身を起こして、目を見開き、小さく笑みを浮かべていた。スンニヴァを待っていたかのように。

「わたしはもうじき死ぬ」牧師が口を開いた。

「そんなことおっしゃらないで、トールヴァル」スンニヴァは答え、昼食を片づけよまだ。

うとベッド脇のテーブルに近づいた。同僚の看護師が運んだものだが、手つかずのま

「食欲がないんですか。少しでも食べられません？」

「天国では食べ物など必要ない」牧師は笑みを浮かべたまま、スンニヴァから目を離そうとしない。だんだん落ち着かなくなってくる。

「だめですよ、そんなことおっしゃるなんて。まだまだ長生きしていただかなきゃ」

「もうじき死ぬんだ」牧師はなおも言い張る。「だが、それを恐れてはいない。天国に召されるのだから。罪を償うことを主がお許しくださったんだ」

スンニヴァは昼食を片づけはじめた。

なぜカリーは電話してこないのだろう。なにかあったのだろうか。

ベッド脇のテーブルからトレーを持ちあげ、立ち去ろうとした。

「いや、話を聞いておくれ」牧師が引きとめる。

スンニヴァはうんざりしてその顔を見た。本当にくたくたなのに。

「これを片づけてしまいますね、トールヴァル」つとめて笑みをこしらえる。「それでわたしの仕事は終わり。でも、ほかの者がじきに来ますから、だいじょうぶですよ」

「だめだ」老牧師は声を張りあげ、節くれだった指を突きつけた。「きみでないと」

驚いたスンニヴァは、トレーを持ったまま部屋の真ん中で足をとめた。

頭のおかしな牧師。

もういや、早く帰りたい。

「お願いだ」部屋を出ようとすると、牧師のか細い声が追ってきた。「大きな声を出すつもりはなかったんだ、すまないね。だが、これが主の思し召しなんだ。きみは使者なのだよ」

スンニヴァは振り返った。牧師は両手を組み、すがるような目で見ている。

「お願いだ」

「お話って?」スンニヴァはため息交じりに訊いた。

「ありがとう、感謝するよ」スンニヴァが出入り口のそばのテーブルにトレーを置き、枕元に引き返すと、牧師は言った。「主とわたしからお礼を言う。使者となってくれることに」

牧師は両手を天に掲げ、なにごとかつぶやいた。

「なぜわたしが使者なんです、トールヴァル。それに、なにを伝えれば? 伝える相手は?」

牧師はまた微笑んだ。「最初はわたしにもわからなかった、だが、ようやくきみが何者かわかったのだよ」

「わたしが何者か？　でも、わたしのことならご存じでしょ、トールヴァル。ずいぶんまえからお世話しているじゃないですか」

「いや、ちがう」牧師は小さく咳をした。「ほかの看護師たちの話を聞いて、初めてわかったんだ」

「どういうことです」

「ほら、シーツを換えるときに、みんなあれこれ噂話をするだろう？　トールヴァルは聞いてもいないはずだと思っているから。すっかり耄碌してお迎えを待っているだけだから、スンニヴァのことを噂しても平気だと思っているんだ」

「なんですって」スンニヴァはとまどった。「わたしのことをなんて？」

牧師の話がにわかに気になりだした。

「それできみが使者だと知ったわけだよ」牧師は満足げに言い、そこで急にぼんやりとした表情になった。

「わたしのことをなんて？」スンニヴァは牧師の注意を引きもどした。

「いや、たいしたことじゃない。ただ、警官の恋人との結婚を取りやめたとか、相手が酒とギャンブルできみのお金を使いはたしたとか」

「くそ――」スンニヴァは口から出かかった言葉を呑みこんだ。ここでは悪態をついただけでクビになってもおかしくない。

「なぜそんな――」

「まあ落ち着きなさい、すべてうまくいくから」

「でも、どうして……」

「それで、本当なのかね、恋人が警官だというのは」

「ええ、まあ」スンニヴァはうなずいた。

「おお、主よ、ありがとうございます。これで御許へ行けます」牧師は笑みを浮かべ、皺だらけの手を打ちあわせた。

「トールヴァル、なんのことやら――」スンニヴァはため息をつきながらそう言いかけたが、相手にさえぎられた。

「大罪は大いなる善行によってのみ贖われる」

「どういうことでしょう……」

「それが聖書の教え、主のお言葉なのだよ」

牧師の頭にまた霞がかかりはじめたようだが、その目にはいつもとちがう光が宿っている。それほど鋭い目つきを見たのは初めてだった。

「それで、わたしが使者だとして、なにを伝えればいいんです？」

「記事は読んだかね」

「記事って？」

「邪悪なる輪に囲まれた生贄の子羊のことだ」

しばらく考えたあと、ようやくスンニヴァは牧師の言わんとすることに気づいた。フールムランネ半島の森のなかで発見された少女の他殺死体。ここのところ、新聞の報道はそのことばかりだ。全裸の絞殺死体。得体の知れない儀式。考えただけで背筋が寒くなる。

「あの子がなにか」

「わたしは知っている」

「あの少女のことを？」

「ちがう」呑みこみの悪いスンニヴァにあきれたように牧師が言った。

「それじゃ、誰のことです？」

「主の思し召しだ」牧師が満足げな顔に戻り、うなずく。

「トールヴァル、いったいなんの話ですか」

老牧師は胸の前で両手を組み、頭のなかにいる相手と対話するかのようにしばらく瞼を閉じていた。やがて目をあけ、スンニヴァをまっすぐに見据えた。

「わたしはあの子を殺した者を知っている」

50

向かいの席にすわった男は理知的な目をしていた。落ち着きと自信が感じられるが、どういった人間なのか、ミアにも見極められなかった。白いシャツと黒のスーツはビジネスマンを思わせるが、髪はどう見てもちがう。側頭部は黒で、頭頂部には白い帯状の筋が入っている。それがスカンクというあだ名の由来だろう。

人の本性を見通すのが得意なミアだが、目の前の若者にはこれまで見てきた人間たちとはちがうものを感じた。俳優かなにかのような、人目を引くいでたち。自分を特別な存在に見せ、目立たせるためだろうか。いや、ちがう。

人にどう見られようと、この若者は少しも気にしていない。他人の意見など意に介さず、好きな格好をしているだけだ。自分は自分、文句のあるやつはくたばれとばかりに。スカンクはビールのグラスを持ちあげ、縁に口をつけたままミアに微笑みかけた。アルコールのいたずらか、すっかり忘れかけていた感覚がふと頭をもたげた。こんな感じの相手となら、ひょっとして、そう……。

そんな思いを頭から追い払ってビールを飲みほすと、ミアは刑事の顔に戻り、手帳とペンを脇に押しやった。

「忙しいのかと思ったけど」

少々生意気ではあるが、不愉快には感じない。

「ええ、忙しいわ」

「ふだんはこんなことしないんだ」スカンクは言い、ようやくミアから視線をそらして窓の外に目をやった。

「こんなこと？」

「警察に接触することさ」スカンクがにやりとして、またミアを見る。

「そのようね。ガーブリエルからも聞いてる」

「ガーブリエルか」スカンクはため息をつき、またグラスを持ちあげた。「あいつはダークサイドに堕ちたんだよな……」

「彼に言わせれば、堕ちたのはあなたのほうらしいけど」ウェイターが白いテーブルクロスの上にお代わりをふたつ置く。

「あいつ、そんなことを？」

「悪玉はあなただと思ってたけど。ガーブリエルが正義の味方で」

「それは見方によるな」

「なるほど」ミアは微笑み、ギネスを口に運んだ。

「ふだんはこんなことしないんだ」

スカンクは上着を脱ぎ、丁寧に椅子の背にかけた。

「さっきも言ったわね。なら、なぜ来たの？」

「良心に従ってと言っておくよ。いや、正確には、好奇心かな」

「好奇心？」

スカンクがにっこりする。「きみは想像してたとおりの人だな」

「どんな想像？」

ミアの目がまわりだした。かなり酔ってはいるが、なんとか理性を保とうとつとめる。

「まわりくどいのはなしにして、本題に入ろうか」

スカンクと目が合った瞬間、ミアの頭に先ほどの思いがよぎった。これだ仕事でなかったら。いきなり現れたこの若者が、事件に関わる重要人物でなければ……。

その考えをまた振り払う。

「わかった」ミアはうなずいた。

「要点はふたつ」スカンクが言い、ビールをもうひと口飲む。

「ええ」

「ひとつ目は、サーバーの場所」

「あの動画を見つけた場所ね」

「ああ。でも、最初に言っておくと、きみにはなんのことやらさっぱりだと思う」

「わたしには？」

「偉ぶるつもりはないけど、技術的な話だから。きみがぴか一の捜査官なのは知ってる。でも、おれもこの手のことじゃぴか一なんだ。いいかい？」

「ガーブリエルも凄腕よ」

スカンクはにやっとした。「ああ、ガーブリエルも腕はいい。でも、いいやつすぎる。ホワイトハッカーってわかる？」

「いいえ」

「オーケー。なら、ブラックハッカーは？」

ミアは首を横に振った。

「オーケー」スカンクはグラスを空け、ミアを見た。「お代わりは?」

ミアがうなずくと、スカンクはウェイターを呼んだ。

「それで、どこであの動画を見つけたの? どこのサーバーで」

「はっきりとは言えない」スカンクは言い、ショットグラスを一気に空にした。

「なぜ?」

「隠されているから。きみのレベルは?」

「どういう意味?」

「コンピューターにはくわしいほう?」

これ以上飲むのはやめたほうがよさそうだ。

「そうね、知識ゼロだと考えて。そういう相手に説明するなら?」

「動画を見つけたのは」スカンクはそこでもうひと口ビールを飲んでから言った。

「ひとまずロシアのサーバーだったとしようか」

「ええ」

「実際はちがう」スカンクはまたにやっとした。少し酔ってきたらしい。「ミラーサーバーってわかる? IPアドレスの偽装は?」

「さっぱりよ」ミアも笑みを返し、ペンと手帳を手に取った。

「サーバーは隠すことができるんだ」

「つまり、どこにあったかわからないということ？」

「イエスでもあり、ノーでもある」スカンクがまたビールを飲む。「どれだけ入念に隠しても痕跡は残る。それで、サンクト・ハンスハウゲン地区にある家までたどれたんだ」

「サーバーはこのオスロにあるのね、サンクト・ハンスハウゲンに。そこで動画を見つけたのね」

ミアは卓上のグラスに手をつけるのをやめた。

「ウレヴォール通り六十一番地。調べてみたら、本屋だったらしい」

「本屋？」

「古書店だった」

「いまはちがうの？」

「そう、昔そうだったのはたしかだけど、いまはなにもない」

「調べてみたわけ」

「ああ、以前は稀覯本を扱っていた。古い本を。オカルト関連らしい。ほら、悪魔崇拝とかその手の」

「でも閉店したのね。いまはなにもなし？」

「なにも」スカンクがゆっくりとうなずいた。「でも……」

「なに？」

「断言はできない。それも目くらましかもしれない」

「わかった。それで、ふたつ目は？」

「え？」

「要点がふたつだと言ったでしょ。ふたつ目はなに？」

スカンクは白いテーブルクロスの上にグラスを置いた。「ああ。そっちが最悪なんだ」

二杯ほどしか飲んでいないが、スカンクはかなり酔いがまわってきたようだ。

「なんなの」

「動画は見た？」スカンクがテーブル越しに身を乗りだす。「きみには――というか、警察には――あれが本当はなんなのか、わかってるのかな」

「どういう意味、本当はなんなのかって」

「わかってないんだな」

「どういうこと。なにが言いたいの」

ウェイターがまたそばに来た。ラストオーダーの時間だが、ミアは手を振って断った。

「中身を――少女が回し車に乗っているところを――見ただろ」

テーブルの向こうにいるスカンクの姿がぐらつきはじめた。飲むのをやめて正解だった。

「もちろん見た。それで、ふたつ目はなに?」店の照明がぐるぐるまわりはじめる。

「え?」スカンクの目もとろんとしている。

「ふたつ目よ」ミアはせっついた。「ひとつ目がサーバーの件なら、ふたつ目はなに?」

スカンクがグラスを空け、卓上に置いた。

「録画じゃない」焦点のあやしい目で答える。

「どういうこと?」

「あれは録画映像じゃない」スカンクは繰り返し、ミアを見つめた。

「いいえ、そのはずよ」

「ちがう。ライブ配信の一部だ」

「なに？」

「ライブ配信。生放送なんだ」

「なんの話？」

スカンクはテーブルに落とした目を上げ、真顔でミアを見た。「あの子の姿をネットでストリーミング配信していたんだ。見世物にするために」

「なんですって」ミアは声を張りあげた。ウェイターが近づいてきて閉店を告げる。

「ライブなんだ」スカンクが繰り返した。「誰かが彼女を長時間撮影しつづけて、それをネットでストリーミング配信していた。おそらくは、金を儲けるために」

「でも、どうやって？」そのとき、用心棒が近づいてきた。

「店じまいの時間なんでね」用心棒がうっすらと笑みを浮かべて言った。

「連絡先を教えてもらえない？」冷え冷えとしたヘグデハウグ通りに追いだされたあと、ミアは訊いた。

スカンクは上着を着こみ、ニット帽を耳の下までかぶった。空のタクシーが目の前にとまる。

「お断りだ」とウィンクが返される。

「でしょうね、でも……」

「トイエンへ」スカンクは運転手にそう告げて後部座席に乗りこみ、ドアを閉じた。

51

六十二歳の投資銀行家ヒューゴ・ラングは、チューリッヒ空港でプライベートジェットを降り、迎えに来ていた白のベントレーに乗りこんだ。プフェフィコン湖畔の豪邸へは二十分あまり。その間、運転手には一度も声をかけなかった。使用人と気安く口をきくことはない。

ヒューゴ・ラングを銀行家と呼ぶのは適切ではないかもしれない。資産のすべては相続で得たものであり、これまで一日たりとも働いたことはないからだ。父親の鉄鋼王アーンスト・ラングは七年前に亡くなった。アーンストはヨーロッパ有数の実業家で、息子のヒューゴが跡を継ぐものと目されていたが、ヒューゴは相続した事業をすべて売却した。スイスのシャトーとバミューダ諸島の別荘のほか、ニューヨーク、パリ、ロンドン、香港のマンションは手もとに残したものの、創業百年のラング・クルップ社とその子会社はすべて人手に渡した。慌てた一族の者たち——おじやおば、そのほかの遠縁の者たち──はそれを阻もうとした。売却の差し止めを求めた訴訟の様子が盛んに報じられたが、ヒューゴは自分の意志を押しとおした。他人の意見など意に介さなかった。

運転手が車のドアをあけると、ヒューゴは出迎えた使用人には目もくれずに上着と帽子を預け、シャトーに足を踏み入れた。気にかけるべきことはほかにいくらでもある。とりわけ今日は特別な日だ。

ヒューゴは収集を趣味としているが、自由にものが買える身分になったのは、父親の死後に莫大な遺産を相続してからだった。父親は吝嗇だったが、それも過去のことだ。母親とも十四歳で死別したが、そのときもさして悲しみは覚えなかった。父親は白血病に侵され、このシャトーで長患いの末に亡くなった。館には主の療養のために翼棟が増設され、小規模な病院とも呼べるほどの設備が整えられていた。ヒューゴはときおりそこを訪ねたが、それは恋しさや同情のためではなく、耄碌した父が突然遺言を書き換えると言いだすのを防ぐためにすぎなかった。

父の死後、ヒューゴは両親の形見をすべて処分させた。服も、写真も、壁の肖像画も。残しておく理由がなかったからだ。そんなスペースがあれば、収集品の保管に利用したほうがいい。

庭には何棟もの車庫があり、車のコレクションをそこに保管してある。何台あるかも定かではなく、乗ることも稀だが、それを購入し、手で触れ、眺め、所有の喜びを味わうことが楽しみだった。ヘネシー・ヴェノムGT、ポルシェ918スパイダー、フェラーリF12ベルリネッタ、アストンマーティン・ヴァンキッシュ、メルセデスCL65AMGクーペ。外国から戻ると真っ先に車庫に向かい、その感触を楽しむのが習慣となっている。だが、今日はちがう。

今日はもっと大事な用がある。

書斎に直行して重厚な椅子に腰を下ろし、コンピューターを起動させながら、ヒューゴは胸の高鳴りを覚えた。めったにないことだ。ヒューゴ・ラングは心の底から感動することがない。なにかを購入するとき、一瞬の興奮を覚えることはある。たとえば、世界に一枚しか存在せず、最も高価なものとされる一八八五年発行のスウェーデンの黄色い三シリング切手を入手したとき。ひそかに入札し、二千三百万スイスフラン近くでそれを落札した瞬間はさすがに身震いを覚えたが、それもすぐに消えた。翌日、その感覚をまた味わおうとドメーヌ・ルロワ・ミュジニー・グランクリュをケースで買ってみたが、なんの感興も覚えなかった。

だが、これはちがう。こんな経験は初めてだ。

すべての事業を売却後に銀行口座の残高を目にした際の喜びも、これとは比べものにならない。

ヒューゴは立ちあがり、イタリア産大理石の床を歩いてドアまで引き返し、施錠されていることをたしかめてから、またコンピューターの前にすわった。震える指で秘密のアドレスを入力する。

回し車の少女がスクリーンから消えて一週間、毎日耐えがたい思いでいた。それまでは書斎にベッドを移し、食事も運ばせて、可能なかぎり少女とともに過ごしていた。眠れぬ夜はスクリーンのなかの彼女に触れてみることもあった。間近に見る喜びが失われて以来、なにも手につかないありさまだった。

これまでにも、似たようなものを目にしたことはあった。財力があり、探し方を心得てさえいれば、見世物はたやすく見つかるが、どれも本物ではなかった。まがいものにおいは数キロ先からでも嗅ぎつけられる。

これは本物だ。

三カ月ほどまえ、ある闇サイトの広告をインターネットで見つけ、募集人数の少なさに興味をそそられた。

高額入札者上位五名まで。

わずか五人。他人となにかを分かちあうのは好みではなく、本当は少女を独占したいところだが、五人なら悪くない。残りが四人ならば我慢できる。それがどこの誰かを知ることさえなければ。当然ながら、他の参加者の身元が知らされることはない。彼女が消えてから満たされない思いでいたが、今日は新しい娘が選ばれることになっている。そう思うと、六十二歳のヒューゴの指は震え、キーを打つことすらおぼつかなかった。かすかに笑みを浮かべて重厚な革張りの椅子にもたれ、胸をいっそう躍らせながら、壁の大型スクリーンにウェブページが表示されるのを待った。

黒一色のページに、短い英文が現れる。

〝どちらを選ぶ？〟

〝選ばれし者はどちらに？〟

その下に二枚の写真が表示される。どちらもノルウェー人の若い娘だ。

ヒューゴはじっとしていられないほどの興奮を覚えた。額に汗が滲み、眼鏡が曇る。それを拭いつつ、写真の下の名前を読みとる。

ノルウェー人の娘がふたり。ひとりはブロンド。もうひとりは黒髪。

イサベラ・ユング

ミリアム・ムンク

彼女を失った痛手は大きいが、じきに新しい娘が来る。どちらも好もしく、甲乙つけがたい。

しばらく考えてから、ヒューゴ・ラングは表示された写真のひとつをクリックし、席を立って夕食の着替えに寝室へ向かった。

第六部

52

ミア・クリューゲルは白いコテージの前にとめた車のなかで、胸のざわつきを覚えていた。前夜のバーでの出来事は予想外だった。ガーブリエルから警察嫌いだと聞かされていたハッカーのスカンクが突然現れたのだ。印象は悪くなかった。だが、そのあと帰宅し、ソファーの上で手帳に目を通すうち、スカンクの行動に疑問が湧いてきた。そもそも、なぜ自分に接触したのか。どうやって居場所を知ったのか。こちらはあの男のことをなにも把握できていない。スカンクと呼ばれているが、本名さえ定かではない。彼はあの動画を発見した。偶然にだろうか。その動画が見つかったサーバーはなぜか突然消えたという。ミアは納得のいかない思いで首を振り、ポケットの携帯電話を取りだした。

「ルドヴィークだ」

「どうも、ミアよ」

「やあ、ミア、いまどこだい」

ミアは目の前の白いコテージを見やった。辺鄙な場所という表現は控えめにすぎるだろう。ここまでたどり着くのにさんざん苦労し、そのうち日が傾きはじめた。あきらめかけたとき、わざとそうしてあるのかと思うほど目立たない細い私道がようやく見つかった。

「田舎のほうよ」

「どこの？」

「ちょっとたしかめたいことがあって。お願いがあるんだけど」

「いいとも。なんだい」

「いまから言う番地について調べてほしいの」

「わかった。どこだい」

「ウレヴォール通り六十一番地」

「了解。なにが知りたい？」

「わかることはなんでも」

「なるほど」ルドヴィークが言葉を切る。「なにを探ればいいか教えてもらえれば、当たりがつけやすいんだが」

「ごめんなさい。昨日その番地を人から聞いたばかりなの。とくに気になってるのは、そこにあるはずの古書店なんだけど」

「稀覯本なんかを売ってる？」

「そう」ミアは電話を切り、ポケットにしまって車を降りた。

目の前には小さな白いコテージが建っている。敷地の片隅には赤い納屋。あたりは一面の森だ。霜のおりた木々に囲まれ、物音ひとつ聞こえない。こんな場所に住めるのはどんな人間だろう。ここにはなにもない。家には誰もいないと知っていながら、ミアは呼び鈴を鳴らすべきか迷った。

ジム・フーグレサング。

白い自転車用ヘルメットの男。

その住まいがここだ。人里離れた深い森のなかに建つ小さな白いコテージ。ホラー映画にうってつけのシチュエーションだ。

ここには逃げ場がない。

人の気配もない。

物音さえしない。

精神の問題を抱えた男。いまはディーケマルク病院に入院中。取り調べも不可能。

最初に尋問した際、フーグレサングが犯人だとは思えなかった。精神の不安定な男が殺人を犯したと思いこみ、でたらめな自白をしただけだと思った。当然、まともには取りあわず、すぐに釈放したきり忘れていたが、いまごろになって気になりはじめたのだ。自分が犯人ならばどうするだろう。疑いをそらすため、あえてそういう人物を演じるのではないだろうか。白いヘルメットをかぶって、支離滅裂なことを口走るいかれた男。そんな人間なら誰も疑わない。スカンクにしても同じだ。警察を憎みながら、〝良心〟の声に従って突然協力を申しでる若いハッカー。それも疑いをそらすためでは？

食えない男だ。

呼び鈴が見あたらず、しかたなくミアはドアをノックした。誰も出ない。当然だ。ジム・フーグレサングはディーケマルク病院で薬漬けになっている。ヘルメットもかぶったままかもしれない。それでも、もう一度手を上げ、白いドアをノックした。

こんなところに住もうと思うのはなぜだろう。

こんな暮らしを選ぶのは、いったいどんな人間だろう。

ミアは革ジャケットのポケットに手を突っこんで二、三分待ち、誰も出ないのを確認してから、霜のおりた草を踏んで静かに家の裏にまわり、ポーチに上がった。

裏口のドアは難なく開いた。するりとなかへすべりこみ、「すみません、どなたかいますか」と小さく声をかけたが、返事はない。少なくとも、そこに関しては事実らしい。ジム・フーグレサングは本当に入院中ということだ。ここにはミアしかいない。捜索令状なしに立ち入るのは当然違法だが、そういった形式にこだわるのはとうの昔にやめている。ムンクなら規則に従って令状を取るだろうが、手続きに何日もかかるのは目に見えている。正当な理由がない場合はとくにそうだ。今回は理由らしきものがあるとはいえ、待たされるのはごめんだった。ミアは居間を突っ切り、壁にある照明のスイッチを入れた。

室内の様子は想像していたとおりだった。がらんとしていて、片づいている。わびしい男のひとり暮らしといった様子だ。探しているものはすぐに見つかった。正面の本棚にアルバムがしまわれている。ありがたいことに、きちんと年代順に並んでいる。

写真を撮るのが好きなんでしょ。

はい。

なんて鈍かったのだろう。すぐに気づくべきだった。写真の裏の糊の跡。こびりついた古い糊。一枚の写真はアルバムに貼られていたものだ。安物の茶色いビニール表紙のアルバムが本棚の最下段に並んでいる。一九八九年から二〇一二年のものだ。ベージュのソファーに腰かけ、二、三冊を取りだしてページをめくるうち、ミアの胸に同情が芽生えた。人間を撮ったものが一枚もない。写っているのは木々やリス、階段、ベビーチェアといったものばかりだ。すべてに日付とキャプションが添えられている。〝きれいなセキセイインコ〟——一九九四年二月二十一日。〝カバノキの葉が散った〟——一九九八年五月五日。目当てのものを探して、ページを繰る手を速める。見つけにくいものではない。写真が剝がされた空白のページだ。それはじきに見つかった。〝死んだ猫〟——二〇〇六年四月四日。〝かわいそうな犬〟——二〇〇七年八月八日。六年前と五年前。そんなに昔？　一年も間隔が空いている。なぜ……。

そこで思考はさえぎられた。夕闇の迫る庭が一瞬明るく照らされ、また暗くなった。音には気づかなかったが、まちがいない。車のライトだ。

外に誰かいる。

ミアは反射的に行動した。アルバムを本棚に戻し、裏口を出て家の角に身を隠して、息づかいを聞かれまいと唇を引き結んだ。

あたりは静まり返っている。

自分の鼓動さえ聞こえるほどだ。

こんな辺鄙な場所に住む人間の気が知れない。

と、そのときようやく思いついた——なぜ銃を持ってこなかったのか。銃器の携帯は当然禁じられている。オスロ警察の警官はみなそうだ。特殊部隊に所属するか、特別な許可を得た場合にのみ携帯が認められる。ミアはグロックが好みで、これまでいくつかのモデルを使ってきた。スタンダードモデルのグロック17に加え、よりコンパクトで服の下に隠しやすいグロック26も持っている。いまはどちらも役には立たない。持ってくることを思いつかなかった自分を蹴ってやりたい気持ちだった。


庭に車がいる。

誰かが車から降りる音。続いてドアのノック。最初は一度、次に二度。来訪者だ。ジム・フーグレサングを誰かが訪ねてきたらしい。ミアは深呼吸をひとつし、家の角をまわりこんだ。刑事の目で周囲を確認する。階段に男がひとり。顎ひげを生やし、体重は八十キロほど、コートを着ている。庭には白いヴァン。シートは二席、助手席には誰もいない。さっと四方に目をやったが、動くものは見あたらない。ひとりで来たらしい。ミアに気づいた男はぎょっとした顔をした。

「あ、あんたは?」

「どうも、驚かせてすみません」ミアは言い、笑みをつくって相手に近づいた。「ミア・クリューゲル、オスロ警察の者です。ジム・フーグレサングを探しているんです。家はここで合ってます？」

「ええ、そうですが」

「留守のようなんです」ミアは笑みを保ったまま言った。

「ああ、たしかに。警察の人だって？　ジムになにか問題でも？」

「いえ、形ばかりの訊き込みです。あなたは？」

階段の男は、ここで人と鉢合わせしたことにまだ動揺しているようだ。

「ヘンリークです。その、わたしは……」

それだけ言って、ヴァンのほうを手で示す。車の側面にロゴが記されている。

〈フールムランネ・スーパーマーケット〉

「ときどき品物を配達しているんだが、二、三日音沙汰がないものだから、家でなにかあったのかと思いましてね……」

「親しくされているんですか」

「いや、そうでもない。でも、昔からのお客なんですよ。少し……その、手助けが必要なときもありましてね」

ミアはもう一度あたりを見わたした。明るさはほぼ残っていない。だから秋は嫌いだ。ここに来た目的は、アルバムを確認することだけではなかった。同じくらい重要な用が残っている。ジム・フーグレサングの写真に写った湖への行き方を調べようと思っていたのだ。

「いないようですね」ミアは軽く肩をすくめた。

「なにか、やっかいごとに巻きこまれたとか？」

「いえ、ただ……近くで交通事故があったので。正面衝突の。目撃者がいないか調べているんです」

「それは大変だ」男は心配げな顔で階段を下り、ミアに近づいてきた。「正面衝突？怪我人は？」

「いません」ミアは言い、もどかしい思いでまたあたりに目をやった。

そのとき、いきなり最後の光が消えた。誰かがスイッチを切ったかのように。くそ。

「なにかできることはないですかね。いや、このあたりの人間ならみんな知り合いなので。現場はどこです？」

「あの店はあなたが経営を？」ミアはヴァンのロゴを指差して訊いた。

「ええ」

「ヘンリークさんとおっしゃいました？」

「ええ、ヘンリーク・エリクセンです。それで――」

「お訊きしたいことが出てきたら電話させてもらっても？」ミアはまた笑みをこしらえた。

「ええ、もちろん。番号を言いましょうか」

「必要ならこちらで調べます」ミアは言い、車に戻った。

狭い前庭で車を方向転換させ、細い私道を走りだす。

もう真っ暗だ。

また出なおすしかない。公道に出たとたん、携帯電話が鳴りだした。

「はい」

「ルドヴィークだ」

「それで？」

「例の番地のことだがね」

「なにかわかった？」

「いや、たいして。建物は大部分が住居だが、一階部分は店舗が入っている」

道路の脇にようやく街灯が現れ、ミアはほっとした。ようやく文明世界に戻ってこられた。

「古書店はあった？」

「いや、調べたかぎりでは」

くそ。

また胸がざわつく。前夜の予想外の登場。不意打ち。あの男にかつがれたのだ。あのハッカー、スカンクに。

いまいましい。

「ありがとう、ルドヴィーク」ミアは言い、オスロを目指して車を走らせた。

53

イサベラ・ユングはコートを着たまま自室のベッドにすわり、セーターの下の胸を躍らせていた。ドアの下に二枚目のカードが差しこまれた。前回と同じ筆跡のものが。

〝会いたい。内緒で。
ふたりだけで〟

イサベラはフレドリクスタの公営アパートに住む父親を訪ねてきたところだった。顔を見るのは久しぶりで、ずっと楽しみにしていたが、会ってみると期待はずれに終わった。父はろくに口をきかなかった。迷惑そうにさえ見えた。だから養護院に帰ってこられてほっとした。

イサベラはうっとりしながら、白い紙を指でなぞった。

〝会いたい〟

もちろん、会うに決まってる。

一枚目のカードを見たときから、送り主は彼かもしれないと思っていた。ドアに貼りつけてあったあのカードだ。パウルス。ランの花を見せてくれたときの彼のまなざしでわかった。そのとき自分も見つめ返したかは覚えていないが、それからはチャンスがあるたび視線を送るようにしてきた。

秘密にしなければならないこともわかっていた。自分は十六歳にもなっていない。まだ未成年だ。禁断の恋――だからこそ、いっそう心惹かれた。

まだ十五歳ではあるけれど、イサベラは幼いころから自分を大人だと感じていた。

年齢なんて関係ない。そんなものになんの意味が？　ただの数だ。それでも、もちろんパウルスの立場はわかっていた。彼は二十歳を過ぎている。クビになるだけでなく、もしかすると刑務所送りになるかもしれない。だから秘密にしていた。彼と同じように。触れあったことはまだない。ハグしたことも。目と目を見交わしただけだ。彼の視線を感じて、自分も見つめ返しただけ。

でも、ついにカードが来た。

〝会いたい。内緒で。

ふたりだけで〟

その言葉はうれしかったが、とまどってもいた。養護院に帰ってすぐ、噂が伝わってきた。パウルスとベネディクテ・リースが警察に連行されたというのだ。ふたりが庭で大喧嘩をして手錠をかけられたあとのことは、誰も聞かされていないという。心配になったイサベラはヘレーネの部屋に行ってみたが、ドアのところで追い返された。

「いまはちょっと忙しいから、またあとで」

「せめてちょっと――」

「あとにして、イサベラ、いいわね」

カミラ・グレーンの事件のことだとみんな言っていたが、くわしいことは誰も知らなかった。パウルスがカミラを殺したとベネティクテが言うのを聞いたという者もいた。もちろん嘘っぱちだ。ベネディクテ・リースがどんな子かはみんな知っている。嘘つきで、注目を集めるためならどんなでたらめでも言う。パウルスは無実に決まっている。


突然ドアがノックされ、セシリエが顔を覗かせた。

「もう寝てた？」痩せっぽちの少女は囁いた。

「ううん、平気、入って」イサベラは微笑み、急いでカードを枕の下に隠した。

「なにかくわしい話、わかった？」セシリエはそう訊き、隣のベッドに腰を下ろした。

「ううん、なにも。帰ってきたばかりだし。そっちは？」

「みんな言うことがばらばらで」セシリエの声には力がない。泣いていたらしい。

「いちいち気にしてちゃだめ」イサベラは言い、相手の震える肩に腕をまわした。

「ベネディクテがカミラを殺したって言ってる子もいる。犯人はパウルスだって言う子も。ああもう、もしそうだったらどうなるの？」

セシリエの気持ちは理解できた。不安でたまらないのだ。イサベラも同じだ。記者たち。警察。この場所に感じられた静けさや安らぎはすっかり失われてしまった。

「そんなはずないでしょ」

「そう思う？」セシリエはくぐもった声で訊き、頼もしげにイサベラを見た。

セシリエとは同い年だが、年下に思えることがよくあった。セシリエは不幸な生い立ちを背負っている。たちの悪い、邪な人間たちに囲まれて育ったらしい。悲惨な過去の噂は聞いていたが、いまはそのことを考えたくなかった。だから、代わりに楽しいことを頭に描いた。

〝会いたい。内緒で〟

パウルスにになら喜んで会う。彼のお気に入りの場所だって知っている。秘密の隠れ家。敷地のはずれにある小屋。育てている植物のことも知っているけれど、誰にも言ってはいない。

「パウルスは誰も殺してなんかない」イサベラはきっぱり言った。

「じゃあ、ベネディクテは？」

「それもちがう。いやな子だけど、おつむも鈍いから。やろうと思っても、あんなことやれるはずがない、でしょ？」

セシリエの顔にうっすらと笑みが浮かぶ。

「そう思わない？　すごく鈍いでしょ？」

「うん」

「自然史博物館に見学に行ったときのこと覚えてる？　あの子、なんでサルがいないの、なんて訊いてたじゃない」イサベラはくすくす笑ってみせた。「なんでここにいる動物たちは動かないの、とか」

　セシリエの笑みが顔いっぱいに広がる。

「動物園とまちがえてたのよ」イサベラは声をあげて笑った。

　セシリエもそれに加わる。「なにそれ、ばかみたい」

「ほんと、ばかよね」

「悪いことをするやつらは嫌い」セシリエはふいにそう言い、イサベラに身をすり寄せた。

「わたしがついてる。怖がらないで」イサベラは言って、セシリエの髪をなでた。

　そのときドアが開き、息を切らした少女が顔を出した。

「戻ってきたって」

「誰が？」

「パウルスとベネディクテ。戻ってきたのよ。いま着いたところ。パトカーに乗せられてた。そのままヘレーネのオフィスに入っていったみたい」
彼が帰ってきた。
イサベラの心臓が跳ねあがった。
〝会いたい。内緒で。
ふたりだけで〟
イサベラはにっこりした。
もちろん、会うに決まってる。

54

ホールゲル・ムンクはダッフルコートを玄関ホールにかけ、靴を脱いでから、バスルームに入ってキャビネットをあけた。鎮痛剤を取りだし、二錠を口に放りこんで水で流しこみ、途方に暮れながら居間に向かった。

〈ユスティセン〉でミアと話したあと、疲労困憊してすぐに寝床に入ったが、なぜか寝つけなかった。上掛けの下で寝返りを繰り返し、しまいにまた起きだして、意味もなく家じゅうをうろつき、とうとう着替えて散歩に出たのだった。

頭痛は前触れもなくやってきた。こめかみと目の奥ががんがん痛む。頭の奥をバットで強打されているようで、視界がちかちかし、舌に金気まで感じはじめた。これは偏頭痛というやつだろうか。

自分が世界一健康な男でないことは百も承知だが、これまで頭痛に悩まされることはなかった。もう三時だ。朝の。いったいどうしたというのか。疲れはすでに感じない。頭痛だけがしつこく続いている。ムンクは薬が効きはじめるのを待った。年のせいだろうか。といっても、まだ五十四――あと数日で五十五になるところだ。まだまだ若い。いや、そうでもないのだろうか。重い足取りでキッチンに入り、やかんを火にかけて冷蔵庫のドアをあける。なにか口に入れようか。食欲不振に悩まされることもなかったが、いまは庫内を覗きこんでも食べたいものが見あたらない。シンク上の食器棚からマグを取り、湯が沸くのを待って紅茶を淹れ、居間に戻ってＣＤラックの前に立った。

食べたいものを食べる。低く音楽を流し、ミュートにしたテレビのチャンネルを気まぐれに切り換える。それが毎晩の習慣だ。一日の終わりに頭を空っぽにし、スイッチを切る。瞑想のようなものだ。好みの食事、音楽、画面に現れては消える世界各地ちびちび飲みながら、痛みが引いていくのをひたすら待つ。窓の外はまだ暗い。誰もが眠っているが、ムンクだけが気を休められずにいる。急に室内が寒々しく思えた。テレーセ通りのこのアパートメントに落ち着いてからは、居心地をよくしようとそれなりに工夫してきたつもりだ。部屋の隅には観葉植物。ソファーのそばにはミリアムとマーリオンの写真。テレビの奥の壁をほぼ覆いつくすCDラック。だが、すべて欺瞞だった。ここがわが家だと自分に思いこませてきたが、本当はちがう。どう見てもただの物置き、いるだけの場所だ。

いつまでこだわっているのか……。

ムンクはその思いを追い払い、バスルームに行ってまた二錠鎮痛剤を飲んだ。そこに置きっぱなしにした結婚指輪は見ないようにする。キッチンに戻って冷蔵庫をあけたが、やはり食欲は湧かない。しかたなくCDラックの前に戻った。

ソファーにすわろうとしたとき、呼び鈴が鳴った。一瞬、なにごとかと面食らった。めったに人が来ないせいで、どんな音がするか忘れてしまっていた。こんな夜中に誰だ？　きっとまちがいだろう。酔って帰ったほかの部屋の住人がボタンを押しまちがえたのだ。だが、呼び鈴はもう一度鳴った。さらにもう一度。

ムンクはいらだちながらインターホンの前に行った。

「はい」

「どうも、ホールゲル。ミアです」

「はっ？」

「ミアです。入らせてもらっても？」

とたんに頭痛がぶり返した。こめかみに釘でも打ちこまれたようだ。

「ホールゲル、聞こえてます？」

痛みをこらえ、返事をする。

「何時だと思ってる？　なにごとだ」

ミアが家まで来るのは初めてだ。

「スカンクのことです」インターホンの向こうで雑音交じりのミアの声がする。「ハッカーの」

「なんだ」ムンクは壁にもたれた。

「なにか思惑があるんだと思います。なかに入れてもらえません？」

「こんな夜中にか」ムンクは渋り、額に手を押しあてた。

「わかってます、でも話があって。で、入れてくれるんですか？」

ミアを外の通りに立たせておくわけにもいかない。
「ああ、いいとも」ムンクは気力をかき集め、ボタンを押して正面玄関を解錠した。

55

幼い少年は上掛けにくるまり、ベッド脇の壁のカレンダーを見上げていた。興奮で身体がぞくぞくする。特別な日。長いあいだ楽しみにしてきた日。母さんに初めてその日のことを聞かされたのは夏だったか、もっとまえだったかもしれない。数えようとしたけれど、指が足りなかった。特別な日。すごいことが起きる日。なにが起きるかははっきり知らないが、すごく重要なことなのはたしかだ。太陽や月や地球の誕生よりも重要なこと。少年は薄い上掛けを首もとまで引っぱりあげ、またカレンダーを見上げた。母さんには寝なさいと言われたが、とても無理だった。一九九九年十二月。カレンダーにはそう書いてある。今年は一九九九年。でも、大事なのはそこじゃない。大事なのは、一九九九年十二月の次のページだ。時計が零時になるまで見てはいけないと言われているページ。でも、我慢できずに覗いてしまった。二〇〇〇年一月。夢みたいだ。二〇〇〇年が来るなんて。自然と笑みが浮かび、足の爪先がきゅっと丸まる。うれしいことがあると決まってそうなる。うれしさは全身を駆けめぐり、耳までかっかと火照ってくる。それはありがたい。十二月のこの部屋はひどく寒いからだ。凍えそうなほど。うちにはお金がないから、居間のストーブ用の薪を買うだけで精いっぱいだ。ストーブは高い。薪も。だからいつも服を着たままニット帽までかぶって寝ている。靴下も履いたままだけれど、それでもうれしさで爪先が丸まるのは感じる。

特別な日。ミレニアム。想像もつかない。日付が変わるだけで、そんな重要なことが起きるなんて。時計の針が進み——チクタク、チクタク、ボーン！——とたんに悪いことすべてが消えてなくなり、特別な日が、待ち望んでいた日が訪れる。

壁の時計はしばらくまえに電池切れでとまってしまい、新しい電池を買うお金もなかった。針は五時十五分でとまったままだ。当てにならないので、寝床に入ったあと秒数を数えることにした。居間を出るときは八時五分だったので、そこからずっと数えつづけた——千と一、千と二、千と三。けれど、千五百を過ぎたあたりで頭がくらくらしてきたので、寝床のなかで母さんが知らせに来るのを待つことにした。

特別な日の訪れを。

なにが起きるかは知らないものの、悪い魔物たちは消えるはずだから、それで母さんが喜んでくれたらうれしい。きっとそうなるはずだ、この日をずっと待っていたんだから。

少年はニット帽を耳の下まで引きさげ、薄っぺらい上掛けの下でできるだけ身を温めようとした。

「地下室が広すぎるのよ」うちはなんでいつも寒いのと訊くたび、母さんはこう答える。

「父さんはまともじゃなかったけど、家の建て方だけはくわしかった。将来、なにが起きるか知ってて、いざというときのために――終末が来たときのために――隠れ家をつくったの。でもこの地下室は広すぎる。本当は家の部分がもっと大きくて、地下室は狭いほうがいいの。地下室の冷気が床板のあいだから上がってきちゃうから、わかる？」

会ったこともない父さんの話はよくわからなかったが、聞かされるたびうなずくようにしていた。しつこく質問すると母さんにいやがられるからだ。家を建てたのだから、父さんが本当にいることだけはたしかなのだろう。この目で見たことはないけれど、母さんに大工仕事は無理だから、本当のはずだ。ときどき、父さんは『長くつ下のピッピ』の船乗りの父親みたいな人なのかもしれないと想像してみることがある。とてもいい人だけれど、遠くにいてずっと帰ってこられないのかもしれない。そのうちひげ面に陽気な笑みを浮かべてひょっこり戻ってくるかもしれない。母さんに聞いてみたことはないし、自分でも確信はないが、特別な日というのはそのことではないかといつも思っていた。すごいことが起きるというのは、父さんのことではないだろうか。宝物を山ほど抱えた父さんがドアから飛びこんできて、母さんを抱きあげ、くるくるまわってみせるのかもしれない。世界じゅうから集めたプレゼントを持ち帰ってくれるのかもしれない。ひょっとしたら子供部屋用の薪ストーブも。そうしたら、とりわけ冷えこむ十二月にも寒い思いをしなくてすむ。

特別な日になにが起きるか、これまでさんざん想像を膨らませてきた。リストもつくった。母さんに見られないように枕の下に隠してある。リストに書いたことは七つ。特別な日に起きればいいと願っていることばかりだ。

それをいま引っぱりだしてたしかめてみようか。でも、母さんには寝床に入ってじっとしていなさいと言われている。居間の時計はまだ八時五分だったのに。

〝特別な日〟

リストの最初には大文字でそう書いてある。読み書きは自分で覚えた。そのことは誇らしく思っている。数の数え方も、時計の読み方も、アルファベットも、みんな自力でなんとかした。ピッピと同じで学校へは行っていないから、そうするしかなかった。最初は家のあちこちに書いてあるものが文字だとも知らなかった。コーンフレークの箱や、歯磨きチューブや、ミルクのパックや、部屋にある三冊の本のなかに書いてあるものを、変な形にのたくった線としか思っていなかった。ところがある日、母さんが留守のあいだに突然ひらめいた。なぜ思いついたのかは謎だが、母さんが話したり、自分が答えたりするときに使う言葉と関係があるにちがいないと思った。言葉はつかみどころのないふわふわしたものだと思っていたが、そのとき、いろいろなものに書いてある線の組み合わせも、同じ言葉なのだと気づいたのだ。

おやすみ。

ミルク。

一月。

石鹸。

当たり。

〝ディズニーランド旅行が当たります〟

紙とペンで文字が書ける。そう知ったときの興奮は、いまこうして特別な日を待つのと同じくらい大きかった。口で話していた言葉も、そこらじゅうに書いてある文字も、紙と小さなペンさえあれば自分にも書けるのだ。

少年は起きあがり、血の巡りをよくしようとベッドを出て軽く歩きまわった。たくさん着こんでいても薄い上掛け一枚では凍える寒さで、息が白く曇るほどだった。

家を建てた父さんはすごい。たしかに大工仕事は得意だし、この世の終わりが来たら隠れ家は必要だ。それでも、母さんの言うこともっともだと思わずにいられない。地下室は広すぎる。どんなに着こんで寝ても凍えるほど寒い。ふと、ストーブのある居間に戻ろうかと思ったが、考えなおした。母さんを怒らせちゃいけない。それがなにより肝心だ。

少年は箪笥の前に行き、ノルウェーセーターを出した。本当は誕生日か外出を許された日にしか着ない晴れ着だが、何枚も着こんだ上からさらにそれを重ね、また上掛けの下にもぐりこんだ。もう一度カレンダーに目をやる。一九九九年。悪い年。ページをめくるのが待ちきれない。

二〇〇〇年一月。

ミレニアム。

自分は悪い子じゃない。絶対に。言いつけはいつも守っているし、母さんにさっき言いつけられたのは、寝床に入りなさいということだけだ。リストを見ちゃいけないとは言われていない。

少年は手袋をはずし、懐中電灯を取ってきてから、枕の下のリストを取りだし、にっこりした。

特別な日

願いごとリスト

1　母さんが幸せになること

2　父さんが帰ってきて、地下室を小さくしてくれること

3　外に出るのを許してもらえること

4　母さんの髪を梳かすとき、ブラシが引っかからなくなること

5　学校に行かせてもらえること

6　アルファベットや数字を読み書きできると伝えても、母さんに叱られずにすむこと

7　友達ができること

急に風が強まり、壁を打ちはじめた。なかなかおさまりそうにない。薄い窓ガラスから冷気がしのびこみ、帽子にも上掛けにも覆われていない顔の皮膚を凍てつかせる。

起きて居間へ行こうかとまた思ったが、やはりやめておいた。母さんの言いつけには背けない。

ぼくの母さん。

少年にはほかに誰もいない。ずっとそうだった。母さんだけ。

母さんが出かけているあいだは、家でひとりぼっちだ。ときには二、三日帰ってこないこともあるが、それでもかまわない。帰ってきてくれれば。

ストーブの前で、きれいなブロンドの髪を梳かしてあげることもある。自分では手が届きにくい部分をスポンジで洗ってあげることも。少年の顔に笑みが浮かんだ。

特別な日。

いつしか瞼を閉じ、冷えきった部屋を離れて夢の世界を漂っていた。目を覚ましたとき、はっと気づいた。壁の時計は五時十五分のままだが、まちがいない。

一九九九年は過ぎ去った。

二〇〇〇年がやってきたのだ。

特別な日が。

きっとそうだ。母さんが起こすのを忘れただけだ。少年は上掛けをはねのけ、凍えるような部屋を飛びだした。満面の笑みを浮かべ、居間を突っ切って母さんの寝室に向かう。しょうがないな、母さんは。ドアをあけ、そこで足をとめた。

天井の梁からロープが下がっている。

ロープの先は母さんの首に巻きつき、そこから裸の身体がぶらさがっている。長く垂れたブロンドの髪。ぴくりとも動かない手足。青黒い顔。大きく見開かれた目。もの言わぬ口。

少年は椅子を引きずってきてすわり、ぶらさがった裸の身体を期待のこもった目で見上げて、小さく微笑んだ。

そして母さんが目を覚ますのをおとなしく待った。

56

割れるような頭痛はようやくやわらいだ。ムンクはあくびを噛み殺し、ミアの紅茶をテーブルに置いた。

「これしかないんですか」ミアはカップに向かって顔をしかめた。

「どうかしたか」

「もっと効くやつは？」

「何時だと思ってるんだ、ミア。明日じゃだめなのか」

「ええ、大事な話なんです」呂律があやしいところを見るとかなり飲んだらしいが、頭ははっきりしているようだ。

ミアは靴も上着も脱ごうとしなかった。すぐさまソファーにすわり、きらりと光る目でムンクを見た。これまで幾度となく見てきた表情。どうやってやってのけるのかは謎だが、ミアがその表情を見せるのはなにかつかんだときだ。まちがいない。

「おれは飲まん。知ってるだろ、ミア」またあくびが出る。

「ええ、でも、あれは？」ミアはにっと笑い、ＣＤラックの下の棚に顎をしゃくった。

班のメンバーが誕生日のたびにくれるふざけたプレゼント。封も切らないままのウィスキーが八本、そこに並んでいる。下戸の上司に飲めもしない高い酒を贈るというわけだ。銘柄を見てもちんぷんかんぷんで、調べようという気にもならない。

「好きに飲め」ムンクがやれやれと首を振ると、ミアは腰を上げ、一本を選んで封をあけた。

「グラスはあります?」

キッチンに行き、戸棚からグラスを出したとき、冷蔵庫に貼った写真が目に入った。その笑顔を見たとたん、ムンクは思いだした。

ミリアムからメールをもらっていたんだった。

忙しさに取りまぎれ、連絡するのをすっかり忘れていた。くそ。もっと家族のそばにいようと心に決めたはずなのに。グラスを持って居間に戻ったとき、ミアがすでに話をはじめていたことにようやく気づいた。

どうしたっていうんだ、おれの頭は。

「会いに来たんです」ミアは言って、グラスに酒を注いだ。

「誰が?」

「スカンクが。〈ロリー〉にいるわたしを探しだして」

「スカンクだと?」ムンクは驚いた。

「完全に不意打ちです」ミアは苦笑いでグラスに口をつける。

ムンクはうなずいた。

「こちらからは見つけられない」ミアがまた苦笑いを浮かべる。「連絡も取れない」

ムンクは黙ったまま話を続けさせた。

「ライブ配信。そう言ってました」

「なんだって？」

「例の動画です。回し車に乗ったカミラの。普通の録画じゃなく、ライブ配信されたものだとか」

「配信？」

ムンクの頭がようやくまわりはじめる。

「ええ」ミアはもどかしげにうなずいた。「カミラの様子は撮影され、配信されていた。三カ月にもわたって」

「なんてこった」胸の悪くなるような話だ。

「ええ、まともじゃない」

「まったく、ひどすぎる……」

「でも、話したいのはそのことじゃなくて」ミアはグラスにお代わりを注ぐ。

あのあと家に帰らず、〈ロリー〉に寄ったらしい。ずいぶん飲んだようだ。ミアはグラスを口に運び、大半を流しこんだ。

「ミア、あいにく——」

「いいえ、だめ、聞いてもらいます」ミアは譲らない。「どうやって見分けがつくと思います？　あれが録画じゃなく、ライブ配信だって。自分が……」そこでうっすらと笑い、ムンクを見た。かなり酔っているにしては、話し方はおおむねしっかりしている。

「関与していないかぎり？」

「そう」

「くそ」

「まさに」

「突然現れたんだな」

「そうです。いきなり」

「良心の呵責に耐えかねたせいか。やつはクロだと思うか」

「ええ」ミアが力強くうなずく。

ムンクの眠気は吹っ飛んだ。

「どうします？」

「そいつを探しだす。尋問する。容疑を固める」

「いえ、スカンクのことじゃなくて」

「どういうことだ」

「ガーブリエルのことはどうします」

「なんだって」

「ふたりは親しい間柄です」

「なら、ガーブリエルがなにか隠していると？」

ミアは肩をすくめた。「スカンクの素性や居場所をガーブリエルが言おうとしないのは妙だと思いません？」

「ミア……」

「いいから聞いてください。動画が見つかった。あまりにも唐突に。ガーブリエルは──その、実際の話、彼が来てどれくらいです？　六カ月？」

「ミア、冗談だろ──」

「いえ、本気です、ホールゲル。スカンクはなにか知ってる。おそらくはかなりの真相を。そしてスカンクが知っているなら、ガーブリエルも知っている可能性がある。たしかめる必要があります。ただし、慎重に。だからすぐに話したいと言ったんです。納得してもらえました？」

ムンクはうなずき、しばらく考えてから言った。「きみのほうが適任だろう」

「なにになにです？」

「ガーブリエルと話をする役だ。明日にでも。あいつはきみを信頼してる。知っていることを訊きだすんだ」

またぶり返してきた。口のなかの金気。釘を打ちこまれるような頭の痛み。

「了解です」ミアは言い、グラスを空けた。

「ただし、人目につかないように頼む、いいな」

「もちろんです」

「明日の朝は十時からミーティングだ。そのあと頼めるか」

「わかりました」ミアはうなずき、立ちあがった。

「やはりやつだと思うか」玄関ホールに出ながら、ムンクは言った。「スカンクがクロだと」

「ええ、そういう気がします。なにかあるのはたしかかと」

「わかった。だが、ガーブリエルにはきつくあたるなよ」ムンクは言って、ミアのためにドアをあけた。

「もちろんです」

そう言い残し、ミアは口もとに笑みを浮かべて階下に消えた。

57

なにかが変だ。ガーブリエルのその疑念は、ミーティング後にミアの個室に呼ばれたことで確信に変わった。

「なんですか」とまどいながらそう訊くと、ドアを閉じてと告げられた。

ミアは見たこともない表情を浮かべてガーブリエルを見た。疑いと興味の入り混じった目をして、心を見透かそうとするように首を軽くかしげている。

「なんなんです」ガーブリエルはもう一度訊いた。椅子を引き、腰を下ろす。

「訊きたいことがあるの。正直に答えて」

「正直に？」ガーブリエルは微笑んだ。「嘘をつく理由なんてありますか？」

ミアはガーブリエルを見据えたまま、ポケットからミントを出して口に入れた。

「スカンクのことだけど」

「ええ。あいつが？」ガーブリエルは軽く肩をすくめた。

「彼とはどんな関係？」

ガーブリエルの胃がきゅっと縮まった。「どういう意味です」

「そのままの意味よ」ミアの視線はそらされない。

尋問されているように思え、ガーブリエルはむっとした。

「昔はいい友達でした」

「どのくらい？」

「親友でした。いったいなんの話です？」

「いまはちがうのね」

「ええ、ちがいます」ガーブリエルはため息をついた。「なんなんです、ミア。ぼくがなにかしました？」

「どうかしら」ミアがまた首をかしげる。「わたしたちに言うべきことはない？」

わ、わ、わたしたち？

なんなんだ、とガーブリエルはいらだった。陰で自分のことをあれこれ話していたのか。ムンクとミア、それに、もしかするとほかのみんなも。

「本当にあいつの居場所は知りません」ガーブリエルは両手を突きだした。「間抜けなことを言うようですけど、こんなふうに問いつめられる理由がわからない」

「長いこと会ってないのね」

「もう何年も」ガーブリエルは首を振った。「いきなり向こうが連絡してくるまでは」

「なら、もう友達じゃないのね」

「ええ」

「なにがあったの」

もうたくさんだとガーブリエルは思った。それでなくてもくたびれきっている。ろくに寝てもいない。動画で見た光景が頭にこびりついて離れないからだ。痩せ細った身体で四つん這いになった少女。背後の壁に書かれた文字。羽根をまとった人影。考えただけで身震いがする。

「いいですか」つい声に怒りがこもった。「自分がほんの新米で、ほかのみんなにかなわないのはわかってます。でも精いっぱいやってますし、あいつの居場所を知っていたら、すぐに言います。ちゃんと探してないとでも思ってるんですか。そんなこともわからないんですか。疑うなんて信じられない。見つからないのはなぜかって？　スカンクが隠れてるからだ。それは……」

ガーブリエルはそこで言葉を切った。頭に血がのぼり、自分を抑えるのに苦労する。

「それは？」

「そう、なんでだと思います？」

「後ろ暗いことに手を染めているから？」

「そのとおりです」ガーブリエルはまた両手を突きだした。「で、なんですか、ぼくも共犯だと思ってる、そういうことですか。あんまりです、ミア。こんなの耐えられない。ずっと脇目もふらずに働いてきたのに――」

続きを言うまえに、ミアが上げた手にさえぎられた。

「ごめんなさい、ガーブリエル」ミアが目つきをやわらげる。「でも、たしかめなきゃならなかったの」

「たしかめるって？」

「ごめんなさい」

ミアは椅子から腰を上げ、ガーブリエルの目の前に来て机の端にすわった。

「そんなふうに思ってたんだ。チームのみんなが。そんな話をしてたんですね。ガーブリエルとスカンクが共犯だって。元ハッカー仲間同士、こっそり協力してるんだって。女の子を地下室に閉じこめてたって？　本気ですか、ミア。ああもう、吐きそうだ」

　ガーブリエルは怒りのあまりわれを忘れた。こんな目に遭うなんて。こんなふうに思われていたなんて。チームの一員になれたことをどんなに誇らしく思っているか、ミアはわかっていないのだろうか。

「ガーブリエル」

　ミアが身を乗りだし、ハグするように肩に手を置いた。顔にはすまなそうな表情が浮かんでいる。

「ときどき、昔ほど頭が働かないことがあるの。それで――その、思いついたことをそのまま口にしちゃったりして。どうか許して。あなたが共犯だなんて思ってない、ただ……」

「ただ、なんです？」

「人って、親しい相手のことをかばったりするものでしょ」

「ぼくがスカンクをかばってると？」

「まあ、そういうこと」ミアはうなずいた。恥じ入ったような顔だ。

「まずひとつ。スカンクは誰の手も借りる必要がない。ふたつ、あいつとはもう友達じゃない。三つ、友達だったとしても、あいつがぼくらの追っている事件と関わっているなら絶対にかばったりしない――ぼくら、、と言わせてもらいますよ、ぼくもチームの一員だから。そうは思われてないみたいですけど。まさか、こんな疑いをかけられるなんて。こっちはすっかり仲間だと――」

「ガーブリエル」ミアは心底反省している様子だ。「もちろん、あなたはチームの一員よ。みんなあなたが好きだし、すばらしい働きをしてくれてると思ってる。だって、ここに来てまだ六カ月なのに、あなたなしじゃやっていけないもの、でしょ？ それが正直な気持ちよ、信じて」

「へえ、そうは思えないけど」

「いいから、少しだけ我慢して聞いて」

「なにをです」

「動画が突然発見された。それを偶然見つけたハッカーは、どこのサーバーにあるか言えないという。その彼は昔のハッカー仲間の警官に情報を伝える。でもその仲間のほうからはハッカーに連絡を取れない。ね、あなたならどう？ 引っかかるでしょ。ちがう？」

ガーブリエルは少し考えた。たしかに、一理ある。

「それじゃ」ミアが微笑む。「許してくれる？ もう問いつめたりしない。これで問題なし。納得してくれた？ 仲直りしてくれる？」

「オーケー」ガーブリエルもうっすらと笑みを返し、うなずいた。「ちなみに、誰と話しました？」

「話すって？」

「この話です。ぼくが隠しごとをしてるかもしれないという」

「ムンクとだけ。彼は否定してた、一応言っておくけど」

「本当に？」

「わたしの考えが足りなかっただけ、あなたはみんなに好かれてる。これで納得してくれる？」

「ええ、了解です」

「よかった」ミアがにっこりする。「それじゃ、本題に入るわ。彼が現れたの」

「誰が？」

「スカンク」

「冗談でしょ？　まさか。大の警察嫌いなのに」

「冗談なんか言わない。パブにいたら、いきなり目の前にやってきたのよ」

「意味がわからない」ガーブリエルは面食らった。

「ええ、妙よね」

「すごく」

「わたしもそう思った。彼からもらった情報があるんだけど、あなたの助けが必要なの。意見を聞かせてくれる？」

「もちろん」ガーブリエルはうなずいた。

58

新しい部屋の新しいベッドはとても暖かかった。ここに連れてこられて数日が過ぎていたが、少年は自分がどこにいるのかも、まわりの人たちが誰なのかもわからずにいた。もう安心だ、怖がることはない、と聞かされただけだった。なにがなんだかわからなかったが、食べ物がもらえたのはうれしかった。長いことなにも口にしていなかったからだ。

知らない人たちはやさしげだけれど、ずいぶんと間抜けだった。たとえば、いまいる部屋の壁が薄っぺらいせいで、隣の部屋で少年の話をしているのが筒抜けなのに気づいてもいなかった。よその人には用心しなさい、信用しちゃだめ、と母さんはいつも言っていた。それが正しかったとようやくわかった。いまそばにいる人たちは、この部屋にいるときと、壁の向こうにいるときとで、言うことがまるでちがった。

〝正気の沙汰じゃない〟

〝あの子は十年も小屋に閉じこめられていたんだ〟

〝ほかの子供に会ったこともないらしいの〟

〝まったく、なんてことだ〟

〝母親の下で一週間もすわっていたなんて〟

〝ものも食べずに〟

少年は話を理解しようとした。ばかではないから、自分が話題になっているのはわかった。でも、はっきりとした意味はつかめなかった。母さんがそばにいない理由も。家にやってきた人たちは母さんを梁から降ろした。また会えるのを楽しみにしているのに、まだ準備ができていないようだった。この家で待たされることになるのかもしれない。ここにいる人たちは間抜けで信用できないが、与えられる食べ物はおいしかった。部屋も暖かい。なによりすごいのは本だった。ここには数えきれないほどの本があった。

臨床心理士だという口ひげの生えた男のところへも連れていかれ、話をさせられた。テーブルの上のボウルに入ったお菓子を食べていいよとも言われた。ほかの人たちと同じように油断させるつもりだろうが、おいしいので食べることにした。相手の話に合わせて、上手に相槌も打った。

男は死とかいうものの話をした。母さんが遠くへ行ってしまい、もう戻ってはこないとも言った。もちろん、最初はでたらめだと思ったが、時間がたつにつれて、ひとかけらくらいは真実が含まれているかもしれないと思うようになった。どれだけ待っても、明日こそは会えますようにと寝るまえに祈っても、母さんは戻ってこなかった。たぶん〝死〟という場所は本当にあって、母さんはしばらくそこにいることにしたのだろう。いつまでなのかはわからなかったし、人に尋ねもしなかった。食べ物を運んでくる女たちも、お菓子をくれる口ひげの臨床心理士も、話しかけるたびに変な目で見るからだ。

頭がおかしいのかと疑うように。

口に出しては言わなかったが、目を見ればわかった。だからなにも訊かないようにした。代わりにうなずくことにした。微笑んでうなずくと、みんな喜んだ。思っていることを上手に隠すようにしたせいで、薄い壁の向こうから聞こえる話の中身も変わりはじめた。

〝あの子、とてもがんばってるわ〟

〝よかった、安心したよ〟

〝どんなにつらかったか、想像できる？　頭のおかしな母親とふたりきりで、十年も小屋に閉じこめられたままなんて〟

〝でも、いまはよくやってるよ〟

〝とてもかしこい子よ、気づいた？　たくさん本を読むのよ〟

〝ニルスから聞いた？〟

〝いや、なんだ？〟

〝パソコンのことよ〟

〝パソコン？〟

〝最初は、なんなのかもわからずにいたの〟

〝そうなのか？〟

〝だって、見たことがなかったんだから。それが、いまはずっと使ってる。あんなに物覚えのいい子は初めてだって〟


いつしか一年が過ぎていた。家にある本は、大人向きのものも含めて、繰り返し読んでしまった。

母さんを悪く言うな。

心に抱えた言葉を投げつけて、母さんの悪口を取り消させたくなることも一、二度あったが、どうにか自分を抑えた。それがすっかり得意になった。本心は誰にも気づかれなかった。

〝ああ、ほんとにかわいい子ね〟

〝そうだな〟

壁の向こうではそう言っていた。それでいい。最初の夜に聞いたような言葉を聞くのはもうたくさんだった。暖かい寝床に寝ているのに、身体が震えるほどいやな思いをしたからだ。

でも、ここの暮らしにもいい点はある。

まずは本があること。

それに、ほかの子供たちがいること。

最初はそう思えなかった。大人たちと同じように子供たちにも変な目で見られたが、彼らの振る舞いを真似し、本当の自分を出さず、心の声を笑顔の下に隠すようにすると、だんだんうまくいきはじめた。

なにより楽しいのはノートパソコンだった。

最初にそれを見せてくれたのはニルスという男だった。プラスティック製の小さな四角いその箱を開くと、そこには新しい世界が待っていた。

「パソコンを見るのが初めてなんて、本当かい？」

そう言われたときは悔しさが顔に出そうになったが、どうにか無表情を保った。

〝あの子は信じられないくらい利口だよ〟

〝すごいわよね。あんな環境で育ったのに、よくがんばってる〟

〝いや、そんなレベルじゃない。ベートーベン並みだ〟

〝どういうこと〟

〝ベートーベンはピアノを見ただけで弾き方がわかったんだ〟

〝え？〟

〝普通は練習するだろ、でもベートーベンはひと目見たとたん、ピアノの前にすわって弾きだしたんだ。ためらいもせずに〟

〝いったいなんの話なの、ニルス〟

〝あの子はコンピューターを見たことがなかった。でも、前にすわったとたん、本能的に使い方がわかったみたいだった〟

〝うまくやれてるようでよかったわ〟

〝いや、そうじゃない。あの子は特別なんだ〟

二年が過ぎた。少年は臨床心理士の部屋にあるお菓子の味を残らず覚えてしまった。ほかの子たちはやってきてはいなくなったが、誰とでもうまくやれるようになった。死というのはよほど重要な人物で、だから母さんの用事はなかなか終わらないらしかった。そのうちいまいる場所がわが家のように思えてきた。もちろん、母さんとの暮らしとは比べものにならないが、なかなか快適なのはたしかだった。壁の向こうから聞こえるのは褒め言葉ばかりになった。校庭で子供たちとサッカーやジャングルジムで遊ぶのも楽しかった。ここで待っているのは悪くない。死が母さんを帰してくれるまで。夜もぐっすり眠れるようになった。目覚めるたびに幸せも感じた。

ある日、外の庭に車がとまり、世話係のひとりが呼びに来るまでは。

「お客さんよ」

「そうなの？」少年はにこやかに答えた。

「新しいおうちに引っ越すのよ」

言われたことの意味がわからなかった。

「こんにちは」見慣れない車に乗ってきたブロンドの女の人が言った。

「こんにちは」少年は教わったとおりに手を差しだし、お辞儀をした。

「わたしはヘレーネ」その人は微笑んで言った。「ヘレーネ・エリクセンよ」

「なかへ入って、ゆっくり話しましょ」と世話係が言った。

言われたとおりなかへ入ると、テーブルには丸パンと少年用の赤いソーダが用意してあった。知らない女の人は少年の肩に手を置き、真剣な顔で言った。

「うちの子になってくれて、本当にうれしいわ」

わけもわからないまま、胸の内で牙を剝きながら、少年はどうにか笑顔を保った。いつもかぶっている外向きの仮面を。

59

ミア・クリューゲルはコーヒーカップをテーブルに運ぶついでに、新聞を手に取った。ぱらぱらとめくってみたが、気の滅入る記事ばかりなので読むのをやめ、気持ちが上向きそうなものに集中することにした。コルタードの味に。そして、会うべき相手とすぐに連絡がついたことに。国家犯罪捜査局(クリポス)。他部署の力を借りるのは好きではないが、電話で話したかぎりでは、相手の捜査官は協力的だった。

〝捜査は難航〟

〝カミラ・グレーン殺害犯は？〟

警察と殺人犯との闘いを煽っているも同然だ。タブロイド紙を覗くたび、そう思わずにいられない。マスコミは事件解決に手間取ると警察を叩き、さらに許しがたいことに、犯人をもてはやす。恐るべき犯罪であればあるほど大々的に書きたてる。コーヒーをもうひと口飲みながら、ムンクが記者たちを毛嫌いするのも無理はないとミアは思った。まったく、愚かにもほどがある。自分たちが犯罪を誘発していることに気づかないのだろうか。ほんの十五分の注目を浴びるために、どんな真似でもする連中が大勢いるというのに。

マーク・チャップマン。

新聞に載るためにジョン・レノンを射殺した。

ジョン・ヒンクリー。

ジョディ・フォスターの気を引くためにロナルド・レーガンの暗殺未遂事件を起こした。

記者たちはそういった前例も知らないほど無知なのだろうか。自らの責任を自覚していないのだろうか。

〝儀式殺人の行方〟

〝警察は手がかりをつかめず〟

見出しを目に入れまいとしたが、難しかった。手もとの新聞は脇に押しやったものの、まわりで客たちが広げている。昼食に来た普通の人々。メディアの報道が真実だと信じて疑わない人たち。

男がひとり店内に入ってきた。名札でも付けているかのように、ひと目で待ち合わせの相手だとわかった。男のほうも店の奥にいるミアにすぐ気づいた。

クリポス。

サイバー犯罪班。

スーツ姿のその男はミアに会釈し、まっすぐ近づいてきて、手を差しだした。

「ロベルト・ラーセンだ」そう名乗って席につく。

「ミア・クリューゲルです」

「ようやく会えて光栄だな」ラーセンがにっこりする。「それも、このタイミングで」

「どういうことです？」

「クリスティアン・カールセン」ラーセンはまた小さく笑みを浮かべる。

「スカンクのこと？」

「そう、スカンクだ」ラーセンはウェイターを呼んでミアのカップを指差し、同じものを注文した。

ブリーフケースからファイルが取りだされ、テーブルに置かれる。

「電話をもらって驚いたんだ。ここしばらくやつを見張っていたところでね。それにしても、これは予想外だったな」

「なにがです？」

「殺しさ。やつにはいくつか容疑がかかっているが、その手のこととは無縁だと思っていたから」

「電話で話したとおり、確信があるわけでは。ただ、たしかめてみる価値はあると思って」

「なるほど」ラーセンは訳知り顔でウィンクした。「トップシークレットってわけか」

いけ好かなさを覚えつつ、ミアは顔に出すのをこらえた。

「それで、そちらの情報は？」

「クリスティアン・カールセン」ラーセンは咳払いをしてから、目の前のファイルを開いた。「ブラックハッカー。説明はいらないかな」

ミアはうなずいた。スカンク本人からその言葉を聞かされたあと、自分でも調べてみた。ハッカーには二種類ある。ガーブリエルはホワイトハッカー。善意のハッカーだ。

「アノニマスという集団について聞いたことは？　ラルズセックは？」

「アノニマスのほうなら」

「最近はすっかり有名になったからね」ウェイターがコーヒーを運んでくる。「もとは〈4chan〉のランダム掲示板から生まれたものだ。それについては？」

「いいえ、さっぱり」ミアは笑みを浮かべてみせた。この男を籠絡するにはこれが効きそうだ。無知を装うこと。実際はガーブリエルにある程度教わったが、ラーセンは知識をひけらかすのを楽しむタイプらしい。こちらとしては、ファイルの中身を教わりさえすればいい。

「長いバージョンと短いバージョンのどちらにする？」

「短いほうで」

「オーケー。〈4chan〉はもともと、冴えない若者たちの溜まり場だった。はみだし者のよせ集めさ。彼らが自分たちの数の多さに気づくまでは」

ラーセンがコーヒーをひと口飲む。

「なるほど」

「そう、まさにはみだし者の集団だったんだ。それがいまや力を握った。十代の若者、それこそ十四や十五の少年が、社会を機能停止に陥らせることさえできるんだ」

「どうやって？」

「航空交通、信号、銀行、水道――まじめな話、いまやすべてがコンピューター制御されている。紙の書類などどこにも使われない。ここまでは問題ないかな」

「ええ」ミアはうなずいた。

「DDoS」

「え？」

ラーセンがしたり顔で続ける。「DDoS攻撃については知ってるかい」

「いえ、まったく」

ラーセンはますます得意げな顔になる。講釈を垂れるのが楽しくてたまらないらしい。

「簡単に言うと、ハッカーがウェブサイトに対して膨大な接続要求を送信し、サーバーをダウンさせることだ。大企業のサイトが一時的に停止に追いこまれたりする」

「なるほど」ミアは言い、卓上のファイルに目をやった。「それがスカンクとどう関係が？」

「クリスティアン・カールセンは、ノルウェー国内でこの手の攻撃に関与していると見られているんだ。ＦＢＩから取り締まりの要請が来ている」

「証拠はあるんですか」

「なんの？」

「スカンクの関与を示す」

「ほぼ百パーセントまちがいない」ラーセンは言い、またコーヒーに口をつけた。

「答えはノーね」

「いや、念には念を入れているだけだ」ラーセンがウィンクする。

「なんのために？」

「知らないかもしれないが、こういう手合いは信じがたいほど隠れるのがうまいんだ。ネット上で、という意味だが」

「居場所はもうわかっている？」

「現実世界での？」

「ええ」

「もちろんだ。かなりまえから監視下に置いている」

「住所もわかっているんですね」

「でないとわれわれは相当無能ってことになる、だろ？」

「できれば、その、それを……」

ミアが最後まで言い終わるまえに、ラーセンはファイルから書類を一枚抜き、テーブル越しにすべらせて寄こした。

「これがスカンクの居場所？」ミアはそこに書かれた所番地を食い入るように見た。

ラーセンがうなずく。

「ひとつ貸しだな」そう言ってコーヒーを口に運び、もう一度ウィンクした。

「それはもう」ミアは言い、どうにか笑みをこしらえた。「感謝します」

「どういたしまして。なにかわかったら連絡してくれ」

「もちろん。本当に助かりました」ミアはにっこりしてコーヒーを飲みほし、カフェを飛びだして携帯電話を出すとムンクにかけた。

60

ミリアム・ムンクはガーデモエン空港から自宅へと車を走らせていた。後部座席にはマーリオンが乗っている。後ろめたい思いを抱えたままヨハネスを送りだすことになったが、飛行機の時間が迫っていたせいで、見送りはあっけなく終わった。ヨハネスは挨拶もそこそこに保安検査場に駆けこんだ。

「サメに食べられちゃったりしないでね」マーリオンは別れ際に言い、父親に抱きついた。

「約束する」ヨハネスはにっこりし、ミリアムにも短いキスをした。

手を振って見送ったあと、少しのあいだマーリオンはさびしそうにしていたが、いまは後ろでご機嫌にしている。ミリアムがｉＰａｄで映画を見るのを特別に許したからだ。

いまならまだやめられる。二度とジギーには会わず、明日の夜の襲撃にも参加しなければいい。だが、引き返す気にはなれなかった。出張を台無しにしないためにヨハネスには伝えずにおいたが、戻ったら打ち明けるつもりでいる。

いろいろな意味でほっとするはずだ。正直になれる。こそこそする必要もなくなる。バックミラーを覗き、画面を見て笑う愛しい娘の姿が見えたとたん、また良心がうずいたが、ミリアムはそれを押し殺した。

マーリオンはだいじょうぶ。

なにがあっても守る。

「お祖母ちゃんちに泊まるの？」ルーアにある白い家の前に車がとまると、マーリオンが訊いた。

「そうよ」ミリアムはうなずいて車を降り、戸口で出迎えた母に手を振った。

「やったあ！」マーリオンは歓声をあげ、ミリアムがシートベルトをはずすのに苦労するほど身体をはずませた。

「無事に出発できた？」マリアンネ・ムンクが訊き、ミリアムから泊まり用の鞄を受けとった。

「ええ、家を出るのが少し遅くなったけど、ぎりぎりで間に合った」

「お祖母ちゃん、テレビ見てもいい？」マーリオンが返事も聞かずに家へ飛びこむ。

「それじゃ、水曜日までね」母がミリアムに向きなおった。

「そう、迷惑じゃない？」

「いいえ、全然。ユーリエの力になってあげて」母にそう言われるとなおさら後ろめたいが、いまは嘘をつきとおすしかない。本当の目的を明かすわけにはいかない。

動物実験場の襲撃。

誰にも言ってはいけない。

罪のない小さな嘘だ。

「それにしても、ユーリエはだいじょうぶなの？　ずいぶん顔を見てないけど」

「ええ、あの子のこと知ってるでしょ。繊細すぎるの。たんなる恋の悩みよ。そのうち元気になるはず」

「そうね、つらい思いをしてても、あなたがいるものね」母はミリアムの頬をやさしくなで、玄関の奥に向かって呼びかけた。「ママにバイバイを言わないの？」マーリオンが駆けだしてきて、ぎゅっと抱きつく。

「それじゃ、水曜日に」ミリアムは笑いかけ、車に戻った。

「ユーリエによろしくね」母は手を振り、白い家のなかへ入った。

61

ひょっとしてとんでもないまちがいを犯したのだろうか。取調室の小窓の奥でムンクに並んで立ったミアは思った。黒と白の髪をしたハッカーの青年は、身じろぎもせずにすわっている。その目はこちらに据えられている。姿は見えなくとも、監視されていることは百も承知らしい。ここに連行してから二十四時間以上が経過しているが、ほとんどなにも話そうとしない。

「変わりはなし？」アネッテ・ゴーリが入ってきた。

「ええ」ミアはため息をついた。

「同じことを繰り返すだけ？」

「判で捺したみたいにな」ムンクが言って、顎を掻いた。

「弁護士はやはり必要ないと？」

「ええ、いらないって」ミアはスカンクに向きなおった。あいかわらずぴくりとも動かず、こちらを見据えている。

「まあ、たしかに必要ないかもしれません」アネッテは言い、椅子にすわった。

「コンピューターにはなにも残ってないのか」

「ええ。技術スタッフの話ではなにも見あたらないと。感心さえしていました」

「感心ってなにを？」ミアは尋ねた。

「あまりになにも残ってないから」アネッテが両手を掲げる。

「少しくらいはあるはずだろ」

「いいえ」アネッテは首を振った。「なにひとつ。真っ白です」

「どういうことだ」

「完全に消去されているんです。違法なものにかぎらず、一切のデータが」

「そりゃ妙だ」

「そんなことが可能なのか、ガーブリエルに訊いてみました。余計な真似でなかったらいいんですが。なんだかご機嫌斜めのようで――なにかあったんですか？」

「わたしのせいよ」ミアは言った。「気を悪くさせるようなことを言ったの。もう謝った。機嫌を直してくれたらいいけど」

「なるほど。スカンクの知り合いだから、共犯なんじゃないかと追及したのね。でもガーブリエルは居場所を知らなかった。そういうこと？」

言葉に棘を感じたが、ミアは気づかないふりをした。考えることはほかに山ほどある。

「ガーブリエルには埋め合わせをする。いま言ったけど、もう謝ったし」

「わかった」アネッテは言い、ふっと息を吐いた。「それにしても、少し強引じゃありません？」

アネッテはムンクのほうだけを見ている。

「なにが？」ミアはかすかにいらだちを覚えた。

「彼を連行したことよ」アネッテがすわったままのスカンクに顎をしゃくった。

「動画の件を知らせてきたからだ」

「それは協力するためでは？」

「かもしれん。だが――」

「それで、ガーブリエルはなんて？」ミアはさえぎった。

「なについて？」

「スカンクの自宅のコンピューターになにも残っていなかったこと」

「ほかの技術スタッフと同じね。感心してた」

「どういうことか説明してくれんか」ムンクがふたりに向かって訊く。「時代遅れで悪いが、なんでやつのコンピューターにはなにもない？　ＩＴ担当の連中が感心するのはなぜだ」

　ムンクはふたりを顔を交互に見比べた。話がちんぷんかんぷんらしい。

「感心しているのは、彼らがオタクだからです」ミアは隣の部屋から目を離さずに答えた。「スカンクの備えは万全だった。今回のように隠れ家が捜索されたときのために、すべてを消去するよう設定してあったんです」

「それは感心するほどの……？」ムンクはまだ納得がいかないようだ。

「難しいことなんです」アネッテが答える。

「わかった。だとしたら、どうできる？」

「なにも。こちらにあるのは推測だけですし」アネッテが気まずげにミアを見る。

「動画の件を知らせてきたという事実以外には」

「その場合、どういうことになる？」ムンクが訊いた。

「なにがです？」

「あとどのくらい拘束できるか。なにができるか、だ」

「彼は自分の権利を熟知しています」アネッテがため息をついて言い、スカンクを見やる。「さっきの話では、名前と生年月日と住所しか答えないということでしたね」

ミアはうなずいた。

「その繰り返しだ」ムンクもため息を漏らす。

「おわかりでしょうが、法的にはそれで充分です」アネッテが続ける。「あの若者はこちらの事情を完璧に把握している。本来は逮捕後四時間以内に裁判所に届出をし、二十四時間以内に判事のもとへ連行して勾留請求をする必要が――」

「手続きならわかってる」ミアはもどかしい思いでそれをさえぎった。

「昨日は日曜で」アネッテはかまわず続ける。「平日ではなかったので、正式な手続きを踏めば通常より長く拘束することも可能でした。でも、なんの容疑も固められなかった。はっきりしているのは彼が警察に協力したという事実だけですし、わたしの知るかぎり、それは違法でもなんでもありません。目下のところ、法に触れているのはわれわれのほうです。いまこの瞬間にも」

わざわざ腕時計をつついてみせられ、ミアはさらにいらだったが、反論のしようもない。

「罪には問えないということか」

ムンクがミアを見る。

「容疑が見あたりませんから」アネッテが答える。

「司法妨害とか？」ミアは言った。

「どういう？」

「ウレヴォール通りの古書店にあるサーバーで動画を見つけたと言っていたけど、そんな店は存在しなかった」

「被疑者がその虚偽の証言をしたのはいつ？」

アネッテはすっかり法律家の話し方になっている。

「知ってるでしょ。パブでよ」

「つまり、その際、被疑者は酔っていたということね。おまけに証言を聞いた警察官のほうも酒気を帯びていた。弁護士の立会いもなかった。さらに言うと、ふだん飲酒しない被疑者がその晩は――」

「もういい、わかった」ムンクがお手上げの仕草をした。

「罪に問うのは無理です」アネッテが駄目押しする。

「いまなんて言った？」ミアは訊いた。

「なんの罪にも問えない」

「いいえ、そこじゃなくて。ふだん飲酒しないって――どうやって知ったの？」

「ガーブリエルに聞いたのよ」

「でも、なぜ……」ミアはスカンクを見つめ、つぶやくように続けた。「なにか後ろめたいことがあるのかも」

「なんだって?」

「ふだん飲まないのに、わざわざわたしがいる店まで来て、あの晩だけ飲んだのはなぜか。後ろめたいことがあるからです」

「釈放しないと」アネッテが促す。「こんなの無茶です。ミアの勘だけを理由に拘束するなんて。もちろん、あなたが優秀なのはわかってる、ミア。でも、いいですか、ホールゲル。彼の拘束を続けるのは違法です。訴えられてもおかしくない」

「クリポスはなんと言ってた?」

「あちらも同じ状況です」アネッテがため息をつく。「捜査対象者のリストには入っている、それだけです。逮捕するに足る理由があれば、とっくの昔にしています」

「さっきの話はたしか? スカンクが飲まないというのは」ミアはアネッテを見もせずに訊いた。

「ガーブリエルはそう言ってた。嘘をつく理由もないでしょう?」アネッテはムンクに向きなおり、両手を掲げた。「彼は発見した動画のことを知らせてくれた。捜査に協力してくれたんです。なのに、こちらは正当な理由もなく長々と身柄を拘束している。クリポスもなにもつかめていない。彼はシロです」
「五分だけちょうだい」ミアは言った。
「ホールゲル？」アネッテが訴える。「こちらには正当な理由が……」
最後まで聞かず、ミアは部屋を飛びだした。取調室のドアをあけると、スカンクが
連行されたときのまま両手を膝に置き、背筋をまっすぐ伸ばしてすわっていた。
「どうも」ミアは言い、向かいに腰を下ろした。
スカンクの目が向けられる。
「ボイスレコーダーをオンにしないのかい？ 時刻は十八時五分。取り調べを再開す
る。ミア・クリューゲルが入室――」
「しない」ミアはテーブルの上で両手を組み、そこに顎をのせた。
「名前はクリスティアン・カールセン」スカンクがすらすらと繰り返す。「一九八九
年四月五日生まれ。現住所は――」
「ええ、スカンク、それはもう聞いたからわかってる。こういう場合に与えられてい
る権利のことも知ってるはずね」
ミアは椅子にもたれ、相手を見つめた。黒と白の髪のハッカーは視線を合わせた
が、あいかわらず身をこわばらせている。

「聞いて――」

「名前はクリスティアン・カールセン――」繰り返そうとする相手をミアはさえぎった。

「わかった、スカンク、わたしのまちがいだった。オーケー？　わたしが悪かったわ」

スカンクは微動だにせず、ミアも黙って待った。なにかあると勘が教えているが、それがなにかはっきりしない。

スカンクはミアに会いに来た。

〈ロリー〉にいるミアを探しだした。

酒に酔っていた。ふだんは飲まないのに。

「録音しなくていいのか。隣の部屋でしてるのかもしれないが、どっちみち無意味だな。言えるのはこれだけだ。名前はクリスティアン――」

「もういいわ、スカンク」ミアはまたさえぎり、片手を頭に置いた。「あなたを罪に問う気はない。その理由がないから。あそこにいる同僚によると」――と言って背後の小窓を示し――「あなたはヒーローだそうよ。捜査に協力してくれ、あなたしか知りえない情報を提供してくれた。それでいい？」

あいかわらず身動きしないまま、スカンクはミアを凝視している。

「わたしがまちがってた、スカンク。これでかんべんしてくれない？」

「名前はクリスティアン・カールセン――」

「誤りは認めたでしょ。悪かったわ、ね？　ときどき――いえ、たびたび、ここがうまく働かなくて」ミアはこめかみを指でつつき、小さく笑った。「それでなくても今日は、お気に入りの後輩にいやな思いをさせてしまったの。信じられないくらい献身的に働いてくれる子なのに。それもわたしのせいよ。ただ……」ミアはそこで口ごもった。

「レコーダーをオンにしないと」

「わたしの考えを聞いてほしい。なにも答えなくていいから。ただ、我慢して話を聞いて。いい？」

スカンクはミアを見つめたまま、眉ひとつ動かさない。

「わたしの日常のこと、少し話してもいい？　森で全裸の少女の他殺死体が発見された。絞殺され、羽根の上に寝かされ、五芒星形の蠟燭に囲まれて。生身の人間が。年端もいかない女の子が。その子の未来が奪われたの。考えるのはそのことばかり。夜も眠れない。わかる、スカンク？　これがわたしの日常。わたしの仕事なの。少女をさらって、好きに扱って、逃げおおせると思いこんでる、そんなくそ野郎に罪を償わせる。寝ても覚めても頭にあるのはそれだけ。あなたにわかる？」

背後の小窓の向こうでムンクが毒づいているのが聞こえてきそうだ。いつ制止されてもおかしくないが、ミアは気にも留めなかった。たとえ罪には問えないとしても、法が向こうの味方だとしても、スカンクがなにか隠しているのはたしかだ。

スカンクの顔に目をやると、丸一日崩さずにいた硬い表情が緩んだのがわかった。

「レコーダーをオンに……」言葉がそこで途切れる。

「あなたが犯人だとは思ってない。なんの罪にも問えないし、うちの技術スタッフはあなたの能力に舌を巻いてる。コンピューターを確認したら、完全に消去されていたから――わたしにはさっぱりだけど。とにかく、おめでとう。あなたは世界一のハッカーだそうよ」

スカンクはやはり動かない。

「わたしの考えを聞いて。あなたは殺人には関与してない。人を傷つけるとか、そんなことはしないはず。そうでしょ？」

返事はない。

「でも、なにか後ろめたいことがある。だからわたしに会いに来た。〈ロリー〉にいたとき、若いあなたがあんなに早く酔っぱらうのを見て、不思議だったの。ふだんは飲まないんだってさっき聞いた。それで、ここからがわたしの推理」

　スカンクは口を閉じたままだが、目つきに変化が表われている。

「どうやってわたしの居場所を突きとめたのか最初は疑問だったけど、単純な話よね。うちの班のメンバーは全員GPSつきの携帯電話を持ってる。システムをハッキングして追跡するのなんて朝飯前のはず。でも、大事なことを伝えに来るなら、なぜ酔っぱらったりしたの」

　やはり答えはない。

「わたしの考えはこう。あなたは動画を見つけて、わたしたちが最初にそれを見たときと同じくらいショックを受けた。でも、やがて……」

　ミアは言葉を切り、相手を見つめた。スカンクの目はずいぶんやわらいでいる。

「自分がそれに関わっていることに気づいた。別に共犯だというわけじゃない。犯罪に利用するためのなにかを報酬をもらってつくったとも思わない。ただ、ジャバスクリプトだかフラッシュ・プログラミングだか知らないけど——こっちはメールさえまともに送れないし——あなたにはその手のものが使える、でしょ？　腕はぴか一。うちの技術スタッフが褒めそやすくらいに。それで、以前に誰かから——おそらくは匿名で——なにかの作成を依頼された。ネット上のどこかから全世界にライブ配信ができるよう、機械語を使ってプログラムを組むことを。あなたはそれを思いだした。知らなかったとはいえ、恐ろしい犯罪に加担してしまったことに気づいた。それで、ふだんは飲まないお酒を飲んで、わたしの前に現れた。大の警察嫌いのあなたが。協力するなんて本当はまっぴらだったはずよ。それでもわたしのところにやってきて告白しようとした、ちがう？　匿名のクライアントのために仕事をしたけれど、自分は利用されただけだと。だからあの店に来た。当たってる、スカンク？　だからわたしを探しだしたの？」

スカンクは考えの読めない目でミアを見つめ返した。

「名前はクリスティアン・カールセン」そこで視線をテーブルに落とす。「一九八九年四月五日生まれ。現住所は——」

背後にあるドアが開き、ムンクが入ってきた。

「もう行っていい。きみを罪には問わない。不当に長く拘束してすまなかった。今後も協力してもらえれば非常にありがたい。連絡先はわかるな」

スカンクは立ちあがり、ドアのほうへ向かった。部屋を出ようとしてミアを振り返り、一瞬なにか言いかけたが、やがて口を閉じ、立ち去った。

「ミア」ムンクがミアに向きなおって言った。「ちょっといいか」

ミアはのろのろと立ちあがり、上司について取調室をあとにした。

第七部

62

翌朝、目覚めたミアは車を駆ってオースゴールストランを目指した。墓地に着くころ、ようやく日が昇った。本当はミーティングに出るべきなのだが、遅出にしたいと申しでると、ぜひそうしろとムンクに勧められた。二、三時間だけ遅れるつもりが、存分にゆっくりすればいいと言われた。昨日の振る舞いのせいで、まだ本調子でないと上司に確信させてしまったらしい。復職は早すぎたのだと。

ミアは車を降り、後部座席に積んだ花束を抱えてゆっくりと家族の墓へ向かった。最初は祖母の墓に花を供える。次に両親の墓に。いちばん大きな花束は、最後のひとつの墓に供えるためのものだ。灰色の墓石の前に立つと、いつもと同じ深い悲しみが押し寄せた。

シグリ・クリューゲル

よき姉、よき友、よき娘
一九七九年十一月十一日生　二〇〇二年四月十八日没

十年が過ぎたいまも、悲しみの重みに生きるすべさえ見いだせずにいる。心の傷はしだいに薄れ、消えるものだと人は言う。時は妙薬だと。でもミアにはちがう。いまもなお、トイエンの薄汚い地下室で姉の死体が発見された日と変わらぬ喪失の痛みに苛まれている。

墓石の花立ての霜枯れた花束を捨て、新しいものを活けた。しゃがみこんで小枝や落ち葉を拾うと、その冷たさで指がかじかむ。冬の訪れが早すぎる。これからは寒くなる一方だ。陰鬱さも増す。ミアの心と同じように。自分はチームに必要でないのかもしれない。どのみち心に決めたはずだ。この世を去ろうと。

生きている実感すらないのだから、なぜためらう必要があるだろう。心身ともに、人工的な刺激でかろうじて持たせているにすぎない。アルコールと薬で。ゆうべも薬瓶をあけ、小さな白い友の助けを借りて眠りについた。取り調べのせいで憔悴しきっていた。身の内に無数の棘が刺さったようだった。アネッテにはあきれ顔で言われた――〝もう少しセラピーを続けたほうがいいんじゃない〟。

〝もちろんだ、明日は遅くていい、ミア。存分にゆっくりするといい〟。ムンクもぼそりとそう言い、ミアを廊下に残して立ち去った。
ゆうべ寒々しい部屋に戻ったとたん、ミアのなかでなにかが壊れた。まともな人間のふりをするのはもう限界だった。前向きになるのも。薬をやめるのも。もうどうでもいい。その場で終わりにしようと思ったが、薬が足りなかった。ホールゲルが突然訪ねてきた日に一気に飲んでしまい、そのあと補充できていなかった。それでも意識を朦朧とさせ、棘の痛みを麻痺させるだけの量は残っていたから、それをあおり、ブランケットにくるまってバルコニーにすわった。目の前で揺れはじめた街の灯が夢かうつつか判然としなくなったころ、ふらつきながら部屋に戻り、外の冷気と身体の火照りで頬を赤くしたままブランケットの下で身を丸めた。意識を失う直前、こう思った——

いま行くわ、シグリ。

なのに目覚めてしまった。ひとりぼっちの暗い部屋で。こんな孤独にはもう耐えられない。家族のもとに行きたい。そこが自分のいるべき場所だ。

ミアは立ちあがり、目の前の墓石を見下ろした。姉の隣で自分も眠る。そう考えると心が慰められ、口もとがほころんだ。なぜいままで思いつかなかったのだろう。両親は当然ひとつの墓に葬られている。自分はシグリの隣で眠る。それがふさわしい。

シグリ&ミア・クリューゲル
白雪姫と眠れる森の美女
一九七九年十一月十一日生
永久にともに

「いま服用中の薬は？」

臨床心理士にそう訊かれた。マティアス・ヴァングに。ほかにもいろいろ尋ねられたが、まともに答える気にもならなかった。

「もう少し楽になれる新薬もあるはずですし、変えることを考えてみては？」

楽になどなりたくはない。なぜわからないのだろう。そんなに難しいことだろうか。求めているのは消え去ることだけ。覚悟も決めてあったのに。この世とおさらばしようと。うってつけの場所も見つけてあった。ヒトラ。はてしない空と海に囲まれた島。けれど、やってきたムンクに連れもどされた。そして事件を解決した。なのにまだ自由になれなかった。同僚たちは家族のようなものだ、復職すればうまくいくかもしれない。停職になったあと、そう考えてみることにした。でも、まちがいだった。

ようやくはっきりした、でしょ？

自分だけでなく、周囲も確信したはずだ。存分にゆっくりしろと言ったムンクのあの目。アネッテのあの表情。

ニット帽をしっかりと引きさげ、墓石を眺めるうち、長いあいだ忘れていた安らぎが胸を満たした。

こっちよ、ミア。いらっしゃい。

ここがわが家だ。霜に覆われた墓石を前に、その思いはいっそう強くなった。もう終わらせよう。力は尽くしたが、いまの自分には職務を果たす力がない。勘を失ってしまった。大切な力を。犯罪者たちの頭に入りこむ力を。仕事を休んでみたところで、冷たい街の冷たい部屋で孤独に苛まれただけだった。もうあんな日々はごめんだ。チームの仲間も自分なしでやっていける。

存分にゆっくりするといい。

みんなはさびしがるだろうか。そう、おそらくは。でもそれがどうだというのか。この事件を解決したところでなんになる？　次の事件がまた起きるだけ。平和なヒトラ島から引っぱりだされ、捜査に協力した。でも、それでは終わらなかった。残酷な犯罪は後を絶たない。闇を覗きこむそんな仕事を続けてきたが、自分もまた別の闇を抱えている。

ミアは小さく悪態をついた。そんなことを思うのが情けなかった。自らの弱さが。自分らしくもない。スカンクの件ではしくじった。いい恥さらしだ。

新しい墓石を手配しなくては。墓碑銘を刻んでもらうように。

シグリ＆ミア・クリューゲル
一九七九年十一月十一日生
永久にともに

三つの墓石はすべてミアが手配した。四度の葬儀。家族すべて、愛する者すべてを自分が葬った。墓石の注文先はまだ覚えている。

冷えてこわばった指をポケットに突っこんだとたん、携帯電話が鳴りだした。見覚えのない番号だが、反射的に出る。「はい？」

聞き覚えのない声で、耳を澄まさなければ聞きとれない。年配の女性らしい。

「ルート・リーといいます。ミア・クリューゲルさん？」

「そうですが」

「トイエンの自然史博物館の者です。お電話するようにとうかがったのですが」

「ルート、なんとおっしゃいました？」ミアは電話に出たことを後悔しながら訊き返した。

「リーです、自然史博物館の。主任学芸員のオルセンから名刺を受けとりました。学校の見学のことでお訊きになりたいことがあるとか?」

ゆっくりと反応をはじめた脳が、ようやく起動する。トール・オルセンの秘書だ。植物園の。

「ええ、そうなんです、どうも。それで?」

「ありますよ」ルート・リーが答える。上司よりも頭の回転は速そうだ。

「なにがです?」

「かける相手をまちがえたかしら。ミア・クリューゲルさんですよね」

しばらくのあいだ気配が遠くなり、ルートがオルセンから受けとった名刺を見なおしたのがわかった。

「ええ、そうです」

「ここ最近、うちに見学に来た全学校のリストがご入り用だとか」

「ええ、そうなんです」ミアは集中しようとつとめた。

「いま手もとにあります。とくにお探しの学校が?」

「フールムランネ養護院なんですが」少しずつ調子が戻ってくる。

「ああ、ヘレーネのところね」ルートが声をはずませる。

「来たことは？」

「ええ、ええ、毎年来ていますよ。普通の学校とは少し毛色がちがうけれど、すばらしい活動をなさっていますね。来てくれるのが楽しみで。ほら、いろんな事情を抱えた若い子たちに、あんなによくしてあげているでしょ？　電話をもらうとうれしくて」

「では、来たんですね」

「ええ、毎年夏にね。うちの植物園は——そうそう、ごらんになった？」

「ええ、うかがいました。それで、最後に訪問したのはいつでしょう」

「八月三日ですね。毎年八月初旬と決まっているの。あの、防犯カメラのことをお尋ねだとオルセンからは聞きましたけど。盗難の件ですよね？」

「ええ。盗まれたフクロウの」

「気にかけてくださる方がいてよかった。警察なんて当てにならないし。不法侵入でも強盗でも、最近はちっとも犯人が捕まらないでしょう？」

「ええ、まあ」ミアは話を元に戻した。「それで、見せていただけるのは？」

「博物館の全訪問者の映像です。夜間は予算の関係で無理ですが、開館中の出入りはすべて録画してありますよ」

「フールムランネ養護院の一行も？」

「もちろん。あそこの誰かだと思います？」

「え？」

少し間があった。かける相手がまちがっていないか、また不安になったようだ。

「ヘレーネのところの誰かがフクロウを盗んだと思います？」

「それはまだなんとも」

「そうでなければいいんだけど——でも、わかりませんよね。普通の生徒とはやはりちがいますし」

「ええ、まあ」

「では、そちらにお送りしましょうか」

ミアは電話を切りたい衝動に駆られた。現実世界が耳から流れこんでくる。なにもかも、どうにでもなればいい。心は決まっていたのに、オスロへ連れもどされた。求めにも応じた。まともになるよう臨床心理士のもとにも通った。自分のためでなく、都合よく使われるために。

「もしもし？」電話の向こうで声がする。

「送っていただければ大変助かります。でも、わたし宛てではなく、同僚のルドヴィーク・グルンリエ宛てにメールしていただけますか」

「もちろん。アドレスをいただけます？」

ミアは携帯電話に登録されたルドヴィークのアドレスを調べ、相手に伝えた。

「わかりました。すぐに映像を保管している技術部に言って、送るようにします」

「助かります。ありがとうございます」

「どういたしまして」ルートは言い、電話を切った。

ミアは電話に目を落とし、電源を切ろうとした。もうオンにしておく必要はない。外の世界とつながっている必要もない。もうたくさんだ。終わりにしよう。

永久にともに。

電話の上部のボタンに指をかけ、力をこめて押そうとした瞬間、また着信音が鳴りだした。

画面をたしかめる。

カリーだ。

ミアは拒否ボタンを押したが、無駄だった。二、三秒後、また着信の表示が現れた。

「なに？」返事とともにため息が漏れた。

「どこだ？」カリーが訊いた。興奮しているのか、マラソン完走後のように息をはずませている。

「オースゴールストランよ」ミアはうわの空で答えた。

「なんでミーティングに来なかった？」

黙ったままでいると、カリーが続けた。

「スンニヴァから電話が来た。すぐに来てくれ」

ミアは首を振った。カリーとスンニヴァ。痴話喧嘩に興味はない。

「悪いけど――」口をはさもうとしたが、カリーは聞こうとしない。

「いや、想像してるような話じゃない」ミアの心を読んだようにそう言う。「ここ何日もかけてきてたんだが、こっちが取らなかったんだ、なにせ……」

木の梢にカラスが二羽とまっている。カリーの話を聞き流しながら、ミアはそれを眺めた。どちらも静かに翼を休めている。墓地の木にとまった二羽の鳥。じきにその下の墓にふたりの姉妹が横たわることになる。十月の薄日のなかへ飛び立ったカラスを見送りながら、ミアはうっすらと笑みを浮かべた。

「いま、なんて？」カリーの言葉がようやく脳に達し、ミアは訊き返した。

「驚きだろ」カリーも声を張りあげる。「いかれた話だが、おれはあいつを信じる。嘘をつく理由もないしな。あいつのことならわかってる、絶対に――」

「もう一度言って」ミアはカリーをさえぎった。ゆっくりと頭が覚醒する。

「牧師が、その、ホスピスの患者が、知ってるって言ってるらしい……ふたりの子供時代を。ヘレーネ・エリクセン。と、その兄貴を」

カリーは興奮のあまりしどろもどろだ。

「罪を懺悔したがってるらしい。お迎えが近いんだろう。肩の荷を下ろさないと、心安らかに天国へ行けないとか」

「ヘレーネ・エリクセンには、余命わずかな兄さんがいるってこと？」

「いや、ちがう、お迎えが近いのは牧師のほうだ。とにかく来てくれ。病室でふたりが待ってるんだが、ひとりでスンニヴァと顔を合わせたくないから……。オーストラリアのカルト教団かなにかの話らしい。それに、金を受けとったとか。それを懺悔したいそうだ」

「カリー」落ち着かせようと名前を呼んだが、無駄だった。

「戻ったときには病気だったらしい」

「牧師が？」

「いや、兄貴が。頭の病気だ」

「カリー」

「ふたりで待っているから、来てくれという話で——」

「カリー」ミアがきっぱり言うと、ようやくカリーは言葉を切った。

「なんだ」

「いいかげん、いやにならない？」

「なにがだ」カリーはとまどっている。

「次から次へと自白する人間が出てきて」

「どういう意味だ」

ミアはため息を漏らした。電話に出るんじゃなかった。さっさと電源を切ればよかった。

「自転車用のヘルメットをかぶったフーグレサングとか。ほかにも何件電話があったか知れない。さっぱり理解できないけど、こういう事件が起きると、自白したい衝動に駆られる人間が出てくる。あなたも知ってるでしょ。それで、今度は——誰って言った？ お迎えが近い牧師？ 頼むから、いいかげんに——」

「その牧師はくわしい話を知ってるんだ」カリーがまた話しだしたが、ミアはうんざりだった。

もういい。たくさんだ。

「ふたりは金を受けとったらしい」カリーはまだ粘っている。「帰国したときに。慰謝料のような形で。ヘレーネ・エリクセンは養護院を開いた。兄のほうは、回復してから食料品店をはじめたそうだ」

ミアは半分も聞いていなかった。カラスが去った墓地は、しんとした静けさに包まれている。

「ムンクに言って」

「だめだ、とんでもなく機嫌が悪そうで。喧嘩でもしたか」

「聞いて、カリー」そう言ったものの、続ける気力さえない。

「今回はたしかだと思う」カリーはあきらめない。「スンニヴァは何分もしゃべりっぱなしだった。そもそもかけてくるってだけで……」

カリーの話を聞き流すうち、なにかが頭に引っかかった。

「さっきなんて？」

「たしかめに行かないと――」

「いえ、そこじゃない。ヘレーネ・エリクセンには兄がいたって？」

「ああ、近くで食料品店をやっているらしい。でも……」

ジム・フーグレサング。

「いや、口もききたくないはずなのに、わざわざ電話してきたってことは……」

庭にとまった白いヴァン。

「とにかく、その牧師の話を聞いてみる価値はある。なにせ、ほかに手がかりも……」

顎ひげの男。

辺鄙な場所。

食料品の配達。

薄気味悪いコテージの外。

「ムンクを捕まえて」ミアは急いで言い、砂利敷きの園路を駆けだした。

ヴァンの側面のロゴ。

〈フールムランネ・スーパーマーケット〉

「はっ？」

「ホールゲルを捕まえて。ホスピスに来るよう伝えて」

「有力な手がかりだと思うか」

ミアはポケットのキーを探った。「どこのホスピス？」

「聖ヘレーナ。民間のホスピスで、場所は——」

「メールでこっちにも送って」ミアは言い、車に乗りこんだ。

「なら来るのか？」

「いまから向かう。ムンクに連絡して。すぐに」

電話を切ってキーをイグニッションに挿し、アクセルを踏みこんだ。砂利のはねる音を聞きながら、ミアはバックミラーに小さくなる墓地に別れを告げた。

63

イサベラ・ユングは胸をときめかせながら自室のベッドにすわっていた。待ち合わせ時刻はまだだが、もうじきだ。待ち焦がれていた瞬間がやってくる。服はもう着替えてある。今夜はダメージジーンズではなく、ワンピースを着た。何時間もかけておめかしもした。見かけなんて問題じゃないかもしれない。それでもおめかしすることにした。髪も整えた。立ちあがって鏡の前で笑みをつくり、くるりとまわってみた。

〝会いたい。内緒で。
ふたりだけで。
午前四時に、隠れ家の裏で待ってる。
きみはぼくの運命の子？〟

自分の幸運がいまだに信じられなかった。まるで夢みたい。これまではつらいことばかりだった。最初はハンメルフェストでの母親との暮らし。そのあとは縁もゆかりもない他人の家での生活。そのあいだずっと、頭の奥で小さな声が囁いていた。

いつかきっと。

その日が来るわ、イサベラ。

すべてうまくいく。

でも、こんな素敵なことが待っているとは思いもしなかった。昔から頭の声には悩まされてばかりだった。嘘をつき、騙し、甘い言葉で操ろうとするからだ。ウレヴォールの摂食障害クリニックでは、思いあまって台所のナイフを頭に突き立てた。それからは頭のおかしい人間扱いされるようになったが、おかしくなんかない。頭から声を掻きだしたかっただけだ。いまいましいその声は、希望を持たせるようなことを言うものの、でたらめばかりだった。でも、結局は正しかったのだ。フールムランネ養護院に来て数日たったころ、イサベラは声に謝った。声の言うとおりになったから。養護院で少し過ごしてみてそれがわかった。安らぎと安全。自分の部屋。たくさんの花。自分を大事にすることを教えてくれたヘレーネ。自分も価値ある人間なのだと思えた。寝床のなかで何度も声に謝った。

ごめんね、あなたの言うとおりだった。

声は許してくれた。

いいのよ、これからもっと幸せになれるわ。

その意味がようやくわかった。イサベラはもう一度鏡のなかの自分に見入った。にっこりしてみせ、白いワンピースをなでる。

午前四時、隠れ家の裏で待ち合わせ。

頬が火照りだす。ベッドに腰を下ろしたものの、またすぐに立ちあがる。あと二時間。ああ、待ちきれない。時間が過ぎるのが遅い。遅すぎる。居ても立ってもいられず、何度も部屋を行ったり来たりする。

落ち着いてと声が言った。あとほんの二時間よ。

イサベラはうなずき、静かにベッドに腰を下ろして、声の言うことを信じなかった自分を悔いた。信じるべきだったのに。

きっとだいじょうぶ。

すべてうまくいく。

イサベラは目を閉じ、待ち合わせ場所を思い描いた。隠れ家の裏を。

あと二時間。

そして枕に頭を休め、笑みを浮かべながら、白いワンピースを皺にしないようそっと身を丸めた。

64

ムンクはふかぶかと煙草を吸った。まともに頭が働かない。頭痛のせいだ。釘が打ちこまれるような痛み。一日じゅう鎮痛剤を飲んでいるが、まるで効かない。昨日はひどい一日だった。ミアは取調室で勝手な行動をとり、アネッテはミアの勘だけに頼ってスカンクを拘束したことを規則違反だと突きあげた。あのアネッテの責めるような目。

ボス失格だ。

ダッフルコートのフードをかぶり、吸っている煙草の火先を使って次の煙草に火をつけたとたん、またこめかみに痛みが走った。思わず目をつむり、深く息をして痛みが引くのを待った。いったい、どうしたっていうんだ。世界一の健康体でないことは承知だが、こんな痛みを覚えるのは初めてだった。いや、まえにも一度だけあったが、十五年以上も昔の話だ。父が交通事故で亡くなる数日前のことだった。事故の原因は対向車の大型トラックのドライバーの飲酒運転。そのときも頭を貫かれるような痛みを覚えた。身体が災いを予知したかのように。いや、前触れなど信じるわけではないが。

目を閉じて痛みが薄れるのを待ってから、新しい煙草に口をつけたとき、ミアが立派な建物の正面玄関から出てきた。富裕層向けの民間ホスピス。どんな過去も思いのままに清算して天国へ行けるものと信じて疑わない連中が大勢暮らしていそうだ。

「だいじょうぶですか」ミアが訊き、ジャケットの前をかきあわせた。

「うん？　あ、ああ」

ミアは口もとに笑みを浮かべ、じっとしているのももどかしい様子だ。「それで？」

「なにがだ。牧師の告白がたしかかどうかか」

言わずもがなだ。

ムンクとは対照的に、いま聞いた話が真実だとミアは確信しているらしい。

ミアはニット帽を耳の下まで引きおろし、気遣わしげな顔をした。

「本当にだいじょうぶですか」

「は？　ああ、むろんだ」ムンクはうなずき、煙草を地面に捨てた。

脳天を貫く釘の痛みはおさまったようだ。ムンクはもう一本煙草を抜き、胸のわだかまりを押しやった。センターラインをはみだした大型トラック。ゆうべ廊下で見たアネッテの目。

「なら、なにをぐずぐずしてるんです？」

「本当にたしかだと思うか」

「疑う理由でも？」

「難癖をつけたいわけじゃないが」ムンクはふっと息を吐いた。「ちょっと無理がないか」

「もう、ホールゲル、信用してください。疑うのはこっちの役目だと思ってましたけど」

ムンクはまた煙草をふかしてから、頬を緩めた。

「一九七〇年代初め、若い男女が結婚するために牧師のもとを訪れた。だが、女が子持ちだったことが問題だった。男が海運王の跡継ぎで、父親は血のつながらない子供たちを孫と認めなかったから」

「ええ」ミアがうなずく。

「それでふたりは子供たちをオーストラリアに送り、結婚した」

「そうです」

「本気か、ミア。やがて妻は不審な交通事故で死ぬ。牧師は金で口封じされた。時が過ぎ、子供たちは呼びもどされ、百万長者となった夫は――」

「億万長者です。カール＝シグヴァール・シモンセン」

「そうか」ムンクはまたため息をついた。「その億万長者は、苦労をかけた子供たちに慰謝料を支払った。娘のほうは、自分と同じ恵まれない子供たちのための施設をつくった。息子のほうは食料品店を買っただと？　そんな話信じられるか、ミア！」

「なぜです？」

「フーグレサングのときと同じだ」

「待ってください、ホールゲル」

「牧師を見たろ？　あの世に片足を突っこんでる。とっくの昔にぼけが来てるのさ。この線は追わない。ほかをあたろう」

「ほかって？」

ミアのいらだちを感じる。

「かつらとか。例のハッカー、スカンクとか。アネッテには同意できん。つつけばまだなにか出るはずだ。動画も出所を突きとめる必要がある。動物解放戦線のタトゥーの件もな。牧師の線は捨てよう、ミア、悪いことは言わない」

「会ったんです」ミアがムンクを見据える。

「誰に？」

「兄のほうに。ジム・フーグレサングの家で」

「自転車用ヘルメットの男の？」

ミアはうなずく。

「病院で薬漬けのはずだろ」

「ええ、でも家に行ってみたんです」

「いつだ」

「それはどうでもいい」ミアがぴしゃりと言う。「そこにいたんです」

「誰が」

煙草を地面に投げ捨て、さらに一本吸おうとしたとき、正面の扉が開いてカリーが顔を覗かせた。

「牧師がまた目を覚ましました。ぺらぺらしゃべってます。聞きに来てください」

ムンクはミアを見やった。「いや、もういい」

「そんなこと言わずに」ミアが必死にねばる。

「だめだ」ムンクはつっぱね、もう一本煙草を抜いた。「いまある手がかりが先だ。夕方六時にミーティングをやる。ここにいても無駄だ」

「早く」とカリーが戸口で急かす。「絶対に聞いたほうがいい」

「だめだ」ムンクはポケットから車のキーを取りだした。

「兄貴のほうがフクロウみたいな格好をしていたらしいです」

ムンクは足をとめ、ミアを振り返った。

「全身を羽根で覆って。どうです、ぼけてるだけなら、こんなことまで言います？」

「ホールゲル？」ミアがせっつく。

ムンクはその顔を見つめ、キーをポケットに突っこむと、ミアのあとから足早に階段をのぼった。

65

暖かいセーターを着てきてよかったとイサベラ・ユングは思った。隠れ家の裏は凍えそうに寒かった。ワンピースの下にはタイツも穿いている。おしゃれとは言えないが、急に訪れた冬の冷えこみのなかで、ぶるぶる震えて待つのも格好のいいものじゃない。

〝午前四時に、隠れ家の裏で待ってる〟

五時になるのに、まだ彼は現れない。イサベラは袖口を指先まで引っぱりおろし、ニット帽をかぶってくればよかったと思った。ふだんなら髪型のことなど気にしないのに、今夜は特別なので、帽子は部屋に置いてきた。

一時間の遅刻。

感じがいいとは言えない。紳士的でもない。イサベラは暇をつぶそうと、父のことを考えた。少しまえにメールが来た。地中海に行ってきたそうだ。どんな旅だったかは想像がつく。いつものように仲間と飲みに出かけたのだ。誰かが給付金を手にしたり、競馬で儲けたりすると、航空券を買ってスペインへ飛び、お金を使いはたすまでそこで飲み暮らす。外国で飲んだほうが安上がりだからだ。イサベラは年端もいかないうちからそう学んだ。

フレドリクスタで父と暮らした短い日々のあいだ、よく壁越しに父や仲間たちの様子をうかがったものだった。喧嘩はめったになく、たいていは機嫌よくしゃべりながら飲んでいた。音楽をかけ、トランプをすることもあった。たまにガラスが床に落ちて割れたり、誰かが千鳥足でトイレに立ったりしたが、イサベラにちょっかいを出す者はいなかった。父もその点には気を配っていた。イサベラの部屋に入ろうとした者は、家を追いだされてそれきりだった。朝起きて誰かが居間のソファーや床で寝ていたら、イサベラは部屋に引っこむか、外に出てぶらつくかした。誰もいなければ、父が目覚めたときのために家の掃除をした。紳士でいるにはこぎれいにしていないと。父や仲間の男たちはよくそう話していた。壁越しに。レディのためにドアをあけること。礼儀正しくすること。時間は守ること。

パウルスは時間にルーズらしい。

七時になり、ついにあきらめた。寒すぎる。耳は真っ赤にかじかみ、指もまともに曲がらない。腹も立っていた。ふたりだけで会いたいとカードを寄こしたくせに、すっぽかすなんて。パウルスが養護院にいるのはわかっている。姿を見たのだから。

考えれば考えるほど、腹の虫がおさまらなくなってくる。

イサベラは切り株から腰を上げ、憤然と木立のなかを引き返しはじめた。真っ暗闇で怖くはあるが、じきに裏庭の照明が見えるから、そうしたらもう安心だ。

文句を言ってやらないと。

イサベラはまだ十五歳だが、弱虫ではない。度胸ではたいていの男の子に負けないつもりだ。そう、こんな仕打ち許せない。適当にあしらわれるつもりはない。

裏庭の照明が見えたとき、パウルスが本館から飛びだしてきた。

タイミングよく。

カールした黒髪の若者は、ダウンジャケット姿でこちらへ向かってくる。

「なにしてたの」イサベラは相手を呼びとめた。

「え？」パウルスがきょとんとする。

「なんで来なかったのよ」

「はっ？」パウルスは首を振った。「急いでるんだ」そう言って脇を通りすぎようとしたが、イサベラはさえぎった。

「なにするんだ、イサベラ」

「ほら、これ」イサベラは言い、ポケットからカードを引っぱりだした。

〝会いたい。内緒で。

ふたりだけで。

午前四時に、隠れ家の裏で待ってる。

きみはぼくの運命の子?〟

「なんで来なかったの。来る気あったわけ? それともからかっただけ? あなたってそういうやつなの」

「なんだよ」パウルスはさらにとまどった顔をする。

「あなたが書いたんじゃないの?」イサベラは相手のダウンジャケットをつかんだまま、カードを目の前に突きつけた。

「ちがう! とんでもない。おれがそんなことすると思うか」

パウルスに睨みつけられ、イサベラは気づいた。彼からじゃない。誰かにかつがれたのだ。顔がかっと火照るのを感じながら、ジャケットから手を放した。

「ごめんなさい。てっきり――」

「いいかい、本当に急いでるんだ」パウルスはイサベラの話に耳を貸す気もないようだ。

「なにかあったの」

「ヘレーネが逮捕された」

「えっ！」

「兄さんのヘンリークも」

「なんなの、どうして？」

「カミラ・グレーン殺害の容疑で」

「そんな……」

「悪い、本当に行かないと」パウルスはそう言い残し、走り去った。

十五歳の少女をひとり裏庭に残して。

66

ヘレーネ・エリクセンは蒼白な顔をし、ミアとムンクが狭い取調室に入ったとたん身をすくめた。

「兄は潔白です。信じてください」ヘレーネはそう訴え、立ちあがった。

「こんにちは、ヘレーネ」ミアは声をかけた。「さあ、すわって。しばらくここにいてもらうことになりますから」

「でも、わたし……お願いです、信じて。ね、ホールゲル？」

すっかり動揺した様子のヘレーネは、すがるような目でムンクを見てから椅子にすわりこみ、両手で顔を覆った。

「おふたりに容疑がかかっていましてね」ムンクは言い、ミアの隣にすわった。

「わたしにも？」ヘレーネの声におびえが混じる。「でも、わたしはなにもしていません」

「お兄さんはしたと？」ミアが訊く。

「え？　いえ、ヘンリークもなにもしていません。兄はそれはそれはやさしい人なんです、誰かを傷つけたりなんてしません。どんな噂を聞いたか知りませんが、わたしを信じてください」

「噂とはどんな？」ミアが静かに訊く。

ヘレーネはムンクのほうを向き、テーブルの端のボイスレコーダーに目を移したが、ムンクは小さく首を振った。

「ヘンリークはどこです？」ヘレーネが必死に言う。

「お兄さんは隣の部屋で、弁護士を待っています」

「弁護士なんていらない。悪いことなんてしていないもの、そう言ってるでしょ」

「弁護士は必要だ」ムンクは冷ややかに答えた。「本人にもそう勧めました。二、三時間後にはカミラ・グレーン殺害容疑で逮捕した旨を裁判所に報告し、今夜はここに留置します」

ヘレーネがまたムンクを見てから、ボイスレコーダーにちらっと目をやったが、ムンクはもう一度首を振った。

「いえ、待ってください。どうか信じて。兄はなにもしていません」ヘレーネは泣きださんばかりだ。「人がなんと言おうと関係ない。後生ですから、わたしの話を聞いてください。だいいち、兄は家にもいなかったんです。ちょうど――」

「人にどんなことを言われていると?」ミアがさえぎる。

ヘレーネは少しためらった。「羽根のことを」ぽつりとそう言う。「口さがない人たちがいますから。ゴシップ好きな。他人のことは放っておいてくれたらいいのに。本当に許せない――」

「殺したいくらいに?」

「え?」ヘレーネがミアを見る。「いいえ、まさか。ただ――」

「あんたもその場にいたのかね。それとも、隠蔽に手を貸しただけか」ムンクは訊いた。

「なんですって」

「なんといっても、肉親ですからね」とミアが言う。「理解はできます。おふたりは仲がいいんでしょう？　つらいことを乗り越えてこられたから」

「そんなこと、いつ……」ヘレーネが口ごもる。「もちろん、手を貸してなどいません」

「では、単独犯だと？」

「いえ、ヘンリークも潔白です。なぜ信じてくれないんです」

「でも、彼が――その、どう表現するべきか――鳥の姿を真似するのが好きだったのは知っていたはずです」

「ずっと昔の話です。これだから小さな町はいやなんです、詮索好きな人間ばかりで。ときどき――」

「では、いまはもうやめている？」

「やめるって？」

「鳥の姿を真似するのを」

「ええ。いいかげんにして、いま言ったでしょ――」

「やめたのはいつ?」

「ずっとまえです。最後に見たのは――」

「鳥の格好をするのが好きだったのはたしかなんですな」ムンクは言った。

「ええ、でも過去のことです。そう言っているでしょ」

ミアの目が光を放つ。

「最後に見たのはオーストラリアにいたときのことですか、それとも帰国後の?」

ヘレーネはつかのま黙りこんだ。思いだしたくない記憶をたどるように。

「帰国後しばらくしてからです。兄は助けが必要な状態だったんです、おわかりでしょ。つらい経験をしたんです。兄のせいじゃありません。もちろん、人など殺していませんが。オーストラリアでは、頭のおかしい連中に囚われていたんです。いろいろなことを吹きこまれ、少しでも逆らえば罰を受けました。それに耐えた兄を誇らしく思います。ええ、そう断言できます」

ヘレーネが背筋を伸ばした。そのとたん、ムンクが初めて養護院を訪ねたときに感じた威厳がいくらか甦った。

「あんなにつらい目に遭っても、兄に驚くほどよくやってきました。誇らしいほどに。あの経験を乗り越えられる人間なんて、めったにいるものじゃありません。兄ほどすばらしい人には会ったことがないくらいです。兄のためならなんでもするつもりです」

「たしかに、そうしたわけですね」ミアが言った。

「はい?」

「ヘンリークがカミラを殺したと気づいたのはいつです」ムンクは言った。

「そんな」ヘレーネがたじろぐ。「いま言ったこと、聞いていなかったんですか」

「ちがいます、ホールゲル」ミアがムンクを見て言った。「その訊き方は適切じゃありません」

「うん?」

「ヘンリークがカミラを殺したと疑いはじめたのはいつか、です」

「そうだな、すまん、まちがえた」ムンクは苦笑いし、ヘレーネに向きなおった。

「ヘンリークがカミラ・グレーンを殺したと疑いはじめたのはいつですか」

「よくわかりませんが」ヘレーネはそわそわと指先でテーブルをつつきながら言った。「最初に思ったのはいつかということでしょうか、ひょっとして、と――」

「そう、ヘンリークの名前が頭に浮かんだときです」ムンクは小さくうなずいた。

「それは、新聞であの写真を見たときです。森の地面に羽根が敷きつめられているのを」ヘレーネはためらいがちに言い、ふたりを上目遣いで見た。「その、カミラが横たえられていた場所に」

「つまり、ヘンリークはすぐにやめなかったということですね。オーストラリアから帰ったあとも」ミアがものやわらかに訊く。

「なにを？」

「鳥の格好をすることを」ムンクは答えた。

ヘレーネがふたりを睨みつける。

「あんな思いをして、ひと晩で立ちなおれるはずがありません。どんな扱いを受けていたか、少しでも想像できます？　ヘンリークがどんなことを強いられたか。穴倉に閉じこめられたりしたんです。一度だけでなく、何度も。実験用のモルモットみたいな扱いでした。あそこに送られたとき、わたしは三歳にもならず、ヘンリークも五歳になるまえでした。どんなにひどい暮らしだったことか。この世はそういうものなのだと思いこまされてきたんです。兄が心を病んだとしてもおかしくないでしょ？　心のなかに逃げこめる場所を求めたとしても」

「それで、その習慣は続いたと」ムンクは訊いた。

「ええ、それがなにか？　兄は本当にがんばりました、誇らしいほどに」

「とても痛ましいお話です」ミアが言い、革ジャケットの内ポケットから封筒を出した。「ふだんなら、おふたりに心から同情もしたでしょう」

ミアは封筒をあけ、ヘレーネの目の前に写真を置いた。

カミラ・グレーン。

森のなかに全裸で横たえられている。

おびえきったように目を見開いて。

ミアに目で促され、ムンクはうなずいて録音を開始した。

「時刻は十八時二十五分。担当は殺人捜査課特別班班長ホールゲル・ムンク、およびミア・クリューゲル捜査官……」

ふたりが入室したときから蒼白だったヘレーネの顔は、ミアに写真を見せられたせいで、いっそう血の気を失っている。

「名前と生年月日、現住所を言ってください」ミアがレコーダーを示して言った。

数秒の間があり、ミアにもう一度促されてから、ようやくヘレーネは口を開いた。

「ヘレーネ・エリクセン。一九六九年七月二十五日生まれ。フールムランネ養護院、トフテ三四八二番地」

色を失った唇のあいだから言葉を押しだすあいだも、ヘレーネは恐ろしい写真から目を離せずにいる。

「あなたには弁護士を呼ぶ権利があります」ミアが続ける。「経済的に厳しければ、国選弁護人も——」

ノックの音でミアの言葉はさえぎられた。アネッテ・ゴーリが顔を覗かせ、話があるとムンクに目で合図する。

「なんだ」外に出てドアを閉じると、ムンクは言った。

「まずい状況です。ヘンリークの弁護士が来ました」

「それで？」

「彼は国外にいたそうです」

「なんだと！」

ムンクは眉根を寄せた。

「ヘンリーク・エリクセン。国を出ていました」

「国を出ていた？」ムンクはオウム返しに言った。

「イタリアにコテージを所有していて、毎年夏はそこで過ごすそうです」

「どういうことだ」

「ヘンリーク・エリクセンは、カミラ・グレーン失踪時にノルウェーにいなかったんです」

「まさか、ありえん！」

「どうします？」

「ヘンリークはきみとキムに頼む」ムンクは少し考えてから言った。

「本当に？」

「型通りの取り調べを頼む。できるだけ話を訊きだして、そうだな、二十分後にまたここへ来てくれ」

「了解です」アネッテが短くうなずき、ムンクはドアをあけて取調室に戻った。

67

ガーブリエル・ムルクはマリボー通りのオフィスで、もやもやした思いを抱えていた。ぼくを共犯だと疑うなんて、どういうつもりだ？

「ガーブリエル」ドアのところで声がし、ガーブリエルはわれに返った。

「はい？」

「ちょっといいかい」ルドヴィークだ。「見てほしいものがあるんだ」

「ええ」ガーブリエルは年配の捜査官について廊下を進み、相手の個室に入った。

今日のオフィスは朝からほぼ空っぽだった。ふたり以外に残っているのは、ガムをくちゃくちゃやりながらコンピューターに向かっているイルヴァくらいだ。ほかはみな警察本部へ行っている。

「なんです？」ガーブリエルは訊き、椅子にすわったルドヴィークの背後にまわった。

「この映像なんだがね」

「ええ」

「自然史博物館の。話は聞いてるかい」

「なんのことです？」

「知らないようだな」ルドヴィークはにやっとした。

そしてデスクトップのアイコンをダブルクリックし、モノクロ映像を表示させた。

美術館か博物館に入っていく集団を映したものだ。

「なんです、これ」

「トイエンの植物園のものさ。フールムランネ養護院から自然史博物館へ見学に行った際の」

「それで？」

ぎくしゃくした不鮮明な映像だ。防犯カメラのものらしい。寮生たちが白髪頭の男に迎えられ、ぞろぞろと歩きだす。

「ここまでは問題ない」ルドヴィークがクリックする。

ガーブリエルは画面に顔を近づけた。

「だが、この次だ。どう思う？　ちょっと見てくれ」

ルドヴィークはガーブリエルを振り返った。いくつもの展示ケースに剝製が陳列された部屋に一行が入っていく。

「ちょっと妙じゃないか」

「なにがですか」

「少し戻そう」ルドヴィークはカーソルを動かした。「ここだ」そう言って停止ボタンを押す。「わかるかい」

ガーブリエルは画像をしげしげと見てから首を振った。「なんのことです？」

「印刷してみよう」ルドヴィークがキーを叩く。

ふたりは印刷された用紙を持って会議室に向かった。

ルドヴィークが壁に貼られた写真の横にいま印刷した画像を並べた。「養護院の人間がほぼ全員写ってるだろ。ヘレーネ・エリクセン。パウルス・モンセン。イサベラ・ユング」

ガーブリエルはその指先を目で追いながらうなずいた。

「なら、これは誰だ？」

ルドヴィークがほかのひとりを指差す。見覚えのない顔だ。白いワイシャツ姿の若い男で、丸眼鏡をかけ、ほかのみなとはちがって剝製には目もくれず、カメラをまっすぐ見据えている。

「関係者のリストには入ってなさそうですね」

「そう、そこが妙なんだ」

「ここにはみんな写ってますよね。教師たちも、ヘレーネ・エリクセンも、モンセンも、少女たちも――でも、この男は？」

ガーブリエルはルドヴィークが貼った関係者一同の顔写真を眺めまわした。養護院の寮生と職員のものが揃っているが、この男の写真だけが見あたらない。

「それに、なんでカメラをまっすぐ見てる？」

「そう、それも妙ですよね」

「ああ、だろ。見学に来たんだから。退屈だとしても、一応は剝製を見るはずだ。だが、この男はまるでカメラの――」

「ありかをたしかめてるみたいだ」

「それでだ、おれが疑り深いだけかもしれんから、別の目で見てもらいたくてな。手がかりになりそうか？」

　ガーブリエルは問題の写真をさらにじっくり眺めた。ほぼ全員が白髪の学芸員の示すものに注目しているが、ワイシャツの男だけが眼鏡の奥の目に驚いたような色を浮かべ、こちらを見上げている。

「ワオ」ガーブリエルは男から目を離さずに言った。

「このなかにはいないだろ。一致するものがあるかい？」

　ルドヴィークはまた関係者一同の写真を示した。

「ないですね、どう見ても」

「なら、まだ耄碌はしてないな。この目は節穴じゃないよな」ルドヴィークがおどけてみせる。

「なんでこの男はカメラを見てるんでしょう」

「設置場所をたしかめるために」

「ですよね」ガーブリエルはこちらを見つめる不審な男の顔を凝視しながら言った。

白いワイシャツと丸眼鏡の若い男。

「ミアに電話する」ルドヴィークが言い、電話を取りに会議室を飛びだした。

68

少年は連れてこられた奇妙な場所にとまどっていたが、やがてなじんだ。本はあまりなかったが、壁が分厚いので、夜に自分の話をされるのを聞かずにすんだ。院長の女の人もやさしかった。それまで会った大人たちとはちがい、少年を変な目で見たりせず、ほかの子供たちと同じように扱った。その家にいる子供たちはみな年上だったが、別にかまわなかった。どっちみち、ひとりでいるほうがいい。

七人の子供のうち、唯一の男の子はマッツといった。少年はマッツのことだけは気に入った。この世はひどいところで、いかれた人間だらけだ――そんな話ばかりするところが少し母さんに似ていた。それに、母さんがしていたのとはちがうものの、お化粧するのも好きだった。目のまわりを黒く縁取り、爪にも黒いマニキュアを塗っていた。とにかく黒が好きで、着る服も黒ずくめだった。部屋の壁に貼ったポスターのミュージシャンたちも黒い衣装で、顔だけ白く塗っていた。メタル。そういう音楽だそうだ。少年はめったに口をきかず、マッツが部屋で曲を流し、あれこれ解説するのをおとなしく聞いていた。メタルにもたくさんの種類がある。スピードメタルにデスメタル、そしてマッツのお気に入りのブラックメタル。音楽自体はわめき声がやかましすぎてあまり好きになれなかったが、話を聞くのは楽しかった。とくにブラックメタルの話が。ステージ上で山羊を生贄にしたり、全裸の人間たちを十字架にかけたりするらしい。悪魔や死について書いた歌詞のことも教わった。

一年が過ぎると、その場所はわが家のようになった。もちろん、母さんと一緒だったころにはかなわないが、まえにいた家よりも快適だった。温室もあって草花の世話も覚えたし、授業も楽しかった。少年は最年少だったが、誰よりも優秀で、授業のあとたびたび教師に呼びとめられた。

もうこの本を読み終えたのかい？

新しいのを渡さないとね。

少年はどの教科も好きだった。英語、国語、算数、社会。新しい教科書を開くたびに新しい世界に出会える気がして、飽きることがなかった。とくにお気に入りの教師はロルフだった。誰よりも少年を褒めてくれるからだ。自分にだけ特別に宿題をくれ、それを仕上げるとにっこり笑いかけてくれた。専用のノートパソコンを特別に持たせてくれたのもロルフで、おかげでしばらくのあいだ寝る間もなかった。知りたいことが山ほどあり、眠るのが惜しいほどだった。本とパソコンに囲まれて毎日夜更かしし、次の宿題をもらうのが待ちきれなかった。

でも、なによりも楽しいのはマッツとの時間だった。少女たちにはできるだけ近寄らないようにしていた。女の子というのは顔ではにこにこしていても、心のなかは不実で意地悪なのだと母さんに言い聞かされている。関わらないのがいちばんだ。マッツも女の子を嫌っていた。そもそも、メタルにしか興味がなかった。本を読むのも苦手だった。儀式や血や悪魔や、死者を蘇らせる方法についての本以外は。

「ヘレーネはばか女だ」ある晩、マッツの部屋でそう聞かされたことがある。でも、少年は賛成できなかった。

母さんから引き離されたあとに会った人々のなかで、ヘレーネは誰よりも親切だと思っていたが、それは口にしなかった。マッツと喧嘩をして、部屋に入れてもらえなくなるのがいやだったから。

「でも、兄貴のほうはいかしてる」

「ヘンリークが？　店をやってる人？」

「ああ」マッツはにっと笑った。

「どこがいかしてるの？」

「あのふたりが、カルト教団にいたって知ってるか」

「ううん」カルト教団と言われてもよくわからなかったが、マッツがうれしげに笑みを浮かべているので、なにかいいものなのだろうと思った。

「オーストラリアのだ。子供のころの話さ。ザ・ファミリーって教団らしい。そこで子供たちは実験台にされてた。アンていう女を母親だと信じこまされててな。みんな同じ服を着せられて、同じ髪型をさせられた。それに薬漬けにされてたんだ。フルフェナジンにハロペリドール、イミプラミン。それにＬＳＤも。想像できるか？　狭くて暗い部屋に子供ばかりが押しこめられて、ＬＳＤでハイにさせられたんだぜ」

十三歳になったばかりの少年にはなじみのない名前だったが、マッツは薬にくわしかった。毎晩何種類もの薬を飲まされているからだ。名前を挙げた薬がどういうものかもわかっているらしかった。

「ふたりともまともじゃなくなった。頭がいかれちまったのさ」マッツがまたにやっとした。「とくに、兄貴のヘンリークのほうは。自分をフクロウだと思いこんだんだ」

「フクロウ?」

「死の鳥さ」

少年は魅入られたようにマッツの話に耳を傾けた。

食料品店をやっていてまともそうに見えるヘンリークが、昔は鳥の羽根を全身に貼りつけて、敷地の奥の隠れ家で儀式をしていたという。鳥を生贄にして、死者を蘇らせるための儀式だ。

「ずっと昔の話だが、でたらめなんかじゃない。いまはまともになったっていうが、当時は完全にあぶないやつだったらしい。おまえみたいにな」

「ぼくみたいに?」

少年はぽかんとした。

「ああ、おまえみたいに。だろ、ちがうか? 生まれてからずっとおふくろに閉じこめられてたんだろ、誰にも会わずに。いかれ女に育てられたんだろ? おれたちは同類なんだ。おまえはただの間抜けに見えるが、おつむのなかは正真正銘ぶっ壊れてる。そこが気に入ってるんだ。まともじゃなくてなにが悪い? フクロウの羽根を全身に貼りつけるなんていかしてる、だろ?」

マッツに荒地に連れだされ、蘇りの儀式を見せられたとき、少年はなにも感じなかった。巣にいる鳥をふたりで捕まえ、それをマッツが靴紐で絞め殺した。それから五芒星の形に並べた蠟燭のなかに死骸を置き、マッツが本に書かれた呪文を読みあげた。

そのあとも、とくになにも感じなかった。

マッツを殺したときも。

使ったのはキッチンでくすねたナイフだった。しいて言えば、好奇心を覚えたかもしれない。真っ黒な地面に血が飛び散り、黒く縁取られた目が見開かれるのを見たときに。

マッツは言葉にならない声を発し、驚いたような目で少年を見上げていたが、やがて動かなくなった。

「母さんのことをあんなふうに言うな」

なんの感情も湧かなかった。かすかな好奇心以外は。呼吸をやめた口。こと切れたあとも見開いたままの目。正直、拍子抜けさえした。

でも、鳥の死骸を見るのはつらかった。

それで、マッツの死体を沼に捨て、黒い泥に呑まれるのを見届けてから、鳥の死骸をそっとてのひらにのせた。そして木漏れ日が差す森のなかの美しい花畑に埋めてやった。木の枝で十字架もこしらえた。マッツの部屋のポスターにあるように逆さにはせず、墓地で見るとおりの普通の向きに立てた。その夜、寝床に入るときにはすっかり落胆していた。儀式の効き目がなかったからだ。

二年ほどのち、同じ思いをまた味わった。

十代なかばに差しかかった少年は、あいかわらず教師たちの称賛の的だった。ロルフはもういなかったが、ほかの教師たちも、十代には難しすぎるような本を与えてくれた。原付き自転車（モペッド）も与えられ、どこでも好きに行くことができた。もちろん、昔の家にも行ってみた。母さんといた家へ。家のなかはいやなにおいがし、窓ガラスも割れ、動物が棲みついていたらしき跡もあった。だからきれいに掃除することにした。授業や農作業の合い間を縫ってモペッドで何カ月かそこに通うと、家は快適さを取りもどした。

鳥は生贄には小さすぎたのかもしれない。そう思いつき、今度は猫を使った。マッツに倣って蠟燭を並べて呪文も唱えたが、やはり母さんは戻ってこなかった。犬でもやってみたが、結果は同じだった。

フクロウ。そうだ、死の鳥を忘れていた。

少年は店で糊を買い、養護院に卵を売りに来る近所の農場に行って、鶏舎から羽根をくすねた。糊を全身に塗りたくり、羽根を貼りつけた。そしてマッツに教わったとおり、犬の前肢が五芒星のふたつの角を指すようにした。それでも効き目はなかった。

犬を生贄にした日の晩、少年は後ろめたかった。寝床に入っても眠れなかった。あの犬はやさしい目をしていた。猫も同じだ。天井を見上げながら、少年は心に決めた。動物に罪はない。母さんの言うとおりだ。人間は汚れている。動物はちがう。自然のままに生きているだけだ。動物は大事にしないといけない。なにも悪くないのだから。

人間でないとだめだ。

儀式を成功させるには。

身代わりが必要だ。

母さんの。

69

わたしはいったい何者なんだろう。フログネルのオスカル通りにある自宅アパートメントの前で、ミリアムはそう考えていた。反抗的なティーンエイジャーだったころは、仲間たちとデモに出かけ、騎馬警官と衝突したものだった。それがいまは、オスロの一等地に建つアパートメントに医者と暮らしている。エントランスには防犯カメラ、バルコニーからはドイツ大使館が見わたせ、欲しいものはなんでも買えるだけのお金がある。ミリアムは落ち着かない思いで煙草に口をつけた。

いまは黒い服に身を包んでいる。リュックサックには目出し帽。生きている。そう実感していた。生きていて、重要なことに関わっている。ずいぶん長くそんな気持ちを味わってはいなかった。フログネルでの暮らしは快適だ。使用済みの注射針など落ちていない公園でマーリオンを遊ばせられるし、登校中に誘拐される心配もない。でも、わたしは?

自分の気持ちはどうなのか。

こんなに胸が躍るのは久しぶりだ。

新しい煙草に火をつけるのを我慢し、ミリアムはじきに来るはずの車を待った。

母に疑われないだろうか。

だいじょうぶ。

ユーリエには口裏合わせを頼んである。

恋人と別れ、ミリアムの慰めが必要だと。

問題ない。

結局火をつけた煙草を吸い終わるころ、迎えの車が角を曲がって現れ、目の前にとまった。ミリアムは煙草を捨て、車に乗りこんで笑みを向けた。

「準備オーケーかい？」ヤコブが訊いた。

「もちろん。ジギーは？」

「ガイルを拾ってる。十五分前に出発したよ」

「そう」ミリアムはうなずいた。

「で、本気でやるんだな。覚悟はできてる？」

「待ちきれないくらい」ミリアムが微笑み、シートベルトを締めると、丸眼鏡の若者はギアを入れ、ウラニエンボルグ通りからフールムランネ半島方面へ車を走らせた。

70

ミア・クリューゲルはプラスティックのカップを古ぼけたコーヒーマシンの注ぎ口に挿しこみ、ボタンを押して、注がれていくコーヒーらしきものを眺めた。ここではこれで我慢するしかない。熱いカップを手に廊下を進み、取調室の横の小部屋に入る。なかにはアネッテとキム、そしてひどく憂鬱げなムンクがすわっている。

「はじめようか」ムンクが言った。「アネッテ」

ミアはカップを口に運び、すぐにテーブルに戻した。味は見た目よりさらにひどい。

「さっきも言ったように」アネッテが向かいのキムを見やる。

「ヘンリーク・エリクセンは不在だったんです」キムが話を引きとる。

「えっ?」ミアは声をあげた。

「今年の夏、カミラが失踪した時期に」キムが説明する。

ミアはムンクを見た。

「ヘンリークはトスカーナにコテージを持っていて」アネッテが続ける。「毎年夏は三カ月そこで過ごすそうです。だからノルウェーにはいませんでした」

ミアがもう一度ムンクを見ると、軽く肩がすくめられた。

「彼はシロです」キムが言った。「事件当時、不在だったので。おそらく――」

「でも、どういうこと？」ミアは声を張りあげた。「あの男は全身に羽根を貼りつけて、自分が鳥だと思いこんでるのよ……」

ムンクの顔をうかがったが、ムンクはこめかみを押さえたまま、また肩をすくめただけだった。

「弁護士が言うには」アネッテが先を続ける。「彼が夏じゅうイタリアにいたことを証言できる人間もいるそうです」

「まさか」

「彼は国内にはいなかった。犯行は不可能です」

「でも、ヘレーネ・エリクセンは認めてるのよ。その、羽根のことを。昔いたカルト教団のことも。兄の頭に問題があって、フクロウになりたがっていたことも。どうしたっていうの、こんなのばかげて――」

「国内にいなかったのよ」アネッテが繰り返す。

「トスカーナに行っていて」キムが言い添える。

「一時的に戻ったのかもしれないでしょ」

「悪いけど、それはない。ずっと出たままだった」

「なぜわかるの」ミアは食ってかかった。

アネッテが一枚の書類をムンクに差しだした。

ムンクはそれを見るとうなずいた。

「なんです？」

「電話の通信記録だ」ムンクはため息をつき、書類をテーブル越しにすべらせて返した。

「ヘンリークは犯人じゃない」キムが言う。

「ちょっと、待ってください、ホールゲル」ミアは差しだされた書類を無視して言った。「羽根は？　フクロウは？　ヘレーネは認めているんですよ！」

ムンクは答えず、両手をこめかみに押しつけたまま立ちあがった。

「頭がまともじゃないことも。そうでしょ、ホールゲル」

「まちがいないのか」少しの間を置いて、ムンクが言った。

「百パーセント確実です」アネッテが答える。

「不在でした」キムも重ねて言う。

ミアが呆然としていると、ポケットの携帯電話が震えた。この一時間でもう百度目だ。電話を出し、画面を確認する。

「それで、どうする。ふたりを釈放するしかないか」

ルドヴィークからの着信記録が無数に並んでいる。画像が添付されたメールも一通。

〝なんで電話に出ない？

この若い男は何者か。

この表情を見てくれ。

カメラのほうを向いている〟

「ええ、選択の余地はありません」アネッテが答えた。「ヘレーネ・エリクセンのほうは、兄が犯人ではと疑っているようですし、もう少し話を聞くことはできますが、いつまでそんな口実が通用します？」

「わかった」ムンクがうなずいた。「釈放しよう」

生徒の一団が写った画像。ミアが訪れた場所だ。自然史博物館。誰もが説明に従って展示ケースのなかの剝製を見ている。ただひとりを除いて。丸眼鏡に白いワイシャツの若い男。防犯カメラを注視している。

「それじゃ、これで決まりだな」

「明日の朝まで拘束することはできますが」

「数分だけヘレーネ・エリクセンと話をさせてください」ミアは言った。

「なんでだ」

「これが何者かをたしかめたいんです」

ミアが携帯電話を差しだすと、ムンクは眉根を寄せ、また頭を抱えた。

「なんだ、これは」

「自然史博物館の防犯カメラの映像です」

「わかった。明日の朝まで拘束しよう」

「ホールゲル？」アネッテが訊く。「だいじょうぶですか」

「なに？　ああ、もちろんだ。ただちょっと……水を飲んでくる」ムンクはつぶやくようにそう言うと、部屋を出た。

三人は顔を見合わせた。

「具合でも悪いのかしら」アネッテが言った。

キムは肩をすくめ、ミアは廊下に出て取調室に戻った。ヘレーネ・エリクセンは机に突っ伏し、頭を抱えている。

「これは誰です？」ミアは言い、携帯電話をヘレーネの目の前に置いた。

「えっ？」

「この若い男よ」ミアはルドヴィークが送ってきた画像を指差した。

ヘレーネは心ここにあらずといった様子で、ミアの言葉をまともに聞いていなかったようだ。

「誰のこと？」

「この若者です、ここに写っている。誰なんです？」

ヘレーネはのろのろと携帯電話を取りあげ、面食らったように画面を覗きこんだ。

自分がここにいる理由も定かでない様子だ。

「寮生を連れて見学に行きましたね、自然史博物館に。八月のことですが」

「なぜこんな写真が？」

「行ったんですね」

「ええ。なぜ？」

「この若い男は誰です？」

ヘレーネは顔をしかめてミアを見上げてから、画像に目を落とした。

「ヤコブのこと?」

「ヤコブというんですね」

「ええ」ヘレーネがうなずく。「でも……」

「なぜ彼が同行しているんです? 養護院の寮生じゃないですよね。職員でもない」

「ええ、たしかに……」

「関係者のリストに挙がっていないのはなぜ?」

「どういう意味でしょう」

「寮生と職員全員のリストをくださいとお願いしたはずです。この若者だけ、どちらにも名前が挙がっていない」

「ヤコブは昔うちで預かっていた子です」ヘレーネはゆっくりと答え、また画像に目を落とした。「でも、ずっと昔の話ですよ」

「なのに、博物館見学には同行したんですか」

「ええ、そう。よく訪ねてきてくれるので。ごく幼いころに預かって、誰よりもうちで長く過ごした子なんです。家族も同然で。ちょくちょく顔を見せてくれて、わたしたちも楽しみにしているんですよ。コンピューターの使い方を教えてくれたり――でも、お金を受けとろうとはしないので、職員とも呼べませんし。それがなにか……」

「コンピューター？　得意なんですか」

「ヤコブのこと？　得意どころか」ヘレーネが頬を緩める。「天才です。神童でしたね。生い立ちを考えたら、本当に信じられないほど」

「フルネームは？」ミアはさりげなく訊いた。

「ヤコブ・マルストランデル」ヘレーネが顔を曇らせる。「まさか、あの子のことを……？」

71

Ｅ一八号線沿いの照明灯を眺めていると、ミリアムの心はなごんだ。昔からなぜか照明灯が好きだった。子供のころ、家族で祖父母を訪ねる際にボルボの後部座席にすわっていたときの記憶だろう。温かみのある照明の色。アスファルトにタイヤが触れる感触。前の座席から聞こえるやわらかい話し声。両親の声。ラジオの選局のことで、ふたりはいつもふざけて言い合いをした。母の好みはジャズ、父はクラシック。あのころは気楽そのものだった。

「コーヒーのお代わりは？」ヤコブが言い、丸眼鏡を押しあげた。

「まだ残ってるから、いまはだいじょうぶ」ミリアムは微笑んでみせ、金属のカップに口をつけた。徹夜になるかもしれないから、眠気を払っておかないと。

「魔法瓶を二本用意してきたんだ」

ヤコブがヒーターの温度を少し上げる。

外は冷えこんでいた。すっかり冬だ。でも車内は暖かかった。ミリアムはヘッドレストに頭を預け、また照明灯を見上げた。無邪気な子供時代の思い出に口もとがほころぶ。あのころはすべてが汚れなく美しかった。父の髪をやさしくなでる母の手。いつまでも続く日常。子供のころは、なにもかもがずっと変わらずそこにあると思っていた。コーヒーを飲みほして小さく微笑むと軽い眠気がやってきた。照明灯の横を通りすぎるたびに、楽しかったドライブの情景が甦る。十代のころの自分はどんなだっただろう。最近よくそう考える。当時は大人になるのが待ちきれずにいた。いまごろになって、自分が恵まれていたことに気づいた。ミリアムはまた微笑み、魔法瓶のコーヒーを注いだ。

「おかしなもんだよな」ヤコブが言った。

「なにが？」ミリアムの瞼が下がりはじめる。

「念には念を入れた準備が無用に終わることってあるだろ」

笑みを浮かべてこちらを向いたヤコブの顔がぼやけて見えた。目の焦点がうまく合わない。

「言ってる意味がわかるかい」

「いえ、あまり」ミリアムはまたコーヒーを口にした。

頭をはっきりさせておかないと。先はまだ長い。朝までかかるかもしれないのに、早くも睡魔に負けそうだ。いけない。さらにコーヒーを飲むと、ヤコブがまた笑みを向けた。

「たとえば、コーヒーのことだけど。きみが嫌いかもしれないと思って、コーラとミネラルウォーターも用意したんだ」

なにを言われているかわからない。ミリアムはまた頭をヘッドレストに預け、照明灯を見上げた。黄味を帯びた温かい色。ビリー・ホリデイ。母が好きだった。微笑んだとたん指のあいだからカップがすべり落ちかけ、慌ててつかみなおした。

「でも、きみはコーヒーでいいと言ったから、ほかのものは無駄になったってわけさ」ヤコブがくっと笑い、首を振った。「そんな暇があったら、ほかのことに使えばよかった。だろ?」

ミリアムは朦朧としながら横を向いたが、相手の表情はもう見て取れなかった。

「あと……どのくらい……かかるの」言葉を続けるのに苦労する。「みんなと……合流するまで」

「ああ、ぼくらがいなくてもやれるさ」

「え……どういうこと」

「ぼくらにはもっと大事な用がある、だろ？」

丸眼鏡の若者はまたミリアムに笑いかけた。

だが、ミリアムは見ていなかった。

すでに眠りに落ちていた。

第八部

72

スイス人のヒューゴ・ラングは子供に戻ったような気分だった。興奮で身体が震えていた。ひとり目の少女が消えて以来、これほどの高揚を覚えるのは初めてだった。ふたりは絆で結ばれていた。地下室にいたあの少女と自分は。孤独な者同士が互いを見出したようだった。あれほどの満足を覚えたことはなかった。ふたりは結ばれる運命だったのだ。眠る彼女の髪をスクリーン越しになでることもあった。回し車を上手にまわして給餌器の餌を落とす姿を、目を細めて眺めたものだった。その少女が突然消え、それからは底なしの渇望に苛まれてきた。

だがこうして戻ってきた。いや、よく似ているとはいえあの子ではないが、すぐに気に入った。以前の少女より好みかもしれない。

ヒューゴ・ラングは微笑み、大型スクリーンに椅子を近づけた。

ミリアム・ムンク。

変わった名前だと最初は思ったが、すぐにそれを打ち消した。名前など取るに足らないことだ。彼女は自分の友なのだ。ともに過ごせるよう、自分のためにああして囚われているのだから。絆で結ばれるために。とはいえ一日目はいらだたしい思いをした。今度の娘がなにもしようとしないからだ。美しい体を抱きしめてすわっているだけで。震える華奢な指。自分のいる場所さえわからず、動揺と恐怖で見開いた目。きれいな白い頬を伝い落ちる涙。やがて、ドアとも窓とも判然としないものを叩きはじめた。それも気に入らなかった。せっかくこちらはガウン姿で暖炉の前にすわり、コニャックのグラスを手に楽しもうとしているのに。なぜ無駄な抵抗などするのか。なぜともに楽しもうとしない？　だが、最後には彼女も落ち着き、すべて思いどおりになった。

ヒューゴ・ラングはにっこりし、スクリーン越しに娘の頬に触れようとした。ひとり目の少女にあれほど熱をあげていたはずが、たったの二日でこちらの娘に心を奪われていた。おかしなものだ。

一日目はどうなることかと思ったが。

娘が理解できていなかったからだ。その場所の仕組みを。だが、あの男が一度檻に入ったあとはおとなしく従うようになった。

回し車に乗る。

給餌器から落ちる餌を食べる。

ヒューゴ・ラングはコニャックを口に含み、革張りの椅子をさらに近づけた。スクリーンに手を伸ばし、やさしく髪をなでてから、キスしようと唇を近づける。

もちろん、強引な真似はしない。

軽く頬に触れるだけだ。

それから椅子にもたれ、うっすら笑みを浮かべてグラスを掲げた。

73

ホールゲル・ムンクは鎮痛剤を蛇口の水で飲みくだし、息をあえがせながらシンクの上の鏡を覗きこんだ。

一体、どうしたっていうんだ。

冷水を顔に浴びせてみても痛みはやわらがない。医者の言うとおりなのかもしれない――〝不健康ですよ。もっと運動を。煙草はやめなさい〟。そのせいでこんなに具合が悪いのか。

セーターの袖口で顔を拭い、ゆっくりと呼吸しながら、薬が効きはじめるのを待った。いまはミーティングを五分休憩中だ。ほかの者たちはうずうずしながらムンクを待っている。新しい容疑者が浮上してからずっとそうだ。

ヤコブ・マルストランデル。

最初、ムンクは懐疑的だった。すでに幾人も容疑者が浮上し、いくつも見込みちがいをやらかしている。だが、今回は確実だ。この男が探している犯人なのはまちがいない。

問題は、ヤコブ・マルストランデルが跡形もなく消えてしまったことだった。もう二日になるが、手がかりはつかめずにいた。ウレヴォール通りのアパートメントを捜索したものの、目ぼしい成果はなし。個人で経営しているJMコンサルトという事務所も調べたが、所在を示すものはなにも出なかった。

いかれ男め。

蛇口の下に顔を突っこんでさらに水を飲むと、ようやく鎮痛剤が効きはじめた。もう一度鏡に目をやり、顔をなでてから、笑みをへばりつけ、ゆっくりと取調室に向かった。

「オーケー、状況は?」ムンクは言い、スクリーンのそばに立った。「ルドヴィーク」

「空港からはまだなにも。もちろん、列車か車で逃亡中かもしれませんが、ヤコブ・マルストランデルという名前の人間が国境を越えた記録はありません」

「なら、まだ国内にいるということか」

「それはわかりませんが」キム・コールスが言う。「インターポールにも伝えてあります」

「よし」ムンクはうなずいた。

「マルストランデルの顔写真はどうなってる」

「今朝、新聞各社に送りました。それでよかったでしょうか」アネッテが訊いた。

「全員一致でそう決めたはずだ」

「全員じゃない」カリーが不満の声をあげる。

「いいから黙って、カリー。いいかげんにして」アネッテがため息をつく。

「どうした」

「全員一致です」ルドヴィークが代わりに答えた。

「そんなのばかげてる」カリーがまた異を唱える。「いつもそうだ。メディアに写真を流すと、とたんに善意の間抜けどもから、じゃんじゃん電話がかかってくる。自分の家のガレージに誰かが潜んでるとかなんとか。だから――」

「この班の責任者はおれのはずだがな」ムンクはぴしゃりと言った。「やつの写真を今日公表すると指示したはずだ、ちがうか」

「わかってますが」カリーが言いつのる。「ただ――」

「ネットにはもう出てます」イルヴァが言い、携帯電話を持ちあげた。

「よし。うまくいくことを祈ろう」

ムンクの頭がうずいた。卓上の水のボトルを取ってひと口飲む。「オーケー。ほかには？」一同を見まわし、顔をしかめた。「ミアはどうした」

「メールが来ています。やることがあるとかで、遅れるそうです」ルドヴィークが答えた。

「やることって？」

「書いてありませんでした」

「わかった」一瞬、いらだちを抑えてから、ムンクは続けた。「もう二日になるが、ヤコブ・マルストランデルの行方はつかめていない。ありえない話だ。なにか知っている人間がいるはずだろ？　どこかに目撃者がいるはずだ。やつの車がオスロを出た形跡は？」

「高速道路の料金所からはなにも」キムが答える。

「携帯電話はどうだ」

「電話会社に問いあわせたところ、最後にかけられたのは金曜日、自宅からです」

ガーブリエルが答えた。「それ以降は、一度も」

「オフィスで発見したコンピューターは？」

「完全にデータが消去されています」

「かんべんしてくれ」ムンクは深々と息を吐いた。「なにもなしか」

「養護院の関係者にもう一度話を聞きますか」キムが尋ねた。「昨日も行きましたが、寮生たちの何人かは隠れていたかもしれません」

「やってみる価値はある。任せていいか」

キムがうなずく。

「自宅で発見されたビラですけど」イルヴァがおずおずと口を開いた。

「なんだ」

「〝ルーケン農場を閉鎖しろ〟。動物保護連盟です」

「ああ、なにかわかったか」

「いまはなにも、ですが、ちょっと引っかかることが……」

ぶり返した頭痛にいらだちながらムンクは言った。「もう一度たしかめろ。なにかつながりがないか調べるんだ――例の、なんという団体だった？」

「動物解放戦線ですね」

「そう、それだ。そことのつながりをもう一度調べるんだ。なにがなんでも手がかりをつかめ。もう三日目だぞ、諸君。このままじゃ埒が明かん」

ムンクがまた水に口をつけたとき、テーブルに置いた携帯電話が震えだした。

マリアンネ？

ムンクは一同に断り、足早にテラスへ出た。

「もしもし」

「ホールゲル？」

マリアンネは動揺している。声を聞いた瞬間、ムンクにはわかった。いまだに。

なにか起きたのだ。

「聞いてる、ホールゲル？」声が震えている。

「ああ、聞いてるさ、マリアンネ。どうした？」

ムンクは上着のポケットから煙草を出した。

「ミリアムから連絡がなかった？」

「え、いや。この二、三日はない。なんでだ」

回線の向こうで沈黙が流れる。

「いえ、ちょっと……」

「どうしたんだ」ムンクは先を促し、煙草に火をつけた。

「ゆうべマーリオンを迎えに来るはずだったんだけど、連絡がつかないの」

「どういうことだ」

「マーリオンをうちで預かっていて……」

「ミリアムはどこかへ出かけてるのか」

「わからないの。あなたの邪魔はしたくなかったんだけど、ほかに頼るあてもなくて」

「もちろん電話してくれていい」

「かまわないの?」

「もちろんだとも、マリアンネ。きっとなんでもないとは思うが。あの子はいつもそんな調子だろ――」

「もう十五歳じゃないのよ、ホールゲル」マリアンネがさえぎるように言った。「心配なの。ゆうべうちに来る約束だったのに。それに、嘘をついていたのよ」

「どういうことだ」

「ユーリエを慰めに行くと聞いていたのに、彼女に電話して問いつめたら、話がまるでちがうの」

「どんなふうに？」

「襲撃するんですって」

「いったい、なんの話だ」

「どこかに侵入するそうなの。ユーリエを慰めるんじゃなくて。それは口実だったのよ」

話についていけなくなる。

「襲撃がどうしたって、マリアンネ？」

「かなり手こずったけど、ユーリエから訊きだしたの。あの子、また抗議活動に参加してるのよ」

「ミリアムが？」

「ちゃんと聞いてるの、ホールゲル」うわずったマリアンネの声に、ようやくムンクも事態の深刻さを悟った。頭痛も吹っ飛ぶ。

「落ち着くんだ、マリアンネ」そう言って煙草に口をつける。「きっとだいじょうぶだ。まえにもあったろ？　いかにもあの子らしい。なにかに反抗したいんだ。ミリアムのことならわかってるだろ、いつも――」

「なに言ってるの、ホールゲル、行方不明なのよ！　わたしの話を聞いてた？」

「もちろん聞いてる。抗議行動に参加したんだな。どこの団体だ？」

「動物保護連盟ですって。フールムあたりまで行ったそうよ。でも、ゆうべ戻るはずだったの」

「最初から話してくれ。どこへ行くって言ってた？」

「ユーリエの話だと、なにかトラブルが起きたそうなの。だから襲撃は中止になったんだって。そういう場合は、三日は身を潜める手はずになっていたみたい」

「なら、いまは身を潜めているんじゃないのか」

「ちがうの、ホールゲル。ミリアムを車に乗せた男の写真が、ネットじゅうに出まわっているのよ」

「誰のことだ」

「警察が追ってる男。例の事件で」

回線の向こうのマリアンネの声がひどく心細げになる。「怖いのよ、ホールゲル」

「ヤコブ・マルストランデルのことか」

「ええ」マリアンネが消え入りそうな声で答える。

嘘だろう?

「ユーリエと話したのはいつだ」

ありえない。

「二分前。たったいまよ」

まさかそんな……本当に……?

「ミリアムがその男の車に乗ったのはたしかなんだな」

「ユーリエはそう言ってた。おびえてたわ。なにかあったにちがいないって。誰が電話しても出ないらしいの」

こんなの現実じゃない。

「ユーリエはいま家に?」

動揺を声に出すな。マリアンネをこれ以上不安にさせちゃいけない。

「ええ。ムーレル通りの。場所は覚えてる?」

ミリアム。

「あ、ああ、もちろん覚えてる」

動物保護連盟。

「それじゃ、話を聞いてみてもらえる?」

まさかそんな。

「もちろんだ、マリアンネ。いったん切るぞ、彼女にかけてみるから。すぐにかけなおす」

信じられない。

ムンクは通話を切り、会議室に駆けもどった。一同があっけに取られた顔で迎える。

「カリー、キム。一緒に来てくれ!」ムンクは叫んだ。

ふたりがとまどったように見返す。

「了解ですが……」

「残りの者は、動物を解放する計画について調べてくれ。動物保護連盟が二日前にフールムで予定していた襲撃計画だ。ありったけの情報を集めろ。まずはユーリエ・ヴィクに話を聞きに行く。いま言った情報をすぐ集めてくれ」

「いったいどういう――」ルドヴィークが口を開いたが、ムンクはすでに部屋を飛びだしていた。

74

ミリアム・ムンクは凍てつく寒さのなかで目覚めた。胎児のようにできるだけ身を丸め、震える身体に小さな毛布を巻きつけた。何時間も這いつくばって手足を動かし、疲れはててようやく眠りに落ちたものの、空腹と壁の割れ目からしのびこむ寒さのせいで、悪夢のような現実に引きずりもどされたのだった。頭のなかはまだ混乱しきっている。Ｅ一八号線を走る車のなかで両親や子供時代を思いだし、車内の暖かさについ眠りこんだ。目覚めるとまるでちがう場所にいた。

なにかの冗談だ。最初のパニックが少しおさまったとき、真っ先に浮かんだ考えはそれだった。なんなの、ここは？　氷のような床。暗い地下室。誰がこんなことを？　ことの深刻さを呑みこめずにいると、ぎいっとドアがあき、羽根をまとった人影が現れた。夢だと思った。まだ眠りのなかにいるのだと。恐怖が押し寄せたのは少し先で、最初にしたのは周囲を見まわすことだった。そこは奇妙な地下室だった。夢のなかで身体が縮んでしまったらしい。『不思議の国のアリス』のように。小動物にでもなった気がした。大きな回し車がある。壁際には飲み口のついた給水器。

まさか、嘘でしょ。

じきに目覚めるはずだ。

こんなの現実じゃない。

なにか楽しいことを考えよう。

ああ、神様。

マーリオン。あの子のことを考えよう。

助けて。

あの子のことを考えたら、目覚められるかもしれない。

お願い。

誰か。

助けて。

ミリアムは眉根を寄せ、ひもじさを押しやろうとした。吐き気も。回し車に乗ったあと、部屋の隅で吐いてしまった。てのひらと膝がずきずき痛むが、もう泣くまいと心に誓った。壁のハッチから出てきた粒状の食べ物らしきものはすでに口にしてみた。いくつか飲みこんだものの、胃が受けつけなかった。とても食べられない。せめて寒さだけでもましになってくれたら。

ミリアムはそろそろと身を起こした。しゃがんだ姿勢からゆっくり脚を伸ばし、二、三度肩を揉み、痺れきった脚の血行をよくしようと屈伸をはじめた。

ああ、なんてひもじいんだろう。

かじかむ指に吹きかけた息が白く曇る。

神様、お願いです。

じきに目が覚めるはず。

助けて。

母さん。マーリオン。父さん。

誰か。

お願い。

そのときドアが開き、ミリアムは身をこわばらせた。羽根をまとった人影が入ってくる。

「ヤコブ」おびえて部屋の隅に引っこみながら、おずおずと呼びかけた。

「だめじゃないか」ヤコブは言い、拳銃を突きつけた。

「ヤコブ、わたし……」返事をしようとしたが、声がかすれた。唇のあいだから漏れた言葉が冷え冷えとした壁に吸いこまれる。

「黙るんだ」ヤコブが命令した。「なんでじっとしてる？ ここの仕組みはもう説明したろ。しばらくはうまくいくかと思ったが、やっぱりわかってないな。もう一度説明しようか？」

ヤコブは一歩近づき、ミリアムの顔に拳銃を向けた。

「やめて、お願い」ミリアムは両手で顔をかばった。

「きみはおつむが弱いのか」

黒々とした目がミリアムを見据える。ヤコブは首を振り、羽根で覆われた手で拳銃を握りなおした。

「だから、少しやっただけでやめたのか。おつむが弱いから」

「ちがう」

「そうに決まってる、難しいことじゃないんだから。なあ、難しいか？」

「い、いいえ」

「それとも、誰かが助けに来るとでも思ってるのか。恋人か誰かが」

ヤコブがせせら笑う。羽根に覆われた顔のなかで、歯だけが白く光る。

「でなきゃ、父親か。警察官の父親がかわいい娘を助けに来るって？」

ミリアムの身体が震えだした。

「誰も来るもんか。警察がいくら優秀だろうと、こっちのほうが上手だ。見つかりっこない」

銃口の向こうでヤコブがくくっと笑う。

「この場で撃ってもいいが、それじゃ観客が喜ばない、だろ？」

観客とはなんのことだろう。

「これはぼくのショーだ。すべてひとりでつくりあげた。たいしたもんだろ？　ほかでは見られない、客がほいほい金を出すとびきりのショーを生みだしたんだ」

なんの話をされているのか、やはりわからない。

「きみは運がいいんだ、本当に」ヤコブは感情のこもらない冷たい目をしたまま、こわばった笑みを浮かべた。「実際、じつに運がいい。いまやスターなんだから。きみの一挙一動を目にするために、何人もの人間が数百万クローネも支払ったんだ。選ばれたほうでもなかったのに」

ヤコブは拳銃で頭を掻き、愉快げに笑った。

「信じられるかい？　きみは選ばれなかったんだ――もうひとりの子が三票を集めたから。そりゃ、若いほうが好まれるのはわかる。でもこれはぼくのショーだ。ぼくが考えだした。回し車も。壁の文字も。だから、ぼく、が、決めた。きみを気に入ったから。きみが特別だから。父親が警察官だから。感激だろ？　投票で勝ったもうひとりの子を選ばなかったんだから」

ミリアムはおずおずとうなずいた。「ヤコブ……」紙やすりでも嚙んだように声がかすれる。

「いや、だめだ」ヤコブが氷のような目で言い、また拳銃を突きつける。「話しあう余地はない。黙って聞くんだ」

ミリアムは口を閉じ、床に目を落とした。

「ここに来るのはこれで最後だ。言われたとおりにしないと、別の子と交代させる。代金に見合うだけの満足を客に提供する。それが肝心なんだ、だろ？」

「ええ」ミリアムはうなだれたまま答えた。

「いますぐ撃たれたいか、それとも命令に従うかだ」

「従うわ」ミリアムは消え入るような声で答えた。

ヤコブは心を探ろうとするように少しのあいだミリアムを見つめ、それから拳銃を下ろしてまた白い歯を見せた。

「よし」

そしてくつくつと笑いながら重いドアを閉じ、冷たく暗い部屋にミリアムを置き去りにした。

75

ミアは人里離れた場所に建つ白いコテージがなぜか気になっていた。前回訪ねたときからずっと、家に手招きされているように感じていた。ジム・フーグレサングの家に。あたりにはなにもない。凍てついた木々と静寂だけが広がっている。ただし、ヒトラ島のような心安らぐ静けさとはちがう。海辺ではないし、カモメの声もしない。ここにある静寂はなぜか神経を張りつめさせる。車を降りて白いコテージに近づきながら、ミアは注意深くあたりを見まわした。今回は銃を携帯しているぶん、落ち着いていられる。前回はひどく無防備に思え、柄にもなく少しびくついた。そんな気持ちを覚えた理由がはっきりせず、ずっと引っかかっていた。たしかめに来ようと思っていたが、ほかのことに忙殺され、今日になってしまった。急を要する件ではないが、二、三時間なら割いてもかまわないはずだ。日のあるうちにたしかめておきたいこともある。

コテージに向かって歩きだしたミアは、途中で気を変えた。森の奥へ続く小道をたどることにする。家のなかはもうたしかめた。探しているものがなんであるにせよ、なにも見つからなかった。

いい日なら十四分。

ジム・フーグレサングが昔撮った写真。アルバムに貼ってあった写真。猫と犬。五芒星形に並んだ蠟燭。敷きつめられた羽根。

この辺鄙な場所に引きつけられる理由は定かでないが、なにかあるのはたしかだ。フーグレサングは殺された動物の写真を撮影した。それはカミラ・グレーン殺害とまちがいなくつながっている。写真が撮られたのはこのあたりのはずだ。

帰りは十六分。

前回来た際にあたりの様子は頭に入れてある。家へ続く一本道のほかには、森の奥に伸びた小道があるきりだ。もちろん、フーグレサングが写真を撮ったのは別の場所かもしれない。どこか遠くの可能性もあるが、考えにくいだろう。いい日なら十四分。帰りは十六分。白いヘルメットをかぶったあの男にとって身近な場所のはずだ。〝いい日なら〟——そこへ行き慣れていたということだ。〝帰り〟——家に帰るという意味だろう。行きは十四分。帰りはプラス二分。つまり行きは下り坂。帰りはのぼり坂だ。ミアはニット帽を深くかぶりなおしながら確信した。いま歩いているのがフーグレサングの言っていた道にちがいない。

その先には湖がある。

妙な胸騒ぎがする。

ふだんはおびえることなどないのに。

四つの白い岩。

木々がまばらになり、黒々とした湖が見えたとたん、ミアははっとした。かたまって立つ四つの白い岩。そばには桟橋の残骸らしきもの。朽ちかけたボートの一部が湖面から突きだしている。心臓が跳ねあがった。

赤い木製のボート。腐りかけた船縁には白い文字。

〝マリア・テレーサ〟

顔を上げたとき、二、三百メートル先にある小さな建物に気づいた。湖の対岸だ。人家だろうか。壁はペンキが剝げて灰色になり、窓は板でふさいであるが、それでも……。

ミアは革ジャケットのポケットを探り、携帯電話を取りだした。

煙突から煙があがっている。

いい日なら十四分。

帰りは十六分。

四つの白い岩。

マリア・テレーサ。

ビンゴ。

震える指でムンクの番号を表示させるが、つながらない。

電波が来ていない。

くそ。

電波を拾おうと電話を掲げて振りながら、桟橋のあたりまで戻ってみる。やはり圏外のようだ。ミアは小さく悪態をつくと、電話をポケットにしまってあたりを眺めまわし、左まわりに暗い湖のほとりを歩きだした。

灰色の板壁の廃屋が近づいてくる。

煙突からあがる煙。

木々に邪魔をされ、行く手を阻まれる。

道が途切れる。

凸凹の地面を進む。

もう一度電話を取りだしてみる。

やはり通じない。

枝が顔を引っかく。

くそ、くそ、くそ。

ようやく廃屋のそばにたどり着いた。

板が打ちつけられた窓。

閉じたドア。

古い緑のボルボが一台。

ミアはしのび足で狭い前庭を横切り、注意深く車の窓を覗いた。魔法瓶。ソーダの缶がいくつか。黒い鞄。そっとドアをあけ、助手席に身を乗りだす。ハンドバッグもある。中身はティッシュと口紅と運転免許証入りの財布。

免許証からこちらを見上げる顔を見た瞬間、心臓がとまりかけた。

ミリアム。

こんなところでなにを？

76

ミリアム・ムンクは冷たい地下室の床にうずくまり、壁のハッチから出てきた固い粒を飲みこもうと苦労していた。動物の餌を。ひどい味のするその粒は二度と口にすまいと誓ったが、我慢も限界だった。ひもじさに耐えきれない。身体が栄養を求めて悲鳴をあげている。大きな回し車を四つん這いになってまわしていたとき、気絶しそうになった。てのひらにはまめができ、膝の傷からは血が滲んでいる。もう無理、なにか胃に入れないと死んでしまう。この凍えるような地下室で最期を迎えることになる。

なにか食べ物を口にしないかぎり。

床にこぼれた餌を数粒拾い、舌にのせる。中身は気にしちゃだめ、なにも問題ない。自分にそう言い聞かせながら嚙みくだく。給水器の注ぎ口の下に顔を突っこみ、できるだけたくさん水を口に含むと、一気に流しこんだ。今度は吐きださずにすんだ。よかった。

さらに数粒を舌にのせ、同じことを繰り返す。心を無にして嚙みくだき、水で流しこむ。

助けて。

ミリアムは毛布をきつく身体に巻きつけ、目を閉じて想像の世界に逃げこんだ。これは現実じゃない。本当はこんなところじゃなく、別の場所にいるのだ。わが家に。朝の食卓に。マーリオンは起きたばかりだ。淹れたてのコーヒーの香り。まだ眠そうなマーリオンがパジャマを脱ぐのをいやがる。ママのお膝にすわるのと駄々をこねている。想像のなかでは床を這いずる虫などいない。床板の割れ目から早すぎる冬の冷気がしのびこむこともない。床暖房もある。マーリオンが髪をポニーテールにしてとせがむ。ヨハネスがふたりを見て微笑んでいる。彼はどこへも行かない。オーストラリアにも。今日はずっと三人で過ごす。映画を見て、ポップコーンを食べる。

どうして誰も来てくれないの。

助けて。

お願い。

そのときドアが開き、ヤコブが目の前に立った。拳銃を構え、左手にもなにか持っている。

「計画が変わった」

「えっ？」暖かなキッチンの情景を呼びもどそうとしながら、ミリアムはくぐもった声で答えた。

「立て」ヤコブが急きたてるように蹴りつける。

ミリアムはのろのろと身を起こし、毛布をさらにきつく巻きつけた。

「計画が変わった」ヤコブは繰り返した。「やっぱり選択を誤った。きみは役立たずなばかりか、すべてを台無しにした」

ミリアムはゆっくりと目をあけ、相手を見上げた。拳銃を突きつけ、手に持ったなにかを振っている。ブロンドのかつらだ。

「だが、まだ間に合う。これをかぶれ」

ミリアムは面食らった。

「かぶるんだ。似合うかどうか見たい」

「ヤコブ、お願い」ミリアムは訴えたが、まともに声が出なかった。

「かぶれ」ヤコブが薄笑いでかつらを突きつける。「警察を見くびってたよ。ぼくの写真があったらしい。まったく、どうやって見つけたんだ」

「なんの話？」ミリアムは言ったが、やはりうまく言葉にならない。

「かぶるんだ」ヤコブがまた命令する。

ミリアムはしかたなくうなずき、ゆっくりとかつらを頭にかぶった。

横目でそれを見ていたヤコブがにっこりした。「よく似てる。よかった。無駄にならずにすんだな」

返事をしようとしても、まったく声が出ない。

「ぼくのことは心配ない。だいじょうぶだ。三カ月分の代金をもらっているから、早すぎるのはたしかだが、それは問題じゃない。目的さえ果たせたら。そうだろ？」

「わたしを……どうするつもり？」今度はつっかえながらも言葉を絞りだせた。それを聞いたヤコブが意外そうにミリアムを見る。

「殺すのさ。どうすると思ってた？」

ミリアムは絶句した。

「もう少し先の予定だったが、ネットに写真が出たから急がないと。誰かがここへ踏みこむまえに」ヤコブはうっすらと笑った。「来るんだ」

そしてミリアムのかつらをそっとなでた。「外にすっかり用意してある」

77

ミア・クリューゲルはボルボの座席から這いだし、ショルダーホルスターの拳銃を抜いた。今回は備えをしてきて正解だった。勘が当たっていたらしい。ジム・フーグレサングの家。写真。取り調べ中のつぶやき。四つの白い岩。赤いボート。湖の奥の廃屋。ヤコブ・マルストランデルの隠れ家。そうとしか考えられない。ここが現場だ。でも……。

ミリアム。

なぜ彼女がここに？

なぜヤコブ・マルストランデルと一緒に？

いったいどういうことなのか。

ミアは身をかがめて車の側面伝いに移動しながら、目の前のあばら家の様子を注意深くうかがった。

煙突からは煙が立ちのぼっている。だが、なかから人の気配はしない。身を低くしたまま電波が拾えそうな場所を探す。小さな高台かなにかがあれば。グロックを握ったまま、もう片方の手でポケットの電話を出したが、やはり圏外のままだ。

電波はゼロ。

つながりやすさをしきりに謳う携帯電話会社の広告を思いだし、ミアは心で悪態をついた。山の頂上にいる肌もあらわな娘たち、海で水上スキーに興じる若者たち――なのに、肝心なときに電波が来ないなんて。もう一度電話をかざしてみたが、同じだった。

ふざけるな。

少し離れたところに小高い場所が見つかり、廃屋のドアを注視したまま、静かにそちらを目指す。

いくらか進むと、ようやく電波が復活した――が、すぐにまた切れる。またつながる。いや、だめだ……。

ムンクの番号にかける。

つながらない。

ルドヴィークの番号を試す。

くそ。

と、突然通じた。

「グルンリエだ」

「ミアよ」声を潜めて言う。「聞こえる？」

「もしもし？」ルドヴィークの声が遠い。

「聞こえる？」思いきって少し声を張る。

「ミア、きみか？　もしもし？　ホールゲルが――」

「ホールゲルはいいから」ルドヴィークの声が遠ざかり、ミアは慌てて言った。「マルストランデルを見つけた。それから、なぜかミリアムもここにいるの。お願い――」

「もしもし？」

「聞こえてる、ルドヴィーク？」

「ミア、聞こえるか」

「ええ、こっちは聞こえる。GPSでわたしの居場所を調べて、お願い。やつを見つけたの。マルストランデルを。たしかよ。それになぜか――」

「ミア？　聞こえないよ」ルドヴィークの声がまた遠ざかる。

「いいからGPSでここを見つけて、ルドヴィーク。聞こえた？　わたしを見つけて。ここに――」

「もしもし？」

「ルドヴィーク」

「聞こえるか、ミア」

ミアは悪態をつき、そのせいで背後の凍てついた茂みであがった音を聞きのがした。

「いま言ったこと聞こえた、ルドヴィーク。ルドヴィーク？」

「もしもし、ミア……？」

「わたしを見つけて、ルドヴィーク。ＧＰＳで」必死にそう言って後ろを振り返った瞬間、羽根に覆われた手が目の前に飛んできた。

とっさに両手で顔をかばった。なにが飛んできたかもわからない。黒っぽい人影がすぐそばにいる。叩きつけられる金属の塊から頭を守ろうと、凍える指で必死に防いだ。

「ミア？」

電話を取り落とした。ひゅっと音を立ててまたなにかが飛んでくる。さらに強烈な一撃。黒っぽい人影が嘲笑うのが見え、次の瞬間、手の骨に金属が食いこんだ。

いやな音が響いた。
廃屋の前に誰かいる。
指が折れる音。
ミリアム。
そして痛みが襲う。
ミリアムは後ろ手に縛られている。
血がこめかみを伝い、目や口に流れこむ。
目隠しもされている。頭にはブロンドのかつら。
茂みのなかに吹っ飛んだ電話から、ミアを呼ぶ声がする。
「ミア、聞こえるか」
安心して、ミリアム。
金属の塊がまた空を切る。
わたしが守るから。
三度目の衝撃。
だいじょうぶよ、ミリアム。
だが、そこまでだった。

四度目の衝撃。

ミアは意識を失った。

78

とめどなく涙を流す若い娘を前に、ホールゲル・ムンクは途方に暮れていた。

泣くな。

そう一喝したくてうずうずしていた。

頼むから、泣くのはやめて、事情を説明してくれ。

「ユーリエ」ムンクは穏やかに言い、相手に笑いかけた。「だいじょうぶだ。落ち着いてくれ。娘はすぐに見つけだす」

「知らなかったんです」ユーリエはしゃくりあげた。

「もちろんそうだろうとも、ユーリエ。きみのせいじゃない。ただ、知っていることをすべて話してほしいんだ、いいかい。さあ、気を落ち着けて、しっかりしてくれ。手がかりになりそうなことを残らず思いだしてほしい」

カリーとキムは部屋の隅で二本のクエスチョンマークのように突っ立っているが、賢明にも口をはさまずにいる。

「失敗したの」あいかわらずすすり泣きながら、ユーリエはようやくそれだけ言った。

「なにが失敗したんだい」ムンクはその手に軽く触れた。

「襲撃計画が」ユーリエがようやくまともに目を合わせた。ムーレル通りのこのアパートメントに来てから初めてだ。

「ミリアムも参加したんだね」

「え?」

「動物を解放する計画に。あの子も一緒だったんだね」

「ええ」

ユーリエはうなずき、ムンクの背後に立った二名の警官を盗み見た。

「なぜだい」言ったとたん、ムンクは訊き方をまちがえたと気づいた。

「なぜって?」

「ヤコブ・マルストランデルのことだがね」ムンクは安心させるように言い、またユーリエの手に軽く触れた。「教えてほしいのは、どうやって知りあったかなんだ。

ミリアムとヤコブはどこで出会ったんだい」

「どういうことかわかりませんけど」ユーリエが頬の涙を拭う。

「不思議なんだよ」ムンクはいらだちを押し殺した。「これまで名前も挙がらなかったから。その、あの子の友達として。だから……」

「ジギーです」ユーリエがためらいがちに答える。

「ジギー？」

「ジギー・シモンセン。わかります？」

「いや」

「彼とのつながりで……その……彼がヤコブの友達なんです。ジギーのことは知ってるでしょ？　それとも、ミリアムからなにも聞いてないんですか」

ユーリエはとまどったようにムンクを見た。

「いや、そんなことは……」

「知らないんですね」

「いや、知ってるとも……」

「お父さんに打ち明けるつもりだって言ってたのに」ユーリエはセーターの袖口で頬を拭った。「聞いてないんですね」

ムンクが背後のカリーとキムに目で合図すると、うなずきが返ってきた。

またひとり浮上した。

ジギー・シモンセン。

カリーが携帯電話を手にし、部屋を出る。

「話すつもりって、なにをだね」ムンクは慎重に尋ね、ユーリエの腕に手を置いた。

ユーリエは涙を流すのをやめ、興味を引かれたように顔を上げた。

「ミリアムとジギーのことです。聞いてません？」

「いや」ムンクが答えたとき、ポケットの携帯電話が鳴りだした。

「だったら、わたしがしゃべっちゃいけないかも」ユーリエがまたうなだれる。

「ユーリエ」

電話がもう一度鳴る。

「わたし、どうしたら」ユーリエの目からまた涙があふれた。

「知っていることを話してくれ」ムンクの口調がついきつくなった。「ヤコブとミリアムは知り合いだった。そしてふたりとも行方が知れない。それが重大なことなのはわかるね」

また電話が鳴った。今度はポケットのなかではなく、部屋のどこかからだ。

「ええ、でも……」ユーリエが目を上げる。

「ホールゲル」背後でキムが言ったが、ムンクは手を振って黙らせた。

「ミリアムとヤコブ。ふたりの所在を知らないかい」

「ホールゲル」キムがまた言ったが、今度も無視する。

「でも、わたし――」

「ムンク」キムの手が肩に置かれた。

「なんだ」ムンクが声を荒らげると、キムが電話を差しだした。

「ホールゲル？」

声の主はルドヴィークだ。

「なにごとだ」

「ミアが」

「ミアがどうした」

「ふたりを発見しました」

「なに？」

「ミリアムとマルストランデルを」

「なにを言ってる――」

「居場所を突きとめました」

「誰のだ」

「ホールゲル、聞いてますか。ふたりを発見しました」

ムンクは席を立った。「どうやって」

「ミアの携帯です。電話をかけてきて、GPSで居場所を調べろと。ふたりを発見したそうです。ホールゲル。見つかりました。場所も特定できてます。フールムです。そこにふたりがいます。見つけたんです」

「ヘリコプターを用意しろ」ムンクは言い、ドアの外へ駆けだした。

「えっ？」

「すぐに向かう。ヘリコプターを用意しろ。いますぐにだ！　三分でそっちへ戻る」

79

耐えがたいほどの手の痛み。どのくらい気を失っていたのだろう。

ミア・クリューゲルは瞼をあけ、よろめきながら立ちあがった。左手をかばうように胸にあてがい、あたりを確認する。寒い。地面が凍てついている。身体が悲鳴をあげ、倒れこみそうになるが、なんとかこらえる。めまいがして俯いたとき現実が戻ってきた。

ミリアム。

ここにたどり着いたきっかけは、ジム・フーグレサングの謎めいた供述だった。写真。四つの白い岩。赤いボート。そして廃屋を見つけた。だが、危険を察知するのが遅すぎた。ヤコブ・マルストランデル。そしてミリアム。携帯電話は圏外。あせりのせいで油断した。背後から襲われ、なにかで頭を殴打された。腕で防げたのがせめてもの幸いだ。

くそ。

一歩踏みだしたとたん、バランスを崩した。思うように身体が動かない。凍てついた茂みに倒れこみ、また痛みに身体を貫かれる。左手の骨は折れている。腕の自由もきかない。おまけに左目は血がこびりついて開かない。口にも血の味がする。

まるで素人だ。

もう一度ゆっくりと立ちあがり、朦朧とした頭であたりを見まわしながら、気を落ち着かせようとつとめた。

拳銃は？

失神しそうになりながらも、必死に記憶をたぐる。頭への殴打。それを防いだせいで左手は使えない。

どちらへ行くべきかもわからないまま、おぼつかない足取りで二、三歩進んでみる。グロックは？　取りあげられただろうか。

ミリアム。

男に誘拐されたのだ。羽根をまとった男に。

いったいどうして……？

またよろめき、顔から茂みに突っこんだが、どうにか立ちあがった。左手をジャケットの内側に差しこむ。指は五本とも折れている。襲われた際に頭をかばったからだ。おかげで命拾いした。どのくらい気を失っていたのだろう。

右手でズボンの内側を探りながら、血で固まった瞼を動かそうとしてみる。左目は無理だ。だが右目は見えるようになった。これで周囲を確認できる。グロック17は見あたらないので、男が持ち去ったにちがいない。だが幸運にも、ズボンの腰に差したもう一本の銃は無事だった。

小型のグロック26。前回この場所に来たときは心細い思いをした。同じミスを繰り返すまいと、今回は二丁の銃を携えてきた。それを抜き、ようやくあたりの状況を把握した。廃屋。車。森の奥へ続く小道。

ヤコブ・マルストランデル。

ミアは左手を革ジャケットの奥へしっかり差し入れ、痛みをこらえながらふたりがいそうな方向へ向かって歩きだした。

ミリアムはここでいったいなにを?

灰色の廃屋。

ドアは開けっぱなしにされている。

つまり、なかにはいない。

湖岸を通ってフーグレサングの家のほうへ向かったのか。

ちがう。

森の奥へ入ったのだ。

ミアはグロックを握る手に力をこめ、ようやく言うことを聞きはじめた脚で廃屋の裏手から伸びた小道を歩きだした。

どのくらい気を失っていたのだろう。

二百メートルほど進んだところで吐き気に襲われた。胃のなかのものが逆流しそうになる。思わず木にもたれた。

この道で合っているはず。

行かなければ。

どうにか吐き気をこらえ、また歩きだす。進むにつれ、足取りもしっかりしはじめた。ふたりはまだこの森のどこかにいるはずだ。羽根をまとった男も、目隠しされ、後ろ手に縛られたミリアムも。グロックを構えて歩を進めると、突如としてふたりが見えた。

森のなかにひらけた場所がある。

ミリアムがひざまずいている。

その前にあるのは……？

はっきりとは見えないが、なにかはわかった。

生贄の場所。

五芒星の形に並んだ蠟燭。地面に敷きつめられた羽根。

やめて。

周囲を見まわしたが、これ以上は近づけそうにない。さらに進むと男に見つかってしまう。とっさの判断で、ミアは小道をはずれ、木立のなかに身を隠した。

ひらけた場所。

男はなにかしている。

ミリアムは裸だ。

首になにか巻きつけられている。

目隠しをされて後ろ手に縛られ、地面にひざまずいている。

ミアはよく見ようと、そろそろと木々のあいだを移動した。グロックを構えた手が震える。羽根をまとった男を狙っても、ミリアムに当たってしまいそうだ。

くそ。

男はなにをしているのだろう。

ミアはじりじりとそちらへ近づいた。

ひらけた場所はそう広くない。完全に覚醒した頭で四方を確認する。いま歩いてきた小道。身を隠している木立。そしてミリアムの向こうには――ミアはよく見ようと瞬きした――

断崖絶壁。

生贄の場は崖っぷちにつくられている。

まずい。

ミアは木立のなかをしのび足で移動した。ようやく身体の動きも元に戻った。左目は頭の傷から流れた血でふさがったままだが、それもいまは気にならない。身体の自由がきき、脳の指令どおりに動くだけで充分だ。茂みをかき分けながら一歩ずつ進んでいく。と、羽根をまとった男が立ちあがり、ミリアムの背後にまわってなにかをつかんだ。

くそ。

首に巻かれているのはロープだ。

絞殺したあと、五芒星形の蠟燭のなかに横たえるつもりだ。

ミアはさらに距離を詰めた。飛びだすならいまだ。ぐずぐずしているとミリアムが殺される。グロックを目の高さに構えたが、やはり狙いが定まらない。

そのとき、上空で音が響きはじめた。男がはっと見上げる。

風切り音。

ヘリコプターだ。

電話はつながっていたらしい。

ミアの居場所を特定できたのだ。

だが、そのとき——

その後何週間ものあいだ、ミアは夜ごとその光景にうなされ、悲鳴とともに飛び起きることになる。汗で枕を濡らして。

映画のように、すべてがスローモーションになった。

静寂を引き裂く轟音に驚いた男は、両手をだらんと垂らしたまま上空に気をとられている。

ミリアムは這いつくばったままだ。

裸で。

ヘリコプター。

救助の音。

自由の音。

いきなりミリアムが駆けだした。

ミアはグロックを構え、その場に飛びだした。

だめ、やめて。

「ミリアム！」

上空のヘリコプター、駆け寄るミア――虚を突かれた男が、慌ててミアから奪った拳銃を抜く。

「ミリアム！」

スローモーションが続く。

後ろ手に縛られたままの裸のミリアムが、自由の音がするほうへと走る。断崖絶壁へと。

だめ、ミリアム、とまって！

ヘリコプターが姿を現す。男が発砲したが、足もとの地面に銃弾が食いこんでも、ミアは気にも留めなかった。自分でも驚くほどの力が身の内から湧きあがる。

「ミリアム！」

ミアは拳銃を右目の前に構えてひた走った。崖の上ではヘリコプターがホバリング音を響かせている。

突然、ミリアムが消えた。

崖の向こうに。

断崖絶壁に気づかなかったのだ。

羽根をまとった男はまだ面食らったような顔をしている。ミアはようやく狙いを定め、男の身体に弾を浴びせた。

「ミリアム！」

男が白い指で握った拳銃を落とし、膝からくずおれて冷たい地面に倒れた。
この目で見なくとも、裸で転落する娘の姿をムンクが目撃したのがわかった。
ミアは残りの三発を男に叩きこんだ。
その顔に言い表しようのない表情が浮かぶ。
羽根に覆われた身体が痙攣する。
そして動かなくなった。
呆然としながら谷底を覗きこむと、いびつによじれた白い裸体が見えた。
ミリアム。
頭が真っ白になり、膝をついた。拳銃が手からすべり落ちる。
やめて。
お願い。
ヘリコプターの騒音が遠ざかる。
ミリアム。
そして――
ミアは失神した。

第九部

80

教会の鐘の音に促されたように雪が降りだした。十二月二十二日。ここ数日、新聞は雪の話題一色だった――〝今年はホワイトクリスマスはなし?〟。だが、ガムレ・アーケル教会で荘厳な弔いの鐘が鳴り響くと同時に、ぼた雪が舞い落ちはじめた。クリスマス直前の葬儀。ミアはこの上なく陰鬱な気持ちでジャケットの前をかきあわせ、足早に墓地を抜けて教会の正面玄関へ向かった。

みなが集まっていた。キム。カリー。ミッケルソン。アネッテ。ルドヴィーク。黒いスーツ。黒いコート。伏せられた顔、小さなうなずき。ムンクの姿は見あたらない。なかにいるのかもしれない。故人とはいちばん近い間柄だからだ。二カ月近く話していないが、葬儀を手配したのもきっとムンクだろう。棺も。花も。〝安らかに眠りたまえ。友と同僚より最後のお別れを〟。錆びついた赤い扉が開き、ほかの参列者とともに列をなして会堂内に入ったとき、ミアの想像が当たっていたとわかった。花で覆われた白い棺の真向かいの席に、頭を垂れたムンクの背中があった。

簡素だが心のこもった式だった。ミアは信仰を持たない。人知を超えた存在を必要とする気持ちが理解できないからだ。古めかしい建物に寄り集まり、硬い椅子にすわって、〝主がわれわれをお守りくださり、天国へとお導きくださる〟と牧師の説教を聞かされる理由もわからない。それでも短い葬儀のあいだ、美しさに心打たれずにはいられなかった。悲しみをともにする人々。最後の別れ。

オルガンが奏でる音楽。牧師の短い説教。ムンクの弔辞。ムンクは悲しげだが、心配していたよりも元気そうに見える。

もっと悲惨な結果もありえた。

教会から運びだされる棺を眺めながら、ミアはそう考えた。担ぎ手の六人にはムンクとミッケルソンも交じっている。

これがミリアムだったかもしれない。

そんなことを思う自分を薄情に感じた。棺が墓穴に降ろされる。参列者は少なく、大半が元同僚だ。それがペール・リンクヴィストの人となりを、生き方を示していた。仕事第一で、私生活は二の次だった。七十五歳、ムンクとは親子ほども年が離れている。優秀な警察官で、仕事にすべてを捧げてきたため、退職後の生活になじむのに苦労したらしいが、それでも望む生き方を貫いた。

もっと悲惨な結果もありえた。

握手と会釈が交わされ、参列者が引きあげはじめた。のちほど〈ユスティセン〉で故人を偲ぶためのビールと歌の集いが開かれるそうだが、ミアは参加する気になれなかった。

知り合いではあったものの、それほど親しくはなかった。

伝説の警察官。

年配の同僚たちにとってはよき友だったのだろう。

ミアにはちがった。ひたすら家に帰りたかった。クリスマスまであと三日。なんとかそこを乗り切らなくては。参列したのは弔意を示すためだが、もうひとつひそかな目的があった。

ムンクと話すことだ。

二カ月前、ミリアムが事件に巻きこまれたとき、ムンクは班を離れることを望んだ。ミアもほかの仲間もそれを尊重した。

先ほど棺を埋葬した場所の近くに、雪をかぶった木が立っている。ムンクがひとりでその下に立つのを見て、ミアはそちらに近づいた。

「どうも、ホールゲル」注意深く距離を保ちながら、話をしてもいいかと手振りで尋ねる。

「やあ、ミア」ムンクは少し疲れたような笑みを見せ、かまわないとうなずいた。

「だいじょうぶですか」口にしたとたん違和感を覚えたが、ほかに言葉が見つからなかった。

「ああ」

「ミリアムは？」ミアはためらいながら訊いた。

ムンクは少しのあいだ黙っていた。瞼が赤く腫れぼったい。

「よくなってきてるが、はっきりしたことはまだわからんらしい」

「どんな具合です？」

ムンクは少し考えてから、また口を開いた。

「まだ歩けんし、歩けるようになるかも不明だそうだ。だが、口はきけるようになってきた。ふたこと、三ことだが。昨日はおれの顔がわかったんだ」

「よかった」ふさわしい返事かどうか迷いながらミアは答えた。

「ああ、だな」

沈黙が流れる。細かな雪片が舞い落ちる。

「インターポールに協力を要請して、ライブ配信へのアクセス権を買った五人全員を逮捕しました。ひとりはフランス国籍。スイス人の富豪もいます。マスコミは大騒ぎです。見ていないかもしれませんが、アメリカのCNNでもゴールデンタイムに取りあげられました。関与した人間はすべて逮捕ずみです」

「逮捕したのか、ならよかった」ムンクはうわの空で答えた。

「億万長者のシモンセンですが」ミアはためらいながら続けた。「そちらからも話を聞きました。昔のサンネフィヨールの件で。子供たちを――ヘレーネ・エリクセンとその兄を――オーストラリアへ送った件です。牧師の話は真実だと判明しました。妻が精神を病んでいたそうです。それで、夫のシモンセンを説得して子供たちをよそへやらせたそうで。結婚も金目当てだったとのことです。事故死については、サンネフィヨールの警察に問いあわせてみましたが、ほとんど記録がありません。ただ……」

ムンクはもうミアを見ていなかった。指にはさんだ煙草を吸おうともせず、もの思いに沈むような目をしている。

「その、シモンセンの話では、子供たちが教団でつらい目に遭ったと知って、経済的な援助をしたそうです。ヘレーネは養護院を、兄のほうは店が買えるくらいの額の。

つまり、あのふたりの話は本当だったいうことで……」

ムンクは自分の手を見下ろした。煙草は燃えつきている。それを捨て、ダッフルコートのポケットを探って、新しい煙草を口にくわえた。

「いつはっきりするかもわからんが、マリアンネもおれも望みを持ってる。いまは信じることしかできん」

ムンクが心ここにあらずといった様子で微笑む。

「歩けるようになることを？」

「おれは信じてる。それが肝心だ、だろ？　あきらめずにいることが」

「もちろんです」ミアはたまらない気持ちでうなずいた。

「おれは信じてる」

「なにかできることがあれば言ってください」ミアはジャケットの前をかきあわせた。「ミリアムにも、彼女のことを思ってると伝えてください。いつでもお見舞いに行くと」

数秒の間があった。ライターが煙草の先に近づけられるが、火はつかない。太い指は宙に浮いたままとまっている。

「わかった。うれしいよ、ミア。来てくれてありがとう」

ミアはハグしようかと思ったが、ぎこちなく握手を交わしただけで立ち去った。どのみちムンクの心はここにない。ニット帽を耳の下まで引っぱりおろし、ジャケットをさらにかきあわせてから、人々の視線を無視して教会の門を出た。もう一秒もここにはいられない。ビスレット方面へと歩きだすと、雪が激しさを増した。

クリスマスまであと三日。がんばろうと心に誓ったものの、自信はない。クリスマスイブ。寒々しい部屋。ひとりきり。今年もまた。でも、この世を去るわけにはいかない。ミリアムはウレヴォール病院で寝たきりだ。動くこともできず、口もろくにきけずにいる。これ以上ムンクを悲しませてはいけない。だから死ねない。いまはまだ。

ミアは手をかざして降りしきる雪をよけながら通りを横切った。白銀のオスロ。誰もが喜ぶホワイトクリスマス。重い足取りでソフィー通りを歩き、ポケットから鍵束を取りだした。

ミアはよく見ていなかったが、戸口の近くにはしばらくまえから赤いダウンジャケットを着た女が立っていた。帰ってきたミアを見て、女は慌てたようにドアノブになにかを残し、階段を下りた。

そして雪のなかに消えた。

訳者あとがき

〝この第一作によって、ビョルクは早くも一流ミステリ作家の仲間入りを果たした。ご用心を、ジョー・ネスボ！〟

ノルウェーの《ベルゲンス・ティーエンネ》紙にそう評されたベストセラー・シリーズの第二作『フクロウの囁き』をお届けする。本作は二〇一六年にオランダの書評サイト《ヘッバン》の最優秀スリラー賞を受賞している。

主人公はミア・クリューゲル。明晰な頭脳と人の本性を見通す鋭さを持つ特別班の若きエース。だが姉の死の原因をつくった男を射殺して以来、死を願うようになる。班長のホールゲル・ムンク。太っちょでヘビースモーカーの数学オタク。部下思いの頼れる上司だが、十年前に離婚した元妻マリアンネを忘れられずにいる。

熱血漢のカリー、冷静沈着なキム、元ハッカーの若者ガーブリエル、さらには新人のイルヴァなど、個性豊かな特別班の面々も、十月のオスロの陰鬱さのせいか、それぞれの焦燥や悩みに気を取られているようだ。強固な結束力を誇るチームには隙間風が吹いている。さらにムンクの娘ミリアムの心の隙間にも、迷いがしのびこんでいた。

そんななか、前作を凌ぐ奇妙で陰惨な事件が発生する。森で発見された十七歳の少女の遺体。敷きつめられた羽根に横たえられ、周囲には五芒星の形に蠟燭が並べられ、なによりも、身体が骨と皮ばかりになっていた。その理由が判明したとき——全身が粟立つようなおぞましい犯罪の全貌が明らかになる。薬とアルコール漬けのまま職場復帰したミアと、マリアンネの再婚話に動揺するムンク率いるチームは、常軌を逸した犯人の次なる凶行を阻止できるのか……。

作中、幼い子供たちを捕らえ、薬物漬けにしていたザ・ファミリーというカルト教団が登場する。これは一九六〇年代なかば、オーストラリア・メルボルンにアン・ハミルトン＝バーンが設立した実在の集団である。『ジュリアン・アサンジ自伝——ウィキリークス創設者の告白』のなかで、その一員だった母の恋人から逃げまわる少年時代を過ごしたとアサンジが記していることでも知られている。

生い立ちや怒りや悲しみ、あるいは病や薬物——さまざまな理由で精神のバランスを崩した人間をリアルに描くビョルクは、人生を変えた一冊としてブレット・イーストン・エリスの『アメリカン・サイコ』を挙げている。

なお第三作 *Gutten som elsket rådyr*（*The Boy in the Headlights*）も昨年上梓され、第一、二作につづいて本国の書店大賞の候補作となっている。（二〇一九年三月）